ullstein

Das Buch

River und Dahlia schweben auf Wolke sieben: Endlich können die junge Fotografin und der Rockstar ihre Liebe in vollen Zügen genießen. River hat Dahlia geholfen, ihre Trauer hinter sich zu lassen und nach vorne zu schauen. Sie wollen sogar heiraten. Doch kurz vor der Hochzeit wird Dahlia von ihrer Vergangenheit eingeholt, und River muss zugeben, dass er mehr darüber weiß, als es bisher den Anschein hatte. Dahlia ist tief getroffen und geht auf Abstand.

River weiß, dass ihre Liebe stark genug ist, um auch das zu überstehen, aber Dahlia sieht das anders. Ihr Herz wurde schon einmal gebrochen, und sie ist sich nicht sicher, ob sie River noch einmal vertrauen kann …

Die Autorin

Kim Karr hat drei große Leidenschaften: Bücher, Hüte und ihre Familie. Gemeinsam mit ihrem Mann und ihren vier Kindern lebt sie in Florida. *Crazy in Love* ist ihre Debütserie, mit der ihr auf Anhieb der internationale Durchbruch als Autorin gelang.

Homepage der Autorin: http://www.authorkimkarr.com/

Von Kim Karr sind in unserem Hause erschienen:
Crazy in Love – Gefährlich schön
Crazy in Love – Gefährlich sexy

KIM KARR

crazy in love

Gefährlich sexy

ROMAN

Aus dem Amerikanischen
von Uta Hege

Ullstein

Besuchen Sie uns im Internet:
www.ullstein-taschenbuch.de

FSC
www.fsc.org
MIX
Papier aus verantwortungsvollen Quellen
FSC® C083411

Deutsche Erstausgabe im Ullstein Taschenbuch
1. Auflage Februar 2014
2. Auflage 2014

Published by arrangement with Kim Karr
Titel der amerikanischen Originalausgabe: *Torn*
(Intermix Books, Penguin Group)
Umschlaggestaltung: ZERO Werbeagentur, München
Titelabbildung: © GettyImages / I love images
Satz: LVD GmbH, Berlin
Gesetzt aus der Palatino Linotype, Walkway Black
und Nouvelle Vague
Papier: Pamo Super von Arctic Paper Mochenwangen GmbH
Druck und Bindearbeiten: CPI books GmbH, Leck
Printed in Germany
ISBN 978-3-548-28624-2

Für meine Tochter …

Ich hoffe, du wächst zu einer starken, unabhängigen Frau heran und findest irgendwann dein großes Glück.

Anmerkung der Autorin

Musik bedeutet mir sehr viel. Deshalb habe ich stundenlang nach Songs gesucht, die den Inhalt dieses Buches widerspiegeln. Ich hoffe, durch das Hören dieser Songs vor den einzelnen Kapiteln wird das Lesevergnügen noch verstärkt. Für die Links zu den jeweiligen Songs besuchen Sie bitte meine Webseite www.authorkimkarr.com.

Playlist

Prolog

Colorblind

Schließ die Augen, und du kannst dir vorstellen, wie es war. Heiß, schweißtreibend, beengt. Rauch, Videosequenzen auf Großleinwänden, flackerndes Licht. Kreischende, lachende, klatschende, weinende Fans. Wildes Drängeln und Schubsen, weil natürlich jeder etwas von der Bühne sehen wollte – die Beleuchtung, das Equipment, den Musiker selbst.

Hektisch bewegte er sich singend und Gitarre spielend auf der Bühne hin und her. Der Songtext war wirr, sein wildes Headbanging nicht im Takt, und der schräge Bass dröhnte so laut, dass ich bei jedem falschen Ton zusammenfuhr. Ich sehnte mich danach, dass es endlich vorüber wäre.

Nick Wilde spielte in der Hollywood Bowl als Opener für die Counting Crows. Es war seine zweite Chance – und er vermasselte sich wieder einmal selbst die Tour. Zu Anfang seines ersten Songs war die Menge noch begeistert. Er rockte die Bühne, aber dann ging alles schief. Beim dritten Song improvisierte er bereits, spielte falsche Töne und ließ Worte aus. Er verlor sich in seiner eigenen alkoholbedingten Trance, und wir konnten ihm nicht helfen – weder meine Mutter noch mein Bruder Xander noch ich selbst. »Mr. Jones« begann bereits zu spielen, noch bevor er seinen vierten Song beendet hatte, und nach diesem Abend trat er nie wieder auf irgendeiner Bühne auf.

Dabei bedeutete Musik ihm alles. Und uns Kindern auch. Als wir klein waren, brachte er uns alles, was er wusste, bei: wie man spielte, wie man sang, wie man es auf einer Bühne richtig krachen ließ. Wir kannten jeden Song von jedem Künstler. Wir besuchten sämtliche Konzerte in der Stadt. Weil die Musik erst sein und irgendwann auch unser Leben war.

Doch es reichte ihm nicht, nur zu spielen. Denn er hatte einen Traum. Er wollte unbedingt berühmt werden – ein Traum, von dem er irgendwann total besessen war. Dabei hatte er es weiter als die meisten anderen gebracht. Bereits mit neunzehn hatte eine Plattenfirma ihn unter Vertrag genommen und sein erstes Album rausgebracht. Doch da die Verkäufe eher enttäuschend ausgefallen waren, hatte man den Vertrag mit ihm wieder aufgelöst. Die nächsten fünfzehn Jahre trat er immer nur in irgendwelchen kleinen Clubs, in Kirchen, bei Hochzeiten oder Geburtstagspartys auf und wartete auf einen neuerlichen großen Durchbruch. Eine zweite große Chance – die er dann einfach so vertat.

Danach veränderte sich unser Leben radikal. Seine Sauferei wurde immer schlimmer, Grandpa kam so oft es ging vorbei, um nach dem Rechten zu sehen, und Mom nahm ihre Arbeit wieder auf. Dad lebte in seiner eigenen Welt, und es ging zusehends bergab mit ihm. Als ich sechzehn war, wurde sein Lebensplan zu meinem Lebensplan, und genau wie er nahm ich bereits sehr früh mein erstes Album auf. Doch im Gegensatz zu ihm hatte ich Xander. Der nicht zugelassen hätte, dass die Sache in die Hose ging. Das Album unserer Band The Wilde Ones hatte einen ziemlich schwachen Start, doch nachdem wir ein Jahr auf Tournee gewesen waren, verkaufte es sich ziemlich gut.

Ich weiß noch ganz genau, wie wir zum ersten Mal auf einer echten Bühne aufgetreten sind. Wir waren unglaublich nervös, denn wir hatten stundenlang herumgesessen und gewartet, und obwohl wir zum Konzert mindestens so selbstbewusst wie bei der Probe auf die Bühne kamen, hätten wir uns vor lauter Aufregung beinah ins Hemd gemacht. Die Scheinwerfer dort oben waren extrem grell und das Publikum viel größer als in all den Clubs, in denen wir bis dahin aufgetreten waren. Als die anderen anfingen zu spielen, klangen die Worte meines ersten Songs atemlos und gepresst, und ich bekam kaum noch Luft. Die anderen übertönten mich, das war mir klar. Ich sah mich kurz nach ihnen um, verstellte die Höhe meines Mikrophons und wandte mich wieder der Menge zu. Sie jubelte mir so begeistert zu, dass ich meine Stimme plötzlich wiederfand. Die Stimme, mit der ich aufgewachsen und die von meinem Dad gefördert worden war. Sie war rau, präsent und ausdrucksstark, und als sie mit einem Mal lebendig wurde, rastete die Menge aus, und von einem Augenblick zum nächsten sah mein Leben völlig anders aus.

Xander schmiedete das Eisen, solange es heiß war, und organisierte sofort eine Tournee. Die für mich die Hölle war. Wir fingen ziemlich bescheiden an. Mit kleineren Sälen, schäbigen Hotels, widerlichem Fast Food und vor allem jeder Menge Alkohol. Wir spielten als Vorgruppe von unzähligen großen Bands, und nur dank der tollen Kontakte, die ich in diesen Wochen knüpfte, und weil ich allabendlich auf einer Bühne stehen und das tun konnte, was ich am liebsten machte, hielt ich bis zum Ende durch. Vielleicht auch, weil ich meinen Dad stolz machen wollte. Ja, vielleicht war auch oder vor allem er der Grund dafür gewesen, dass ich mit den anderen auf Tournee gegangen war.

Allerdings fand ich es entsetzlich, dass es in diesen Wochen keinerlei Privatsphäre gab. Ich verabscheute den strengen Zeitplan, dem wir unterworfen waren, die beengten Unterkünfte, auch dass man niemals länger als zwei Nächte in einer der Städte blieb, dass einem beständig irgendwelche Leute auf den Fersen waren und dass immer irgendjemand was von einem wollte. Selbst die Mädels, die sich uns, egal, wohin wir kamen, an den Hals warfen, wurden irgendwann so langweilig, dass ich lieber allein schlafen ging. Es war das längste Jahr in meinem Leben, aber ich tat es für ihn, weil sein Traum zu meinem geworden war.

Irgendwann wurde mir allerdings klar, dass die Träume, die wir beide hatten, doch nicht ganz dieselben waren. Denn nach

Ansicht meines Dads hatte man es geschafft, wenn man allabendlich auf einer anderen großen Bühne stand. Dann war man berühmt. Aber mir ging es nie um Berühmtheit, sondern immer nur um die Musik.

Wenn die Säle größer werden, vergrößern sich auch das Publikum und das Trara, das es um einen macht. Ich kann durchaus verstehen, dass man sich darin verlieren kann – aber ich bin fest entschlossen, nicht zu enden wie mein Dad. Denn er war süchtig nach dem Ruhm, während ich eher süchtig nach den kreativen Augenblicken meiner Arbeit bin. Und ich hoffe, dieser Unterschied genügt.

Irgendwann war die Tournee vorbei, und wir schrieben ein paar neue Songs, spielten in diversen Clubs und Kneipen in L. A. und hatten einen Riesenspaß dabei. Doch irgendwann ließ sich die Aufnahme eines zweiten Albums nicht länger verschieben. Auch wenn ich es diesmal nicht für meinen Dad, sondern für die Band, für meinen Bruder und mich selber tat. Denn ich liebe die Musik, und ein Album aufzunehmen macht mir einen Riesenspaß. Nur die Werbetrommel dafür zu rühren finde ich immer entsetzlich, oder so empfand ich es zumindest bis zu jenem Moment, in dem ich sie durch die Glasscheiben des Raumes sah, in dem das Interview stattfinden sollte. Sie hatte mich einst zu unserem Song »Once in a Lifetime« inspiriert, weshalb Xander von ihr immer als von meiner Muse sprach. Von ihr war mir eines Abends vor fünf Jahren das Herz gestohlen und am selben Abend noch gebrochen worden.

Sie war immer noch genauso schön wie damals, und als sie mit ihrem Rollkoffer auf mich zukam, stockte mir der Atem, und mein Herz setzte einen Schlag aus. Ich wusste sofort, dass sie es war, die mich interviewen sollte, und urplötzlich freute ich mich richtiggehend über den vereinbarten Gesprächstermin. Ich konnte einfach nicht den Blick von ihr wenden. Denn in meinem ganzen Leben hatte ich noch keine Frau derart begehrt wie sie. Ich musste ein Lachen unterdrücken, als ihre Umhängetasche laut polternd von ihrem Koffer herunterfiel und sie sich verstohlen umsah, ob das Missgeschick jemandem aufgefallen war. Am liebsten hätte ich gerufen: »Außer mir hat niemand etwas davon mitgekriegt, und vor allem kannst du dich gar nicht blamieren, weil alles, was du tust, wahnsinnig sexy ist.«

Ich stürzte zur Tür, um sie ihr aufzuhalten, aber sie war schneller als ich und prallte direkt mit mir zusammen. Was ich durchaus nett fand, denn ich fing sie gerne auf. Unser erstes Treffen vor fünf Jahren hatte sich in mein Gedächtnis eingebrannt, und auch wenn dieser Moment ein bisschen peinlich war, wusste ich gleich, ich würde sie ganz sicher nicht noch einmal einfach wieder ziehen lassen. Ich würde durch tausend Städte touren, um sie zu erobern – denn sie hatte etwas an sich, ein besonderes Leuchten in den Augen, das mir das Gefühl gab, dass mit ihr zusammen alles gut und richtig war.

Genau wie mein Dad hatte ich eine zweite Chance bekommen. Doch im Gegensatz zu ihm würde ich sie auf keinen Fall vertun.

Als sie mir die Hand entgegenstreckte und erklärte: »Hallo, ich bin Dahlia London von Sound Music. Tut mir leid, dass ich zu spät komme«, erkannte ich, dass ich ihr mindestens noch genauso verfallen war wie damals vor fünf Jahren.

Kapitel 1

A Thousand Years

Ich schlage die Augen auf und sehe einen schwachen Lichtschimmer, der durch einen Spalt zwischen den Vorhängen vor meinem Fenster fällt. Es muss kurz vor Tagesanbruch sein, denn am Himmel ziehen rote, rosa- und orangefarbene Streifen auf. Wenig später sieht es aus, als würde der Himmel brennen – und das tut mein Körper auch. Doch es ist ein wunderbarer neuer Tag, und da ich ihn mit ihm teilen werde, sind mir die Schmerzen egal. Ich blicke auf die prächtige Gestalt, die zusammengesunken auf dem Stuhl neben meinem Krankenhausbett sitzt. Er schläft, aber nicht sehr tief. Ich betrachte ihn und sauge den Anblick seiner markanten Kieferpartie, der fein gemeißelten Nase und seines straffen Körpers in mich auf. Doch ich habe mich nicht in sein Aussehen, sondern in seine Verspieltheit, seine Seele und seine erstaunliche Persönlichkeit verliebt. Er ist so viel mehr, als ich mir jemals hätte wünschen können – denn ich hätte nie gedacht, dass die Seele eines Menschen wirklich mit der eines anderen verwandt sein kann.

Ganz sachte, um ihn nicht zu wecken, entziehe ich ihm meine Hand, schiebe mich vorsichtig vom Bett und schleiche mich ins Bad. Als ich wiederkomme, ist die Sonne aufgegangen, und er ist erwacht. Er hat die Vorhänge vorm Fenster aufgezogen und starrt reglos in das helle Licht hinaus. Ich lasse den Blick an ihm herunterwandern und bewundere jedes noch so winzige Detail. Er ist gut einen Meter achtzig groß und sieht einfach phantastisch aus. Muskulöse Schultern, eine schmale Taille sowie herrlich stramme Bauchmuskeln, die ständig in Bewegung sind. Er hat die Arme vor der Brust verschränkt, den Kopf ein wenig schief gelegt, sich das T-Shirt lässig in die Jeans gestopft, und seine kerzengerade Haltung drückt innere Stärke und Selbstbewusstsein aus. Wobei das zarte Blaugrau des frühen Morgenhimmels beinahe so berauschend ist wie sein Anblick.

Ich versuche zu entdecken, was er durch das Fenster sieht, nehme aber nur die kleinen Schäfchenwolken wahr, die wie in Zeitlupe an ihm vorüberziehen. Sie heben sich so blendend weiß vom Morgenhimmel ab, dass ich einfach lächeln muss. Trotzdem weiß ich, dass er gerade etwas anderes sieht, denn obwohl gerade ein Blauhäher an ihm vorüberfliegt, dreht er sich zu mir um, und ich würde gern den Schmerz wegwischen, der aus seiner unglücklichen Miene und seinen grünen Augen spricht.

Ich will nicht an den Zwischenfall von gestern denken, aber ihm geht er anscheinend nicht mehr aus dem Kopf. Seitdem ist er schlecht gelaunt. Er spricht von einem *Überfall,* doch das klingt für mich zu krass. Denn ich bin schließlich noch am Leben und habe nur ein paar Kratzer abgekriegt. Deshalb werde ich bestimmt nicht meine Zeit damit vergeuden, permanent an einen schlimmen Tag zurückzudenken – sondern lieber all die schönen Dinge feiern, die mir jeden Tag aufs Neue widerfahren. Doch er gibt sich selbst die Schuld an dem, was passiert ist, und ich konnte ihn nicht davon überzeugen, dass die Einzige, die vielleicht überhaupt etwas dafür kann, ich selber bin. Aber im Grunde hätte selbst ich niemals damit rechnen können, dass mich jemand willkürlich von hinten überfallen würde, und zum Glück ist mir nicht wirklich viel passiert. Deshalb will ich nur noch raus aus diesem Krankenhaus und endlich wieder heim.

Ich nehme meine Klamotten vom Stuhl neben dem Bett, denn ich will nicht länger nur in einem Krankenhausnachthemd auf dem kalten Linoleumboden stehen. Als River mich ansieht, mache ich eine kreisende Bewegung mit dem Zeigefinger. »Macht es dir was aus, dich umzudrehen?«

Seufzend fährt er mit den Händen durch sein bereits wild zerzaustes Haar. »Ich drehe mich bestimmt nicht um. Ich will dir helfen, und du kannst mir glauben – nicht mal, wenn ich die Blessuren sehe, die der Kerl dir zugefügt hat, kann es mir noch schlechter gehen als sowieso schon.«

Ich schlucke den Kloß im Hals herunter und durchforste mein Gehirn nach den richtigen Worten, um ihn zu beruhigen. »River, was passiert ist, war nicht *deine* Schuld. Irgendein perverser Dreckskerl verschafft sich dadurch einen Kick, dass er fremde Frauen überfällt. Es war nicht deine Schuld.«

Er erschaudert. »Dahlia, das war ein verdammter Überfall. Wenn ich dabei gewesen wäre, wäre das ganz sicher nicht passiert. Ich hätte nicht verschlafen sollen. So einfach ist das.«

Obwohl ich weiß, dass er es ganz bestimmt nicht böse meint, bin ich schockiert von seinem harschen Ton. »Nein, so einfach ist das nicht …« Doch noch ehe ich den Satz beenden kann, fällt River mir ins Wort.

Er lässt die Schultern sinken, blickt zu Boden und stopft die Hände in die Taschen seiner Jeans. »Tut mir leid, Dahlia. Ich wollte dich nicht anschreien. Aber ich ertrage einfach nicht, dass du verwundet bist. Es bringt mich um, dich so zu sehen und zu wissen, was hätte passieren können. Bringt mich einfach um.«

Dieses Gespräch führen wir jetzt bereits zum dritten Mal. Und auch wenn ich weiß, dass ich mit meinen Worten nichts erreiche, wiederhole ich mich noch einmal und überlege, ob ich meine Socken aus der Reisetasche auf dem Boden nehmen und vielleicht mit meinem Zeug ins Badezimmer gehen soll. Aber erst versuche ich noch mal mein Glück bei ihm. »Bitte, River, dreh dich endlich um.«

Zwischen uns ist nur das Bett, doch aus irgendeinem Grund kommt es mir vor, als wäre er kilometerweit von mir entfernt. Er bleibt völlig reglos stehen, aber seinem Gesicht und seinen Augen sind die Gefühle überdeutlich anzusehen. Auch seine

Stimme macht mir deutlich, dass es ihm erbärmlich geht, und sein Unglück macht mich nicht nur traurig, sondern es zerreißt mir regelrecht das Herz.

Ich kenne River gegenüber keine Scham, aber ich möchte ihm einfach den Schmerz ersparen, all die blauen Flecken und die Schürfwunden an meinem Körper zu sehen.

»Nein, lass mich dir helfen«, wispert er so leise, dass es fast nicht zu verstehen ist.

Mit einem abgrundtiefen Seufzer gebe ich dem Flehen nach und strecke die Hand nach meiner Reisetasche aus. »Kannst du mir die bitte geben?«

Er bückt sich nach dem Gepäckstück, stellt es aufs Bett und wendet sich mir wieder zu.

Während ich den hässlichen grünen Kittel über die Arme streife, drückt sein Blick nicht wie gewöhnlich *Oh, ich will dich nackt sehen,* sondern eher *Oh Gott, ich muss mich gleich übergeben* aus.

Trotzdem lasse ich das Nachthemd auf den Boden fallen, bleibe völlig unbekleidet vor ihm stehen und warte schweigend ab, während er den Blick an mir herab- und dann zurück zu meinen Augen wandern lässt.

Da er sichtlich schlucken muss, versuche ich, die Stimmung etwas aufzuhellen, indem ich mich nach meinem Nachthemd bücke, es ihm zuwerfe und grinsend sage: »Vielleicht sollten wir mal ausprobieren, ob der Kittel dir ein bisschen besser steht.«

Zum ersten Mal verzieht er den Mund zu einem ansatzweisen Lächeln und hält sich das Nachthemd vor den Bauch. »Ich verzichte, wenn du nichts dagegen hast. Grün ist einfach nicht meine Farbe.«

Jetzt lächeln wir beide, und ich weiß, dass er endlich nicht mehr nur die Schürfwunden und blauen Flecken sieht. Und nun drücken seine Augen nicht mehr abgrundtiefe Traurigkeit, sondern auch oder vor allem grenzenlose Liebe aus. Was mir unendlich wichtig ist.

Er kommt ums Bett herummarschiert und hilft mir sanft erst

in mein Höschen und danach in meine Jeans. Ich verkneife mir den Kommentar, wie ungewohnt es für mich ist, dass er mir *in* die Kleider hilft, doch als er anfängt, meinen Pulli ganz behutsam über meinen Kopf zu streifen, reicht es mir. Ich packe seine Hand, drücke sie auf mein Herz und stelle fest: »Siehst du, du kannst mich ruhig berühren. Schließlich bin ich nicht aus Glas. Und du darfst sogar noch ein Feld weiterziehen«, füge ich hinzu und schiebe seine Hand auf meine Brust.

Erst versucht er, mir zu widerstehen, aber schließlich streicht er seufzend mit dem Daumen über meinen Nippel und stellt grinsend fest: »Wenn ich das gewusst hätte, hätte ich meine Chance am besten schon genutzt, als wir bei deinem Höschen waren.«

Wir beide lachen leise auf, und ich drücke weiter seine Hand auf meine Brust. Er sieht mir forschend in die Augen, als er die andere Hand an meine Wange legt, dann beugt er sich vor und flüstert mir ins Ohr: »Hör lieber auf. Sonst machst du mich noch heißer, und wenn Schwester Grinsekatze kommt, wirft sie mich achtkantig raus.«

Er zieht den Kopf wieder zurück, und ich verdrehe die Augen, als er mir den Pulli über die Brüste zieht. Innerlich jedoch zucke ich leicht zusammen, denn ich habe höllische Schmerzen in der Schulter, jede Menge Schürfwunden und blaue Flecken sowie ein verstauchtes Handgelenk. Der Arzt hatte versucht, mir wegen der Schwellung meinen Armreif abzunehmen, aber ich hatte ihn angefleht, das nicht zu tun. Der Armreif ist das Einzige von Ben, was ich noch habe, und ich brauche ihn als ständige Erinnerung daran, mein Leben zu genießen, ohne jemals irgendetwas zu bereuen.

Als ich angezogen bin, nimmt mich River in die Arme, zieht mich eng an seine Brust und raunt mir zu: »Es tut mir leid. Habe ich dir weh getan?«

»Du könntest mir nie weh tun«, flüstere ich aufmunternd zurück.

Er lehnt sich zurück und zeichnet ein Kreuz auf sein Herz. »Ich verspreche dir, nie wieder zuzulassen, dass dir irgendwas passiert.« Der Schmerz in seiner Stimme versetzt mir einen Stich, und um nicht in Tränen auszubrechen, atme ich tief durch und schmiege mich noch enger an ihn. Am liebsten hätte ich ihm die Arme um den Hals geschlungen, doch meine Schmerzen hindern mich daran. Also lege ich ihm die Arme einfach um die Taille, er zieht mich abermals sachte an sich, küsst mich auf die Lider und lehnt den Kopf an meine Stirn. Es kommt mir vor, als würde unsere bereits grenzenlose Liebe durch die Dinge, die geschehen sind, sogar noch verstärkt, und wir halten uns so lange schweigend fest, bis die Schwester ins Krankenzimmer tritt.

Als sie sich leise räuspert, flüstert er mir zu: »Jetzt bin ich in Schwierigkeiten. Schließlich hat uns Schwester Grinsekatze letzte Nacht schon mal erwischt.«

Kichernd mache ich mich von ihm los. Die Frau ist durchaus nett, aber trotzdem hat ihr nicht gefallen, dass River über Nacht bei mir geblieben ist. Und einmal letzte Nacht, nachdem ich ihn gebeten hatte, sich zu mir aufs Bett zu legen, hat sie kurz nach mir gesehen und ihn zurück auf den Besucherstuhl gescheucht.

Jetzt misst sie noch einmal meinen Blutdruck und geht die ärztlichen Anweisungen zu meiner Entlassung mit mir durch – ich soll mich möglichst schonen, körperliche Anstrengung vermeiden, und sobald ich Kopfschmerzen bekomme, umgehend einen Arzt aufsuchen.

Nachdem ich die Papiere unterschrieben habe, ruft die Schwester einen Pfleger, der mich mit dem Rollstuhl bis zum Ausgang fährt. River holt derweil den Wagen, und wir können endlich los. Er hat entschieden, erst am nächsten Morgen heimzufahren und die Nacht noch am Lake Tahoe zu verbringen, was aus meiner Sicht völlig in Ordnung ist. Auf dem Weg zu unserem Hotel sieht er mich jedoch fragend an: »Hab ich dir übrigens gesagt, dass Xander und Caleb hier sind?«

Ich reiße überrascht die Augen auf. »Nein, hast du nicht. Und warum sind sie hier?«

Er lacht leise auf und fragt zurück: »Was meinst du wohl, warum? Um zu sehen, ob du in Ordnung bist.«

»Aber wir fahren doch morgen heim. Sie hätten mich doch auch dort besuchen können und sehen, wie es mir geht.«

Achselzuckend stellt er fest: »Ich weiß, aber ich wollte, dass Xander uns nach Hause fährt, damit ich hinten bei dir sitzen kann.«

»Oh, das ist echt süß von dir, aber nicht nötig. Denn es geht mir wirklich gut.«

»Selbst wenn du okay bist, ist es eine ziemlich weite Fahrt. Da sollst du dich ausstrecken können, und ich will mich um dich kümmern, falls du irgendetwas brauchst.«

Ich bedenke ihn mit einem liebevollen Blick. Weil er mich ständig so zärtlich umsorgt. »Danke. Aber warum ist auch noch Caleb hier? Kennen sich die beiden überhaupt?« Ich muss ihm diese Frage stellen, denn ich dachte, dass mein Schatz Caleb nicht ausstehen kann, und jetzt taucht dieser Mann auf einmal mit Xander am Lake Tahoe auf.

»Ja, natürlich kennen sich die zwei. Sie sind sich schon öfter begegnet. Und da ich gestern beschlossen habe, die Alarmanlage bei uns daheim von Caleb auf den neusten Stand bringen zu lassen, dachte ich, es wäre gut, die Veränderungen zu besprechen, ehe wir wieder zu Hause sind. Dann kann er so schnell wie möglich damit anfangen.«

»Wegen dieser Sache brauchen wir doch wohl keine besseren Alarmanlage daheim. Ich finde das etwas übertrieben.«

»Ich habe sie unverändert übernommen, als ich in das Haus gezogen bin. Es ist also eine reine Vorsichtsmaßnahme, sonst nichts. Während der Tournee wirst du des Öfteren allein nach Hause kommen, und ich möchte einfach sichergehen, dass dir nichts passieren kann.«

Ich schüttelte den Kopf. »Ich dachte, dass du Caleb gar nicht leiden kannst.«

»Ich habe nie behauptet, dass ich ihn nicht leiden kann.«

»Nein, das hast du nicht. Aber ich konnte es spüren, und zwar jedes Mal, wenn du mit ihm geredet hast.«

»Hmm … nun, ungeachtet meiner Gefühle für den Mann ist

mir bewusst, dass er einer der Besten in der Branche ist, und als ich ihn angerufen habe, sagte er, er hätte gerade Zeit. Oh, und noch etwas, wenn wir aus dem Haus gehen, wird in Zukunft immer Caleb oder einer seiner Leute in der Nähe sein.«

Ich sah ihn aus zusammengekniffenen Augen an. »Du meinst als Bodyguard?«

»Nicht wirklich als Bodyguard, sondern einfach nur zur Sicherheit.«

»Das wird sicher ganz schön nervig.«

»Dahlia, ich verspreche dir, du wirst gar nicht bemerken, dass sie in der Nähe sind.«

»Das wage ich zu bezweifeln.« Ich lehnte den Kopf gegen das Fenster und schloss die Augen. Ich finde Rivers Plan, die Alarmanlage zu Hause zu verstärken, irgendwie ein bisschen lächerlich, aber wenn er sich dann besser fühlt, soll er das halten, wie er will.

*

Im Hotel angekommen, erfahren wir, dass Caleb uns in eine andere Suite umquartiert hat und dass er und Xander in das direkt neben uns angrenzende Zimmer eingezogen sind. Ich würde River gerne damit aufziehen, dass wir so ganz sicher nicht bemerken, dass die beiden in der Nähe sind, lasse es dann aber sein.

Die Schmerztabletten aus dem Krankenhaus machen mich derart müde, dass ich den gesamten Rest des Tags im Bett verbringe, wo mich River zärtlich in den Armen hält. Irgendwann muss ich anscheinend eingeschlafen sein, denn als ich die Augen wieder öffne, ist es bereits weit nach Mitternacht. Ich strecke die Arme nach ihm aus, und als er nicht da ist, sehe ich mich suchend um. Anfangs bin ich etwas desorientiert, aber dann sehe ich River, wie er mit Caleb und Xander in der Sitzecke die Köpfe zusammensteckt und sich mit gedämpfter Stimme mit den beiden unterhält. Als er bemerkt, dass ich versuche aufzustehen, kommt er eilig auf mich zu.

»Was brauchst du, Baby?«, fragt er mich mit Flüsterstimme. Er wirkt müde, ausgezehrt und sorgenvoll.

»Ich müsste mal ins Bad und hätte gern ein bisschen Wasser.« Ich bemühe mich zu lächeln, habe aber einen schalen Geschmack im Mund und das Gefühl, völlig weggetreten zu sein. Ich bin mir nicht sicher, ob ich es alleine bis ins Badezimmer schaffe, ohne umzufallen. Weil mir furchtbar schwindlig ist.

»Komm, ich helfe dir.« Er hebt meine Beine auf den Boden, hilft mir aufzustehen, und als ich anfange zu schwanken, strecke ich die Hand nach seiner Schulter aus. Ich habe das Gefühl, dass das verdammte Schmerzmittel mich nicht nur schwindlig, sondern gleichzeitig auch furchtbar unsicher auf den Beinen macht.

Eilig legt er meinen Arm um seinen Hals und hebt mich hoch. »Lass mich dir helfen, Dahlia.«

Mit einem sorgenvollen Blick in meine Richtung wünschen uns die beiden anderen Männer eine gute Nacht und verschwinden durch die Verbindungstür im angrenzenden Raum.

Im Bad stellt mich River vorsichtig auf meinen eigenen Beinen ab und hilft mir aus den Jeans. Ich umklammere den Waschtisch, und allmählich kehrt mein Gleichgewicht zurück.

»Kannst du mir ein T-Shirt holen?«, frage ich ihn leise.

»Sicher, schöne Frau, ich hole dir alles, was du brauchst«, gibt er lächelnd zurück.

Ich schließe die Tür, als er das Bad verlässt, und runzle die Stirn, denn zum ersten Mal, seit ich aus dem Krankenhaus komme, sehe ich mein eigenes Spiegelbild. Ich sehe noch viel schlimmer aus als am Morgen. Meine blauen Flecken leuchten dunkelviolett, mein Handgelenk ist dick geschwollen, die Kratzer auf der Wange, die von meinem Angreifer so unsanft gegen den Schotter geschlagen wurde, sind bedeckt von dicken dunkelroten Krusten, und die Schulter, auf der das Gewicht des Kerls lastete, als er mich mit dem Knie niederdrückte, tut höllisch weh.

Ich ziehe vorsichtig den Pullover aus und hülle mich eilig in ein Handtuch. Ich überlege, ob ich duschen soll, aber für eine solche Anstrengung reicht meine Energie bestimmt nicht aus. Wenigstens das Zähneputzen schaffe ich, und als ich damit fertig bin und wieder in den Spiegel sehe, merke ich, dass River durch die Tür getreten ist. Ich wische den Mund mit dem Handtuch ab, und als er auf mich zukommt, sieht er furchtbar traurig aus.

»Komm, ich ziehe dir was an.« Er streift mir sein Thirty-Seconds-to-Mars-T-Shirt über den Kopf. »Das hält schön warm, und außerdem kannst du es einfacher als eins von deinen T-Shirts über den Kopf streifen.«

Ich lasse mich von ihm anziehen, als wäre ich ein kleines Kind, und denke zurück an meinen Vater, der mir morgens auch immer beim Anziehen geholfen und mich vor der Schule abgesetzt hat, wenn meine Mutter früher arbeiten gegangen ist. Diese Tage waren immer wunderbar gewesen. Doch im Grunde waren alle Tage, als meine Eltern noch am Leben waren, wunderbar.

»Alles in Ordnung, Dahlia?«, fragt mich River in besorgtem Ton.

»Ja, ja, es geht mir gut.«

Lächelnd erzähle ich ihm: »Als du mich eben angezogen hast, hat mich das an die schöne Zeit erinnert, als mein Dad mich immer entscheiden ließ, was ich für die Schule anziehen wollte, ganz egal, ob es gepasst hat oder nicht. Da meine Mum dann nie zu Hause war und mich zwingen konnte, etwas anderes anzuziehen, hatte ich an diesen Tagen meistens eins von Dads Konzert-T-Shirts an.«

Er sieht mich grinsend an. »Dann hatte also deine Mom, die Modedesignerin, was dagegen, wenn du eins der gammeligen T-Shirts von deinem Vater in die Schule angezogen hast?«

»Wie hast du das erraten?«

»Intuition«, erklärt er mir. »Zwar sieht aus meiner Sicht an dir wahrscheinlich sogar noch ein Putzlumpen phantastisch aus, aber ich kann mir durchaus vorstellen, dass deine Mutter anderer Meinung war.«

Ich lehne mich kurz an ihn an, weil ich seine Wärme spüren

will. »Ich wünschte mir, du hättest meine Eltern noch kennengelernt.«

»Vielleicht hatte ich nicht mehr die Gelegenheit dazu, aber ich kenne sie durch dich.«

Lächelnd mache ich mich von ihm los und lege die Handflächen an seine Brust. »Das bedeutet mir sehr viel«, ist alles, was ich dazu sagen kann. Weil es tatsächlich so ist.

Er nickt, und schweigend bleiben wir im Badezimmer stehen.

Schließlich trägt er mich ins Schlafzimmer zurück und setzt mich auf der anderen Betthälfte ab als der, von der ich aufgestanden bin. »Ich denke, du legst dich besser wieder hin.« Und im Grunde ist mir vollkommen egal, auf welcher Bettseite ich schlafe, weil mir einzig seine Nähe wichtig ist. Ich nehme seine Hand und drücke sie. »Danke.«

»Nichts zu danken«, erwidert er mit belegter Stimme und küsst mich zärtlich auf den Kopf. »Ich habe dir was zum Abendessen bestellt, als du im Badezimmer warst.«

»Ich hab keinen Hunger, aber einen Riesendurst.«

Er deckt meine Beine zu und setzt sich neben mich. »Du musst was essen, wenn du diese Pillen nimmst.« Er öffnet die Medikamentenflasche und kippt sich zwei riesengroße weiße Tabletten in die Hand.

»Die kriege ich nie im Leben runter.«

Lachend steht er auf und läuft zum Fernseher. »Ich habe dir Grillkäse, Pommes frites und einen Milchshake zum Runterspülen dieser Dinger hier bestellt.« Er öffnet die Verbindungstür und ruft: »Hey, Xander, bring das Essen einfach rüber, wenn es kommt.«

Ich starre ihm auf den Po, und als er über die Schulter sieht, erwischt er mich dabei. Er zwinkert mir zu, und ich lächle etwas verschämt, doch dann fangen wir plötzlich beide an zu lachen, und für mich gibt's auf der ganzen Welt kein schöneres Geräusch. Gott, ich liebe es, wenn River lacht. Denn sein Lachen klingt zugleich rau und sanft und unglaublich verführerisch.

Dann aber entschuldigt er sich reumütig dafür, dass ich seinetwegen habe lachen müssen, denn anscheinend hat er mitbekommen, dass alle Vibrationen meines Zwerchfells momentan reines Gift für meine Rippen sind.

Trotzdem sage ich: »Es ist okay, River. Ich lache gern. Und vor allem konnte ich dem Anblick, der sich mir gerade geboten hat, beim besten Willen nicht widerstehen.«

Während er ein neuerliches Lachen unterdrückt, will ich von ihm wissen: »Warum hast du Essen bestellt und lässt es auf Xanders Zimmer bringen?« Und nach einer kurzen Pause füge ich hinzu: »Und warum teilen wir uns überhaupt eine Suite mit den beiden?«

Er hört auf zu lachen und wird wieder ernst. »Wir teilen uns nicht die Suite mit den beiden. Die Tür zwischen den Räumen kann man immerhin zuschließen, du Dummerchen.« Wie um es zu beweisen, öffnet er unsere Zimmertür und drückt sie wieder ins Schloss. Dann kommt er zu mir ans Bett und setzt sich neben mich. Er legt eine Hand an meine unverletzte Wange, beugt sich zu mir vor und küsst mich auf die Stirn. »Und das Essen sollten sie auf Xanders Zimmer bringen, weil ich dachte, dass du vielleicht wieder schläfst, und nicht wollte, dass dich das Klopfen stört.«

»Oh, verstehe. Aber nachdem du mir erzählt hast, dass mein Lieblingsessen kommt – Grillkäse, den ich in einen Schokomilchshake tauchen kann –, habe ich vielleicht doch ein bisschen Appetit.«

»Hab ich dir übrigens schon mal gesagt, wie eklig diese Zusammenstellung ist?«, fragt er und hebt die Brauen.

»Höchstens tausendmal, obwohl du immer, wenn ich das bestelle, einen Happen Käse von mir klaust. Und denk nicht, ich hätte nicht gesehen, dass du ihn in deinen Milchshake tauchst.«

Er fängt leise an zu lachen, drückt Daumen und Zeigefinger zusammen und erklärt: »Könnte sein, dass ich die Zusammenstellung doch so ein winziges bisschen mag.«

Lächelnd lasse ich den Kopf aufs Kissen sinken, während

Xander mit dem Essen kommt und River auf die leere Stelle neben mir auf der Matratze zeigt. »Danke, Mann, stell das Tablett einfach da ab.«

»Willst du sonst noch irgendwas, Dahlia?« Xander sieht mich fragend an.

»Ungefähr fünf Liter Wasser«, gebe ich scherzhaft zurück. »Mein Mund fühlt sich nämlich an wie eine Wüste mitten im Hochsommer.«

Grinsend schenkt er Wasser aus der Literflasche auf dem Nachttisch in ein Glas, und River nimmt meine Riesenpillen und ein Messer.

»Gib mir bitte einfach die Flasche. Ich brauche nicht extra ein Glas.«

Er drückt mir die Wasserflasche in die Hand, während River die Tabletten teilt.

»Mach bitte keine solche Trauermiene, Xander. Es geht mir gut. Du und Caleb, ihr hättet wirklich nicht alles stehen und liegen lassen müssen, um hierherzukommen. Schließlich fahren wir morgen sowieso wieder zurück.«

»Fühlst du dich besser, wenn ich dir sage, dass diese Idee auf Rivers Mist gewachsen ist?«

Ich trinke einen großen Schluck aus der Flasche und sehe ihn mit einem breiten Lächeln an. »Da mir klar ist, dass du nie zugeben würdest, meinetwegen hergekommen zu sein, fühle ich mich deshalb wirklich besser, ja.«

Er küsst mich auf die Stirn. »Gute Nacht, Muse. Wenn du keine solche Nervensäge wärst, fände ich dich vielleicht witzig. Vielleicht hätte ich dich dann sogar ein bisschen gern.« Es macht mir nichts aus, dass er mich Muse nennt, denn er hat mir wiederholt erzählt, der Song »Once in a Lifetime«, den River geschrieben hat, nachdem er mir zum ersten Mal begegnet war, hätte die Wilde Ones erst berühmt gemacht.

»Ich gebe die Hoffnung nicht auf, dass du mir eines Tages sagen wirst, dass du mich liebst.«

Sofort wird seine Miene wieder ernst. »Ich bin wirklich froh, dass dir nichts Schlimmeres passiert ist, Dahlia. Gute Nacht. Wir sehen uns in ein paar Stunden.«

Er wirft einen Blick auf River, nickt und zieht die Tür hinter sich zu. Wir wollen mitten in der Nacht aufbrechen, damit Xander nach unserer Rückkehr noch etwas arbeiten kann. River kommt zurück ans Bett, setzt sich neben mich, schiebt mir die widerlichen Riesenpillen in den Mund, und dann teilen wir uns das Essen und schlafen eng umschlungen ein.

*

Durch die Autofenster strömt das Mondlicht, und die Sterne über uns blinken, als Xander uns nach Hause fährt. Ich liege auf Rivers Schoß gebettet, und er streicht mir mit den Fingern übers Haar und singt »Losing My Religion« mit, wobei seine Stimme wehmütig und traurig klingt. Als der Song vorbei ist, hebe ich die Hand und streichle sein Gesicht. »Ich liebe dieses Lied. In dem Jahr, als R. E. M. es rausbrachten, habe ich sie bei einem Konzert im Greek gesehen.«

Er nimmt meine Hand und küsst zärtlich meine Finger. »Ich habe eine eher ambivalente Beziehung zu dem Lied.«

Xander stößt ein leises Lachen aus. »Na, wohl eher das Lied zu dir.«

Ich kämme Rivers Haare mit den Fingern, zupfe sanft an einer Strähne, und er grinst. »Warum denn das?«, erkundige ich mich.

Er rutscht ein wenig auf dem Sitz weiter herunter, bis mein Kopf auf seinen straffen Bauchmuskeln zu liegen kommt, und klopft mir lachend auf den Arm. »Als der Song in die Top Five kam, fand mein Dad, ich sollte Mandoline-Spielen lernen. Er hat immer alle Hits studiert, um herauszufinden, weshalb sie erfolgreich waren. Dabei hat er vor allem darauf geschaut, was an den Songs besonders war, und vor ›Losing My Religion‹ gab's nur einen anderen Hit, in dem eine Mandoline wichtig war.«

Zu meiner Überraschung fängt der sonst immer so ernste

Xander schallend an zu lachen, aber River weist ihn kopfschüttelnd zurecht. »Halt die Klappe, Mann.«

Allerdings blitzen auch seine Augen schelmisch auf, und es beruhigt mich, dass er über diese Erinnerung an seinen Vater lachen kann. Er erwähnt ihn nur sehr selten, und bisher war seine Miene dabei immer völlig ausdruckslos. Aber es freut mich, dass auch er anscheinend glückliche Erinnerungen an seinen Dad hat. Plötzlich muss ich ihn ganz einfach küssen. Ich ziehe seinen Kopf zu mir herab und presse meine Lippen fest auf seinen Mund. »Erzähl mir, was damit war«, bitte ich ihn und fahre mit den Fingerspitzen die Konturen seines muskulösen Oberkörpers nach.

»Fang jetzt bloß nicht an zu lachen, aber du kennst doch bestimmt den Spruch ›man schüttelt etwas aus dem Handgelenk‹.«

Ich nicke stumm.

»An dem ist wirklich was dran. Denn wenn man auf einer Mandoline die richtigen Töne treffen will, muss man das Handgelenk gleichzeitig sachte und schnell bewegen können, und egal, wie oft ich es versucht habe – ich war einfach ein hoffnungsloser Fall.«

»Erzähl ihr auch noch den Rest«, fordert ihn Xander auf.

»Meinetwegen«, murrt er und verdreht die Augen. »Also, meinem Dad war klar, dass ich total frustriert war, deswegen hat er versucht, mir das Mandoline-Spielen mit dem zweiten Chart-Song beizubringen, in dem dieses blöde Instrument zum Einsatz kommt.«

Xander bricht erneut in schallendes Gelächter aus. »Oh Mann, ich sehe es noch deutlich vor mir.«

Ich versuche, mich ein wenig aufzurichten, aber River hält mich davon ab und fährt mit Grabesstimme fort. »Rod Stewarts ›Maggie May‹. Also habe ich mir seine Videos angesehen, und Xander kam dazu, als ich gerade Rods besonderen Gang aus dem Video zu ›Hot Legs‹ geübt habe. Denn ich hatte beschlossen, das Mandoline-Spielen wieder aufzugeben und mich lieber so cool zu bewegen wie der alte Rod.«

Das Bild, das mir dabei sofort vor Augen steht, ist einfach unbezahlbar, und wir brechen alle drei in lautes Lachen aus. Meine Güte, manchmal fühlt es sich so an, als zerreiße mir das Herz vor lauter Liebe zu dem Mann, der mich in den Armen hält. Denn neben allem anderen macht mich auch oder vor allem sein Sinn für Humor total verrückt.

Er sieht mir ins Gesicht, und obwohl wir uns mit seinem Bruder unterhalten, geraten unsere spielerischen Berührungen zu sinnlichen Liebkosungen. Er legt die Hand auf meinen Bauch und schiebt die Finger unter den Saum meines Hemds auf meine nackte Haut. Ich ziehe währenddessen gerade Linien über jeden Muskel seines Waschbrettbauchs, und je tiefer ich dabei gelange, umso schwerer atmet er. Schließlich beugt er sich zu mir herab, presst mir seine weichen Lippen auf den Mund und ich schlinge ihm die Arme um den Hals. Einen Augenblick lang gehen wir völlig ineinander auf, und ich stoße einen leisen Seufzer aus.

Xander räuspert sich. »Die Fenster sind inzwischen so beschlagen, dass ich kaum noch was sehen kann. Könntet ihr wohl aufhören, euch wie zwei verliebte Teenies aufzuführen?«, fragt er und stellt das Radio lauter.

Kurz vor Tagesanbruch setzt Xander uns zu Hause ab, und mit zwei Bechern Kaffee setzen wir uns hinters Haus. Es genügt mir völlig, schweigend neben meinem Liebsten zu sitzen und den Sonnenaufgang zu genießen, aber mitten in die Stille des noch etwas kühlen Morgens hinein fragt er mich mit einem Mal: »Warum warten wir eigentlich noch mit der Hochzeit?«

Er küsst mich auf den Kopf und fährt mit rauer Stimme fort. »Es kommt mir vor, als hätte ich schon mein ganzes Leben nichts anderes getan, als auf dich zu warten. Und jetzt will ich nicht länger warten.«

Ich drehe mich vorsichtig so, dass ich ihm in die Augen sehen kann. »Ich weiß es nicht genau. Aber wenn du es so formulierst, will ich auch nicht länger warten.«

»Was würdest du dazu sagen, wenn wir ein Flugzeug mieten, nach Las Vegas fliegen und noch heute heiraten? Ich kann das innerhalb von ein paar Stunden arrangieren. Wir fliegen hoch, heiraten und sind zum Sonnenuntergang wieder hier.«

»Und es macht dir nichts aus, deine Familie nicht dabeizuhaben?«

Er zögert nur einen Moment, zieht mich dann aber an seine Brust und sieht mich aus den Tiefen seiner grünen Augen an. »Ich werde nicht zufrieden sein, bis ich jeden Morgen neben meiner Frau aufwache. Dahlia, wir zwei auf immer und ewig, das ist alles, was ich will. Wir können später feiern, wenn es dir wieder bessergeht. Wir können sogar noch eine richtige Hochzeitszeremonie hier abhalten. Aber ich will nicht, dass mir so etwas wie im Krankenhaus noch mal passiert. Wirst du mich heute heiraten?«

Er ist romantisch, furchtlos, voller Leben, und ich liebe ihn so sehr, dass es mir regelrecht den Atem raubt. Wieder schlinge ich ihm die Arme um den Hals, suche mit den Lippen seinen Mund, und während hinter dem Hollywood-Schriftzug die Sonne aufgeht, sehe ich ihn lächelnd an. »River Wilde, ich werde dich sehr gerne heute heiraten.«

Er stöhnt an meinem Mund, und das Geräusch lässt meine Haut vibrieren. Mein Lächeln wird noch breiter, und er küsst mich einmal, zweimal, so oft, bis wir beide völlig außer Atem sind. Dann macht er sich von mir los, steht auf und sieht mich seinerseits mit einem breiten Lächeln an. »Bleib hier. Ich bin sofort zurück.«

Da ich sowieso nicht vorhabe, mich jetzt vom Fleck zu rühren, kann er völlig sicher sein. Schließlich kommt er wieder und hält Stella in der Hand. Ich sehe den vertrauten Glanz und die ansteckende Freude in seinen Augen, als er sich mit der Gitarre ans Fußende der Liege setzt. Seine Haare wehen in der leichten Morgenbrise. Ich schiebe mich an ihn heran, lege das Kinn auf seine Schulter und schmiege die Stirn an seinen Hals.

Seine heiße Haut weckt alle meine Sinne, und ich sehe seine

Hand über die Saiten tanzen. Dazu singt er leise »You and Me«, und ich kann jede noch so winzige Bewegung seines Körpers spüren, als würde ich selbst das Instrument spielen. Ich lege die Hand auf seine Hüfte, er erschaudert, und die Hitze seines Körpers wandert meinen Arm herauf. Ich lenke den Blick zurück auf sein Gesicht, in dem ich deutlich sehen kann, was in meinem Leben gut und richtig ist und dass unsere Liebe ewig währen wird.

Er singt die letzte Zeile dicht an meinem Ohr, und jetzt erschaudere ich, als sein warmer Atem meinen Nacken streift. Ich könnte tausendmal zusehen, wenn er spielt, und zuhören, wenn er singt, und bekäme trotzdem nie genug davon. Er lehnt den Kopf an meine Wange, spielt die letzten Noten, und als die Musik verklingt, wird mir bewusst, was für ein Riesenglück ich habe, weil ich für den Rest meines Lebens mit einem so wunderbaren Mann zusammenleben darf.

*

Ein paar Stunden später sitze ich an unserer Frühstückstheke, wo mir Caleb gerade eine Einweisung in unser neues Sicherheitssystem gegeben hat, als es plötzlich klingelt. Und noch ehe River an die Tür gehen kann, weiß ich, wer es ist. Kaum dass Aerie in den Flur getreten ist, ruft sie auch schon besorgt und erleichtert zugleich: »Da bist du ja! Wie geht es dir?«

Es ist erst eine Stunde her, seit ich sie angerufen habe, um zu sagen, dass wir heimgekommen sind, und schon ist sie hier. Sie stürzt auf mich zu, und ich stehe langsam auf. Denn, wahrscheinlich von der langen Autofahrt nach Hause, tun mir heute alle Knochen weh. »Wirklich – es geht mir gut! Ich sehe viel schlimmer aus, als ich mich fühle.«

»Es tut mir schrecklich leid, dass ich nicht zu dir ins Krankenhaus gekommen bin. Aber auf der Arbeit war der Teufel los«, sagt sie und schlingt dann die Arme um mich. Ich zucke leicht zusammen, und sie lässt mich eilig wieder los. »O mein Gott, es tut mir leid. Ich wollte dir nicht weh tun!« Sie bedenkt mich mit einem sorgenvollen Blick – diese Frau, die mir schon so oft geholfen hat, dass ich es längst nicht mehr zählen kann. Natürlich hat sie sich sofort nach meinem Anruf auf den Weg hierher gemacht. Und sieht in ihrem roten Etuikleid, den schwarzen Highheels und dem passenden Stirnband wieder einmal rundum phantastisch aus.

»Es geht mir gut«, flunkere ich, damit sich Aerie keine Sorgen macht. Nachdem ich ins Krankenhaus gekommen bin, haben wir schon derart oft telefoniert, dass sie wahrscheinlich mehr über den Zwischenfall weiß als River.

»Was ist denn auf der Arbeit los?«

Sie verdreht die Augen und erklärt: »Der Sohn des Eigentümers hat beschlossen, dass er stärker eingebun ...« Doch bevor sie ihren Satz beenden kann, sieht sie mich plötzlich fragend an. »Warum bist du so angezogen?«

»Wie bin ich denn angezogen?«, frage ich geziert zurück und kämpfe heldenhaft gegen ein kilometerbreites Lächeln an.

»Du trägst ein Kleid! Du bist aufgemotzt, als wolltest du irgendwohin, statt in einer alten Jogginghose in der Falle zu liegen und dich zu erholen. Du hast sogar hochhackige Schuhe an. Die trägst du sonst immer nur, wenn du von mir dazu gezwungen wirst.«

Ich blicke über die Schulter in die Küche, wo mein Schatz mit Caleb spricht, und als er nickt, platzt es aus mir heraus. »Wir fliegen noch heute nach Las Vegas, um zu heiraten!«

Sie klatscht begeistert in die Hände und springt fröhlich auf und ab, bis sie plötzlich stocksteif vor mir stehen bleibt. »Moment mal! Dahlia London, du kannst nicht einfach so durchbrennen. Das geht nicht. Schließlich will ich dich bei deiner Hochzeit sehen.« Wieder schlingt sie mir die Arme um den Hals und tritt dann einen Schritt zurück. »Tut mir leid, tut mir leid.« Sie wischt sich die Tränen von den Wangen und ringt um Fassung.

In mir melden sich leise Schuldgefühle, die ich aber gleich

wieder verdränge. »Wenn die Band von der Tournee zurück ist, holen wir die Riesenfeier einfach nach, okay?«

River tritt um den Tresen und flüstert Aerie etwas ins Ohr, bevor er mich an seine Seite zieht. »Wir werden später feiern, aber heiraten wollen wir jetzt sofort.«

»Ist die Reise nicht zu anstrengend für dich?«, fragt Aerie mich besorgt.

Ich schüttle nachdrücklich den Kopf. »Wirklich, Aerie, ich fühle mich gut. Ehrenwort.«

River küsst mich zärtlich auf den Kopf und wendet sich dann wieder meiner Freundin zu. »Kaffee?«

»Nein, du weißt doch, dass ich dieses Zeug nicht trinke. Das ist reines Oktan, und genauso schmeckt es auch.«

Er murmelt: »Ich verstehe einfach nicht, wie jemand ohne Kaffee überleben kann«, und geht lachend wieder in die Küche.

Dann klingelt sein Handy, und ich höre, wie er sagt. »Xander. Nein, ich habe dir doch schon gesagt, dass ich mich frühestens übermorgen mit ihr treffen kann. Es ist mir scheißegal, was diese Tussi will.« Ich sehe besorgt hinüber, aber er nickt mir zu und setzt dabei ein nicht ganz echtes Lächeln auf. Als das Telefongespräch beendet ist, sieht er mich fragend an. »Ich muss noch ein paar Dinge erledigen, Dahlia. Ist das okay für dich?«

Aerie scheucht ihn fort. »Sie kommt auch ein paar Stunden ohne dich zurecht«, erklärt sie und zieht mich kurzerhand Richtung Sofa.

Er küsst mich auf den Mund. »Bist du sicher?«

»Ja. Es geht mir gut. Du kannst ruhig gehen«, versichere ich ihm und erwidere seinen Kuss.

Ich erzähle Aerie noch mal, was geschehen ist und wie es zu unseren spontanen Hochzeitsplänen kam, und als sie das Gefühl hat, dass sie alles weiß, steht sie entschlossen auf. »Ich bin in einer Stunde wieder da. Hau bloß nicht ab, bevor ich wiederkomme. Ich meine es ernst!«

»Wo willst du denn hin?« Ich sehe auf die Uhr.

»Das wird eine Überraschung. Warte hier auf mich. Bitte.«

»Meinetwegen. Eine Stunde, aber länger nicht.«

Sie winkt mir kurz zu, stürzt aus dem Haus und ist pünktlich eine Stunde später wieder da. Mit einer Einkaufstüte und einem grauen Kleidersack bewehrt, zwingt sie mich, vom Sofa aufzustehen und mit ihr ins Schlafzimmer zu gehen.

»Jede Prinzessin braucht ein Hochzeitskleid, wenn sie heiraten will.« Sie öffnet den Reißverschluss des Kleidersacks und zieht ein wunderschönes weißes Seidenkleid daraus hervor. Einfach, aber elegant. Ein ärmelloses Cocktailkleid mit tiefem V-Ausschnitt und einem mit winzigen Perlen bestickten ausgestellten Rock. Die wunderhübschen feinen Seidenstickereien auf dem Oberteil verleihen dem Kleid einen so dezenten Chic, dass es haargenau das Richtige für einen solchen Anlass ist. Es ist einfach rundherum perfekt.

Sie lässt mich auf dem Bett Platz nehmen, nimmt schlichte silberne Highheels aus ihrer Tüte und zieht sie mir an. »Weil du genau wie Cinderella deinen Traumprinzen gefunden hast«, stellt sie mit Tränen in den Augen fest und holt noch eine Schachtel aus ihrer Tüte. Ich klappe sie auf und sehe, dass ein mit kleinen blauen Strass-Steinen besetztes weißes Stoffband darin liegt. »Das Kleid ist neu, das Band ist blau.« Sie nimmt mir das Strumpfband aus der Hand und schiebt es bis zum Oberschenkel an meinem Bein herauf. Ich muss einfach lachen, weil sie das Bedürfnis hat, die typischen Hochzeitstraditionen zu befolgen. Was unglaublich rührend ist.

Nachdem sie mein Gesicht gepudert und meine Kratzer auf der Wange bestmöglich kaschiert hat, steht sie wieder auf und überreicht mir ihre Perlenohrringe. »Und die hier sind geborgt.« Ich habe die Ohrringe von ihrer Urgroßmutter immer schon geliebt, und nehme eilig meinen eigenen Ohrschmuck ab, lege ihren an, trete vor den Spiegel und finde – jetzt sehe ich wirklich aus wie eine Braut. Trotz der Schmerzen, die mir dabei durch den Körper schießen, schlinge ich ihr die Arme um den Hals. »Ich liebe dich und werde dich für alle Zeiten lieben, Aerie Daniels. Vielen, vielen Dank!«

»Nichts zu danken. Schließlich konnte ich nicht zulassen, dass meine beste Freundin heiratet und nichts zum Anziehen hat. Ehrlich gesagt, hatte ich Angst, du trittst vielleicht in deinen Converse vor den Traualtar.« Ich lache fröhlich auf, schnappe meine Kamera und mache ein Bild von uns. Sie ist schon so lange meine beste Freundin, dass ich diesen Augenblick mit ihr für alle Zeiten festhalten will.

Dann verabschiedet sie sich, weil sie sich langsam wieder an die Arbeit machen muss, und als ich allein bin, denke ich darüber nach, wie drastisch sich mein Leben im vergangenen Jahr verändert hat. Als mein Blick auf Grammys Perlenkette fällt, die an dem Spiegel über der Kommode hängt, nehme ich sie ab und lege sie mir um den Hals. Denn schließlich hat mir etwas aus meiner Vergangenheit noch gefehlt. Dabei habe ich ein seltsames Gefühl, als hätte ich diesen Moment schon mal erlebt. Heute werde ich die Frau des Mannes, der mein Leben völlig umgekrempelt und mir gezeigt hat, dass man zweimal lieben kann. Ich hatte gedacht, dass Ben für mich der Mann fürs Leben ist. Niemals wäre mir in den Sinn gekommen, dass ich noch ein zweites Mal dem Mann fürs Leben begegnen kann.

Ich bin unglaublich glücklich, gleichzeitig auf einmal aber auch traurig wegen der Menschen, die ich verloren habe. Deshalb lenke ich den Blick nach oben und spreche für jeden Einzelnen ein lautloses Gebet. Ich sage meinen Eltern, ich würde mir wünschen, dass sie heute bei mir wären. Danke meinem Onkel, weil er sich um mich gekümmert und mich auf dem rechten Weg gehalten hat. Flüstere dem ersten Mann, den ich hätte heiraten wollen, zu, dass ich ihn immer lieben werde und er immer einen ganz besonderen Platz in meinem Herzen haben wird. Dann sehe ich noch einmal in den Spiegel und atme tief durch. Denn jetzt bin ich bereit.

Mein Handy-Akku ist mal wieder fast leer und ich hoffe, dass die Zeit noch reicht, um ihn vor unserem Abflug aufzuladen. Eilig kehre ich ins leere Wohnzimmer zurück, gehe weiter in die Küche, lege dort das Handy in die Ladeschale, mache auf dem Absatz kehrt und sehe seine wundervolle Silhouette in der Tür. Er kommt auf mich zu und sieht unwiderstehlich aus.

Ich kann ihn nur mit großen Augen anstarren, denn ich werde heute seine Frau.

Er seinerseits sieht mich mit einem breiten Lächeln an. »Du siehst phantastisch aus.«

Ich erwidere sein Lächeln, gehe auf ihn zu, und als wir uns in der Mitte treffen, zieht er mich an sich und flüstert mir ins Ohr. »Komm, schöne Frau, das Handy brauchst du heute nicht.«

Wir machen uns wieder voneinander los, bereit, den nächsten Schritt zu gehen.

Mit einem Mal klingelt sein Handy, und als er es aus der Hosentasche zieht, werfe ich einen Blick aufs Display und sehe, dass es Xander ist. Als er nicht drangeht, sehe ich ihn fragend an. »Hey, was ist zwischen dir und Xander los? Was wollte er vorhin am Telefon?«

Er schüttelt nur den Kopf. »Du kennst doch Xander. Immer, wenn er etwas will, will er es sofort.«

»Und was will er jetzt?«

»Dass ich Ellie treffe.«

»Wer ist Ellie?«

»Unsere Kontaktfrau bei der Plattenfirma. Aber die ist jetzt erst mal egal.«

Er küsst mich zärtlich auf die Stirn und bedenkt mich mit seinem liebevollen Blick, dem ich total verfallen bin: »Bist du bereit, meine Frau zu werden?«

Ich fühle mich ganz wacklig auf den Beinen, als ich einen Schritt zurücktrete, um ihm ins Gesicht zu sehen. »Nur wenn du versprichst, mich für immer zu lieben.«

Vorsichtig umfasst er mein Gesicht. »Schöne Frau, dieses Versprechen habe ich mir selbst gegeben, als ich dich zum ersten Mal geküsst habe. Ich verspreche, ich werde dich immer lieben. Wie könnte ich nicht?«

Da die Worte von Herzen kommen, breche ich in Tränen aus. Ich liebe ihn so sehr. Er umarmt mich, nicht zu fest, aber doch fest genug, dass ich seine Liebe spüren kann und weiß: Er wird für immer mir gehören. Dann küsst er mich erneut und sagt: »Und wenn du erst Mrs Wilde bist, werde ich dir zeigen, wie sehr.«

Er nimmt meine Hand, und wir gehen los. Doch gerade, als wir durch die Haustür treten wollen, erklingt auf meinem Handy der Klingelton »Amazing Grace«. Ich drehe mich noch einmal um. »Lass mich schnell noch rangehen, River. Schließlich will ich nicht, dass Grace sich noch mehr Sorgen um mich macht.«

Ich lasse ihn los, laufe in die Küche und gehe an den Apparat. »Hallo?«

Kapitel 2

Home

Bens Tagebuch

Endlich bin ich aus dem Konferenzraum raus und wieder daheim. Ich hätte nie damit gerechnet, je wieder hierher zurückzukommen, also kann ich auch nicht sagen, dass es eine lange Reise war. Aber auf jeden Fall bin ich heilfroh, nach fast drei Jahren wieder hier zu sein. Auch wenn ich noch gar nicht glauben kann, dass ich wieder in Laguna bin, der Stadt, die ich liebe, und bei den Menschen, die ich liebe.

Bevor ich das Büro am Wiltshire Boulevard verlassen habe, versicherten mir die Anzugträger noch, es würde erst beim Prozess öffentlich bekanntgegeben, dass ich von den Toten auferstanden bin. Also brauche ich mich nicht sofort mit all diesen Fragen rumzuschlagen, außer natürlich mit denen, die mir die Familie und mein Mädchen stellen werden. Das Wiedersehen mit meiner Mutter war viel emotionaler als erwartet. Als einer der Anzugträger kam, um mir zu sagen, sie sei mit Special Agent Bass draußen im Wartezimmer, setzte mein Herz einen Schlag aus, ich bin aber trotzdem sofort losgestürzt. Denn ich wollte dabei sein, wenn sie es erfährt. Mir war klar, natürlich würde es ein Riesenschock für sie sein, dass ich tatsächlich noch am Leben bin. Dass ich an dem Abend vor drei Jahren, als ich mit meinem Mädchen auf dem Weg zu einer Preisverleihung war, nicht wirklich erschossen wurde.

Ich rannte durch den Flur und an dem runden goldenen FBI-Siegel, dem gerahmten Bild des Präsidenten und diversen Fahndungsplakaten vorbei. Meine Mom und die Spezialagentin saßen auf zwei Stühlen in der Ecke des nüchternen Raums. Meine Mutter weinte, deshalb wusste ich, sie hatten es ihr schon gesagt, und als ich ihre Tränen sah, bereute ich sofort, dass ich jemals dazu bereit gewesen war, allen vorzugaukeln, man hätte mich umgebracht. Ihr Gesicht war vom emotionalen Schock gezeichnet, und meine Gewissensbisse, weil ich einfach abgehauen war, statt zu bleiben und den Fall dem FBI zu übergeben, lasteten so schwer auf mir wie nie zuvor. Aber Caleb hatte die Dinge in die Hand genommen und die Behörde kurz nach meinem Weggang kontaktiert. Deshalb hatten sie, auch wenn mir das nicht klar gewesen war, bereits seit einer ganzen Weile mit dem Fall zu tun gehabt.

Als Mom aufsah, bemerkte ich, dass sie zitterte und völlig aus dem Gleichgewicht war. Zögernd stand sie auf, und ich ging zu ihr, um sie spüren zu lassen, dass ich wirklich noch am Leben war. Sie blinzelte, seufzte tief auf, und dann schlang sie mir die Arme um den Hals. Ich war völlig überwältigt und zog sie, so fest es ging, an meine Brust. Sie hatte mich stets in allen Dingen unterstützt. Aus ihrer Sicht konnte ich keinen Fehler machen – denn ich war ihr goldener Junge, das genaue Abbild seines Vaters, und sie hatte meinen Vater abgöttisch geliebt. Schließlich trat ich wieder einen Schritt zurück und ging ruhig auf ihre unzähligen Fragen ein.

Unser kurzes, aber hochemotionales Wiedersehen wurde dadurch unterbrochen, dass einer der Anzugtrager hereinkam. Wir wurden wieder durch den kahlen Flur ins Konferenzzimmer geführt, in dem ich bereits stundenlang gesessen hatte, aber diesmal ließen sie uns allein. Meine Mutter sah mich an, und als sie zusammenbrach, war es auch um mich geschehen. Ich hatte sie vermisst. Genau wie Dahl war sie immer für mich da gewesen, hatte stets an mich geglaubt und mich bedingungslos geliebt. Irgendwann jedoch war sie dann aber wieder gefasst genug, um sich anzuhören, wo ich all die Zeit gesteckt hatte, was der Grund für mein Abtauchen gewesen war und weshalb ich jetzt wieder zurückkehrte.

Ich versuchte, möglichst keine Einzelheiten zu erwähnen. Denn sie sollte zwar verstehen, was geschehen war, sich aber nicht noch größere Sorgen machen als bisher.

Sobald wir nach Hause kamen, rief sie bei Serena an, und sie und Trent kamen sofort vorbei. Anfangs war Serena ziemlich angepisst und hat mich lautstark angeschrien, bevor sie mit einem Mal in Tränen ausgebrochen ist. Aber Trent sah nicht nur glücklich, sondern irgendwie erleichtert aus. Zugleich war er total nervös, und ich habe mich gefragt, ob er wohl irgendetwas nimmt. Meine Mom wirkte vollkommen erschüttert, als ich sie danach fragte, und ich hatte das Gefühl, als wüsste sie mehr, als sie verraten hat. Denn sie meinte nur, Serena hätte es im Augenblick nicht leicht mit ihm, denn er würde machen, was er will. Den Rest des Tages haben wir geredet, und sie meinte ein ums andere Mal, ich hätte ihnen allen unglaublich gefehlt.

Ich dachte, das Wiedersehen mit Dahl wäre das Wichtigste für mich, aber bei dem Gespräch mit Mom wurde mir klar – sie braucht mich erst einmal noch mehr. Und als ich später meinte, dass ich Dahl anrufen wollte, bestand Mom darauf, noch einen Tag zu warten und vor allem erst mal selber an den Apparat zu gehen. Und um sie nicht noch mehr aufzuregen, habe ich klein beigegeben. Denn sie wirkte sowieso schon gestresst.

Aber ich habe sie gefragt, ob Dahl inzwischen einen anderen hat. Erst hat sie gezögert, aber dann hat sie gesagt, es gäbe jemanden, mit dem Dahl seit ein paar Monaten zusammen sei. Ich nehme an, sie hat damit den Kerl gemeint, von dem auch Caleb schon geredet hat. Nicht, dass ich nicht gewollt hätte, dass sie ihr Leben weiterlebt – schließlich hätte ich niemals gedacht, dass ich noch einmal zurückkomme. Doch genauso wenig wäre ich jemals auf die Idee gekommen, selbst mit ansehen zu müssen, wie sie einen anderen hat.

Außerdem wollte ich wissen, ob Dahl nach meinem Abgang

häufiger mit irgendwelchen Typen ausgegangen ist, und das hat Mom verneint. Dabei hatte ich gehofft, sie hätte auch noch andere gehabt, denn das hätte sie mir ähnlicher gemacht. Dann hätte sie getan, was ich getan habe, und lediglich versucht, einen Ersatz für mich zu finden, denn genau darum habe ich mich nach meinem Umzug nach New York umgesehen – nach einer Frau, die sie mir ersetzen könnte. Zu Anfang war ich vollkommen verloren, denn ich hatte keinen Menschen dort. Ich habe in den ersten Monaten mit niemandem gesprochen und mich auch nur selten aus dem Haus gewagt. Dann, nach einer Weile, habe ich versucht, etwas mit einem Mädchen anzufangen, aber alles, was wir unternommen haben, hat mich an mein Leben hier erinnert, und das war dem Mädchen gegenüber irgendwie nicht fair.

Im Herbst trat ich dann eine Lehrerstelle an, aber auch die Arbeit half mir nicht, Dahl zu vergessen. Denn sie hätte mich an Halloween gebraucht, und ich war nicht für sie da. Also bin ich losgezogen, um mich zu besaufen, und habe ein Mädchen, das ihr ähnlich sah, gefickt. Was der Anfang eines Weges war, an den ich mich inzwischen nur noch undeutlich erinnern kann. Arbeit, Essen, Trinken, Ficken. Schließlich hätte ich niemals gedacht, dass ich sie noch mal wiedersehen würde, also habe ich so ziemlich jede langbeinige blonde Frau, die mir über den Weg lief, flachgelegt. Und in New York gibt es wahrscheinlich Tausende von langbeinigen blonden Frauen. Aber etwas Festes wurde daraus nie ..., denn sie waren nun einmal nicht Dahl, und eine solche Nähe wie zu ihr wollte ich ganz einfach nicht noch mal.

Im Lauf der Zeit habe ich die Versuche aufgegeben, sie durch eine andere zu ersetzen, denn sosehr ich es auch wollte, es gab einfach nirgendwo einen Ersatz für sie. Und irgendwann war es egal, ob die Mädchen groß und blond oder eher klein und dunkelhaarig waren, denn sie sollten mich befriedigen, sonst nichts.

Mein Bedürfnis, Dahl bei mir zu haben, hat sich nie gelegt, aber kurz nachdem mich Caleb anrief, um zu sagen, dass er

Dahl mit irgendeinem Typen aus den Hills gesehen hätte, lief mir Kimberly über den Weg. Und auch wenn ich es entsetzlich fand, dass Dahl ihr Leben einfach weiterlebte, konnte ich nach diesem Anruf endlich mit dem Thema abschließen und stellte auch das dämliche Herumgeficke ein. Kimberly und ich fingen eine ernsthafte Beziehung an, und nach ein paar Monaten war ich wieder halbwegs im Gleichgewicht. Hatte eine Beziehung und funktionierte wieder fast normal. Ich habe sie nie hintergangen, denn ich hatte sie tatsächlich gern. Meinetwegen, vielleicht sah sie Dahlia ein bisschen ähnlich, auch wenn ihr Verhalten völlig anders war. Sie hat mir nie den Kopf gewaschen, wenn ich irgendwelchen Scheiß verzapft habe, und mir auch niemals irgendwelche Grenzen aufgezeigt. Wir hatten guten Sex und eine wirklich nette Zeit. Sie war unabhängig und hat nie auf mehr gedrängt, als ich ihr hätte geben wollen. Deshalb war das zwischen uns echt gut.

Hoffentlich ist die Geschichte zwischen Dahl und diesem Kerl wie die Sache zwischen mir und Kimberly – das heißt, nicht auf Dauer angelegt. Als ich hörte, dass ich hier in Kalifornien wieder in Erscheinung treten kann, habe ich mich gleich bei Kimberly gemeldet und gesagt, ich müsste wegen eines familiären Notfalls heim und würde sie so bald wie möglich wieder anrufen. Dabei wusste sie noch nicht einmal, wo mein Zuhause war, denn diesbezüglich habe ich mich immer nur sehr vage ausgedrückt. Sie wusste, dass ich aus Kalifornien kam, dachte aber, mein Name sei Alex, und ich habe diesen Irrtum niemals aufgeklärt. Ich habe zum letzten Mal mit ihr gesprochen, bevor ich New York verlassen habe. Irgendwann werde ich mich noch einmal bei ihr melden – weil ich ihr das einfach schuldig bin. Nur ist mir bisher nicht ganz klar, was ich ihr sagen soll.

Am schlimmsten daran, dass mein Mädchen jetzt womöglich einen anderen hat, ist die Tatsache, dass sie bisher noch nie mit einem anderen als mir zusammen war. Denn ich hatte gedacht, ich würde der Erste und zugleich der Letzte für sie sein. Was jetzt nicht mehr möglich ist. Und rückblickend betrachtet, kann ich einfach nicht verstehen, weshalb ich mich nicht mehr darum bemüht habe, dass unser beider Leben rundum phantastisch ist.

Hat sie deshalb diesen neuen Kerl? Es macht mich verrückt, mir vorzustellen, was sie vielleicht in ihm sieht. Irgendetwas muss er an sich haben, denn von all den Dingen, die sich in den letzten Tagen zugetragen haben, hat mich ein Satz meiner Mom am heftigsten schockiert. Sie hat mir erzählt, Dahl wäre mit dem Kerl verlobt. Als wäre es nicht schon schlimm genug, zu wissen, dass ein anderer sie berührt hat, musste ich mir auch noch anhören, dass sie Heiratspläne hat. Ein furchtbarer Gedanke, der mir regelrecht das Herz zerrissen hat.

Kapitel 3

Here and Now

Ich tausche mein Hochzeitsoutfit gegen eins von Rivers Hemden, Jeans und meine Converse ein, und wir fahren zu Graces Haus. Ich mache mir Sorgen, denn bei unserem kurzen Telefongespräch hat sie lediglich gesagt, dass sie mich persönlich sprechen muss. Ich hoffe nur, dass sie in Ordnung ist. Es hatte sich angehört, als hätte sie geweint, und ihre Stimme hatte einen ungewöhnlich eindringlichen Klang gehabt.

Offenbar war mir mein Unbehagen anzusehen, denn mit besorgter Miene drückt River meine Hand und sieht mich beruhigend, aber mit einem etwas gezwungenen Lächeln an. Ich will ihn fragen, was er denkt, worüber Grace so dringend mit mir reden will, doch ich habe Angst vor seiner Antwort. Was, wenn Grace oder Serena oder Trent irgendetwas zugestoßen ist? Ich habe einen dicken Kloß im Hals, greife nach der Wasserflasche, die ich mitgenommen habe, drehe langsam den Deckel auf und trinke einen großen Schluck.

River hat sein Handy zum Aufladen in den Pseudo-Aschenbecher gelegt, und als es plötzlich klingelt, fahre ich zusammen. Doch auf dem Display leuchtet der Name »Charlotte Tyler« auf. Als ich nach dem Handy greife, um es ihm zu geben, nimmt er meine Hand. »Lass es einfach klingeln, ja? Ich glaube, Xander hat Verdacht geschöpft, als ich vorhin mit ihm gesprochen habe, und wahrscheinlich hat er Mom gegenüber etwas angedeutet, und jetzt will sie rausfinden, was los ist.«

Ich nicke, und nachdem das Klingeln aufgehört hat, drückt er auf den Knopf oben an seinem Smartphone und schaltet es aus. Ich stelle das Radio an und starre aus dem Fenster, aber als Gavin DeGraws »I'm in Love with a Girl« erklingt, schalte ich es eilig wieder aus. Ich kann den Song einfach nicht hören, denn er erinnert mich zu sehr an meine letzte Autofahrt mit Ben.

Ich war noch nie so dankbar, die steinerne Einfahrt vor Graces Haus zu sehen, wie in diesem Augenblick. Sobald der Wagen steht, hebt River meine Hand an seinen Mund, küsst sie sanft und stellt den Motor aus. Ich kann den Blick einfach nicht von ihm lösen, und ich weiß, wahrscheinlich tut mein allzu fester Händedruck ihm weh. »Tut mir leid, dass wir den Abflug nach Las Vegas kurzfristig verschieben mussten, aber Grace klang, als würde sie mich wirklich brauchen.«

Er erwidert mein flüchtiges Lächeln. »Schöne Frau, wir werden noch unser ganzes Leben lang zusammen sein. Das ändert sich auch nicht, wenn unsere Hochzeit ein paar Stunden oder Tage warten muss. Lass uns sehen, was Grace will. Und wer weiß, vielleicht schaffen wir es ja später noch zum Flughafen.«

Er öffnet mir die Wagentür, und auf dem Weg zum Eingang drehe ich mich noch mal um und stelle fest, dass jetzt auch Calebs Wagen in der U-förmigen Einfahrt steht. Ich finde es ein bisschen lächerlich, dass er uns den ganzen Weg bis nach Laguna hinterhergefahren ist, aber für eine Diskussion darüber ist dies sicher nicht der rechte Augenblick. Als ich feststelle, dass auch Serenas Wagen neben der Garage steht, breche ich in echte Panik aus. Um mich zu beruhigen, hole ich tief Luft und öffne dann die Tür. »Grace? Wir sind da. Tut mir leid, dass es nicht schneller ging, aber es war furchtbar viel Verkehr.« Ich führe River in das Haus, das für mich immer ein zweites Zuhause gewesen ist.

Im großen Wohnzimmer brennt nur gedämpftes Licht. Grace steht in der Küchentür, und ich blicke mich suchend um, kann aber Serena oder Trent nirgendwo sehen. Es herrscht eine ungewohnte Unordnung im Raum. Auf dem Boden liegen Einkaufstüten, irgendjemand hat am Fuß der Treppe eine Reisetasche abgestellt, und auf dem Tisch liegen ein paar Zeitungen verstreut. Als Grace uns sieht, wischt sie sich eilig ein paar Tränen fort, und mir wird klar, dass irgendetwas Furchtbares geschehen sein muss. Das Gefühl verstärkt sich noch, als sie mich umarmt und gar nicht mehr loslassen will. »Dahlia«, stößt sie schließlich schluchzend aus, tritt einen Schritt zurück und umfasst mit beiden Händen mein Gesicht. »Oh, mein liebes Mädchen, ich weiß einfach nicht, wie ich es anstellen soll.« Sie lässt die Hände wieder sinken und sieht River seltsam an, bevor sie auch ihn kurz in die Arme nimmt.

Dann kommt auch Serena aus der Küche und stellt ein Tablett mit einer Kaffeekanne und vier Bechern auf den Tisch. »Dahlia, River, ihr seid hier.« Sie wendet sich stirnrunzelnd an Grace und sagt: »Bitte, Mom, setz dich hin. Lass Dahlia erst mal Luft holen.« Auch Serena hat geweint, und meine Panik nimmt weiter zu. Hilfesuchend sehe ich zu River hin, und er greift nach meine Hand und führt mich zu dem dick gepolsterten, riesigen Sofa, das mitten im Zimmer steht.

Dort setze ich mich neben Grace, und River nimmt auf meiner anderen Seite Platz. »Grace, was ist passiert? Du machst mir Angst.«

Tränen strömen ihr übers Gesicht, und ich breche ebenfalls in Schluchzen aus. Trostsuchend wende ich mich an Serena, aber sie weint ebenfalls. »Was ist los?« Mein Herz schlägt immer schneller, und als niemand etwas sagt, drücke ich Rivers Hand so fest, dass ich das Pochen seines Pulses spüren kann.

Schließlich räuspert sich Serena und fängt an zu sprechen. »Dahlia, River, wir müssen euch was sagen. Ich weiß, es wird ein …« Ich versuche zuzuhören, blende ihre Stimme aber einfach aus, als mit einem Mal ein Schatten aus der Küche kommt. Ich hebe den Kopf und sehe das Ebenbild von Ben.

Mein Magen zieht sich zusammen, und ich atme zischend

ein. Träume ich vielleicht? Das kann einfach nicht sein. Er ist tot. Das weiß ich ganz genau. Was ist nur mit mir los? Ich drücke Rivers Hand noch fester, denn mit einem Mal habe ich Angst, dass man im Krankenhaus womöglich eine ernste Kopfverletzung bei mir übersehen hat. In der Hoffnung, dass die Halluzination auf diese Art verschwindet, kneife ich die Augen zu, doch als ich sie wieder öffne, sehe ich auch weiterhin dasselbe Bild. Ich bin total verwirrt und habe eine Heidenangst.

Auf der anderen Seite des Tisches bleibt er stehen. Ich kann Stimmen, aber keine Worte hören. Ich höre die Stimme von River. Die Stimme von Ben. Und dass jemand weint. Nein, warte, einen Augenblick – das ist bestimmt nicht Ben. Ich weiß noch ganz genau, wie ich geschluchzt habe, als er gestorben ist. Weiß noch, wie ich zwischen seiner Mom und seiner Schwester in der Kirche saß und ihre Hände fest umklammert hielt, während Pater John die letzte Fürbitte gesprochen hat. Grace hat sich dabei an mich und ich habe mich an Serena angelehnt. Sie beide und auch ich haben dabei bitterlich geweint. Alle haben in dem Augenblick um ihn geweint – weil er nicht mehr am Leben war.

Ich erinnere mich an den letzten schmerzlichen Amen-Chor, bevor die Träger den elfenbeinfarbenen Sarg in den Leichenwagen schoben, der ihn zu seiner letzten Ruhestätte fuhr. Ich erinnere mich daran, dass ich Lebewohl gesagt habe, als man den Sarg mit seinem Leichnam in die Grube herabließ. Und später habe ich noch unzählige Male Lebewohl zu ihm gesagt.

Doch aus irgendeinem Grund – obwohl ich sicher weiß, dass er nicht mehr am Leben ist – kann ich ihn deutlich vor mir sehen. Er steht mir direkt gegenüber, und ich starre auf den Mann, der Bens Doppelgänger ist. Nein, nicht sein Doppelgänger – sondern Ben. Ich sehe ein Gesicht, das mir Rätsel aufgibt. Augen, die genauso blau sind wie damals. Die Haare sind ein bisschen kürzer, aber immer noch gewellt und dunkelblond, und die Kleider sehen genauso aus wie seine alten Kleider – ein leichtes Kapuzensweatshirt über Cargo-Shorts. Tränen rinnen ihm übers Gesicht. Die Gestalt sieht irgendwie wie Ben, aber gleichzeitig auch anders aus. Vielleicht älter? Aber immer noch unglaublich attraktiv. Immer noch der alte Ben. Als er plötzlich leise schnieft, kommt er mir noch realer vor, und ich muss vor ihn treten und mich vergewissern, dass er das nicht ist. Ich stehe auf, lasse die Hand von River los und gehe vorsichtig und langsam auf den Mann vor mir zu. Meine Fäuste sind geballt, das wilde Pochen meines Herzens sprengt mir fast die Brust, und eine Woge der Angst durchflutet meinen Körper. Alle starren mich an. Ich weiß, dass River mit mir spricht, aber ich höre ihm nicht zu. Ich muss einfach herausfinden, was ich da sehe.

Vor lauter Nervosität und Angst bekomme ich nur mühsam Luft und trete unsicher vor dieses Abbild meines ersten Freundes. Als ich vor ihm stehe, wird mir klar – es ist tatsächlich Ben. Vorsichtig lege ich eine Hand an seine Wange. Seine Haut fühlt sich völlig real an, auch wenn sie vielleicht ein bisschen weicher ist als in meiner Erinnerung. Er legt seine Hand auf meine und versucht, in meinem Gesicht etwas zu sehen, von dem ich nicht sicher bin, dass er es finden kann.

Als ich nicht reagiere, zieht er seine Hand wieder zurück und gleitet mit zitternden Fingern über den Perlenschmuck an meinem Hals. »Oh, Dahl, ich habe dich so sehr vermisst.«

Ich habe das Gefühl zu ersticken. Weil in meinen Lungen keine Luft mehr ist. Mir wird schwindlig. Warum träume ich mitten am Tag plötzlich von Ben? Ich habe Ben beerdigt. Warum also erscheint mir die Berührung seiner Hand derart real? Warum hallt seine Stimme so vertraut in meinem Innern nach? All das ergibt nicht den geringsten Sinn. Außer ihm nehme ich nichts mehr wahr.

»Benjamin«, sagt Grace mit leiser Stimme. »Ich denke, wir sollten uns erst mal setzen und erklären, was das alles zu bedeuten hat. Weil das schließlich ein Riesenschock für Dahlia war.«

Mit weit aufgerissenen Augen fahre ich zu ihr herum und strecke den Zeigefinger nach ihr aus. »Hast du eben Ben gesagt? Hast du ihn etwa auch gesehen?«

»Dahlia, bitte setz dich wieder hin«, sagt sie mit der ruhigen, begütigenden Stimme, die sie immer hat, wenn sie befürchtet, dass ich kurz davor bin durchzudrehen. Sie legt mir die Hände auf die Schultern und versucht, mich zu sich umzudrehen. Als River auf mich zukommt, fallen mir sein verständnisloser Blick und seine schockierte Miene auf. Trotzdem wende ich mich wieder der Gestalt zu, die aus meiner Sicht noch immer eindeutig ein Phantasiegebilde ist.

Als er sagt: »Ich bin es, Dahl. Ich bin es wirklich. Ich wurde nicht wirklich umgebracht. Ich war nicht wirklich tot. Ich habe es für dich getan. Das alles habe ich nur für dich getan«, muss ich mehrmals blinzeln und mich mächtig konzentrieren, um ihn zu verstehen.

Während ich die Worte noch verarbeite, vermute ich, dass ich offenkundig irgendwie in einer Parallelwelt gelandet bin. Ich zittere am ganzen Körper, und meine Knie geben nach, als ich ihn ansehe und schreie: »Was hast du für mich getan? O mein Gott! Was hast du für mich getan? Wer zum Teufel bist du?«

River legt mir die Arme um die Schultern und versucht mich wegzuziehen, aber ich kann mich nicht bewegen und bleibe wie angewurzelt stehen. Ich bin wie gebannt von diesem Mann, der aussieht wie mein Ben. Dann sehe ich in seine veilchenblauen Augen, und mit einem Mal wird mir bewusst, dass er es wirklich ist. Jetzt kann ich ihn sehen: den Jungen, mit dem ich zusammen aufgewachsen bin, den Teenie, den ich so gut kannte, den Mann, dessen Frau ich einmal hätte werden sollen.

River brüllt, Serena flüstert, Grace schluchzt, aber ich kann sie nicht verstehen und starre weiter auf den Mann, der fast mein ganzes Leben lang ein Freund und mehr für mich gewesen war und von dem ich angenommen hatte, dass er drei Jahre zuvor ermordet worden war. Er sieht mir noch immer reglos ins Gesicht. Tränen strömen ihm über die Wangen, und auch ich breche in hemmungsloses Schluchzen aus. »Verstehst du, was ich sage, Dahl … kannst du mich hören?«

Statt ihn aussprechen zu lassen, trommle ich jetzt mit beiden Fäusten mit aller Kraft gegen seine Brust. »Was zum Teufel redest du da für ein Zeug? Du bist tot! Ich habe dich sterben sehen!« Er verzieht unglücklich das Gesicht, und mein Atem setzt vorübergehend völlig aus.

River zieht mich weg, während Ben mir die Arme um die Taille schlingt und in die andere Richtung zerrt. Meine Beine tragen mich nicht mehr. Plötzlich dreht sich das gesamte Wohnzimmer um mich, und ich verliere das Gefühl dafür, was wirklich ist. Als ich merke, dass ich anfange zu fallen, will ich mich an River klammern, aber seine starken Arme halten mich schon fest. Ich sehe nur noch formlose Gesichter, und ich höre lautes Schreien.

»Es hat sich nichts geändert. Sie gehört zu mir.«

»Sie gehört zu mir«, brüllt River, und seine Stimme klingt, als könnte sie in diesem Augenblick auch den dicksten Stahl durchschneiden.

»Ach, fick dich doch«, brüllt Ben zurück.

Dann höre ich nichts mehr und versinke kurzfristig in vollkommener Dunkelheit. Bis mich eine frische Brise wieder zu mir kommen lässt. River trägt mich zu seinem Wagen, während Grace dicht hinter ihm läuft und ihm flehend zuruft, dass wir noch bleiben sollen, damit ich mich in ihrem Schlafzimmer erst mal von meinem Schock erhole. Seine Antwort kann ich nicht verstehen. Er schiebt mich auf den Beifahrersitz, und irgendwie gelingt es mir, mich aufzurichten. Er beugt sich zu mir in den Wagen und fragt, ob ich in Ordnung bin. Aber ich kann nicht mal nicken, und er flüstert mir ins Ohr, dass er mich jetzt nach Hause bringen wird.

Aus dem Augenwinkel sehe ich, wie Caleb schnell aus seinem Wagen springt, um zu sehen, was geschehen ist. River läuft zur Fahrerseite seines Wagens, und als Ben wütend brüllend aus dem Haus gelaufen kommt, packt Serena ihn am Arm und hält ihn fest. Ich weiß nicht, was ich fühle, aber meine Kehle ist wie zugeschnürt. River will sich in blindem Zorn auf ihn stürzen, aber gleichzeitig rennt Caleb los und drängt Ben zurück ins Haus. Ich brauche dringend Luft, und deshalb mache ich ein

Fenster auf und höre, wie Ben schreit: »Du hast nur die Leere ausgefüllt, nachdem ich verschwunden war, aber du bist kein Ersatz für mich.« Da ich seine Stimme nicht mehr hören will, mache ich das Fenster eilig wieder zu.

Als ich sehe, dass sich nun auch Ben auf River stürzen will, atme ich erleichtert auf, weil ihn Caleb daran hindert, und als River abermals zum Wagen kommt und die Fahrertür aufzieht, schreit Ben mir hinterher. »Dahl, bleib hier!« Ich zittere noch stärker, als ich wieder seine Stimme höre, und ein wahrer Wasserfall aus Tränen rinnt mir übers Gesicht. Verzweifelt blinzle ich gegen meine Verwirrung an.

Erst das Zuknallen von Rivers Fahrertür reißt mich aus meiner Trance. Ich sehe, dass er vor Zorn bebt. Er trommelt mit den Händen aufs Lenkrad und schreit: »Fuck, Fuck, Fuck.« Während noch das Echo seiner Flüche durch den Wagen hallt, starrt er erst das Lenkrad und danach die Wagendecke an. Schließlich aber richtet er den Blick auf mich und fragt. »Bist du okay?« Wobei ihm die Anspannung noch immer deutlich anzuhören ist.

Ich kann nicht mehr als nicken. Meine Gliedmaßen sind schlaff, und ich stoße ein raues Schluchzen aus. Er sieht mir forschend ins Gesicht und schiebt mir eine Haarsträhne aus der Stirn. Dann legt er mir die Hand unters Kinn, wischt mir die Tränen fort, sagt aber genau wie ich kein Wort. Ich hätte einfach nicht gewusst, was ich hätte sagen sollen … ich hätte nicht mal sagen können, was ich fühle, außer, dass ich kurz vorm Explodieren bin – am liebsten hätte ich geweint, geschrien oder vielleicht sogar gelacht.

Ich habe keine Ahnung, wie sich River gerade fühlt. Ich höre den schnellen Rhythmus seines Atems und spüre das Zittern seiner Hand. Aber seine Fingerspitzen an meinem Gesicht sind warm und liebevoll, und ich schmiege mich hilfesuchend an sie.

Mein Blick ist ausschließlich auf ihn gerichtet, deshalb fahre ich zusammen, als es plötzlich an mein Fenster klopft. Es ist Grace, die nach mir sehen will. River macht das Fenster auf, sieht mir aber weiter ins Gesicht. Ich kann ihre Worte nicht verstehen, denn ich konzentriere mich auch weiter ganz auf ihn – weil er im Augenblick die einzige Konstante für mich ist. Er sagt ihr, er würde sie am nächsten Morgen anrufen, und macht das Fenster wieder zu, obwohl sie weiterspricht. Wortlos lässt er den Motor seines Wagens an, fährt mit laut quietschenden Reifen los, und ich lehne den Kopf gegen das Fenster und versinke abermals in vollkommener Dunkelheit.

»Ich hol dir erst mal ein Glas Wasser«, bietet mir River düster an, als ich zu Hause auf dem Sofa wieder zu mir komme und noch immer vollkommen benebelt bin. Er bleibt kurz stehen, zündet den Kamin an, geht dann weiter in die Küche, und von meinem Platz aus kann ich sehen, wie er vor der Spüle steht und sich die Hände vor die Augen hält. Dann füllt er ein Glas mit Wasser und leert es mit einem Zug, bevor er es noch einmal füllt und mir zum Sofa bringt. Ich drücke mir das Glas gegen die Stirn, aber es ist nicht kalt genug, um den Aufruhr zu betäuben, der in mir tobt.

Ich beobachte, wie er sich neben mich aufs Sofa setzt und mein klingelndes Handy aus meiner Hosentasche zieht. Er schaltet es entschlossen aus, zieht dann sein eigenes Handy aus der Tasche, stellt es an und fährt mit dem Finger über das Display.

Ich bin froh über die Schmerzen in meinem Körper, denn sie lenken mich ein wenig von dem Schmerz über das Wiedersehen mit meiner totgeglaubten ersten Liebe ab. Ich wünschte mir, sie wären sogar noch stärker, dann hätte ich vielleicht nicht mehr die Kraft, Gefühle wahrzunehmen, die vielleicht nicht angemessen sind.

Ist Ben wirklich noch am Leben? Wie? Warum? Ich habe unzählige Fragen, aber ich bin mir nicht sicher, ob ich für die Antworten gewappnet bin.

»Willst du darüber reden?«, fragt mich River ruhig. Er klingt beinah *zu* ruhig … irgendwie distanziert, als würde er zwar sprechen, aber seine eigenen Worte gar nicht wirklich wahrnehmen.

»Nein! Das will ich nicht! Nicht jetzt! Und hör auf, in diesem Ton mit mir zu reden.«

River zuckt zusammen und sieht mich reglos an. »Und welcher Ton wäre dir recht?«

»Oh, River, es tut mir leid. Ich bin einfach im Moment total verwirrt.«

Ich fange an, hysterisch zu schluchzen, und er zieht mich eng an seine Brust. »Du brauchst dich nicht zu entschuldigen. Falls du irgendwann darüber reden möchtest, bin ich für dich da.« Dann küsst er mich auf den Kopf und hält mich einfach weiter fest.

Nach gefühlten Stunden ebbt mein Schluchzen endlich ab. Ich fühle mich vollkommen leer, habe keinerlei Gefühle mehr und nicht mal mehr genügend Energie zum Weinen. Oder vielleicht habe ich auch inzwischen keine Tränen mehr. Ich sehe River an, dass er genauso hin- und hergerissen ist wie ich. »Ich liebe dich. Diese Geschichte ändert nichts daran«, wispere ich, denn mir ist klar, dass er das wissen muss.

»Sie ändert sogar alles, Dahlia.«

Ich merke, dass er sich um einen ruhigen Ton bemüht, aber trotzdem ist ihm die Verachtung deutlich anzuhören. Seine Worte klingen mutlos, abgehackt, und ich habe keinen blassen Schimmer, was er davon hält, dass Ben am Leben ist. Wahrscheinlich braucht er einfach Zeit, um diese Nachricht zu verarbeiten, genau wie ich. Doch im Augenblick müssen wir erst einmal beiseiteschieben, was geschehen ist. Weil keiner von uns beiden in der geistigen Verfassung ist, um darüber zu diskutieren, was Bens Wiederauferstehung für uns beide bedeutet.

Da ich endlich wieder etwas anderes als Schmerz oder Verzweiflung spüren will, presse ich ihm die Lippen auf den Mund. Ich will ihn wissen und vor allem spüren lassen, wie groß meine Liebe zu ihm ist. Er erwidert meinen Kuss, aber als ich mich rittlings auf ihn setze und sein Shirt nach oben schieben will, drückt er mich sanft zurück und starrt mich reglos an.

»Nein, Dahlia, nicht jetzt. Ich kann jetzt nicht«, stößt er mit gebrochener Stimme aus.

»Es ist okay, River. *Ich* bin okay.«

Er schüttelt den Kopf, zieht mich an die Brust, stellt den Fernseher an und legt sich mit mir auf die Couch. Während er einen Boxkampf schaut und mir mit der Hand über den Rücken streicht, nicke ich wieder ein.

Doch als ich wenig später erwache, fällt mir sofort alles wieder ein. Ich richte mich vorsichtig ein wenig auf. River liegt neben mir und hält mich mit Armen und mit Beinen fest. Ich sehe ihn an und werde mit der Realität konfrontiert. Warum wir auf dem Sofa eingeschlafen sind … und dass unsere jüngsten Erlebnisse kein Traum und keine Halluzination waren. *Ben.* Er lebt. Er war tatsächlich bei Grace, hat mit mir gesprochen und mich sogar vorsichtig berührt.

Mir schwirren unzählige Fragen durch den Kopf. Ich kann einfach nicht verstehen, wie all das möglich ist. Was hat er damit gemeint – er hätte es für mich getan? Was hat er für mich getan? Im einen Augenblick bin ich auf dem Weg nach Vegas, um mit meinem Traummann dort den Bund fürs Leben einzugehen … und im nächsten Augenblick ist der Mann, mit dem ich fast mein Leben lang zusammen war, der Mann, den ich für tot gehalten hatte, wieder da.

Das flackernde blaue Licht des Fernsehers und die Glut im Kamin sind das einzige Licht im Raum. Ich sehe River an und frage mich, was für Auswirkungen all das auf uns beide haben wird. Er bewegt sich leicht im Schlaf, und ich lege die Hand auf seine Brust und spüre seinem gleichmäßigen Herzschlag nach. Ich kann die Wärme seiner Haut durch sein dünnes T-Shirt spüren und will ihn berühren, mich mit ihm verbinden und mit ihm verschmelzen, bis es keinen Unterschied mehr zwischen unseren Körpern gibt.

Ich beuge mich leicht über ihn, küsse zärtlich seinen Kiefer und fahre mit der Hand an seiner Brust herauf. Er reagiert sofort und nimmt mich noch ein wenig fester in den Arm.

»River«, flüstere ich ihm leise ins Ohr, und er bewegt sich leicht und schlägt die Augen auf. »Alles in Ordnung, schöne Frau?« Seine grünen Augen fangen an zu flackern, und er sieht mir reglos ins Gesicht.

Nickend fahre ich mit meiner Zunge die Konturen seiner Lippen nach, und er legt die Hand auf meinen Kopf, zieht ihn auf seine Brust und hält mich fest, als wollte er mich niemals wieder loslassen.

Ich hebe den Kopf, küsse ihn auf den Hals und höre, dass sein Atem schneller geht. Trotzdem zieht er mich erneut auf sich und hält mich einfach fest.

Entschlossen richte ich mich auf und sehe ihn an. »Ich will dich, River.«

Er klappt die Augen zu, und als er sie wieder öffnet, fährt er mir mit den Fingern durchs Haar, umfasst dann meinen Kopf und lehnt seufzend seine Stirn an meine. Ich küsse seinen Mundwinkel, er öffnet einladend den Mund, und während unsere Zungen umeinanderkreisen, schließe ich die Augen und gleite mit den Händen sanft an ihm herab. Denn ich will mit ihm verschmelzen und ihm zeigen, wie sehr ich ihn liebe. Weil das für uns beide wichtig ist.

Er reißt seine Lippen los, legt mir die Hände auf die Schultern und schiebt mich entschlossen von sich. »Vielleicht sollten wir erst mal reden, Dahlia …«

Doch ich lasse ihn nicht ausreden. Weil ich selbst in diesem Augenblick nicht reden will. Ich will nur seine Liebe spüren, sonst nichts. Ich sauge endlos lang an seiner Unterlippe und dann gleite ich mit der Zunge über seinen Hals, presse den Mund auf seine glatte Haut, schiebe meine Knie zwischen seine Beine, und seiner Kehle entringt sich ein leises Stöhnen. Entschlossen knie ich mich hin, und als er seine Beine noch ein wenig weiter spreizt, betrachte ich den langen, geschmeidigen Körper, der mir zwischenzeitlich so vertraut ist, und erschaudere in freudiger Erwartung, als mein Blick erst auf den Rand der Boxershorts über dem Bund von seiner Jeans und danach auf das Stückchen Waschbrettbauch unter dem hochgerutschten T-Shirt fällt. Ich freue mich bereits darauf zu lecken, was unter dem schwarzen Gummizug der Boxershorts verborgen ist.

Ohne den Blick von ihm zu lösen, ziehe ich mein Hemd über den Kopf und werfe es achtlos auf den Boden. Ich beiße mir auf die Unterlippe, und als meine Finger vorsichtig über die Spitze meines BHs gleiten, unter dem ich meine harten Nippel spüren kann, beobachtet er mich auf eine Art, die in mir das Verlangen weckt, das fortzusetzen, was ich angefangen habe. Meine Hände wandern weiter über meinen Körper, aber statt den Knopf meiner Jeans zu öffnen, gleite ich mit den Händen in die Hose und halte erst an, als die Spitze meines Mittelfingers auf das Ende meines Reißverschlusses trifft. Ihm stockt der Atem, er öffnet den Mund, und ich beiße mir noch fester auf die Unterlippe und wandere mit meinen Fingern weiter.

Jetzt öffne ich den Knopf meiner Jeans, ziehe sie ein Stück herunter, lehne mich so weit zurück, dass mein Kopf auf der ledernen Sofalehne liegt und wackle mit den Hüften, bis meine Hose auf dem Boden liegt. Als ich nur noch in der Unterwäsche vor ihm liege, überwältigt mich der Ausdruck auf seinem Gesicht. Sein Blick allein genügt, damit ich weitermache, deshalb rutsche ich mit meinen Füßen unter seine Schenkel, und während er mit den Händen über meine Waden gleitet, atmet er vernehmlich ein und aus. All meine Sinne sind hellwach, und ich beobachte, wie er den Blick aus seinen schwerlidrigen Augen über meinen Körper wandern lässt. Als seine Finger den Weg in meinen Spitzenslip finden, stützt er sich auf den Ellbogen ab und überrascht mich, als er im Befehlston sagt: »Zieh dich weiter aus.«

Ich schiebe die zarte Spitze über meine Schenkel, ziehe die Füße an, und er schnappt sich meinen Slip und wirft ihn achtlos fort. Danach schiebe ich die Füße wieder unter seine Schenkel, aber dieses Mal ein Stückchen höher, und er stößt ein neuerliches Stöhnen aus. Meine Hände wandern zwischen meine Beine, und während die Fingerspitzen mein eigenes feuchtes

Fleisch berühren, stelle ich mir vor, dass es seine Finger sind. Jetzt stöhne auch ich und werfe den Kopf zurück.

Bevor ich tue, was ich bisher immer nur getan habe, wenn ich allein war, öffnet er den Reißverschluss seiner Jeans und setzt sich auf. Mit einer flüssigen Bewegung legt er seinen geschmeidigen, harten Körper über mich und stützt sich links und rechts von meinen Armen auf den Ellbogen ab. Ein dumpfes Knurren vibriert an meinem Mund. »Das darf nur ich. Ich bin der Einzige, der dich zum Stöhnen bringen darf.«

Der Druck seines Körpers ruft verzweifeltes Verlangen in mir wach. Ich atme keuchend ein und aus und vergrabe die Hände in seinem bereits zerzausten Haar. Seine Hüften kreisen dicht an meinem Unterleib, und ich kann spüren, was zu haben ich kaum noch erwarten kann. Auch er fängt an zu keuchen, und das schnelle Pochen seines Herzens zeigt, dass auch er sich fast nicht mehr beherrschen kann. Er knabbert an meiner Unterlippe, zieht den Kopf zurück und sieht mich an. Sein halbes Lächeln leuchtet von der Glut im Kamin. Da ich ihn weiter kosten will, ziehe ich seine Lippen abermals auf meinen Mund, und als seine Zunge gegen meinen Gaumen schnellt, hätte ich das Gefühl und den Geschmack am liebsten konserviert.

»Ich brauche dich«, sagt er, als er sich zwischen meine Beine schiebt.

»Ich brauche dich auch«, stoße ich mühsam aus und reibe mich an ihm.

Und dann packe ich entschlossen seine Hüften und dränge ihn dazu, dass er mich endlich nimmt, und als er in mich eindringt und mich ausfüllt und noch tiefer gleitet, ist das ein so herrliches Gefühl, dass meine Verwirrung sich vorübergehend legt und wir uns ganz in diesem wunderbaren Augenblick verlieren. Dann zieht er sich fast ganz aus mir zurück, und noch während mein Verlangen mich erbeben lässt, dringt er wieder in mich ein, bewegt sich immer schneller, ich schlinge ihm die Beine um den Rücken und passe das Kreisen meiner Hüften an das Tempo seiner Stöße an.

Er schließt die Augen und behält den schnellen Rhythmus bei. Ich spüre, wie sich meine Lust noch steigert, sehne mich nach der Erleichterung, die der Orgasmus bringt, kneife die Augen zu, küsse ihn hungrig auf den Mund und schlage ein noch schnelleres Tempo an. Dann ziehen sich meine Muskeln fest zusammen, und ich weiß, jetzt wird es nicht mehr lange dauern. Ich bin dicht davor.

Seine Zunge kreist in meiner Ohrmuschel. »Sag, dass du mir gehörst«, keucht er, und das Vibrieren seiner Stimme und der Klang seiner Worte lassen mich so sehr erschaudern, dass sicher auch mein Mund und die Wangen deutlich zittern.

»Das weißt du doch«, hauche ich und ahme gleichzeitig das schnelle Kreisen seiner Hüften nach.

Sein warmer Atem streichelt mein Gesicht. »Ich will, dass du es sagst.«

»Ich gehöre dir, River.«

Seine Hände packen meine Hüften, und als er vollkommen die Kontrolle übernimmt, werfe ich die Arme über den Kopf, klammere mich an der Sofalehne fest und versuche, alles zu vergessen außer diesem wunderbaren Augenblick.

»Lass dich gehen, Dahlia«, weist er mich mit rauer Stimme an.

Ich mache einen tiefen Atemzug, tue, was er sagt – und endlich spüre ich, wonach sich mein ganzer Körper gesehnt hat, seit wir heimgekommen sind. Ein gedämpftes Stöhnen dringt aus meiner Kehle, und dann rufe ich laut seinen Namen, als er mich über den Rand der Klippe in das Meer des reinen Glücks stürzen lässt. »Oh Gott, River!«, schreie ich, und Wogen heißer Lust branden in meinem Innern auf.

Als wären meine Worte das Signal, auf das er gewartet hat, stöhnt jetzt auch er, schiebt sich noch mal tief in mich hinein, füllt mich mit seiner Wärme aus, bricht über mir zusammen, legt den Kopf auf meine Brust und raunt: »Ich liebe dich. Du bist …«

Den Rest des Satzes kann ich nicht verstehen, denn er rollt

sich gegen die Lehne der Couch und zieht mich eng an seine Brust.

Nach ein paar Minuten steht er auf, nimmt meine Hand, führt mich ins Schlafzimmer, und wir fallen ins Bett und schmiegen uns so eng wie möglich aneinander an. Ich bin vollkommen in seinen Körper eingehüllt, unsere Gliedmaßen sind eng verschlungen, mein Gesicht liegt an seiner Brust. Es ist da warm und so behaglich, und am liebsten würde ich nie wieder aufstehen.

»Ich liebe dich. So sehr.« Ich hoffe, diese Worte der Beruhigung machen alles wieder gut. Auch wenn immer noch ein leiser Zweifel auf mir lastet und ich das Gefühl habe, als hinge er wie eine kleine, dunkle Wolke über unserem Glück.

Beim Einschlafen sehe ich immer wieder Bens verzweifeltes Gesicht und höre, wie er mit angespannter Stimme mit mir spricht. Warum zum Teufel hat er so getan, als wäre er gestorben, während er die ganze Zeit putzmunter war? Warum hat er uns allen dieses Leid und diese Trauer zugefügt, durch die unser aller Leben ein für alle Mal verändert wurde? Ich weiß, ich muss ihn noch mal sehen, um zu verstehen, was das alles zu bedeuten hat.

Kapitel 4

Like We Used To

Bens Tagebuch

Ich hätte nie gedacht, dass ich sie jemals wiedersehen würde, und als es mit einem Mal geschah, war ich wie vom Donner gerührt. Mom wollte, dass ich in der Küche bleibe, damit sie ihr alles erklären kann, und ich habe versucht zu warten, bis sie damit fertig wäre. Als Serena sie jedoch beim Namen rief, konnte ich mich einfach nicht länger zurückhalten.

Als ich Dahls zerschundenes Gesicht sah, dachte ich, der Hurensohn, der bei ihr auf dem Sofa saß, hätte sie so zugerichtet, aber nachdem sie verschwunden war, hat Caleb mir erklärt, ihre Verletzungen seien die Folge meiner Entscheidung, unterzutauchen. Verdammt – was habe ich getan? Wie kann ich das jemals wiedergutmachen? Ich weiß nicht, wie ich es anstellen soll – sie muss mir einfach eine Chance geben … dann werde ich mein ganzes Leben damit zubringen, es wiedergutzumachen.

Es hat mich wütend gemacht, dass sie so übel zugerichtet war, aber ihre Reaktion auf unser Wiedersehen hat mir den Rest gegeben. Ich hatte damit gerechnet, dass sie schockiert und vielleicht sauer auf mich wäre, aber diese vollkommene Apathie … Sie kam wie ein Zombie auf mich zu, und dieser Idiot, mit dem sie hergekommen war, hat einfach nicht die Klappe halten können. Doch dann kam das Signal. Das Signal, dass ihr noch immer etwas an mir liegt.

Sie hat mich berührt. Hat ihre Hand ganz sanft an mein Gesicht gelegt. Zur Erinnerung daran, dass wir uns unser Leben lang geliebt haben, dass wir uns schon als kleine Kinder kannten, dass wir immer füreinander da gewesen sind. Ich hätte die greifbare Erinnerung an diese Gefühle nicht gebraucht, aber vielleicht brauchte sie sie ja.

Ich hatte ihre zarte Haut seit einer Ewigkeit nicht mehr gespürt. Sicher, als ich dachte, dass ich sie nie wiedersehen würde, habe ich ein Tagebuch für sie geführt, ihr darin geschrieben, wie sehr sie mir fehlt, und versucht, ihr alles zu erklären. Als sie plötzlich vor mir stand, konnte ich jedoch kaum glauben, dass es tatsächlich so war. Ich hatte so oft von ihren Berührungen geträumt und hätte nie gedacht, dass ich sie jemals wieder spüren würde. Es ist ein einfacher Reflex, wenn man die Hand ausstreckt und jemanden berührt – und sie hat es instinktiv getan. Ich dachte, das würde heißen, dass sie mich vermisst hat, aber jetzt bin ich mir nicht mehr sicher, was es tatsächlich bedeutet hat.

Es ist alles völlig anders abgelaufen als geplant. Da stand sie mit der Perlenkette ihrer Grammy, und mit einem Mal tauchten vor meinen Augen all die anderen Male auf, an denen sie mit dieser Kette vor mir gestanden hatte. Das war mehr, als ich ertragen konnte, und mit einem Mal war es um mich geschehen. Ich habe versucht, sie in den Arm zu nehmen, doch das ließ sie nicht zu. Ich sah ihren verwirrten Blick, und auch der war mir total vertraut. Wenn ich sie einfach hätte in die Arme nehmen können, würde sie jetzt wieder mir gehören, aber dieser Schönling sprang vom Sofa auf, und mir war klar, mir bliebe nicht viel Zeit. Also habe ich so schnell wie möglich alles ausgespuckt, was ich ihr sagen wollte, aber das war nicht genug.

Sie hat mich mit großen Augen angestarrt, und ich habe ihr angesehen, dass sie mich zum ersten Mal tatsächlich wahrgenommen hat. Ich war total erleichtert und habe versucht, das Chaos um uns herum so gut wie möglich auszublenden, doch plötzlich ist sie total ausgeflippt. Als der Kerl versucht hat, sie mir zu entreißen, habe ich sie festgehalten. Weil ich längst noch nicht mit Reden fertig war. Und wie konnte dieser Typ es wagen, mir zu drohen? Schließlich gehört sie mir.

Dann wurde sie ohnmächtig, aber er hat sich schneller als ich nach ihr gebückt, sie auf den Arm genommen, meine Mutter angesehen und geschrien: »Das ist alles totaler Schwachsinn. Wir hauen ab.« Er schleppte sie zur Tür. Da hatte ich endgültig genug. Ich musste mich zusammenreißen, um nicht auf den Typen loszugehen. Ich habe ihm gesagt, dass er sie runterlassen und verschwinden soll. Dieses verdammte Arschloch hatte nicht das Recht, sie einfach mitzunehmen.

Mom rannte den beiden hinterher, und das wollte ich auch, doch Serena hat mich zurückgehalten. Aber ich konnte Dahl doch nicht einfach gehen lassen, also habe ich meine Schwester abgeschüttelt und bin losgestürzt, um mein Mädchen zurückzuholen. Sie saß schon in seinem Wagen, deshalb habe ich geschrien, er soll mir meine Dahl zurückbringen. Und als der Arsch zurückgeschrien hat: »Sie gehört mir. Du hast sie nicht verdient. Du hattest sie noch nie verdient«, habe ich ihm zu verstehen gegeben, wie es wirklich ist. Nämlich, dass er kein echter Ersatz, sondern einfach ein Lückenbüßer war. Als er sich daraufhin erdreistet hat zu schreien: »Dann war ich schon ein Lückenbüßer, lange bevor du verschwunden bist«, hätte ich den Kerl am liebsten windelweich geprügelt, aber plötzlich tauchte aus dem Nichts Caleb vor mir auf und hielt mich davon ab. Dann hat er versucht, den anderen Typen zu beruhigen. Ich kann immer noch nicht glauben, dass er überhaupt mit diesem Arsch geredet hat. Und es hat mich vollends umgehauen, als ich hörte, dass er sogar für ihn gearbeitet hat! Aber das hat mir Caleb nur erzählt, weil ihn der Typ wieder gefeuert hat, nachdem Josh Hart, der Typ, der Dahl vor ein paar Tagen überfallen hat, verhaftet worden ist.

*

Ich konnte mich nicht von Caleb losreißen, um mich auf diesen Kerl zu stürzen, also habe ich ihr etwas hinterhergeschrien. Aber ich habe keine Ahnung, ob sie irgendwas davon verstanden hat. So viel zu unserem glücklichen Wiedersehen. Wie zum Teufel konnte es nur so danebengehen?

Ich musste tatenlos mit ansehen, wie der Kerl den Helden für sie spielt. Obwohl sie nicht ihm, sondern noch immer mir gehört. Ich hätte ihr die Tränen trocknen und versuchen sollen, sie zu beruhigen. Aber sie fuhren einfach weg, und seine letzten Worte – *»Dann war ich schon ein Lückenbüßer, lange bevor du verschwunden bist«* – gehen mir nicht mehr aus dem Kopf. Verdammt! Am liebsten würde ich gar nicht darüber nachdenken, aber was hat er damit gemeint?

Kapitel 5

Torn

Als ich wach werde, hält River mich noch immer eng umschlungen. Ich versuche, unter ihm hervorzurutschen, ohne ihn zu wecken, und als er wie immer, ganz egal, auf welcher Bettseite ich liege, seine Arme nach mir ausstreckt, bleibe ich vollkommen reglos liegen, bis er abermals in tiefen Schlaf versinkt. Ich werfe einen Blick auf ihn, und sofort ist alles wieder da. Was gestern passiert ist, war kein Traum und keine Halluzination. Ben. Er lebt. Er war wirklich bei Grace …

Gestern habe ich mich rundweg geweigert, es zu glauben. Aber heute ist mir klar, dass ich es glauben muss. Doch was hat er damit gemeint, er hätte es für mich getan? Mir gehen so viele Fragen durch den Kopf, dass ich nicht mehr klar denken kann. Ich kann einfach nicht verstehen, was das alles zu bedeuten hat.

Es ist erst kurz nach vier, aber trotzdem gehe ich lautlos ins Bad und dann weiter ins Wohnzimmer. Ich ziehe meine alten Sachen an, schnappe mir einen Pullover, schalte die Alarmanlage aus und lege einen Zettel auf den Tisch.

River,
es tut mir furchtbar leid, aber ich muss mit ihm reden. Ich muss verstehen, wie er hierhergekommen ist und wovon er gestern geredet hat. Mach Dir keine Sorgen um mich.

Ich liebe Dich. Ich liebe Dich mehr!

Ich verlasse das Haus und fühle mich verloren und unsicher. Trotzdem weiß ich, dies ist etwas, was ich einfach machen muss. Die Fahrt nach Laguna Beach ist lang und ruhig. Ich habe das Radio angestellt und obwohl ich gar nicht richtig hinhöre, bringt jeder Song eine Erinnerung zurück. Als ich vom Freeway in die Stadt abbiege, herrscht so gut wie kein Verkehr. Ich fahre durch die schmalen Straßen an den Lieferwagen, den Boutiquen, Bars und Restaurants vorbei, und meine Gedanken schweifen ab zu dem Leben, das ich selbst einmal hier hatte.

Die gesamte Stadt ist mit Erinnerungen an die Zeit mit Ben erfüllt. Der Strand, an dem wir endlos lange Sommertage zugebracht haben, das Café an der Ecke, wo wir oft zusammen irgendwelche Zeitungen lasen, und die Innenstadt, in der wir abgehangen und den Leuten hinterhergesehen haben, die an uns vorbeigelaufen sind. Ich muss das Fenster öffnen, weil mir der Atem stockt, denn die Erinnerung an mein glückliches Leben bis zu seinem Tod ist beinah zu viel für mich. Aber dann fahre ich am Friedhof vorbei, auf dem Ben von uns begraben wurde, und die Erinnerungen werden dunkel – Bens Ermordung, die Beerdigung, das Hinunterlassen des Sarges in die Gruft und das Gefühl vollkommener Verlorenheit. Weil ich mit einem Mal völlig alleine war.

Dann fällt mir wieder ein, dass sich der dunkle Schleier erst gelüftet hat, als ich in Vegas durch einen Hotelflur lief und durch die Glasscheibe des Konferenzraums River sah. Erst seine bedingungslose Liebe hat mein Leben wieder lebenswert gemacht. Er hat mich wieder ganz gemacht, und ich muss einfach daran denken, dass es nichts an diesem Menschen gibt, in das ich nicht total verschossen bin.

Bilder von Ben, Bilder von River, die Erinnerungen an die beiden Männer schwirren mir durch den Kopf. Ben ist wieder da – und wie wird es jetzt weitergehen? Ich habe keine Ahnung, aber mir ist klar, dass die innige Verbindung zwischen mir und

River einfach nicht zu leugnen ist. Ich habe keinen Mann zuvor derart geliebt. Aber Ben war meine erste Liebe, und die erste Liebe endet niemals völlig – oder etwa doch?

Meine Gedanken überschlagen sich, und plötzlich wird mir schlecht. Ich muss anhalten, weil sich mein Magen vor lauter Furcht zusammenzieht. Ich parke verkehrswidrig am Straßenrand, schalte den Motor aus, öffne die Tür und lege den Kopf zwischen den Knien ab. Als meine Übelkeit sich wieder legt, betrachte ich mein Bild im Rückspiegel. Oh Gott, wie bin ich bloß auf die Idee gekommen, dass ich ihn noch einmal sprechen muss?

Ich schnappe mir meine Tasche und wühle nach meinem Handy. Ich kann das nicht. Ich muss River anrufen. Ich will nach Hause. Er muss kommen und mich abholen. Ich glaube nicht, dass ich jetzt selber fahren kann. Ich hätte niemals nach Laguna kommen sollen. Auf der Suche nach meinem verfluchten Handy kippe ich die Tasche aus, aber es ist nicht da. Verdammt. River hatte es eingesteckt.

Ich lehne mich zurück und atme so tief wie möglich ein und aus. Schließlich reiße ich mich zusammen und beschließe, dass es jetzt sein muss. Es hätte keinen Sinn, die Sache zu verschieben, und ich weiß, dass ich mich meiner ersten Liebe früher oder später noch mal stellen muss. Ich habe Graces Haus am Strand schon fast erreicht, deshalb ziehe ich die Sache besser jetzt gleich durch. Ehe mich der Mut ein zweites Mal verlässt, lasse ich den Motor wieder an und fahre Richtung Strand, um herauszufinden, was mit Ben geschehen ist.

Den Rest des Wegs lege ich ohne Radiomusik zurück, denn ich habe Angst, vertraute Songs würden vielleicht weitere Erinnerungen in mir wachrufen. Als ich in Graces Einfahrt biege, kommen mir wieder Zweifel an der Richtigkeit meines Besuchs, und ich frage mich erneut, ob dies der rechte Zeitpunkt für ein neuerliches Treffen ist. Ich meine … was verspreche ich mir überhaupt davon? Aber im Grunde ist mir klar, weswegen ich hierhergekommen bin – ich brauche Antworten. Auf zwei wichtige Fragen – weshalb Ben damals verschwunden ist und weswegen er jetzt plötzlich wieder zurückkommt.

Ich parke den Wagen und lehne den Kopf zurück. Einen Moment lang sitze ich vollkommen reglos da, starre auf das Haus und versuche, mir zurechtzulegen, was ich zu ihm sagen soll. Von außen wirkt das Haus noch immer wie der ruhige Ort, das traute Heim, das es für Grace und Ben und mich jahrelang gewesen war. Aber ich bin mir nicht sicher, was mich jetzt hinter der Tür erwartet – was, wenn dort nicht mehr die alte Ruhe herrscht? Ich atme tief durch, schalte den Motor aus und wappne mich für das erneute Wiedersehen mit Ben, während ich mich gleichzeitig frage, ob wir ohne seinen »Tod« wohl noch zusammen wären. Ich will glauben, dass am Ende doch River und ich wieder zueinandergefunden hätten. Weil er die Liebe meines Lebens ist.

Ich blicke über den mondbeschienenen Weg, und dort steht Ben auf den alten, verwitterten Planken und starrt meinen Wagen und mich an. Mir stockt der Atem, als ich ihn sehe, und ich sitze eine halbe Ewigkeit wie erstarrt auf meinem Platz. Ich hatte nicht damit gerechnet, ihn hier draußen anzutreffen. Mit dem markanten, aber gleichzeitig auch feingemeißelten Gesicht, seiner hochgewachsenen Gestalt, den khakibraunen Cargo-Shorts und dem zerzausten blonden Haar unter der Kapuze seines Sweatshirts sieht er fast wie immer aus. Er wirkt dünner, als er damals war, und weniger gebräunt, aber trotzdem ist ihm der Surfer noch deutlich anzusehen. Er ist kein Phantasiegebilde, und für einen Augenblick kehre ich in die Vergangenheit zurück, in der er oft dort auf dem Weg gestanden und auf mich gewartet hat. Ich kann einfach nicht glauben, dass er es tatsächlich ist … mein Freund, mein Fels … in Wahrheit ist er gar nicht tot. Ich bin mir nicht sicher, weshalb ich nicht wage auszusteigen, doch je länger ich hinter dem Lenkrad meines Wagens sitze, umso länger sieht er mich durchdringend an, und schließlich öffne ich die Tür.

Ich weiß nicht, was ich auf dem Weg zur Brücke fühle. Weiß

nicht, wie ich das Gespräch beginnen soll. Aber als er das ein wenig schiefe Grinsen aufsetzt, das mir so vertraut ist, weiß ich, dass es richtig war hierherzukommen – weil ich einfach wissen muss, was all das zu bedeuten hat.

Als ich in sicherem Abstand zu ihm stehen bleibe und ihm in die Augen sehe, wird er sofort wieder ernst. Er setzt seine Kapuze ab und senkt den Kopf, sieht mich dabei aber weiter reglos an. Dann stopft er die Hände in die Hosentaschen und lehnt sich fast stoisch an das wacklige Geländer. Ich starre ihn noch immer an. Mein Herz schlägt immer schneller, und ich habe das Gefühl, in Treibsand zu versinken. Am liebsten würde ich mich umdrehen und vor den Gefühlen, die in meinem Inneren toben, flüchten, doch ich bleibe stehen. Denn sein Blick hält mich in seinem Bann.

Ich beiße mir auf die Lippe und bleibe vollkommen unbeweglich vor ihm stehen – weil er einmal mein Freund und Partner war, jetzt aber ein Fremder für mich ist. Keiner von uns sagt ein Wort, und erst, als in der Ferne eine Eule ruft, hebt er wieder den Kopf und setzt ein warmes Lächeln auf. »Auch Hoot ist wieder da. Sie hat offenbar gemerkt, dass wir jemanden brauchen, der die Stille zwischen uns durchbricht.« Immer, wenn in unserer Nähe eine Eule rief, hat Ben gesagt, sie hieße Hoot. Als hätten wir jedes Mal dasselbe Tier gehört.

»Können wir reden?«, fragt er mich, und seine Stimme macht mir eine Heidenangst. Denn diese Stimme hat mir jahrelang gefehlt, und bis vor neun Monaten hätte ich alles darum gegeben, sie noch mal zu hören.

Ich nicke stumm. Wir müssen reden. Deshalb bin ich schließlich hier. Nur dass es mir seltsam, fremdartig, gezwungen vorkommt, jetzt hier mit ihm zu stehen. Ich kriege einfach den Mund nicht auf. Denn er war nicht nur längere Zeit auf Reisen und soll mir erzählen, wie sein Urlaub war. Sondern er war tot.

Er hingegen wirkt total entspannt und findet wie immer genau die richtigen Worte für die Situation. Er drückt sich vom Geländer ab, zeigt mit der Schulter Richtung Strand, und als er zum Wasser geht, bemerke ich unweigerlich, dass auch sein ruhiger, gleichmäßiger Gang vollkommen unverändert ist. Während ich ihm folge, unterziehe ich ihn einer eingehenden Musterung. Seine Schultermuskeln zeichnen sich nicht mehr so deutlich unter dem Sweatshirt ab, und sein Rücken kommt mir etwas schmaler vor. Ich habe ihn noch nie so schlank gesehen. Anscheinend war er nirgendwo, wo es die Gelegenheit zum Surfen gab.

Ich behalte meinen Abstand zu ihm bei. Weil ich ihm auf keinen Fall zu nahe kommen, ihn auf keinen Fall berühren will. Diese Begegnung ist vor allem deswegen so seltsam, weil er sonst an diesem Ort stets meine Hand gehalten hat. Seit wir kleine Kinder waren, hat er immer meine Hand genommen, wenn er mit mir über diese Brücke an den Strand gegangen ist. Aber jetzt gehen diese glücklichen Erinnerungen in dem Nebel der Verwirrung unter, der seit seiner Rückkehr um meine Gedanken und Gefühle wogt. Mein Magen zieht sich abermals zusammen, als ich weiter hinter ihm den Pfad hinuntergehe. Denn ich weiß, dass ich auf diesem Weg mein Gleichgewicht verlieren werde und dass dieses Treffen meine Welt vollkommen auf den Kopf stellen wird.

Der Strand dehnt sich zu beiden Seiten endlos aus, aber Ben geht auf das Wasser zu. Schließlich bleibt er stehen, stößt einen Seufzer aus und dreht sich wieder zu mir um. Plötzlich kann ich seine vertrauten Züge deutlich sehen: die feingemeißelte Nase, das kantige Kinn und die Augen, die immer genauso deutlich zu mir sprachen, als hätte er etwas gesagt. Und das tun sie auch jetzt, als er den Armreif sieht, den ich an dem Tag von ihm geschenkt bekommen habe, an dem er erschossen worden ist.

»Du trägst ihn immer noch.«

Prompt bedecke ich das Schmuckstück mit der linken Hand, als könnte ich es so verschwinden lassen. Aber dadurch und vor allem durch den Ring an meinem Finger wird sein Blick noch intensiver als bisher. Plötzlich wogen heiße Schuldgefühle in mir auf. Keiner von uns sagt ein Wort.

Er scheint gar nicht zu merken, dass das Wasser über seine Flip-Flops schwappt. Während sich das Licht des Mondes über uns ergießt, atmet er tief ein, reibt sich die blutunterlaufenen Augen und fährt sich mit beiden Händen übers Gesicht. »Ich bin froh, dass du gekommen bist. Nach dem, was gestern vorgefallen ist, war ich mir nicht sicher, ob ich dich je wiedersehen würde, dabei hast du mir schon so lange gefehlt.«

Er tritt auf mich zu und streckt die Hände aus, als wollte er mein Gesicht umfassen. Ich weiche hastig vor ihm zurück und strecke ebenfalls die Hände aus, um ihm zu zeigen, dass er Abstand halten soll. Ich bin hin- und hergerissen und weiß nicht, was ich sagen oder machen soll. Ich will nicht, dass er mich berührt.

Er erstarrt. »Du brauchst keine Angst zu haben. Bitte lass mich dir alles erklären. Dann wirst du es verstehen.«

Ich kenne diese Stimme schon mein ganzes Leben. Es ist die Stimme, die fast zwanzig Jahre lang täglich mit mir gesprochen hat, aber trotzdem klingt sie plötzlich fremd.

Er tritt einen Schritt zurück, setzt sich in den Sand, zieht die Knie an und bedeutet mir mit einem Kopfnicken, dass ich dasselbe tun soll. Also setze ich mich ebenfalls, doch um ihn nicht ansehen zu müssen, ziehe ich erst einmal meine Converse aus. Trost suchend vergrabe ich die nackten Zehen im Sand, ziehe die Knie an, schlinge meine Arme um die Beine, lege das Gesicht auf ihnen ab und starre auf den unendlichen Ozean hinaus. Ich spüre, dass sein Blick weiter auf mir ruht, aber ich bringe noch immer keinen Ton heraus. Bestimmt hält er mein Schweigen für ein Zeichen von Verwirrung, weil er denkt, dass er mich kennt. Und vielleicht tut er das ja auch? Oder bin ich eine andere, als ich vor drei Jahren war?

Ich hänge meinen eigenen Gedanken nach, weshalb mich seine Stimme überrascht. »Du brauchst nichts zu sagen. Hör mir bitte einfach zu. Okay?«

Ich nicke abermals.

»Was ich machen musste, war nicht leicht, aber ich habe es

für dich getan. Um dich zu beschützen. Und ich hoffe, dass du das verstehen kannst.«

Ich drehe mich zur Seite, sehe ihn fragend an und finde endlich meine Stimme wieder. »Wovon redest du?«

Er reibt sich die Handflächen an seinen Shorts, und ich kann deutlich sehen, wie nervös er ist. »Verdammt, ich weiß ja nicht mal, wo ich anfangen soll.«

»Am besten ganz am Anfang. Warum fängst du nicht ganz vorne an? Warum hast du uns alle denken lassen, dass du tot bist, obwohl du am Leben warst?« Es macht mir Angst, dass meine Stimme traurig klingt.

Er holt tief Luft, lehnt sich zurück, streckt die Beine aus und sieht sich um. Schließlich aber wendet er sich wieder an mich. »Das ist es ja. Ich kann nicht mal mehr sagen, wo es alles angefangen hat. Wahrscheinlich zwei Wochen vor der Preisverleihung, als mich Caleb angerufen hat. Es kommt mir vor, als wäre das erst ein paar Stunden her. Du warst bei der Arbeit, und ich habe von zu Hause aus geschrieben. Sein Anruf kam völlig überraschend. Ich wusste nicht mal, dass er aus Afghanistan zurückgekommen war. Wir haben uns getroffen, und da hat er mir erzählt, nach seiner Heimkehr hätte sich jemand vom FBI an ihn herangemacht und ihn gebeten, bei der Aushebung eines großen Drogenrings behilflich zu sein. Nach ein paar Wochen in dem Job hielt er es nicht mehr aus. Das Vorgehen dieses Einsatztrupps war ihm zuwider, weshalb er mich angerufen hat.«

Meine Verwirrung nimmt noch zu, und deshalb frage ich: »Und was hatte das alles mit dir zu tun?«

Er zieht die Knie wieder an, stützt die Ellbogen darauf ab und beugt sich vor. »Es hatte sogar sehr viel mit mir oder mit uns zu tun. Er hat mich gebeten, einen Artikel für die *L. A. Times* zu schreiben. Und ich habe natürlich ja gesagt – denn wer lässt sich eine solche Story schon entgehen? Er erzählte mir alles, was er wusste, und dann stellte ich noch eigene Recherchen an. Und, verdammt noch mal, eins führte dabei zum anderen, und bevor ich mich versah, hatte ich einen Haufen belastender Informationen in der Hand. Was ich nicht wusste, war, dass die Recherchen und vor allem mein Artikel uns beiden gefährlich werden könnten.«

»Ich verstehe nicht. Weshalb sollte es für dich gefährlich sein, wenn du einen Artikel schreibst? Und was hat das damit zu tun, dass du so getan hast, als seist du ermordet worden?«

»Ich fand gewisse Dinge heraus, folgte der Spur des Geldes und der Drogen und wusste irgendwann genauestens über die Operation Bescheid. Caleb und ich dachten, durch die Veröffentlichung des Artikels würde dieser Drogenring schneller als durch das FBI zur Strecke gebracht. Was jedoch ein Riesenirrtum war. Weil das Kartell uns auf die Schliche kam und wollte, dass die Story stirbt. Also habe ich gesagt, ich würde damit nicht zu meiner Zeitung gehen. Aber dass Caleb ihnen die Informationen ausgehändigt hat, hat den Schweinehunden nicht genügt. Deshalb war ich in Gefahr. Deshalb waren wir beide in Gefahr.«

Ich reiße schockiert die Augen auf. »Ben, du warst Journalist. Das ergibt nicht den geringsten Sinn. Journalisten gehen ständig irgendwelchen Sachen nach. Weshalb sollte diese Story etwas anderes gewesen sein?«

Er legt die Hände in den Sand, und ich sehe seine muskulösen Arme an, bis er mir eine Antwort gibt. »Weil ich der Wahrheit zu nahe gekommen war. Ich wusste genauestens über das Kartell Bescheid, was ihnen nicht gefallen hat. Ich habe keine Ahnung, wie die Typen das herausgefunden haben, ich weiß nur, dass es so war. Vielleicht hatte ihnen jemand einen Tipp gegeben, oder vielleicht hatte ich bei den Recherchen irgendwelche Spuren hinterlassen. Keine Ahnung. Ich weiß nur, dass ihnen klar war, dass ich Infos hatte, die für sie gefährlich waren.«

»Okay, Ben, lass uns vorläufig so tun, als würde ich das alles verstehen. Welche Rolle spielt dabei der angebliche Überfall auf dich? Warum musstest du sterben?«, füge ich krächzend hinzu.

»Um dich zu retten. Denn sie hatten mir gedroht, und ich musste dich beschützen. Es musste so aussehen, als wäre ich gestorben, damit diese Typen dich in Ruhe lassen. Ich musste sie glauben machen, dass ich tot bin, denn sonst hätten sie am Schluss uns beide umgebracht.«

Meine Gedanken überschlagen sich, während ich mich bemühe, irgendetwas zu verstehen. Zu ergründen, ob das alles vielleicht einfach nur ein wildes Schauermärchen ist. Ich gehe davon aus, dass es noch komplizierter wird, und als er weiterspricht, bestätigt sich dieser Verdacht.

Er sieht mich an und fährt mit rauer Stimme fort. »Nachdem ich dem Plan zugestimmt hatte, hat Caleb alles Weitere erledigt. Er hat jemanden besorgt, der meine Ermordung auf sich nimmt, und mir einen Unterschlupf und eine neue Identität besorgt.«

Ich harke mit den Fingern durch den Sand und sehe einem Surfer zu, der mit den Wellen kämpft. »Warte – dann hat Caleb also die ganze Zeit gewusst, dass du am Leben bist? Weil er dir geholfen hat?«

»Ja. Und außerdem hat er versprochen, auf dich aufzupassen.«

»Wusste er auch, dass du zurückkommen würdest?«

»Nein. Ich habe ihn gestern zum ersten Mal wiedergesehen. Er hatte schon seit einer ganzen Weile nichts mehr mit meinem Fall zu tun.«

Ich schüttle den Kopf und versuche noch immer, all das zu verstehen. Ben ist also ein Fall? Arbeitet er nach wie vor für das FBI?

Er schiebt sich nah an mich heran, aber die Nähe und Vertrautheit sind einfach zu groß. Doch ich bin zu gebannt von all dem Gehörten, um ein Stück weiter wegrücken zu können, und nach kurzem Zögern hält er selbst im Näherrücken inne und erklärt: »Du siehst also, dass ich nur deinetwegen weggegangen bin. Ich hatte einfach keine andere Wahl.«

Ich ringe ungläubig nach Luft, und meine anfängliche Furcht weicht glühend heißem Zorn. »Was soll das heißen, du hattest keine andere Wahl? Du hattest, verdammt noch mal, keine andere Wahl, als so tun, als wärst du tot? Keine andere Wahl, als auf Tauchstation zu gehen und mich einfach alleinzulassen?«

Er redet in dem Befehlston, den er immer draufhatte, wenn ich sauer auf ihn war, auf mich ein: »Ich habe mich falsch ausgedrückt. Reg dich bitte ab.«

Ich ertrage es nicht mehr. »Oh nein, ich rege mich bestimmt nicht ab!«

Er zieht die Schultern hoch. »Dahl.«

»Nenn mich nicht Dahl! Nenn mich nie wieder Dahl!«

»In Ordnung. Meinetwegen. Aber lass mich jetzt erst mal zu Ende reden, ja?«

Ich wende mich ihm wieder zu und starre ihn aus zusammengekniffenen Augen an. »Nein, Ben, jetzt bin ich dran. Hast du eine Ahnung, was ich durchgemacht habe nach deinem angeblichen Tod? Was du mir damit aufgebürdet hast? Man hat dich vor meinen Augen abgeknallt, und du warst nicht mal wirklich tot. Du bist nicht mal wirklich tot!«

Der Wechsel der Gefühle in seinem Gesicht ist mir einfach zu viel. Eilig sehe ich wieder aufs Meer, starre die Wellen an und spüre seinen durchdringenden Blick. »Ich weiß nicht. Ich weiß nur, was ich durchmachen musste, auch wenn ich mir vorstellen kann, dass es für dich noch schlimmer war. Es tut mir furchtbar leid, dass du so lange damit leben musstest, dass man mich erschossen hat. Aber ich musste nun mal verschwinden.«

Ich fahre wieder zu ihm herum und blicke direkt in seine dunkelblauen Augen, während der Zorn durch jede Pore meines Körpers dringt. »Du bist nicht nur verschwunden, Ben – du wurdest, verdammt noch mal, vor meinen Augen umgebracht. Ich habe das Arschloch gesehen, das dich erschossen hat. Ich habe gesehen, wie man deinen Leichnam in den Sarg verfrachtet hat. Ich war auf deiner verdammten Beerdigung und habe auf deinen verschlossenen Sarg gestarrt. In dem du gar nicht dringelegen hast! Während ich um dich geweint, getrauert, dich geliebt und mich nach dir gesehnt habe. Manchmal habe ich mir gewünscht, der Kerl hätte uns zusammen umgebracht. Willst du mich vielleicht verarschen?«, brülle ich und zittere am ganzen Leib. »Willst du mich, verdammt noch mal, verarschen?«

Ben holt vernehmlich Luft. »Ich wusste nicht, dass der Artikel solche Folgen haben würde. Wenn ich das gewusst hätte, hätte ich meine Nase nie in diese Angelegenheit gesteckt. Ich schwöre dir, dann hätte ich dem FBI die Sache überlassen.« Er schiebt sich noch dichter neben mich, und ich stehe entschlossen auf. Eilig packt er meine Hand und zwingt mich so, ihn wieder anzusehen. Plötzlich habe ich ein seltsames Gefühl, doch Liebe ist es nicht.

Ich mache einen Schritt zurück und zwinge ihn, mich loszulassen, aber jetzt erhebt auch er sich und bleibt vor mir stehen. »Es tut mir so leid, dass ich dir mein Geheimnis nicht verraten habe, bevor ich verschwunden bin. Das heißt, leidtun trifft noch nicht mal ansatzweise das Gefühl, das ich jetzt habe. Aber es gibt einfach keine Worte, um dir zu erklären, wie groß meine Gewissensbisse wegen dieser Sache sind.«

Ich schüttle erneut den Kopf und will etwas erwidern, aber er tritt auf mich zu und legt mir zitternd einen Finger an den Mund. »Trotz allem und auch wenn wir uns drei Jahre nicht gesehen haben, habe ich nie aufgehört, dich mehr als alles andere zu lieben. Und ich habe eine Heidenangst, dass du mich vielleicht nicht mehr liebst. Dass du inzwischen vielleicht sogar einen anderen liebst.«

In diesem Augenblick ist es um mich geschehen. Ich kann ihm einfach nicht länger zuhören, deshalb schreie ich: »Dass ich vielleicht einen anderen liebe?« Ich hole tief Luft und fahre fort: »Was hast du denn gedacht, wie es für mich weitergehen würde? Du bist seit drei Jahren tot, und ich habe eine halbe Ewigkeit gebraucht, bis ich wieder nach vorne blicken konnte. Es war alles andere als leicht, meine Trauer und mein Unglück auch nur annähernd zu überwinden, aber irgendwann konnte ich doch wieder nach vorne sehen. Und ja, ich liebe einen anderen. Du kannst ja wohl nicht plötzlich wiederkommen und dir einbilden …« – ich zeige erst auf ihn und dann auf mich –, »… dass wir einfach dort weitermachen, wo wir unterbrochen worden sind. Das kannst du doch nicht ernsthaft denken! Warum bist du überhaupt noch mal hier aufgetaucht?«

Er tritt auf mich zu und streicht mir mit den Fingerspitzen über einen der Kratzer in meinem Gesicht. »Weil ich es endlich konnte, obwohl ich niemals gedacht hätte, dass es noch einmal möglich sein würde. Dahl, das FBI hat die Leute erwischt. Die Leute, die mir damals auf den Fersen waren. Die Leute, die damit gedroht haben, dir etwas anzutun. Verdammt noch mal, sie haben sie endlich erwischt. Deshalb konnte ich wieder nach Hause kommen. Meine Güte, Dahl, begreifst du das denn nicht?«

»Ich verstehe es schon, Ben, aber es klingt einfach total verrückt – das mit dem FBI und weshalb du jetzt wieder nach Hause zurückkommen konntest. Es klingt alles wie in einem schlechten Film.«

»Ich weiß, dass es so klingt, aber es ist alles wahr. Es war genau, wie ich gesagt habe. Ein Riesenschlamassel, von dem du nie was hättest erfahren sollen. Ich war tot und du in Sicherheit. So war es gedacht. Aber diese Leute hatten den Verdacht, ich hätte noch irgendwelche Informationen, und weil sie die auch noch haben wollten, sind sie bei uns eingebrochen und haben danach gesucht. Keine Ahnung, wie sie auf diese Idee gekommen sind. Und als der bezahlte Schütze aus der Haft entlassen wurde, haben sie ihm die Hölle heißgemacht. Er hatte Angst und hat ihnen erzählt, dass er keine Informationen hat, aber dass ich am Leben bin. Sie wollten wissen, wo, also haben sie damit gedroht, seiner Familie etwas anzutun, wenn er mich nicht findet. Und da er dachte, dass du etwas weißt, hat er sich an dich herangemacht.«

Mir klappt die Kinnlade herunter. »Warte! Einen Augenblick! War er etwa der Bastard, der mich überfallen hat?«

Er zuckt zusammen und erklärt gepresst: »Es tut mir leid. Ich hätte nie gedacht, dass so etwas passieren würde. Die Entscheidungen, die ich damals getroffen habe, waren grundverkehrt. Selbst als ich mein Verschwinden plante, war mir das Ausmaß der Gefahr, in der wir schwebten, nicht bewusst. Deshalb habe ich, als Caleb die Informationen von mir haben wollte, dummerweise etwas von dem Zeug zurückbehalten und versteckt.«

Ohne zu zögern, sage ich: »Weißt du, dass ich dachte, dieser Kerl wollte mich vergewaltigen? Und jetzt finde ich heraus, dass er nur wissen wollte, wo du steckst. Und wo irgendwelche dämlichen Informationen stecken, die du irgendwelchen Leuten vorenthalten hast.«

Ohne auf meine Fragen einzugehen, fährt er entschlossen fort. »Ich habe es für dich getan … für den Fall der Fälle … als Versicherung.«

Ich zittere am ganzen Leib und erkläre ihm schreiend, wie es meiner Meinung nach gewesen ist. »Du hast einen feuchten Dreck für mich getan. Es ging dir immer nur um dich. Du hast das alles nur für dich getan, also bilde dir jetzt bloß nicht ein, du hättest dabei auch nur einen Augenblick an mich gedacht.«

»Du hast mir nicht richtig zugehört. Ich habe nichts für mich getan. Tatsächlich wünschte ich, ich wäre da gewesen, als dich dieses Arschloch angegriffen hat, denn, verdammt, ich hätte diesen Typen umgebracht. Aber jetzt bin ich zurück und werde verhindern, dass dir so etwas noch mal passiert.«

»Ich brauche dich nicht mehr. Verstehst du das? Weil mich inzwischen jemand anderes beschützt.«

Ich sehe, wie er seine Zähne aufeinanderbeißt und meine linke Hand ergreifen will. Doch als sein Blick auf den Verlobungsring an meinem Finger fällt, werden seine Augen schmal. »Und warum hat er das nicht getan?«

Ich starre ihn ungläubig an. »Und wovor hätte er mich beschützen sollen? Vor dem Chaos, das du angerichtet hast? Woher hätte River denn wohl wissen sollen, dass er mich beschützen muss?«

Er setzt ein schiefes Grinsen auf. »Er wusste es. Denn am Abend vor dem Überfall auf dich hat Caleb den Kerl aus unserem Haus gejagt. Und dann hat er dem aufgeblasenen Wicht, mit dem du im Augenblick Familie spielst, gesagt, dass er auf dich aufpassen soll. Aber das hat er offensichtlich nicht gemacht. Zum Glück hat das FBI den Typen, der auf mich geschossen und dich überfallen hat, noch am selben Nachmittag erwischt. Aber ich nehme an, auch davon hat er nichts zu dir gesagt. Soll ich dir erzählen, wie es abgelaufen ist? Der Schütze war der Schlüssel zu dem Ganzen, und nachdem sie ihn erwischt hatten, war auch das letzte Puzzleteil an seinem Platz, und sie konnten das Kartell nach all den Jahren endlich ausheben.«

Ich reiße die Hand zurück und brülle ein letztes Mal: »Es reicht! Hör endlich auf!«

»Oh nein, Dahl, ich höre jetzt bestimmt nicht auf. Weil du es bis zum Ende hören musst.«

Ich kann ihm nicht mehr zuhören. Und nicht mehr denken. Denn ich komme mir im Augenblick nur noch verraten vor. Die Schmerzen von meinen Verletzungen werden von dieser neuen Qual völlig verdrängt. Ben hat mich alleingelassen, hat mich um ihn trauern lassen, obwohl er die ganze Zeit am Leben war. River wusste, wer mich überfallen hat. In meinem Haus ist wieder jemand eingebrochen. Und auch davon hat mir River nichts erzählt. Eine Woge der Verzweiflung reißt meine tiefsten Wunden wieder auf, und das Wort *Vertrauen* hallt höhnisch in meinen Ohren nach. War es falsch, Ben zu vertrauen? Ist es falsch, jetzt River zu vertrauen? Ich habe den überwältigenden Drang, all diesem Wahnsinn zu entfliehen.

Eilig sammle ich meine Socken und die Converse ein, denn ich habe genug gehört und muss jetzt einfach weg von hier. Ben hat so getan, als wäre er gestorben, weil er etwas unternommen hatte, was aus seiner Sicht seiner Karriere dienlich war. Er hat irgendwelchen Gangstern Unterlagen vorenthalten, mich auf diese Weise in Gefahr gebracht – und jetzt erzählt er mir, er wolle mich beschützen. Will er mich vielleicht verarschen? Ich habe ihm stets blind vertraut, und jetzt geht mir die Frage durch den Kopf, ob er nicht vielleicht immer schon ein Fremder für mich war. Denn der Mann, für den ich ihn stets gehalten hatte, hätte mich niemals einfach im Stich gelassen – ganz egal, aus welchem Grund.

Er streckt die Hände nach mir aus, aber ich weiche vor ihm zurück. »Hör auf! Fass mich nicht an!«

Als ich mich zum Gehen wende, ruft er mir verzweifelt hinterher: »Verlass mich nicht. Ich weiß, ich habe dich nicht mehr verdient, aber wenn ich dich verliere …«

Ich weiß nicht, ob er seinen Satz beendet, denn ich höre nicht mehr zu. Ich bin von meinen eigenen Gedanken zu sehr abgelenkt. Ich kann einfach nicht glauben, dass die Dinge, die er mir erzählt hat, tatsächlich die Wahrheit sind. Ich versuche, mich auf das Tosen der Wellen an den Felsbrocken am Strand zu konzentrieren, doch die Last des Verrats drückt mich nieder. Und als ich erneut über die alten, verwitterten Planken laufe, hat sich die Verwirrung, die ich vor dem Wiedersehen mit Ben empfunden habe, vollkommen gelegt. Weil es zwischen uns nichts mehr zu reden gibt. Die Verwirrung, die ich jetzt empfinde, gilt dem Mann, mit dem ich jetzt zusammen bin. Wusste River wirklich, wer mich überfallen hat und dass abermals bei mir zu Hause eingebrochen worden war?

Vom Strand aus gehe ich auf das Grundstück, das bisher immer mein Zufluchtsort gewesen ist, und blicke auf das Haus von Grace. Dies wäre der rechte Augenblick, um meine Zweifel auszuräumen, denke ich, als River in der Einfahrt steht. Er steht an meinen Wagen gelehnt, hat die Arme vor der Brust verschränkt, hält den Kopf gesenkt und sieht erst auf, als ich in Höhe seines Wagens bin. Uns trennen höchstens noch drei Meter, als er erst an mir herunter und mir schließlich wieder in die Augen sieht.

Zwischen zusammengebissenen Zähnen stößt er aus: »Na, hattet ihr ein nettes Plauderstündchen? Hast du alles rausgefunden, was du wissen musst?«

Sein feindseliger Ton lässt mich erstarren. Doch bevor wir über meinen morgendlichen Ausflug diskutieren, muss ich mich vergewissern, dass die Vorwürfe, die Ben erhoben hat, vollkommen aus der Luft gegriffen sind. Mit wild klopfendem Herzen frage ich: »Weißt du, wer mich überfallen hat?«

Sein Körper spannt sich an, sein Blick wird vorsichtig, und er muss schlucken, als er nickt.

In diesem Augenblick zerbirst etwas in meinem Inneren. Mein Vertrauen zu ihm ist angeknackst. Ich bin zorniger als je zuvor, stürme auf ihn zu, lasse meine Faust auf die Motorhaube meines Wagens krachen, baue mich so dicht wie möglich vor ihm auf und fahre ihn mit schriller Stimme an: »Du wusstest es! Du wusstest, wer mich überfallen hat! Und du hast es mir nicht gesagt!«

Er reißt schockiert die Augen auf, hat sich aber gleich wieder im Griff, zieht mich an seine Brust und sieht mir forschend ins Gesicht. »Ja, ich wusste es, aber …«

Ich reiße mich von ihm los. »Da gibt's kein *Aber*. Ich habe darauf vertraut, dass du mir gegenüber immer ehrlich bist.«

Ich sehe, wie er bleich wird und die Stirn in Falten legt. »Dass ich dir was nicht erzählt habe, hat nichts mit Ehrlichkeit oder Vertrauen zu tun. Anders als die Tatsache, dass du allein hierher zurückgekommen bist.«

Ich trete wütend einen Schritt zurück. »Willst du mich verarschen und den Spieß jetzt einfach umdrehen? Mach dir keine Hoffnung, denn da spiele ich nicht mit.«

»Ich denke, wir sollten über all das reden, Dahlia. Lass deinen Wagen hier und steig in meinen ein.«

»Was genau meinst du mit ›all das‹?«

»Ich will wissen, warum du hierhergekommen bist, ohne mir etwas davon zu sagen oder mich zu fragen, ob ich dich vielleicht begleiten will – warum du dich, als ich geschlafen habe, aus dem Haus geschlichen hast.«

Er sieht mich aus zusammengekniffenen Augen an und packt entschlossen meine Hand. »Komm, wir gehen.«

Ich bin derart wütend und verletzt, dass ich dieses Gespräch mit ihm im Augenblick einfach nicht führen kann. Ich trete wieder einen Schritt zurück und befreie meine Hand aus seinem

Griff. Ich habe ihm total vertraut – und er hat mir etwas verschwiegen, was sehr wichtig für mich war. Deshalb muss ich mich erst mal beruhigen und mir überlegen, was das zu bedeuten hat. Trotzdem sehe ich gebannt in seine grünen Augen, auch wenn ich es nicht ertrage, darin meine eigene Angst und meinen eigenen Zorn zu sehen. Er starrt mich so durchdringend an, als wolle er mir deutlich machen, dass die innige Verbindung, die wir beide haben, stärker und vor allem wichtiger ist als alles andere.

Ich muss mehrmals schlucken, doch dann zwinge ich mich, den Blick von ihm zu lösen, und erkläre nachdrücklich: »Nein, River, ich kann nicht mit dir reden, wenn wir beide derart wütend sind. Denn dann würden wir beide Dinge sagen, die wir so nicht meinen. Erst mal brauchen wir ein bisschen Zeit, um wieder einen klaren Kopf zu kriegen. Wenn wir zwei in diesem Zustand miteinander reden, artet das nur aus.«

Er versucht, mich abermals an seine Brust zu ziehen, und faucht mich wütend an: »Ich brauche keine Zeit. Denn mir ist bereits alles klar. Du hast mir einen Zettel hingelegt und dich bei der erstbesten Gelegenheit auf den Weg zu ihm gemacht! Und, war das Wiedersehen glücklich, oder habe ich euch unterbrochen, noch bevor ihr richtig angefangen habt?«

Ich habe ihn noch nie so außer sich erlebt, und ohne nachzudenken, ziehe ich den Arm zurück und schlage zu. »Ich habe doch gesagt, dass ich darüber jetzt nicht reden will. Du solltest dich mal hören!«

Damit stürme ich zu meiner Fahrertür, steige entschlossen in den Wagen und lasse zitternd den Motor an. Durch das Fenster sehe ich, wie er schockiert die Hand an seine Wange hebt.

Am liebsten würde ich jetzt wieder aussteigen, ihn um Verzeihung bitten, meine Arme um ihn schlingen und ihn küssen. Denn ich sehne mich danach, dass er mich hält und nie mehr loslässt, aber irgendwie bin ich in diesem Augenblick gefangen zwischen richtig und falsch, zwischen dem, was sein sollte, und dem, was nicht sein darf. Ich weiß, er fragt sich, was das Wiederauftauchen mit Ben und all das zu bedeuten hat und ob es irgendwelche Auswirkungen auf uns beide haben wird.

Trotzdem müssen wir uns erst einmal beruhigen. Muss ich selbst erst mal kapieren, was hier passiert. Der Ben von gestern und von heute ist für mich ein Fremder; das, was er getan hat, hätte ich dem alten, *meinem* Ben nie zugetraut. Und River hat mir etwas vorenthalten, was sehr wichtig für mich war. Was mich vor allem deshalb stört, weil er mir überhaupt etwas verschwiegen hat.

Plötzlich höre ich »Amazing Grace« und starre auf mein Handy, das auf der Ablage liegt und gerade aufgeladen wird. Bestimmt hat River es dorthin gelegt, gleich nachdem er angekommen ist. Ich schließe die Augen und atme langsam aus. Während ich dem Klingelton lausche, mit dem die ganze Misere ihren Anfang nahm, wünsche ich mir, der Tag könnte noch mal von vorn beginnen. Ich blicke Richtung Haus. Grace steht in der Tür, das Handy am Ohr. Doch ich schalte meinen eigenen Apparat aus und fahre los.

In der Hoffnung, die Musik würde meine Gedanken übertönen, stelle ich das Radio an. Als jedoch Bruce Springsteens »Born to Run« erklingt, stelle ich es sofort wieder aus. Ich habe Konfrontationen immer schon gehasst, und nun befinde ich mich urplötzlich in einem ausgewachsenen Krieg. Aber ich kann mich der Wahrheit jetzt nicht stellen – der Wahrheit, dass ich von den beiden Männern, denen ich bisher so sehr vertraut habe wie keinem Menschen sonst, belogen worden bin. Ich habe kein konkretes Ziel und fahre deshalb erst mal einfach Richtung Osten auf die aufgehende Sonne zu.

Kapitel 6

Remember When

Bens Tagebuch

Gestern lief es völlig anders als geplant. Ich kann einfach nicht glauben, wie sehr die Begegnung mit diesem Dreckskerl mir unter die Haut gegangen ist. Ich habe dieses seltsame Gefühl, als würde ich ihn kennen, und ich kann es einfach nicht abschütteln. An Schlaf war nicht zu denken, also bin ich runter an den Strand und habe weiter über seine Worte und ihre Bedeutung nachgedacht. Gerade als ich über die alte Brücke laufen wollte, tauchte plötzlich Dahls Wagen in der Einfahrt auf. Als ich sie sah, dachte ich allen Ernstes, sie käme zu mir zurück – sie hätte mich in all der Zeit genauso sehr vermisst wie ich sie. Ich dachte, sie würde aus dem Wagen steigen und dann auf mich zugelaufen kommen, aber als sie vorsichtig in meine Richtung ging, sah ich ihren beklommenen Blick und hoffte nur, sie hätte keine Angst vor mir. Am liebsten hätte ich sie in den Arm genommen, ihr versichert, dass ich es tatsächlich bin, und ihr erklärt, ich wäre ihretwegen wieder hier, aber das habe ich mich nicht getraut. Denn sie wirkte furchtbar distanziert.

Obwohl es mich gerührt hat, dass sie immer noch mein Armband trägt, habe ich gleichzeitig vor Wut gekocht, weil sie den Ring von einem anderen am Finger trägt. Während des gesamten Flugs zurück hierher war das Einzige, woran ich denken konnte, dass ich ihr jetzt endlich wieder meinen Ring anstecken, sie heiraten und eine Familie mit ihr gründen kann. Ich hatte bereits angenommen, dass sie meinen Ring nicht länger trägt, als Caleb mir berichtet hat, dass sie mit einem anderen zusammen ist. Und mein Verdacht wurde bestätigt, als ich Mom fragte, ob sie wüsste, was mit meinem Ring passiert ist, und sie meinte, Dahlia hätte sie gebeten, ihn für sie aufzubewahren. Verdammt! Das hat echt weh getan. Dass Dahl den Ring nicht wenigstens behalten hat.

Ich konnte sehen, sie wollte nicht, dass ich sie berühre. Vielleicht hatte sie Angst vor den Gefühlen, die das in ihr wecken könnte. Vielleicht gibt es also doch noch eine Chance für uns. Ich nehme an, wir brauchen einfach noch mehr Zeit, damit zwischen uns alles wieder so wie früher wird. Ich dachte, wenn ich endlich richtig mit ihr reden könnte, nicht mehr nur in Form des Tagebuchs, das ich für sie geschrieben habe, würde sie mir zuhören und mich verstehen. Stattdessen ist sie total ausgeflippt. Und mit jedem verdammten Wort, das ich gesagt habe, ist sie noch wütender geworden und hat mir nicht mal die Chance gegeben, ihr die Dinge so ausführlich zu erklären, dass sie sie verstehen kann.

Obwohl ich sie angebettelt habe, mich nicht zu verlassen, ist sie irgendwann einfach gegangen, aber das ist mir egal. Trotz unseres beschissenen Gesprächs bin ich froh, dass sie gekommen ist – und zwar allein. Obwohl sie nicht nur ausgerastet ist, sondern mich einfach hat stehen lassen, als ich zu ihr gesagt habe, dass dieser Arsch, mit dem sie jetzt zusammen ist, weiß, wer sie überfallen hat.

Ich werde es auch weiterhin versuchen. Denn seit dem Tag, an dem ich abgehauen bin, habe ich sie gebraucht. Ich wünschte mir, auch das hätte ich ihr gesagt. Im Grunde wünschte ich, dass ich sie mitgenommen hätte. Vielleicht war das ja etwas, das ich ihr hätte sagen müssen. Nach einem Moment bin ich ihr hinterhergelaufen, habe aber am Ende der Brücke wieder haltgemacht. Denn dort stand er in seiner selbstgerechten, arroganten Pracht. Wer zum Teufel läuft an einem Strand in Jeans und Stiefeln rum?

Aber Dahl war total sauer. Sie ist direkt auf ihn zugestürmt, und dann ist sie vollkommen ausgeflippt. Wie es aussieht, hat ihre Beziehung ein paar Risse. Weil es Dinge gibt, die er im Gegensatz zu mir nicht weiß und nicht versteht. Er hat ihr verschwiegen, was er wusste. Das wäre mir nie passiert. Denn jetzt ist sie stinksauer auf den Kerl, und es wird bestimmt nicht leicht für ihn, sie dazu zu bewegen, dass sie ihm noch mal verzeiht. Und genau das brauche ich – dass es Zoff zwischen den beiden gibt. Dass sie Zeit bekommt, um sich an all die Dinge zu erinnern, die wir beide hatten, und darüber den anderen Kerl vergisst.

Wenn sie jetzt so sauer auf ihn ist wie das eine Mal auf mich, habe ich jede Menge Zeit, um sie zurückzugewinnen. Ja, verdammt, vielleicht kehrt sie ja überhaupt nicht mehr zu diesem Kerl zurück. Schließlich hat sie mich damals bereits verlassen, obwohl die Geschichte mit der anderen ihrer Meinung nach erst ganz am Anfang stand. Was ich sie habe glauben lassen. Denn ich hatte keine andere Wahl. Ich hätte ihr niemals die Wahrheit sagen können. Denn mir war klar, das hätte sie mir nie verziehen. Verflucht, ich selber habe mir die Sache schließlich auch bis heute nicht verziehen. Aber es war ein einmaliger Ausrutscher, so etwas würde ich ihr nicht noch einmal antun. Nicht mal, wenn sich die Gelegenheit so einfach böte wie bei diesem einen Mal. Denn dieses eine Mal hat echt an mir genagt.

Immer, wenn ich daran denke, hasse ich mich dafür, dass ich derart schwach gewesen bin. Auch wenn ich jeden Augenblick genossen habe, den ich mit dem Mädchen mit dem kupferroten Haar zusammen war. Aus irgendeinem Grund hat sie mich total heiß gemacht. Auch wenn ich sonst nichts von ihr wissen wollte und noch nicht mal wusste, wie sie mit Nachnamen hieß. Tatsächlich hatte ich mich bis zu diesem einen Abend immer aus dem Staub gemacht, wenn sie auch nur noch mal in meine Nähe kam. Was echt erbärmlich war. Warum konnte ich ihr nicht einfach sagen, dass sie mich in Ruhe lassen soll? Aus irgendeinem Grund konnte ich das einfach nicht. Auch nicht an dem Abend, als ich sturzbesoffen war und sie mich auf der Party in die Falle laufen ließ. Sie hat sich wie gewohnt an mich herangemacht, und ich bin wie gewohnt getürmt, aber sie lief mir einfach weiter nach. Trevor war noch nicht wieder am College, deshalb war das Zimmer leer. Ich bin ins Bad und habe mir dort kaltes Wasser ins Gesicht geklatscht. Und als ich in den Spiegel sah, zog sie sich bereits aus. Ja, ihr Körper war der Hit, und die Art, wie sie ihn dargeboten hat, war wirklich heiß, aber das war noch nicht alles. Irgendwas an ihren Augen zog mich einfach magisch an. Ich hatte das Gefühl, in ihrem Bann zu stehen. Ich konnte nichts dagegen tun, aber trotzdem ist mir klar, dass ich sie niemals hätte vögeln sollen. Denn das hätte die Beziehung zwischen Dahl und mir um ein Haar zerstört.

Wir haben uns in Trevors leerem Zimmer eingeschlossen, und ich habe sie die ganze Nacht lang immer wieder durchgefickt. Sie war einfach rattenscharf, und wir haben bis zum nächsten Morgen miteinander rumgemacht. Dabei war mir klar, dass das ein Fehler war.

Warum denke ich überhaupt nach all den Jahren immer noch an sie? Vielleicht wegen ihrer Augen? Vielleicht wegen der Art, in der sie mir einen geblasen hat? Vielleicht, weil der Sex mit ihr einfach berauschend war? Verdammt, ich weiß es nicht …

Später, als sie mir gemailt und mich gebeten hat, sie noch einmal zu treffen, war ich fest entschlossen, mich in Zukunft von ihr fernzuhalten. Aber gleichzeitig hatte ich eine Heidenangst, dass sie es vielleicht Dahl erzählen oder mir erklären würde, dass sie irgendeine Krankheit hat. Schließlich war ich mit dem Treffen einverstanden, weil sie meinte, dass es wirklich wichtig wäre. Doch am Schluss bin ich nicht hingegangen, weil Dahl an dem Abend früher als geplant nach Hause kam. Danach habe ich nie wieder was von ihr gehört, deshalb dachte ich, sie hätte nur versucht, meine Aufmerksamkeit zu wecken, und letztendlich eingesehen, dass es sinnlos war – bis Monate später abermals ein Anruf von ihr kam. Aber bis dahin hatte Dahl die Mail bereits entdeckt, und mir war klar, ich dürfte niemals wieder auch nur mit ihr reden. Denn das Risiko war einfach zu groß, dass Dahl etwas davon mitbekommt.

Bis heute kann ich immer noch nicht glauben, dass ich meinem Mädchen wirklich untreu war. Ich würde es gern darauf schieben, dass ich damals jung und unreif war, denn auch wenn ich sicher viele Fehler habe – meinem Mädchen war ich immer treu. Abgesehen von dieser einen Nacht. Dabei war ich es, verdammt noch mal, gewohnt, dass irgendwelche Mädels auf mich stehen. Ich hätte mich von ihr nicht überrumpeln lassen sollen. Mein Leben lang haben die Frauen Jagd auf mich gemacht – manchmal unermüdlich –, aber trotzdem hat mich vor und nach dem rothaarigen Mädchen keine jemals wieder rumgekriegt. Verdammt, ich lebte damals im Studentenwohnheim, und willige Mädchen gab es dort im Überfluss. Trotzdem bin ich niemals schwach geworden. Denn ich liebte meine Dahl und hätte sie um keinen Preis verlieren wollen.

Kapitel 7

Your Call

Zum zweiten Mal an diesem Morgen gehe ich an einen Strand. Ich parke ein paar Kilometer von dem Haus, in dem ich mit Ben gelebt habe, entfernt, und ziehe meine Converse aus, weil das Gefühl des grobkörnigen Sands normalerweise tröstlich für mich ist. Aber heute früh ist es das nicht. Das kalte Wasser der heranrollenden Wellen kribbelt auf meiner Haut. Mir schwirren zahllose Gedanken durch den Kopf. Vor allem aber der: *Was um alles in der Welt ist da gerade passiert?*

Das Wasser zieht mich magisch an, und ich wate immer tiefer, bis es mir beinah bis zu den Knien reicht. Die salzige Luft weht mir ins Gesicht, und ich atme so tief wie möglich ein und aus und kämpfe gegen den Schmerz und den Tumult in meinem Innern an. Tränen rinnen mir über die Wangen, und der salzige Geruch der Luft dringt in meine Nase. Ich bleibe stehen, setze mich, und das kalte Wasser reicht mir fast bis unters Kinn. Dann tauche ich unter und wäre am liebsten niemals wieder aufgetaucht. Weil mir das Leben unter Wasser herrlich ruhig erscheint.

Irgendwann tauche ich trotzdem wieder auf, krieche aus dem Wasser und lege mich rücklings in den Sand. Es ist ganz still am Strand. Nur ein paar Vögel flattern leise tschilpend durch die Luft. Ich kneife die Augen zu, weil ich nicht mehr weinen will.

Denn schließlich weiß ich nicht einmal, ob ich um Ben weine, um River oder um mich selbst.

Irgendwann bin ich anscheinend eingenickt, denn plötzlich höre ich, dass kleine Kinder in der Nähe spielen, und spüre die heiße Sonne im Gesicht. Ich stehe wieder auf, wische so viel Sand wie möglich von mir ab und gehe zurück dorthin, wo mein Wagen steht. Meine Fußabdrücke werden ausgelöscht, als irgendwelche Leute gut gelaunt und völlig sorglos dicht an mir vorüberjoggen, und ich wünschte mir, auch ich könnte wieder so unbeschwert und sorgenfrei wie noch vor einer Woche sein.

Am Eingang zum Strand schnappe ich mir meine Converse und den Pullover – meine einzigen noch trockenen Klamotten –, ziehe den Schlüsselbund aus dem rechten Schuh und stecke ihn in eine Tasche meiner Jeans. Dann ziehe ich mit zitternden Händen meinen Pulli an, versuche, den Sand aus dem Haar zu schütteln, und laufe, schwindlig, weil ich keine Ahnung habe, wie es weitergehen soll, auf meinen Wagen zu. Irgendwann fange ich an zu rennen, und es ist mir vollkommen egal, dass der barfüßige Lauf über die harten, heißen Steine äußerst schmerzhaft ist. Keuchend ziehe ich die Schlüssel aus der Hosentasche, schließe den Wagen auf und steige ein. Ich lehne den Kopf gegen das Lenkrad und versuche rauszufinden, was ich machen und wohin ich fahren soll. Mein Blick fällt auf mein Handy, und da ich einfach seine Stimme hören will, schalte ich es an und höre meine Mailbox ab.

Grace, Serena, Aerie und jemand mit einer unbekannten Nummer haben mich erreichen wollen, River aber nicht. Was mich nicht wirklich überrascht. Ich bin stinksauer auf ihn, weil er mir nicht gesagt hat, was er wusste, und ich deshalb nicht mehr weiß, ob ich ihm trauen kann. Aber er war mindestens genauso sauer auf mich, weil ich einfach ohne ihn zu Ben gefahren bin. So habe ich ihn noch nie zuvor erlebt. Ich höre die Nachrichten ab. Grace will, dass ich wiederkomme und wir in Ruhe über alles sprechen, ihre Tochter sagt, dass sie für mich da ist, falls ich reden will, Aerie brüllt ins Telefon, dass ich mich auf der Stelle bei ihr melden soll, und der unbekannte Anrufer, sprich Ben, fleht mich mit rauer Stimme an zurückzukommen. Ben – der Mann, den ich bedingungslos geliebt, dem ich blind vertraut und dessen Stimme ich bis gestern jahrelang nicht mehr gehört hatte.

Mir brennen die Augen, und in meinem Kopf herrscht noch größeres Chaos als bevor ich an den Strand gekommen bin. Ich starre reglos geradeaus, während auf dem Highway der inzwischen deutlich dichtere Verkehr an mir vorüberbraust. Mit wild klopfendem Herzen lasse ich den Motor an, fädle mich ruckartig in eine Fahrspur ein und halte mit quietschenden Reifen an der ersten roten Ampel an. Ich fahre viel zu schnell, aber mein Kopf ist bis zum Bersten mit Erinnerungen angefüllt. Als die Ampel grün wird, hupen ein paar andere Fahrer, und ich trete abermals aufs Gaspedal und steuere, da mir nichts anderes einfällt, unser altes gelbes Haus mit dem weißgestrichenen Holzzaun an.

Das Zu-Verkaufen-Schild steht immer noch im Vorgarten. Haus und Grundstück sind vernachlässigt und brauchen dringend etwas liebevolle Pflege, doch im Augenblick ist hier mein Zufluchtsort.

Da ich trockene Kleider brauche, melde ich mich bei der einzigen Person, die ich im Augenblick anrufen kann. Sie kommt sofort an den Apparat und hält sich gar nicht erst mit irgendwelchen netten Floskeln auf. »Wo zum Teufel steckst du, und was ist passiert?«, schreit sie, bevor sie deutlich ruhiger fragt: »Alles so weit okay bei dir, Dahl?«

Sie weiß offensichtlich schon, dass Ben zurückgekommen ist, und ich atme tief durch und überlege, was ich sagen soll. »Ich brauche Hilfe, Aerie. Ich bin in meinem Haus in Laguna. Könntest du mir bitte ein paar trockene Kleider bringen?«

Ich bin überrascht, als sie nur sagt: »Na klar. Ich bin in einer Viertelstunde da. Kommst du solange allein zurecht? Grace hat mich vorhin angerufen und mir alles erzählt. Dahlia, sie hat gesagt, dass Ben noch lebt.«

»Lass uns darüber reden, wenn du hier bist, ja?«

»Okay, Dahlia. Ich mache, so schnell ich kann. Ich liebe dich.«

Ohne ein weiteres Wort lege ich wieder auf, werfe das Handy auf die Ablage und gehe zu dem Haus, in dem ich mit Ben gelebt, um ihn getrauert habe und aus dem ich, als mir River neues Leben eingehaucht hat, ausgezogen bin. Jetzt erscheint mir alles absurd, und ich bin vollkommen verwirrt. Denn was bedeutet es, wenn man jemandem traut und dieses Vertrauen missbraucht wird? Das muss ich herausfinden, und deshalb bin ich hier – damit ich in Ruhe überlegen kann.

Ich höre das Windspiel, das mich immer in Empfang genommen hat, und gehe in das beinahe leere Haus. Es sind nur noch ein paar Möbelstücke da – unser überdimensionales Sofa, der Couchtisch und die beiden Sessel stehen noch an ihren angestammten Plätzen, doch der Teppich ist verschwunden, die Lampen wurden wie fast alles andere von den Einbrechern zerstört, und was noch übrig war, habe ich auf dem Dachboden von Grace oder bei River deponiert.

Ich setze mich in einen Sessel, ziehe zitternd die Knie an und versuche, nicht an Ben zu denken. Aber die Erinnerung an mein Leben mit ihm ist alles, worauf ich mich gerade konzentrieren kann.

Bevor ich mich versehe, klopft es bereits vorne an der Tür, und Aerie brüllt: »Dahlia, bist du okay? Warum ist die Haustür abgesperrt?«

Ich kann mich nicht daran erinnern, abgesperrt zu haben, springe aber eilig auf. Auf dem Weg zur Tür fällt mein Blick auf das alte schlüsselförmige Schlüsselbrett, das Caleb nach dem Einbruch wieder aufgehängt hatte und an dem immer noch Bens Schlüssel hängt. Aus irgendeinem Grund ruft dieser Anblick ein gewisses Unbehagen in mir wach. Kaum habe ich die Tür geöffnet, stürzt Aerie auch schon an mir vorbei ins Haus. Sie hat Kaffeebecher in der einen sowie eine Tüte in der anderen Hand, und mit ihrer Jogginghose, dem T-Shirt, dem Pferdeschwanz und den Yoga-Schuhen sieht sie fast so schlampig aus wie ich. Ihr Anblick überrascht mich, denn derart zerzaust geht sie normalerweise garantiert nicht aus dem Haus.

Ich nehme ihr das Kaffeetablett ab und starre sie mit großen Augen an. »Was zum Teufel ist mit dir passiert?«

»Mit mir?« Sie unterzieht mich einer eingehenden Musterung. »Was *mit mir* passiert ist?« Sie lässt die Tüte in ihrer Hand auf den Boden fallen und ist offenbar erst einmal sprachlos. »Ich sollte eher fragen, was *mit dir* passiert ist? Wo hast du gesteckt? Warum bist du klatschnass und von Kopf bis Fuß mit Sand bedeckt?« Sie hängt noch eine Reihe weiterer Fragen an, aber ich blende ihre Stimme einfach aus, denn erst einmal will ich nichts anderes als an dem heißen Kaffee nippen und aus meinen nassen Kleidern raus. Mir wird bewusst, dass ich gar nicht über die ganze Sache reden will, und ich wünschte mir, ich hätte sie nicht hergebeten. Sie nimmt mir das Kaffeetablett wieder ab, stellt es auf den Boden und umarmt mich so fest wie möglich. So stehen wir beide da – ich und meine beste Freundin, die mir gerade mal bis zu den Schultern reicht –, und plötzlich breche ich in Tränen aus.

Sie macht einen Schritt zurück und sieht mich an. »Ich war richtiggehend krank vor lauter Angst um dich. Grace hat schon um sechs Uhr morgens bei mir angerufen, weil sie dachte, du wärst auf dem Weg zu mir. Und als die Zeit verging, ohne dass du dich auch nur bei mir gemeldet hast, brachen wir langsam in Panik aus.« Sie wischt erst mir und dann sich selbst die Tränen fort, und als sie den Sand von ihren Kleidern streicht, breche ich in lautes Lachen aus.

»Tut mir leid, ich wollte dich nicht schmutzig machen.«

Sie fängt an zu lachen, und plötzlich ist die Aerie, die ich kenne, meine rundherum patente Freundin, wieder da. »Wo hast du … ach, weißt du, erst mal ziehen wir dich am besten um. Wenn du so zitterst, kannst du schließlich nicht vernünftig reden.«

Sie führt mich durch den Flur ins Bad, als wüsste ich nicht, wo es ist, und ich folge ihr, als wäre ich hier wirklich völlig fremd. Im Badezimmer angelangt, zieht sie eine Jogginghose und ein Sweatshirt aus der Tüte, legt sie auf den Waschtisch und fängt an, die Knöpfe des Hemdes aufzumachen, das mir River gestern angezogen hat.

Vorsichtig schiebe ich ihre Hände fort. »Das kann ich auch allein. Du brauchst mir dabei nicht zu helfen.«

»Lass es mich einfach trotzdem tun. Lass mich dir helfen, ja?« Und nach einem Augenblick tröstlichen Schweigens sagt sie in besorgtem Ton. »Es tut mir leid, Dahlia. Es tut mir wirklich leid.« Und mir ist klar, dass sie damit nicht meint, dass sie mir beim Ausziehen geholfen hat.

Plötzlich fällt mir ein – das letzte Mal hat Aerie mir beim Ausziehen geholfen, nachdem Ben ermordet worden war. Sie hat mich aus meinem schwarzen Cocktailkleid geschält, weil ich selbst dazu nicht in der Lage war. Dann hat sie es auf den Stuhl in der Ecke unseres Schlafzimmers geworfen, wo es hinterher noch ewig lag. »Es ist nicht so wie damals, Aerie«, sage ich und zeige auf die Ecke meines Schlafzimmers, in der der Stuhl gestanden hat. »Ich werde nicht zusammenbrechen wie nachdem auf Ben geschossen wurde. Natürlich bin ich verwirrt, aber trotzdem ist mir klar, dass das hier etwas völlig anderes ist.«

Ich ziehe meine Arme aus dem Hemd, zeige auf die beiden Kleidungsstücke auf dem Waschtisch und sehe sie fragend an. »Mehr hast du nicht mitgebracht? An Unterwäsche hast du nicht gedacht?«

Sie starrt mich einen Augenblick zu lange an. »Also bitte, Dahlia. Ich hatte schließlich keine Ahnung, weshalb ich dir frische Kleider bringen sollte. Und an Höschen und BH habe ich ganz einfach nicht gedacht. Warum bist du überhaupt so nass?«

»Ich musste vor diesem ganzen Durcheinander flüchten, also habe ich beschlossen, kurz schwimmen zu gehen. Du weißt, vom Schwimmen kriege ich immer am ehesten einen klaren Kopf.«

»In deinen Kleidern, Dahlia? Willst du damit etwa sagen, dass du in deinen Klamotten schwimmen warst?«

Ich nicke stumm.

»Aber dir ist doch wohl klar, dass das nicht normal ist? Oder?«

Als ich einfach mit den Achseln zucke, schüttelt sie den Kopf und greift nach meinem nassen Hemd. Ich ziehe den BH aus, werfe ihn ins Waschbecken, und Aerie reißt entsetzt die Augen auf, denn der riesengroße dunkelviolette Bluterguss an meiner Seite hat sich zwischenzeitlich bis zum Bauch und Rücken ausgedehnt.

»Es geht mir gut, Aerie – versprochen. Und ich werde nicht zusammenbrechen, keine Angst.«

Ich schlüpfe in ihr USC-Sweatshirt, und als ich versuche, es mir so vorsichtig wie möglich über den Kopf zu ziehen, nimmt sie mir diese Arbeit ab und zieht meine Haare ordentlich aus der Kapuze.

»Vielleicht sollten wir erst mal versuchen, diese Knoten aus den Haaren rauszukriegen. Aber ohne Bürste geht das nicht. Ich hab eine in meiner Handtasche im Auto. Bin sofort wieder da.«

Als sie das Bad verlässt, rufe ich ihr hinterher: »Hey, du hast nicht zufällig auch Klopapier dabei?«

Sie stößt ein leises Lachen aus. »Nein, aber Servietten von Starbucks. Die kann ich dir gerne mitbringen.« Damit lässt sie mich allein zurück, und ich kämpfe mich aus meiner halbgetrockneten, bretttharten Jeans. Ihre Jogginghose ist mir viel zu kurz, und als ich in den Spiegel sehe, reiße ich entsetzt die Augen auf. Weil mir daraus die junge Frau entgegenblickt, die ihren Verlobten verloren hat. Ich umklammere den Waschbeckenrand und kneife die Augen zu – weil ich nicht mehr dieses Mädchen von damals bin. Weil ich jetzt stärker bin und nicht noch mal in einer Depression versinken werde. So etwas wie heute früh darf nicht noch einmal passieren. Das ist mir inzwischen klar. Dass ich einfach in die Brandung hinausgelaufen bin, um diesem ganzen Wahnsinn zu entgehen, war nichts weiter als eine einmalige Kurzschlussreaktion gewesen.

Ich schlage die Augen wieder auf, hole tief Luft und trete in den Flur hinaus. Durch die offene Schlafzimmertür sehe ich das Bett, in dem ich nach Bens Tod nie wieder hatte schlafen wollen, und versuche, nicht daran zu denken, welchen Schmerz und welches Leid er mir durch seinen vermeintlichen Tod verursacht hat. Und was hat sein dämliches Verhalten ihm und uns beiden schließlich gebracht?

Ich hebe das Kaffeetablett vom Boden auf, nehme wieder im Sessel Platz und verdränge jeden Gedanken an den blöden Ben, bis ein paar Minuten später Aerie wiederkommt.

»Tausend Dank dafür.« Ich proste ihr mit meinem großen Kaffeebecher zu.

»Tja, ich dachte, dass du vielleicht einen Kaffee brauchen kannst, und als ich gerade dabei war, hab ich mir selbst noch einen Tee besorgt.«

Bei dem Wort *Tee* muss ich an River denken und an unseren ersten Vormittag … als ich noch nicht gewusst hatte, ob er Teetrinker oder wie ich ein Kaffeetrinker war. Es hat mich damals unglaublich erleichtert, als er an jenem Morgen Kaffee trank.

Aerie stellt sich neben mich, und die Erinnerung verfliegt, als sie versucht, mir die Knoten aus dem sandigen Haar zu bürsten, was ihr jedoch nicht gelingt. Deshalb dreht sie die Haare schließlich einfach zu einem wirren Knoten auf und macht ihn mit dem Gummiband, das sie immer ums Handgelenk trägt, fest.

»Allzeit gewappnet«, sage ich.

»Ich versuche auf jeden Fall, es zu sein.« Sie schnappt sich ihren Becher, setzt sich in den Sessel neben mich und mustert mich von Kopf bis Fuß. »Weißt du, wir können auch zu mir fahren, und du kannst erst mal duschen.«

»Nein, ich möchte lieber hierbleiben.«

Sie nickt verständnisvoll, und dann sitzen wir schweigend da und nippen vorsichtig an unseren Getränken, bis ich irgendwann das Schweigen breche und von Aerie wissen will: »Was hat Grace dir über Ben erzählt, außer dass er am Leben ist?« Meine Worte klingen für mich derart irreal und absurd, dass mir die Stimme versagt.

»Sie hat mir nur erzählt, dass Ben in irgendwas Gefährliches verwickelt war und verschwinden musste, weil es anders für ihn … und dich … anscheinend nicht mehr sicher war. Mehr wollte sie nicht sagen, und ich habe sie auch nicht weiter bedrängt.«

Ich runzle die Stirn. »Das kann ich verstehen. Weil es eine völlig verrückte Geschichte ist, die ich, ehrlich gesagt, kaum glauben kann.«

»Und warum nicht? Denkst du, dass er dich belügt?«

»Nein, das denke ich nicht. Ich musste das alles nur erst mal verdauen, und dann hat er etwas gesagt, weshalb ich total ausgerastet bin.«

»Was hat er denn gesagt?«

»Er hat mir gesagt, er hätte keine andere Wahl gehabt.«

»Und warum hat dich das so aufgeregt?«

»Er ist da in eine schlimme Sache reingerutscht, aber statt mir etwas davon zu erzählen und sie irgendwie mit mir zusammen durchzustehen, ist er einfach abgehauen.«

»Hast du ihn zu Ende reden lassen, Dahlia?«

»Ich habe es versucht, Aerie, habe es ehrlich versucht. Aber irgendwann konnte ich einfach nicht mehr zuhören. Du weißt, wie schlecht es mir nach seinem Tod gegangen ist, und jetzt plötzlich zu hören, dass er einfach abgehauen ist …«

»Meinst du, dass du wenigstens versuchen kannst, ihm zu verzeihen, damit du diese Sache abschließen und wieder nach vorne blicken kannst?«

»Oh nein, das kann ich nicht! Das, was er getan hat, werde ich ihm nie verzeihen. Das bringe ich einfach nicht über mich!«

Ich weiß nicht, ob sie meine Worte eher verärgern oder traurig machen, aber so, wie sie den Mund verzieht, sieht sie eher traurig aus. Wir starren einander eine ganze Zeitlang an, und ich weiß, sie wählt die nächsten Worte mit Bedacht.

»Meinst du nicht, du solltest dich noch mal mit ihm zusammensetzen und dir alles anhören, was er zu sagen hat? Ich weiß nicht, was er getan hat, aber ich weiß sicher, dass er dich geliebt hat. Und ich bin mir auch sicher, dass ihm die Entscheidung damals ganz bestimmt nicht leichtgefallen ist.«

Unfähig, meinen Zorn zu unterdrücken, fahre ich sie an. »Begreifst du denn nicht, Aerie? Genau das ist das Problem. Selbst wenn ich noch mal mit ihm rede, ändert das nichts an meiner jetzigen Situation.«

Abermals versinken wir in Schweigen, doch schließlich zieht sie eine Braue hoch und sagt: »Ich weiß, dass sich durch ein Gespräch an deiner jetzigen Situation nichts ändern wird, aber es wird dir helfen zu verstehen, warum er damals so gehandelt hat.«

Wow. Ich hätte nicht gedacht, dass sich meine Freundin so gut in mich hineinversetzen kann.

Trotzdem muss ich erst einmal versuchen zu verstehen, weshalb sie sich derart für Ben einsetzt, und als ich glaube, den Grund zu kennen, starre ich sie entgeistert und skeptisch an. »Du bildest dir doch wohl nicht ein, dass ich meine Beziehung zu River einfach sausenlasse, um mich wieder Ben in die Arme zu werfen. Glaub das bloß nicht, Aerie. Denn so laufen diese Dinge nicht.«

Sie sieht mich mit blitzenden Augen an und stellt ihren Becher weg. Sie kniet sich vor meinen Sessel und nimmt meine Hand. »Natürlich nicht«, sagt sie mit leiser Stimme. »Mir ist klar, dass es nicht so laufen kann, und davon geht bestimmt auch keiner aus.« Sie drückt mir die Hand und sieht mich eindringlich an. »Ich weiß, wie sehr du River liebst. Schließlich habe ich damals euer Treffen extra arrangiert, weil ich wusste, dass er dir gefällt. Darüber haben wir schon oft genug geredet. Und es geht ganz sicher nicht darum, dass du dich für einen der beiden entscheiden sollst. Es geht einfach darum, dass du einem Mann, den du dein Leben lang gekannt hast, zuhören und vielleicht verzeihen sollst. Dass du dich nicht von vornherein dagegen sperrst. Das ist alles. Und das sage ich nicht seinet-, sondern deinetwegen, weil du nur auf diese Weise deinen Frieden mit der ganzen Sache machen kannst. Ich kenne dich, Dahlia –

wenn du diese Geschichte nicht zu einem Abschluss bringst, wirst du verrückt.«

Das war etwas völlig anderes, als was ich erwartet hatte. Doch obwohl mir klar ist, dass sie es gut meint, weiß ich, dass ich Ben im Augenblick noch nicht verzeihen kann.

Sie zuckt mit den Achseln und stößt einen Seufzer aus. »Vielleicht solltest du versuchen, die Sache auch mal aus seiner Perspektive zu betrachten. Denk einfach mal darüber nach.«

Ich nicke zustimmend. »Ich werde mich bemühen, aber das heißt nicht, dass ich ihm auch verzeihen kann.«

Bei diesen Worten steht sie auf und nimmt wieder in ihrem Sessel Platz.

Ich schwenke meinen Kaffeebecher vorsichtig in der Hand. »Nachdem ich heute früh zu Ben gefahren bin, hatten ich und River einen Riesenstreit.«

Sie schweigt. Verdammt, auch darüber weiß sie bereits Bescheid. Das sehe ich ihr deutlich an, denn sie steht wieder auf, stapft unruhig auf und ab und weicht meinen Blicken aus.

»Aerie. Sag mir, was du weißt.«

Als sie mir keine Antwort gibt, erhebe ich mich ebenfalls, trete hinter sie und drehe sie zu mir herum. »Aerie. Sieh mich an, und sag mir, was du weißt.«

»Ich denke, dass River dir das erklären sollte, Dahlia.«

»Aber River ist gerade nicht hier, und vor allem redet er im Augenblick auch nicht mit mir. Wie wäre es also, wenn du mir erzählen würdest, was du mir bisher verschwiegen hast?«

»Verdammt!«, sagt sie, und da sie für gewöhnlich niemals flucht, weiß ich, es ist ernst.

Sie tritt ans Fenster, zieht ihr Handy aus der Tasche und gibt eine Nummer ein. »Serena, bist du unterwegs?«, fragt sie und legt einen Moment später wieder auf.

Ich starre sie mit großen Augen an. »Was ist hier los? Du hast schon vorher bei Serena angerufen. Und warum?«

»Bitte beruhig dich, Dahlia. Wir wollten dir nicht gleich alles über den Angriff sagen, weil …«

Ich falle ihr ins Wort. »Wusstest du die ganze Zeit, dass Ben am Leben ist? Hast du es etwa die ganze Zeit gewusst?«

»Meine Güte, Dahlia. Nein! Natürlich nicht! Ich wusste nichts davon, das schwöre ich. Gott, wenn ich gewusst hätte, dass er am Leben ist, hätte ich dich nie so leiden lassen. Und das hätten auch die anderen nicht. Was ich sagen wollte, war, dass wir wussten, wer dich überfallen hat, sonst nichts.«

Ich sehe ihr forschend ins Gesicht und versuche zu verstehen. »Wir? Du meinst, ihr alle wusstet es? Nicht nur River?«

»Dahlia, bitte lass dir das alles von River erklären.«

»Nein, Aerie, ich will, dass du mir dieses ›Wir‹ sofort erklärst.«

Ihr Seufzer klingt, als füge sie sich in ein Schicksal, schlimmer als der Tod. Sie lässt sich wieder in den Sessel fallen, hebt ihren Becher an den Mund und trinkt erst einmal ein paar große Schlucke. »Am Abend vor dem Überfall auf dich wurde Grace darüber informiert, dass man Bens Mörder aus der Haft entlassen hatte. Caleb hat ihn hier in deinem Haus angetroffen und verscheucht, aber er hatte Angst, dass dieser Typ herauskriegt, wo du steckst, und du dann nicht mehr sicher wärst. Grace, Serena und auch Caleb haben bei dir angerufen und dir Nachrichten auf deiner Mailbox hinterlassen, nur, dass du sie nie zurückgerufen hast. Als Serena es am nächsten Vormittag noch mal versucht hat, kam zumindest River an den Apparat. Sie hat ihm erzählt, dass dieser Typ entlassen wurde und hier eingebrochen ist, aber da war es schon zu spät.« Sie macht eine kurze Pause, denn ich starre sie total entgeistert an.

»Sprich weiter. Warum habt ihr mir alle kein Wort davon gesagt? Ich verstehe das nicht.«

»Dahlia, wir wussten, wie schlimm du dran warst, nachdem Ben gestorben war, und keiner von uns wollte, dass es dir noch mal so dreckig geht. Grace wollte es dir persönlich sagen, deshalb hat sie River gebeten, noch etwas zu warten, bevor er mit dir darüber spricht. Und dann wolltet ihr plötzlich heiraten, ohne auch nur einem Menschen etwas davon zu verraten. Ich fand es nicht gut, dass River nicht vorher mit dir gesprochen hat, aber am Ende dachte ich, dass ich dich lieber glücklich sehe, als all diese traurigen Erinnerungen noch mal aufzuwühlen.« Sie steht wieder auf und kommt zu mir zurück.

Ich versuche, all diese Informationen zu verdauen. Gibt es überhaupt noch irgendwen, dem ich vertrauen kann? Da ich die Teile dieses Puzzles unbedingt zusammensetzen will, laufe ich zum Wagen, schnappe mir mein Handy, und ein Blick auf das Display zeigt mir, dass in der Zwischenzeit drei neue Anrufe gekommen sind. Ich rufe die Mailbox auf, aber die Anrufe, die ich am Tag des Überfalls bekommen haben soll, sind nicht mehr da. Offenbar hat River sie gelöscht. Wütend und entnervt werfe ich das Handy auf den Boden, und es ist mir vollkommen egal, dass das Display dabei in tausend Stücke zerspringt. Weil ich das Handy nicht mehr brauche. Weil der unbekannte Anrufer inzwischen noch dreimal, aber River immer noch nicht angerufen hat.

Zurück im Wohnzimmer, setze ich mich auf den Boden und ziehe die Knie an die Brust. »Ich kann einfach nicht glauben, dass er mich nach unserem Streit vorhin noch nicht mal angerufen hat.«

Aerie setzt sich neben mich und sieht mich fragend an. »Wer? Ben?«

»Nein! Nicht Ben. Verdammt noch mal, ich hab dir doch schon gesagt, dass ich mit ihm nicht reden will. River. River hat nicht angerufen.«

Während ich dies sage, geht die Tür auf, und ich sehe in den Flur. Serena tritt über die Schwelle und hat eine Tüte vom Chinesen in der einen sowie eine Flasche Wodka in der anderen Hand.

»Vielleicht solltest du ihn anrufen? Schließlich hast du ihm eine verpasst und bist dann einfach abgehauen«, bemerkt sie mit ruhiger Stimme und stellt die Tüte auf dem Couchtisch ab.

»Woher weißt du das?« Ich weiß, dass ich sie anstarre, aber ich kann nichts dagegen tun.

»Mom hat alles mitbekommen, Dahlia. Sie hat dich und River neben deinem Wagen stehen und dich dann wegfahren sehen. Sie hat dich sofort angerufen, um dir zu sagen, dass du umkehren sollst, aber du hast ihren Anruf ignoriert.«

»Seit gestern ist unglaublich viel passiert, und ich gebe mir die größte Mühe, nicht vollkommen durchzudrehen. Aber ich bin einfach noch nicht bereit, darüber zu reden.«

»Das verstehe ich, Dahlia, aber was du anscheinend nicht verstehst, ist, dass du mit deiner Vogel-Strauß-Philosophie die Gräben zwischen sämtlichen Beteiligten nur noch vertiefst. Du musst aufhören davonzulaufen und den Tatsachen ins Auge sehen. Vielleicht wärst du vom Ergebnis der Betrachtung überrascht.«

Ich lasse den Kopf zwischen die Hände sinken. Ich weiß nicht mal, was ich sagen soll, denn mir schießen so viele Gedanken durch den Kopf. Und vor allem geht es nicht darum, dass ich versuche, vor all den Problemen davonzulaufen, sondern darum, dass mein Vertrauen in Ben erschüttert ist und dass ich es einfach sinnlos fand, mich mit River auszusprechen, solange wir beide so wütend waren. Serena nimmt entschlossen meine Hand, zieht mich neben sich aufs Sofa, und als wir uns gegenübersitzen, stellt sie fest: »Dahlia, ich weiß, du möchtest nicht darüber reden, aber du musst wissen, wie es heute Morgen weiterging.«

»Mir gehen schon genügend Sachen durch den Kopf, ohne dass du mir noch mehr erzählst.«

Als ich wieder aufstehen will, hält sie mich davon ab. »Warte, hör mir bitte trotzdem zu. Nachdem du heute Morgen abgehauen bist, haben sich Ben und River in der Einfahrt lautstark angeschrien. Dann hat River sich auf Ben gestürzt, und die beiden haben angefangen, sich zu prügeln. Bis Mom sie angeschrien hat, dass sie aufhören sollen.«

»O mein Gott, ich habe keinen Augenblick darüber nachgedacht, dass die beiden sich noch einmal sehen könnten oder was passieren könnte, falls sie sich noch einmal sehen.«

Serena sieht mich reglos an. »Das hättest du gewusst, wenn du an dein verdammtes Handy gegangen wärst.«

»Tut mir leid, aber ich weiß einfach nicht, wie ich mit dieser Sache umgehen soll – mit Grace, mit River und mit Ben. Aber ich will im Augenblick nicht über sie reden, denn ich bin so wütend wie noch nie zuvor im Leben und gleichzeitig furchtbar traurig und verwirrt.«

Aerie hebt mein Handy vom Boden auf. »Nun, die Frage, ob dich jemand anruft oder nicht, hat sich erst mal erledigt. Weil du nämlich kein Handy mehr hast.«

Um nicht in Tränen auszubrechen, murmle ich: »Umso besser. Dann brauche ich mich wenigstens nicht mehr aufzuregen, weil der Anruf, den ich kriegen will, nicht kommt.«

Ich rapple mich hoch, und sofort springt auch Serena auf, packt mich am Arm und brüllt mich an: »Werd endlich erwachsen, Dahlia. Du hast ihm eine Ohrfeige verpasst und bist dann einfach abgehauen.«

Ich drehe mich schockiert zu ihr herum und brülle genauso laut zurück: »Ich weiß, was ich getan habe!«

»Was erwartest du also von ihm?« Sie holt tief Luft und fährt verzweifelt fort: »Du musst dich endlich zusammenreißen, Dahlia.«

»Ich weiß, ich hätte ihn nicht einfach stehenlassen sollen. Das ist mir klar. Aber genauso ist mir klar, dass wir beide uns erst mal beruhigen mussten. Deshalb bin ich abgehauen.«

Serena verdreht die Augen. »Okay, wenn du das für richtig hältst …«

»Genau. Und jetzt will ich erst mal was essen und einen Schluck Wodka trinken. Danach kann ich mir noch immer überlegen, was ich weiter tun soll.«

Serena schüttelt stumm den Kopf, und Aerie sieht mich an, als wüsste sie nicht, was sie mit mir machen soll. Was ich durchaus verstehen kann. Denn das weiß ich schließlich selber gerade nicht.

Also mache ich das Einzige, was ich jetzt tun kann – ich

schnappe mir die Flasche Wodka, reiße rigoros das Plastik vom Verschluss, drehe ihn auf und nehme einen möglichst großen Schluck. Dann fahre ich mir mit der Hand über den Mund und spüre dem Brennen des Alkohols in meiner Kehle nach.

Serena stemmt die Hände in die Hüften. Sie ist genauso bodenständig wie ihr Bruder, aber ich versuche, diesen Gedanken zu verdrängen, weil sie schließlich nicht nur seine Schwester, sondern auch oder in diesem Fall vor allem meine Freundin ist.

»Verdammt, Dahlia, der Cranberry-Saft und die Limetten liegen noch in meinem Wagen. Könntest du also vielleicht noch einen Moment warten?«

»Nein, das kann ich nicht. Ich brauche jetzt kein blödes Mixgetränk. Ich will nur endlich aufhören, über diesen ganzen Wahnsinn nachzudenken.« Ich proste ihr mit der Flasche zu. »Auf die dämlichen Entscheidungen, die man manchmal trifft, und darauf, dass man sie nicht immer einfach wieder ungeschehen machen kann.« Ich breche erst in Lachen und sofort danach in Weinen aus und setze die Flasche abermals an.

Meine beiden besten Freundinnen kommen entschlossen auf mich zu, Aerie nimmt mir die Flasche aus der Hand und schwenkt sie durch die Luft: »Darauf, dass ich es bisher mit keinem Typen länger ausgehalten habe, weil ich so verdammt wählerisch bin.«

Ich hebe die Hand, als hielte ich darin ein Glas, und stoße mit der Flasche an. »Darauf, dass du nicht wählerisch bist, sondern bisher einfach nie den Richtigen getroffen hast.«

Sie genehmigt sich eine gesunde Dosis Wodka und hält die Flasche Serena hin. Die nimmt sie und reckt sie vor sich in die Luft. »Darauf, dass ich eine beschissene Mutter bin. Auf dass eure Söhne nie solche Probleme kriegen, dass ihr ihnen nicht mehr helfen könnt.«

Was? Verwundert sehe ich Serena an, und obwohl das nicht der rechte Augenblick ist, um danach zu fragen, überlege ich, in was für Schwierigkeiten Trent wohl steckt. Da ich das Verlangen habe, sie zu trösten, hebe ich erneut mein imaginäres Glas.

»Auf Mütter, die alles in ihrer Macht Stehende für ihre Kinder tun.«

Erst jetzt wird mir bewusst, dass auch bei den beiden anderen Frauen nicht immer alles glattzulaufen scheint. Und dass ich ihnen genauso helfen sollte wie sie mir. Wie kommt es, dass ich nicht mal weiß, was ihnen zu schaffen macht?

Ich schnappe mir die Flasche und erhebe sie zu einem letzten Toast. »Darauf, dass man seinen Freundinnen stets zuhört und Verständnis für ihre Probleme hat.«

Jetzt haben wir unseren Gefühlen Luft gemacht und bringen den Rest des Nachmittags mit dem Essen vom Chinesen und dem Rest der Wodkaflasche zu und schlafen dann gemeinsam auf dem Sofa ein. Ohne dass zuvor auch nur ein weiteres Wort über das Leben meiner beiden Freundinnen oder über Ben und River fällt.

Kapitel 8

Into the Nothing

Bens Tagebuch

Ich habe den Rest des Vormittags damit verbracht, meine Lippe mit einem Eisbeutel zu kühlen – und mich langsam von den körperlichen Schmerzen und meinem verletzten Stolz erholt. Ich hätte nicht damit gerechnet, dass das Weichei urplötzlich den Rambo spielen würde. Vielleicht hätte ich ihn ernster nehmen sollen. Er hat ein paar wirklich gute Treffer bei mir landen können, aber ich habe ihm ebenfalls ein paar verpasst und bin mir ziemlich sicher, dass der Schönling jetzt mit einem hübschen Veilchen durch die Gegend läuft.

Mir war klar, dass Dahl nach dem Riesenpalaver, das die beiden noch in unserer Einfahrt hatten, nicht sofort zu ihm nach Hause fahren würde. Denn das hätte sie auch früher nicht gemacht. Immer wenn wir zwei gestritten haben, brauchten wir erst einmal etwas Abstand zueinander, um uns abzuregen, ehe eine halbwegs ruhige Diskussion über das Thema unserer Auseinandersetzung möglich war. Ich dachte, sie würde an den Strand fahren, deswegen war ich auch nicht weiter überrascht, als ich an unserem Haus vorüberfuhr und dort ihren Wagen stehen sah. Bestimmt hat sie an mich gedacht und an all die Jahre, die wir zusammen waren. Sonst hätte sie sich doch ganz sicher einen anderen Zufluchtsort gesucht.

Mindestens eine Viertelstunde lang stand ich vor unserer

Tür und habe überlegt, ob ich reingehen soll. Aber schließlich dachte ich, ich sollte es vielleicht genauso machen wie das eine Mal, als sie damals so sauer auf mich war. Ich habe aus Moms Wagen ein Stück Papier geholt und eine Nachricht hinter dem Scheibenwischer ihres Wagens festgeklemmt. Ich weiß, sie wird sofort erkennen, dass ich der Verfasser dieser Nachricht bin. Hoffentlich genügt das, um sie dazu zu bewegen, sich bei mir zu melden. Wenn es sein muss, klemme ich ihr auch Tausende von Zetteln an den Wagen. Weil sie einfach Zeit mit mir verbringen muss. Weil ich sie nur so dazu bewegen kann zu erkennen, dass sie im Grunde niemals einen anderen lieben wird als mich.

Kapitel 9
Blurry

Stunden später schlage ich die Augen wieder auf. Ich liege, den Kopf auf Aeries Bauch und halb unter Serena, auf der überdimensionalen Couch, und alles tut mir weh. Die Deckenlampe brennt, trotzdem nehme ich meine Umgebung nur verschwommen wahr. Ich merke nur, dass es schon spät sein muss, weil es draußen stockdunkel ist und die Straßenlampen eingeschaltet sind. Ich versuche, den Kopf zu heben, aber bei der winzigsten Bewegung dröhnt mein Schädel so, dass mein Puls anfängt zu rasen und der Magen revoltiert. Ich schlucke die Galle herunter, die in meiner Kehle aufsteigt, doch dadurch nimmt der eklige Geschmack im Mund noch zu.

Ich sehe mich zwischen den leeren Essenskartons nach einer Flasche Wasser um, richte mich auf, um einen Schluck zu trinken, und rutsche so vorsichtig vom Sofa, dass weder Aerie noch Serena etwas davon mitbekommen. Meine Schläfen pochen, doch mein Herz ist völlig aus dem Takt. Mein Zorn auf River hat sich aufgelöst. Mir ist bewusst, dass wir über die Dinge reden müssen, die an diesem Morgen vorgefallen sind. Ja, natürlich war ich sauer, weil er mir etwas verschwiegen hat, aber schließlich hatte Grace ihn ausdrücklich darum gebeten. Das ist mir inzwischen klar, und ich bin jetzt bereit zu reden und muss hoffen, dass auch er es ist.

Auf dem Weg durchs Haus fällt mir automatisch wieder ein, dass ich in den Jahren nach Bens Tod vollkommen allein war. Es tut mir in der Seele weh, daran zurückzudenken, dass ich das Gefühl hatte, ganz auf mich gestellt und völlig isoliert zu sein. Dass meine Trauer nicht den allerkleinsten Raum für Hoffnung ließ. Ich wünschte mir, ich könnte diese Jahre und vor allem den Tribut, den ich dafür gezahlt habe, mit einem Handstreich auslöschen, doch mir ist klar, dass das nicht geht.

Als ich die Haustür öffne, um zu gehen, fällt mein Blick auf das verfluchte Schlüsselbrett, an dem immer noch Bens Schlüssel hängt. Warum zum Teufel habe ich den nie entsorgt? Ich schüttle den Kopf und trete in die kühle Dunkelheit hinaus. Als ich zu meinem Wagen komme, sehe ich das Blatt Papier, das hinter dem Scheibenwischer klemmt, und weiß sofort, es ist von Ben. Er hat es auf genau dieselbe Art gefaltet wie die vielen anderen Zettel, die er im Lauf der Zeit für mich geschrieben hat – während unserer kurzen dreimonatigen Trennung, als ich dachte, dass er mich betrügt, hat er jede Menge solcher Nachrichten für mich verfasst.

Ich falte den Zettel auseinander und lese die kurzen, doch prägnanten Sätze durch.

Es tut mir leid. Ich vermisse Dich. Ich liebe Dich. Lass mich mit Dir reden.

Ben

Ein Gefühl der Bitterkeit steigt in mir auf. Will er mich verarschen? Das, was er getan hat, werde ich ihm nie verzeihen. Er hat sich entschieden, er hat mich im Stich gelassen, und jetzt, da ich endlich wieder glücklich bin, bildet er sich ein, wir könnten einfach so wie früher weitermachen. Aber das können wir nicht. Und selbst wenn wir es könnten … ich will es ganz einfach nicht. Denn ich liebe River. Das ist eine Tatsache, die ich nicht ändern kann und will.

Und plötzlich weiß ich, was ich tun muss – ich muss einen

endgültigen Schlussstrich unter das alles ziehen und darf Ben nie wiedersehen. Ich reiße die untere Zettelhälfte ab, stopfe die andere Hälfte in die Tasche meines Sweatshirts, öffne die Wagentür, suche einen Stift und schreibe eine kurze Nachricht an Serena, dass das Haus jetzt Ben gehört. Denn es war schon nicht mehr unser Haus, seit er einfach abgehauen ist. Mich kann er nicht wiederhaben, aber meinetwegen unser Haus.

Ich gehe wieder rein und lege den Zettel und Bens Schlüssel auf den Fußboden im Flur. Als ich mich wieder zum Gehen wende, höre ich das Windspiel, und ich weiß, dies ist das allerletzte Mal, dass ich in diesem Haus gewesen bin. Denn es ist nicht mehr unser oder mein Zuhause, sondern nur noch das von Ben. Mein Zuhause ist inzwischen in L. A., und dort fahre ich jetzt hin.

*

Auf der Fahrt versuche ich herauszufinden, was genau der Unterschied zwischen Verschweigen und Belügen und zwischen Vertrauen und Verzeihen ist. Ich weiß, dass River mir nicht aus Gemeinheit, sondern einfach, weil er mich beschützen wollte, etwas Wichtiges verschwiegen hat. Ben hat mich durch seine Lüge hoffnungslos verstört, verändert und mir das Gefühl gegeben, vollkommen allein zu sein. River aber hat dadurch, dass er mir etwas nicht gesagt hat, nichts von alledem getan. Deshalb denke oder hoffe ich, dass ich ihm noch mal verzeihen und vor allem auch weiterhin vertrauen kann. Aber warum ist es so viel schwerer, unsere Probleme anzusprechen, als einfach vor ihnen abzuhauen?

Als ich in die Einfahrt biege, steht Xanders Mercedes direkt vor der Eingangstreppe. Es ist ein Uhr nachts, und es überrascht mich, dass er noch nicht heimgefahren ist. Normalerweise steht er werktags immer mit den Hühnern auf.

Ich stelle mein Gefährt in der Garage ab, und als ich zur Haustür gehe, fällt mein Blick auf ein riesiges Loch direkt neben dem Türrahmen. Als ich sehe, dass der Schlüssel nicht wie üblich auf dem Rahmen, sondern auf dem Boden liegt, frage ich mich, was geschehen ist. Die Tür ist nicht verschlossen, und als ich das Haus betrete, sehe ich, dass auf dem Couchtisch eine halbleere Tequilaflasche steht und Xander schlafend auf dem Sofa liegt. Er hat noch seine Schuhe an, einen Arm aufs Gesicht gelegt, und unter seinem aus dem Hosenbund gerutschten Hemd sehe ich ein Stück nackte Haut. Aus dem Schrank im Flur hole ich meinen heißgeliebten, aus Konzert-T-Shirts genähten Quilt, drücke ihn kurz an die Brust, gehe ins Wohnzimmer und decke Xander damit zu. Dabei fällt mein Blick auf ein Tattoo in Höhe seiner Hüfte, das mir bisher noch nie aufgefallen ist. Ich stelle die Tequilaflasche auf den Frühstückstresen, mache alle Lampen aus und begebe mich auf leisen Sohlen ins Schlafzimmer.

Ich habe etwas Angst vor unserem Wiedersehen. Wir haben den ganzen Tag kein Wort gesprochen, und das ist, seit wir zusammen sind, noch nie geschehen. Ich bin mir nicht einmal mehr sicher, ob er nicht vielleicht noch wütender auf mich gewesen ist als ich auf ihn. Weil ich einfach, ohne ihm ein Wort zu sagen, mitten in der Nacht zu Ben gefahren bin.

Als ich sehe, dass er nicht im Bett liegt, bin ich etwas überrascht. Alles sieht noch aus, wie als ich morgens aufgebrochen bin, wenn auch vielleicht nicht mehr ganz so ordentlich. Mein Hochzeitskleid liegt flach auf meiner alten cremefarbenen Truhe, und das Strumpfband und die Perlenstecker meiner Freundin liegen obendrauf. Ich hatte all das dort abgelegt, um es sofort wieder anzuziehen und aufbrechen zu können, denn ich hatte angenommen, wir würden bereits am selben Nachmittag von Grace zurückkommen. Jetzt hänge ich das Kleid erst einmal in den Schrank, denn ich habe keine Ahnung, wann es zu der Hochzeit kommen wird. Der Gedanke ruft ein leichtes Unbehagen in mir wach, und um mich zu trösten, gehe ich zu der gläsernen Schiebetür, durch die man einen wunderbaren Blick auf den Hollywood-Schriftzug hat. Ich liebe dieses Schild, vielleicht weil es für mich ein Ausdruck grenzenloser Hoffnung ist.

Während ich dort stehe, fällt mein Blick mit einem Mal auf

eine helle Gestalt, und ich sehe, dass River auf einem Stuhl am Rand des Pools sitzt und ins Dunkle starrt. Eilig öffne ich die Tür, bleibe dann aber kurz stehen, betrachte bewundernd seine hochgewachsene durchtrainierte Gestalt und seine stets zerzausten Haare. Ich frage mich, ob ich wirklich jetzt sofort über unsere Probleme sprechen will.

Dann atme ich tief durch und gehe die endlos lange Treppe hinunter zu ihm. Ich weiß, er muss inzwischen längst gehört haben, dass jemand aus dem Haus gekommen ist. Trotzdem sitzt er einfach weiter mit gekreuzten Beinen da und nippt an seinem Bier.

»Du hast also beschlossen heimzukommen. Ich war mir nicht sicher, ob du jemals wiederkommen würdest«, stellt er fest, ohne mich auch nur anzusehen.

»Selbstverständlich bin ich heimgekommen, River. Was denn sonst? Ich brauchte einfach Zeit, um mich ein bisschen abzuregen und über die Dinge nachzudenken. Brauchte erst mal wieder einen klaren Kopf.«

»Hmm … seltsam, aber ich bin mir nicht sicher, ob das Wort ›selbstverständlich‹ noch Bestandteil irgendeines unserer Gespräche sein sollte.«

Er nippt erneut an seinem Bier und fügt hinzu: »Und was hast du damit gemeint, du musstest erst über die Dinge nachdenken und einen klaren Kopf kriegen? Ich dachte, dass wir so etwas zusammen tun, aber da habe ich mich offenbar geirrt.«

»River, ich war einfach sauer und …«, fange ich an, breche dann aber wieder ab. Denn er sieht mich immer noch nicht an, und ich weiß, dass er das tun muss, bevor ich weiterreden kann.

»Du kriegst deine Sätze offenbar nicht mehr zu Ende. Bisher hast du das immer geschafft. Soll ich dir vielleicht helfen? Du bist sauer, weil ich dir etwas verschwiegen habe, aber dafür werde ich mich nicht entschuldigen. Weil ich meine Gründe dafür hatte. Wenn du mir das nächste Mal nach einem Treffen mit deinem Exverlobten eine klebst, könntest du danach vielleicht zumindest lange genug stehen bleiben, um dir anzuhören, was ich dir sagen will.«

»Es tut mir leid, dass ich dir eine Ohrfeige gegeben habe. Das hätte ich nicht tun sollen. Aber ich habe dir vertraut, und du hast mir etwas Wichtiges verschwiegen. Wie also soll ich ab jetzt darauf vertrauen, dass du mir nicht noch einmal etwas vormachst?«

Er schüttelt den Kopf und zischt: »Also bitte, Dahlia, du weißt, dass du mir trauen kannst und dass du nie von mir belogen worden bist.«

»Ich habe nicht gesagt, dass du mich belogen hast. Ich habe gesagt, dass du mir was verschwiegen hast. Du hast mich einfach glauben lassen, dass ich nur das zufällige Opfer eines Fremden war. Ich weiß, Grace hat dich darum gebeten, mir nicht zu erzählen, wer es war, aber du hättest es mir trotzdem sagen sollen.«

Sein ausdrucksloser Blick ist beinahe unerträglich. Er schüttelt den Kopf, und wieder wogt der alte Zorn in meinem Innern auf, aber da er nichts erwidert, fahre ich entschlossen fort. »Also bitte, River, du hast sogar die Alarmanlage im Haus verbessern lassen, weil du Angst hattest, dass er es vielleicht noch einmal versucht. Aber ich nehme an, dass du dir diese Mühe hättest sparen können, denn inzwischen haben sie den Kerl schließlich erwischt. Das heißt, dass ich jetzt wieder sicher bin.«

»Vielleicht, aber ich weiß nicht, ob das jetzt noch eine Rolle spielt.«

»Selbstverständlich spielt das jetzt noch eine Rolle. Weshalb sagst du so etwas?«

»Sag nicht immer ›selbstverständlich‹. Für mich ist das Gespräch beendet.«

Da er bisher noch nie so wütend auf mich war, habe ich keine Ahnung, was ich tun soll. Sollte ich ihn vielleicht zwingen, weiter mit mir darüber zu reden? Aber wie würde er darauf wohl reagieren? Bin ich tatsächlich bereit, es zu versuchen und zu sehen, was passiert? Nein, wahrscheinlich nicht. Ich weiß nur, dass ich River deutlich machen muss, dass ich ihn liebe. Dass ich ihm begreiflich machen muss, dass er mir, auch wenn wir unsere Probleme nicht gelöst haben, noch immer wichtig ist.

Während die Luft um uns herum immer spannungsgeladener wird, sehe ich ihn an und weiß nicht, was ich sagen soll. Doch als die Stille unerträglich wird, trete ich entschlossen auf ihn zu und bleibe direkt vor ihm stehen. Ohne mir ins Gesicht zu sehen, beugt er sich vor. Es bringt mich um, so nah vor ihm zu stehen und ihn nicht anfassen zu können. Ich will, dass er wieder mit mir spricht. Ich muss diese grauenhafte Stille irgendwie durchbrechen, deshalb frage ich: »Weißt du, dass dein Bruder drinnen auf dem Sofa schläft?«

»Ja. Er hat sich alle Mühe gegeben, mit mir mitzuhalten.« Er stellt seine Bierflasche neben das Dutzend anderer leerer Flaschen, legt den Kopf ein wenig schräg und sieht mich flüchtig an. »Also, wo stehen wir beide jetzt?«

Ich antworte ihm völlig ehrlich: »Da, wo wir auch gestern standen. Mir ist klar, dass wir Probleme haben, die wir lösen müssen, aber ich bin mir nicht sicher, ob es eine so gute Idee ist, wenn wir das noch heute Abend tun.« Ich nehme seine Hand, um ihn von seinem Stuhl zu ziehen, und er steht freiwillig auf. Dabei fällt ein Eisbeutel zu Boden und ich merke, dass er ein Geschirrtuch um die andere Hand gewickelt hat. Ich schiebe ihm die Haare aus der Stirn, weil ich ihm in die Augen sehen will, aber sie sind trüb, und eins der Lider ist verfärbt. Ich umfasse sein Gesicht, und als er die Augen schließt, streiche ich mit den Fingern über das geschwollene Lid. »Tut es sehr weh?«

»Nee, inzwischen nicht mehr«, tut er meine Frage achselzuckend ab.

Ich hebe seine Hand und sehe, dass sie ebenfalls blau und geschwollen ist. »Meine Güte, River, ist sie etwa gebrochen?«

Er lacht leise auf. »Keine Ahnung, aber sie tut höllisch weh. Xander hat mich gezwungen, die Finger zu bewegen, und als ich das konnte, hat er nur gesagt, dass ich mich nicht so anstellen soll.«

Ich streichle zärtlich seine Hand, hebe sie an meinen Mund

und küsse sie. »Du kannst Ben nicht jedes Mal verprügeln, wenn du ihn irgendwo siehst. Das ändert schließlich nichts.«

»Vielleicht nicht, aber auf alle Fälle fühle ich mich dann erheblich besser.«

Sein Körper spannt sich an, und mir wird klar, dass ich noch immer nicht in Ruhe mit ihm über meinen Exverlobten sprechen kann. Aber vielleicht ist dies der rechte Augenblick, um ihm zu sagen, wie es mir bei dieser Sache geht. Ich streiche ihm mit den Fingerspitzen über die Wange und bitte ihn schweigend um Verzeihung für die Ohrfeige, die er von mir verpasst bekommen hat. Dann sage ich: »Es tut mir wirklich furchtbar leid.« Ich hoffe, ihm ist klar, dass ich damit nicht nur den Schlag gemeint habe. Ich lehne mich vorsichtig an ihn an, ergreife seine andere Hand, hebe auch sie an meinen Mund und sage ihm, was ich ihm bereits habe sagen wollen, seit ich heute Morgen fortgefahren bin. »Ich liebe dich, River. Dass Ben am Leben ist, ändert nichts daran. Das weißt du, oder?«

Er atmet hörbar aus, umfasst mein Gesicht und sieht mir direkt in die Augen. Obwohl er betrunken ist, kommen mir seine Augen und auch seine Stimme plötzlich deutlich klarer vor. »Ich will glauben, dass du niemand anderen liebst als mich. Dass du niemand anderen küsst. Dass dein Mund, dein ganzer Körper mir allein gehören.« Er legt mir die Arme um die Taille und presst seinen harten Leib an meinen Bauch. »Aber wenn du mich verlässt, um ihn zu sehen, ist es schwer für mich, mir weiter ganz sicher zu sein.«

Ich fange an zu keuchen, denn ich weiß, wenn meine Worte ihm nicht seine Ängste nehmen und ihn nicht vollkommen beruhigen können, mein Körper kann es. Weil er einfach immer auf ihn reagiert. Und zwar vollkommen natürlich, ohne jeden Zwang. Kein anderer kann solche Gefühle in mir wecken. Das ist ihm bewusst … weswegen ich ihn nur daran erinnern muss.

Er kneift die Augen zusammen, als versuchte er zu lesen, was in meinem Kopf vorgeht, aber das braucht er nicht. Weil er meine Liebe, wenn er sich nur stark genug bemüht, deutlich spüren kann.

Dann starrt er mir ins Gesicht, als warte er auf meine Reaktion auf ihn, deshalb presse ich ihm die Lippen auf den Mund. Und bin überrascht, als er ihn hungrig öffnet und mir freien Zugang zu den blendend weißen Zahnreihen gewährt. Glücklich schlinge ich ihm die Arme um den Hals und reibe mich an ihm. Ich will eins mit meinem Liebsten sein und weiß, dass er dasselbe will. Erst küsst er mich nur zögerlich, aber als ich die Hüften an ihn dränge, werden seine Küsse aggressiver, und er sucht küssend einen Weg über meinen Hals bis zu der Stelle am Ausschnitt, die Aeries Sweatshirt frei lässt.

Ich ringe nach Luft, schiebe ihn ein Stück zurück und habe leichte Schuldgefühle, weil ich meinen Körper einsetze, um ihm meine Gefühle zu erklären, obwohl wir darüber sprechen sollten, was geschehen ist. »Vielleicht sollten wir erst zu Ende reden.«

Wieder finden seine Lippen meinen Hals, und zunächst stößt er einfach ein dumpfes Knurren aus. Dann aber entgegnet er: »Ich glaube nicht, dass wir jetzt reden sollten.«

Selig lasse ich den Kopf nach hinten fallen und ihn weiter suchen. Denn wie könnte ich wohl etwas anderes tun? Mein Körper reagiert einfach von selbst. Weil er ganz ihm gehört. Unter der Berührung seiner Lippen löst sich meine Wut in Wohlgefallen auf. Nachdem er jede freie Stelle meines Leibs mit seinem Mund berührt hat, sieht er mich auf eine Weise an, die mir den Atem raubt und glühendes Verlangen nach ihm in mir weckt.

Er tritt einen Schritt zurück, zieht sein T-Shirt aus, fasst den Saum von meinem Sweatshirt und zieht es mir über den Kopf. Da ich den Kontakt zu seinem Körper nicht verlieren will, lehne ich mich an ihn an. Noch bevor er mir das Oberteil ganz über den Kopf gezogen hat, spüre ich schon seine nackte Haut an meinem Körper. Eilig wirft er das Kleidungsstück zu Boden, schlingt mir die Arme um die Taille, zieht mich eng an seine Brust und presst die Hüfte gegen meinen Unterleib.

Dann wandert sein Mund auf meine Brust, und als ich mit den Händen vorne über seine Hose gleite, atmet er vernehmlich ein. Wir sind beide deutlich aggressiver als jemals zuvor. Ich stöhne, als er erst an einem und danach an meinem anderen Nippel zieht und saugt. Eilig öffne ich den Reißverschluss seiner Hose und schiebe die Hand hinein. Er wirft den Kopf zurück, senkt ihn dann aber eilig wieder und küsst mich erneut.

Dabei löst er meinen Haarknoten, versucht, mit den Fingern meine wirren Strähnen aufzulösen, und ich weiß, er spürt den Sand in meinem Haar. Sofort hört er auf und sieht mich fragend an.

»Warst du heute noch mal am Strand, nachdem ich dich gesehen habe?«

Ich muss schlucken, denn ich frage mich, warum er diese Frage stellt, antworte ihm aber ehrlich: »Ja. Ich war noch mal am Strand.«

»Was hast du dort noch mal gewollt? Hast du ihn noch mal gesehen?«, zischt er mich wütend an.

»Nein – selbstverständlich habe ich Ben nicht noch mal gesehen. Ich war am Strand, weil es dort herrlich friedlich ist. Ich musste nachdenken.« Ich bin verletzt und füge deshalb etwas spitz hinzu: »Hättest du mich angerufen oder mir gesimst, hättest du das gewusst.«

»Wie gesagt, das Wort ›selbstverständlich‹ gilt nicht mehr. Und worüber genau hast du dort nachgedacht?«

»Über nichts Konkretes. Über alles. Über dich und mich und Ben. Ich weiß es nicht.« Mir fällt auf, dass er nicht auf meinen Vorwurf eingeht, mich nicht angerufen zu haben, aber das lasse ich ihm durchgehen. Denn dies ist wahrscheinlich nicht der rechte Augenblick für einen neuerlichen Streit.

»Mir war gar nicht klar, dass es über dich und mich was nachzudenken gibt«, faucht er.

»Das gibt's auch nicht. Das habe ich nicht damit gemeint.«

Er setzt sich wieder hin, fährt sich mit den Händen übers Gesicht, hebt seine beinahe leere Bierflasche vom Boden auf und trinkt sie aus, ohne dass er den beunruhigenden Blickkontakt zu mir auch nur eine Sekunde unterbricht.

Bisher hat er mich noch nie so angestarrt, und ich beschließe, dass ich meinen alten River wiederhaben muss, bevor ich weiter mit ihm reden kann. Ich will nicht, dass er mir erneut entgleitet, habe aber keine Ahnung, was ich tun soll. Ich halte seinen intensiven Blick nicht länger aus, deshalb sehe ich die ruhige Wasseroberfläche an und spüre, dass ich dort vorübergehend Frieden finden kann. Eilig ziehe ich mir die Hose aus und springe in den Pool, weil ich dort den Sand und die aufgestauten Emotionen von mir abwaschen kann. Kaum dass das kühle Wasser meine Haut berührt, breitet sich ein Gefühl der Ruhe in mir aus. Ich tauche wieder auf, schwimme an den Rand und bedeute ihm, dass er sich zu mir in den Pool gesellen soll. Doch er sitzt mit offener Hose da und schüttelt stumm den Kopf.

Ich bespritze ihn mit Wasser. »Was? Bist du zu betrunken, um baden zu gehen? Du hast auf jeden Fall genügend leere Bierflaschen da stehen.«

Er verschränkt die Arme vor der Brust, und ich sehe ihm an, dass er ein Lachen unterdrücken muss. Abermals vergehen ein paar Sekunden, und als ich ihn noch einmal bespritze, sieht er mich mit einem schmalen Lächeln an. »Du könntest mir sogar alle diese Flaschen um den Bauch binden, und ich wäre noch schneller als du.«

»Beweis es mir. Los. Sei kein Feigling. Ich wette um den morgendlichen Kaffeegang, dass du mich in deinem Zustand nicht besiegen kannst. Wenn du willst, können wir auch noch gucken, wer länger die Luft anhalten kann.« Obwohl er für gewöhnlich immer schneller schwimmt als ich und auch länger die Luft anhalten kann, bezweifle ich, dass er das jetzt noch schafft. Und, ehrlich gesagt, mir ist auch vollkommen egal, wer diesen Wettbewerb gewinnt – Hauptsache, ich kriege ihn zurück.

»Die Wette gilt. Ich nehme morgen einen doppelten Espresso, aber das heißt nicht, dass ich nicht mehr sauer auf dich bin.«

Ohne ein weiteres Wort erhebt er sich vom Stuhl, steigt leicht schwankend aus seinen Jeans und Boxershorts, springt kopfüber ins Wasser, schwimmt quer durch den Pool und klammert sich am Rand des Beckens fest. Ich bleibe, wo ich bin, weil er anscheinend immer noch ein wenig Abstand zu mir braucht.

»Also, wie wollen wir es machen?«

Er zuckt mit den Achseln. »Meinetwegen können wir erst mal die Luft anhalten.«

»In Ordnung, warum nicht? Also … eins … zwei … drei …!« Ich tauche ab, und als ich wieder an die Oberfläche komme, bin ich mir nicht sicher, ob er überhaupt auf Tauchstation gegangen ist.

»Sieht aus, als hätte ich gewonnen«, sage ich und ringe leicht nach Luft.

Er nickt, sagt aber nichts und starrt mich noch forschender an als vorher.

»Also gut, und jetzt das Wettschwimmen.«

»Okay.«

Ich kraule einfach los und spüre seine Nähe, als er irgendwo mitten im Pool an mir vorüberschwimmt.

Als ich wieder auf meiner Seite bin, sehe ich mich suchend nach ihm um, aber statt zu schwimmen, steht er einfach neben mir und sieht mich an. Er gibt sich alle Mühe, ernst zu bleiben, aber offenkundig ist mir die Erschöpfung deutlich anzusehen. Im Licht des Mondes kann ich deutlich sehen, dass er verstohlen grinst.

»Hör auf zu grinsen. Das ist nicht witzig.«

»Doch, irgendwie schon.« Er hievt sich aus dem Pool.

Ich betrachte seinen makellosen nackten Körper, und wie jedes Mal erwischt er mich dabei, denn im selben Augenblick dreht er sich um, weil er mir aus dem Wasser helfen will. Ich ergreife seine Hand, er zieht mich schwungvoll hoch und sieht mich reglos an. Er scheint sich über irgendwas zu amüsieren, doch als ich wieder mit beiden Beinen auf der Erde stehe, macht er einen Schritt zurück und senkt den Kopf. Trotzdem kann ich sehen, dass er mühsam ein Lachen unterdrückt.

Schließlich sieht er grinsend wieder auf und stellt irgendwie selbstzufrieden fest: »Du siehst müde aus.«

Ich runzle die Stirn. »Du hast geschummelt.«

»Das ist Ansichtssache. Ich war als Erster auf deiner Seite des Pools. Ich habe meine Bahn beendet. Davon, dass wir noch mal umdrehen sollen, hast du nichts gesagt.«

»Wie auch immer.« Er hat mich hereingelegt, und ich hoffe, dass er weiterspricht, aber er bleibt einfach schweigend vor mir stehen, und mein Puls fängt an zu rasen, weil er mir so nahe ist. Ich mache einen Schritt in seine Richtung, sehe, dass sich seine Brust mit einem Mal ein wenig schneller hebt und senkt, und lege die Hände sanft auf seinen Schultern ab.

»Was willst du?«, flüstert er.

»Dich. Ich will deinen Mund auf meinen Lippen spüren. Will, dass du mich küsst.«

Vielleicht liegt es an der Berührung oder auch an meiner Antwort, doch aus welchem Grund auch immer hebt er mich entschlossen hoch, und ich schlinge ihm die Beine um die Hüften, lasse den Kopf nach hinten fallen, und er küsst mich auf den Hals. Sein Mund ist warm und weich, und als er auf meine Lippen trifft, ist es um mich geschehen. Ich lege ihm die Arme vorsichtig um den Hals, fahre mit den Fingernägeln über seine Schulterblätter und spüre, wie er erbebt. Eilig stellt er mich auf einer Treppenstufe ab, beugt sich über mich und fragt: »Was willst du sonst noch?«

Und ich stoße keuchend aus. »Dich. Nur dich.«

Er packt mich erneut, reißt mich nach vorne, und ich weiß, wir schaffen es bestimmt nicht mehr zurück ins Haus. Er nimmt meine Hände, hebt sie über meinen Kopf, verschränkt unsere Finger ineinander, zieht mit der Zunge die Konturen meines Mundes nach, zupft an meiner Unterlippe, befreit eine seiner Hände und streicht mir über den Bauch. Bei seiner Berührung flackert heiße Vorfreude in mir auf. Ich atme schneller ein und aus und fahre ihm mit der Zunge über den Hals, weil ich jeden Zentimeter seines Leibes kosten will.

Er holt vernehmlich Luft, entzieht mir auch seine zweite Hand, schiebt sie auf meinen Po und zieht mich eng an sich heran. Ich zittere vor Verlangen, als ich beide Hände zwischen unsere Körper schiebe und ihn packe. Und als meine Finger seinen dicken Schwanz liebkosen und um seine Spitze kreisen, stöhnt er auf.

Er hebt den Kopf und starrt mich an. »Ich muss in dir sein.«

»Nimm mich. Ich gehöre dir.«

Er verzichtet auf ein Vorspiel, schiebt mit den Händen meine Beine auseinander, fährt sich mit der Zunge über die Unterlippe und küsst mich beinah gewaltsam auf den Mund. Ich schließe die Augen, als mein Körper explodiert. Dann packt er meine beiden Hände, zieht sie über meinen Kopf und hält sie mit einer Hand dort fest. Ich sehe ihm ins Gesicht, als er nach seinem Geschlechtsteil greift, um sich für mich bereit zu machen, und ringe erstickt nach Luft, denn etwas derart Erotisches habe ich nie zuvor gesehen. Dann dringt er in mich ein, und mir entfährt ein lauter Schrei, als er sich nimmt, was ihm gehört. Er schlägt ein schnelles, hartes Tempo an, und ich erschaudere, als ich ihm in die Augen sehe, während das Gewicht seines Körpers gegen meinen drängt. Ich kann ihn nicht berühren, und aus irgendeinem Grund wird mein Verlangen nach ihm dadurch noch verstärkt. Ich weiß, was River tut – er brandmarkt mich –, doch das ist mir egal. Weil ihm sowieso schon jeder Teil von mir gehört. Und falls er einer Erinnerung daran bedarf, werde ich dafür sorgen, dass er sie bekommt.

Er dringt so tief wie möglich in mich ein, und ich lasse den Kopf nach hinten fallen und schlinge, ohne nachzudenken, meine Beine noch fester um seinen Leib. Mit seinen schnellen, harten Stößen drängt er mich dazu, mich an sein Tempo anzupassen, und das tue ich. Er scheint sich ganz in seinen Stößen zu verlieren, als könnte er gar nicht genug von mir bekommen, und ich schließe die Augen und sauge jede Unze dieses wunderbaren Mannes in mich auf.

Wir berühren uns überall. Unsere Hände, unsere Lippen, unsere Körper lassen keinen Moment voneinander ab. Streicheln, huschen, gleiten über jeden Zentimeter Fleisch und fahren in wildem Tempo fort. Gerade als er die Augen schließt, öffne ich meine wieder. Mein Keuchen geht in seinem Stöhnen unter, und bevor ich mich versehe, schreie ich »Oh Gott, ja! Gott, ja, ja , ja!«. Er legt eine kurze Pause ein, stößt noch einmal kraftvoll zu und fällt in meine Schreie ein.

Erschaudernd zieht er sich aus mir zurück, schiebt mir erneut mit einer Hand meine Hände über den Kopf und streicht mit der anderen über meinen Leib. Ich weiß nicht, was er vorhat, aber als sein heißer Atem meinen Hals liebkost und er mir seine Hand zwischen die Schenkel schiebt, ist es mir klar. Ich stöhne auf. Kann einfach nichts dagegen tun. Ich bin bereits so nass von unserer Vereinigung, dass es für ihn ein Leichtes ist, zwei Finger in mich hineinzuschieben und mit dem Daumen meinen Venushügel zu massieren, während er die Finger ein ums andere Mal vorwärts- und rückwärtsschießen lässt. An meinem Schenkel spüre ich die Härte seines Glieds, und das Verlangen, ihn in mir zu spüren, ist größer als jemals zuvor. Dann schiebt er den Mund auf meine Brust, lässt, bevor er daran saugt, seine Zunge sanft um meinen Nippel kreisen, und obwohl ich gerade erst gekommen bin, werde ich schon wieder heiß. Die warme Härte, die an meinem Schenkel ruht, sein Daumen an meinem G-Punkt und sein Mund an meinem Nippel – es ist einfach ein Zuviel an herrlichen Empfindungen, und als ich noch mal komme, schreie ich vor lauter Lust auf.

Ich keuche immer noch, als er mich wenig später wortlos in die Arme nimmt und mich zurück ins Haus und bis zu unserer Schlafstatt trägt. Er schiebt die Tür mit dem Fuß hinter sich zu, legt mich aufs Bett, schiebt sich entschlossen neben mich und gibt mir zu verstehen, dass ich mich auf ihn setzen soll. Das tue ich natürlich gern. Ich nehme rittlings auf ihm Platz, schiebe die Arme unter seinen Nacken, lege den Kopf auf seine Brust, und als mein Atem sich beruhigt, knabbere ich sanft an seinem Hals. Er küsst mich auf den Kopf und schmiegt seine Wange an mein

Haar. Uns beiden ist bewusst, dass wir noch miteinander reden müssen, doch im Moment haben wir einfach keine Lust dazu.

Nach ein paar Minuten hebe ich den Blick und stelle fest, dass er reglos auf mich heruntersieht. Ich ziehe eine Braue hoch, und als ich ihn anlächle, grinst er schief zurück. »Was ist?«

Obwohl die Situation im Augenblick eher schwierig ist, bemühe ich mich um einen möglichst leichten Ton. »Du hast die ganze Romantik weggelassen, Loverboy.«

Lachend stellt er fest: »Du weißt doch, dass das Leben nicht nur aus Regenbogen und Schmetterlingen besteht.«

Grinsend denke ich daran zurück, wie ich an unserem ersten Wochenende von ihm hatte wissen wollen, ob er von Regenbogen und Schmetterlingen träumt. Dann schiebe ich mich neben ihm aufs Kissen, bis sich unsere Nasenspitzen fast berühren, und stelle mit rauer Stimme fest: »Ich finde, den Teil mit den Schmetterlingen hast du durchaus raus.«

Wir bleiben noch eine halbe Ewigkeit so liegen, finden aber einfach keinen Schlaf. Schließlich beuge ich mich über ihn, streiche ihm die Haare aus den Augen, küsse seine Nasenspitze und erkläre mit heiserer Stimme. »Ich habe dich heute vermisst.«

»Ich dich auch.«

»Wag bloß nicht, mich noch mal den ganzen Tag nicht anzurufen.«

»Du warst ja wohl diejenige, die nicht mehr reden wollte und die einfach abgehauen ist. Durch einen Anruf hätte ich die Dinge, die passiert sind, auch nicht ändern können, und vor allem hatte ich gar keinen Bock, mit dir zu reden, weil ich nämlich stinkesauer auf dich war.«

Mir steigen Tränen in die Augen, doch er zieht mich zurück auf seine Brust und sieht mich fragend an. »Aber davon abgesehen, wie hätte ich dich wohl erreichen sollen, nachdem du dein Handy gegen die Wand geworfen hast?«

Ich starre ihn verwundert an. »Woher weißt du das?«

»Ich habe heute früh bei Aerie angerufen, und sie hat gesagt, sie sei gerade auf dem Weg zu dir. Und später hat sie mir gesimst, dass du einen Wutanfall bekommen und dein Handy quer durchs Wohnzimmer geschmissen hast. Hast du vielleicht Lust, mir zu erzählen, weswegen du so wütend warst?«

»Ich glaube, das kannst du dir bereits denken, Mr. Neunmalklug.«

»Ja, aber ich würde trotzdem gerne hören, wie du es sagst.«

Mein Blick sagt ihm, dass er besser die Klappe hält, wenn er nicht noch mehr Ärger mit mir kriegen will. »Bitte versprich mir, immer bei mir anzurufen, ganz egal, wie sauer wir auch aufeinander sind.«

»Erst musst du mir versprechen, dass du nie einfach auflegen wirst.«

»Ich verspreche dir, ich werde niemals einfach auflegen.«

Er malt ein Kreuz über sein Herz. »Und ich verspreche dir, ich werde immer anrufen.«

»Es tut mir leid, dass aus dem Flug nach Vegas nichts geworden ist«, erkläre ich. Über unsere ausgefallene Hochzeit haben wir bisher kein Wort verloren, doch ich möchte, dass er weiß, dass ich immer noch die Absicht habe, ihn zu heiraten.

Er starrt mich endlos an. Vielleicht, weil er Antworten auf seine eigenen Fragen sucht, obwohl er diese Antworten längst kennen muss. »Im Augenblick ist sehr viel los. Aber wir holen diese Reise nach, wenn der richtige Zeitpunkt gekommen ist.«

Damit haben wir erst mal genug gesagt, und als er die Arme um mich schlingt und mit mir herumrollt, bis er auf mir liegt, schließe ich die Augen und verschmelze abermals mit ihm.

Auch diesmal gehen wir es nicht langsam an, aber River legt sein Herz in jede noch so winzige Berührung, und ich zeige ihm mit jedem noch so zarten Kuss, wie groß meine Liebe zu ihm ist.

Ich weiß nicht, wie spät es ist, bis ich schließlich auf ihm liege und merke, dass ich kurz davor bin einzuschlafen. Aber heute Abend brauche ich nicht zu entscheiden, welche Betthälfte mir lieber ist. Denn ich werde einfach auf ihm liegen bleiben, weil der Platz auf ihm der schönste Ort auf Erden für mich ist.

Kapitel 10

Rebel Beat

»Los, River, schwing deinen Hintern aus dem Bett. In dreißig Minuten müssen wir uns mit Ellie treffen«, höre ich, als die Tür des Schlafzimmers aufgerissen wird. Ich schnappe mir die Decke und zerre sie, so hoch es geht.

River rollt sich auf die Seite und zieht mich zum Schutz vor fremden Blicken hinter sich. »Verdammt, Xander, hast du vergessen, dass man anklopft?«

Xander sieht aus, als hätte er einen Riesenkater. Er lehnt sich gegen den Türrahmen und krächzt: »Scheiße. Ich dachte, du wärst allein. Ich hatte keine Ahnung, dass die Muse heimgekommen ist. Tja, aber wir haben einen Termin, also schwing gefälligst deinen Arsch.«

»Ich gehe zu keinem Treffen mehr. Fahr du allein hin.«

»Das Treffen ist mit der Plattenfirma.«

»Trotzdem komme ich nicht mit.«

Xander schüttelt den Kopf, murmelt etwas, das wie »Arschloch« klingt, sagt dann aber laut: »Meinetwegen, Loverboy. Ich rufe dich dann später wegen der Einzelheiten an.«

Als River mich enger an sich zieht, lege ich den Kopf zufrieden auf seiner Schulter ab.

»Also, ich haue jetzt ab. Freut mich, dass ihr euch wieder geeinigt habt.«

Ich winke ihm zum Abschied hinterher, und River sagt: »Danke für gestern Abend, Xander.«

Sein Bruder reibt sich unglücklich den Hinterkopf. »Kein Problem, aber beim nächsten Mal sollten wir vielleicht beim Wodka bleiben.«

Auch wenn es wahrscheinlich gemein ist, fangen wir beide an zu lachen. Xander sieht echt total fertig aus. Seltsam. Ich hätte gedacht, dass er ein bisschen mehr verträgt.

»Meinetwegen, Mann, obwohl es ein nächstes Mal nicht geben wird«, antwortet ihm River, und ich küsse ihn auf die Schulter und nehme ihn fester in den Arm.

Grinsend wendet Xander uns den Rücken zu, zieht hinter sich die Tür zu und brüllt: »Übrigens – ein hübsches Veilchen hast du da.«

Ich tanze mit den Fingerspitzen über Rivers nackten Rücken und küsse ihn zärtlich auf den Mund. »Du solltest zu diesem Treffen gehen. Denn es ist nicht gut, wenn der Leadsänger der Band keinerlei Interesse an den Dingen zeigt.«

Er dreht den Kopf, erwidert meinen Kuss, rollt sich mit mir herum und murmelt dicht an meinem Mund: »Ich hab kein Interesse an dem ganzen Zeug. Und warum sollte ich so tun, als ob es anders wäre?«

Ich gebe ihm einen tadelnden Stups.

»Was? Das ist die Wahrheit.«

»Da ihr auf Tournee gehen werdet, denke ich …«

Ehe ich den Satz beenden kann, rollt er sich abermals mit mir herum und zieht mich zu sich herab. »So. Und jetzt fangen wir den Tag am besten noch einmal von vorne an.«

Lachend lasse ich ihn tun, worauf er sich hervorragend versteht – von einem Thema ablenken, bei dem ihm unbehaglich ist.

Er streicht mir die Haare aus der Stirn. »Was willst du heute machen, schöne Frau?«

»Wahrscheinlich sollten wir arbeiten. Findest du nicht?«

Er schüttelt den Kopf. »Ich will erst mal ein paar Stunden mit dir allein sein.«

Ich ziehe mit dem Zeigefinger einen Kreis um sein inzwischen dunkelblaues Auge und setze ein scheues Grinsen auf. »Das sollte sich machen lassen.«

»Also, hast du irgendeine Idee?«

»Keine Ahnung. Meinetwegen können wir erst einmal nichts oder auch alles machen.«

»Das schränkt unsere Möglichkeiten ungeheuer ein«, erwidert er und streicht mir weiter übers Haar.

»Tut's noch weh?« Ich blicke mitfühlend sein Auge an.

Er schüttelt den Kopf und sagt: »Zieht höchstens noch ein bisschen. Den Kaffee, den du mir holst, kann ich also problemlos festhalten.«

Ich breche in wildes Kichern aus, bevor ich sagen kann: »Erstens meinte ich dein Auge – auch wenn ich mich freue, dass es deiner Hand anscheinend wieder bessergeht –, und zweitens habe nicht ich verloren, sondern du! Du hättest nicht mal unter Wasser bleiben und die Luft anhalten können, wenn ich dich dort festgehalten hätte.«

»In Ordnung, könnte sein, dass ich ein bisschen angetrunken war.«

Worüber ich nur lachen kann. Weil er mehr als nur ein bisschen angetrunken war, auch wenn ich über den Grund für dieses Saufgelage erst einmal nicht reden will. »Es gibt da etwas, was ich immer schon mal machen wollte. Vielleicht fahren wir deshalb einfach los und halten unterwegs auf einen Kaffee an.«

Er rollt sich neben mich, schiebt mir die Arme sanft unter den Rücken und presst seine Lippen an mein Ohr. »Hmmm … das klingt nach jeder Menge Spaß.«

Ich stoße einen abgrundtiefen Seufzer aus. Wenn er mir so nah ist und sein warmer Atem meine Lippen trifft, kann ich mich nur mit Mühe konzentrieren. Aber wenn wir diesem ganzen Chaos erst mal für ein paar Stunden entfliehen, finden wir vielleicht anschließend den Mut für das Gespräch, das keiner von uns führen will. Entschlossen lege ich ihm die Hände auf die Brust und schiebe ihn ein Stückchen von mir fort.

»Was?« Er sieht auf mich herab.

»Kein Sex!«

Nach kurzem Überlegen küsst er mich und stellt dann lachend fest: »Ich weiß. Aber ich kann nichts dafür, wenn mein Gehirn auf Abwege gerät, wenn du erklärst, dass du etwas machen willst, was du schon immer einmal machen wolltest.«

Eilig schiebe ich mich unter ihm hervor und ziehe ihn an seiner gesunden Hand vom Bett hoch. »Los, Loverboy, fahren wir zum Lieblingsplatz von Keanu Reeves.«

Er sieht mich fragend an, schüttelt dann aber den Kopf.

»*Gefährliche Brandung.* Keanu Reeves. Johnny Utah. Latigo Beach«, erkläre ich, damit er weiß, wovon ich rede.

Sein Gelächter und die spielerische Stimmung sind wie weggewischt. »Ich kenne den Film, Dahlia. Aber ich fahre nicht mit dir an den Strand.«

Sanft nehme ich seine beiden Hände, schmiege meinen nackten Leib an seinen Körper, starre direkt in seine leuchtend grünen Augen und flehe ihn an. »Bitte. Fahr mit mir nach Malibu. Dort war ich noch nie, und ich denke, dass ich dort mit dir einen wunderbaren Tag verbringen kann.«

Er lehnt den Kopf an meine Stirn und schüttelt abermals den Kopf. »Ich weiß nicht.«

»Früher oder später musst du mit mir an den Strand gehen. Lass uns einfach in den Wagen steigen und die 101 rauffahren. Und wenn wir dort sind und du immer noch nicht in der Stimmung dafür bist, lade ich dich einfach im Neptune's Net zum Frühstück ein.«

Er sieht mir direkt ins Gesicht und stöhnt. »Gott, warum kann ich dir gegenüber einfach niemals nein sagen?«

*

Nachdem ich geduscht habe, ziehe ich einen Bikini, Shorts und mein The-Who-Konzert-Shirt an, binde das Haar zu einem Pferdeschwanz zusammen, setze mich an meinen Schreibtisch und tippe dort ein paar E-Mails, als er mein Büro betritt. Da er noch am Telefon mit Xander sprechen musste, dachte ich, ich sollte besser selbst noch ein wenig Arbeit hinter mich bringen.

Er trägt Jeans, ein weißes ärmelloses T-Shirt und hat seine Wayfarer-Sonnenbrille im Gesicht. Ich muss lachen, weil er in dem Outfit durchaus heiß, aber nicht unbedingt nach Strand aussieht. Doch zumindest hat er seine Arbeitsstiefel gegen ein Paar Turnschuhe getauscht.

»So kannst du doch nicht an den Strand gehen.«

Er setzt das Grinsen auf, das ich so liebe, und schiebt den Bund seiner Jeans ein Stück herunter, damit ich seine Boardshorts sehen kann. In diesem Augenblick wird mir bewusst, dass ich ihn noch nie in Shorts gesehen habe, und ich bin mir völlig sicher, dass er auch noch nie Flip-Flops besessen hat. Trotzdem muss ich durchatmen und mich zusammenreißen, denn egal in welchem Outfit, er sieht einfach rundum phantastisch aus, und der Anblick seiner nackten Haut ruft geradezu erstaunliche Gefühle in mir wach. Aber wenn ich jetzt meinem Verlangen nachgebe, kommen wir nie mehr an den Strand.

»Du zwingst mich doch bestimmt nicht, eine Ronald-Reagan-Maske aufzusetzen?«, spielt er scherzhaft auf die in dem Film benutzten Masken der Expräsidenten an. Dann dreht er sich um, nimmt meine Hand und zieht mich durch die Tür. Wir holen ein paar Wasserflaschen, Handtücher und meine Kamera, und als wir durch die Küchentür das Haus verlassen, greift er nach dem Schlüssel, der auf dem Geländer liegt, und legt ihn wieder auf den Türrahmen. Ich zeige auf das Loch neben der Tür und frage ihn: »Warst du das?«

»Ja, ich glaube.«

»Warum …?«, setze ich an, breche aber wieder ab, da ich es mir schon denken kann.

Trotzdem antwortet er mir. »Nun, sagen wir einfach, dass ich eine Saulaune hatte und der Schlüssel sich geweigert hat zu kooperieren.«

Eilig wende ich mich ab. Ich bin noch nicht bereit für eine Unterhaltung über Ben, und ich weiß, auch River ist es nicht, deshalb trete ich an ihm vorbei und gehe auf die Treppe zu. Weil ich einfach den Tag mit ihm verbringen und unser Zusammensein genießen will.

In seinem schwarzen Vintage-Porsche cruisen wir nach Malibu und reden ungezwungen über irgendwelches unwichtige Zeug.

Aber als er mich plötzlich fragt: »Habe ich dir übrigens erzählt, dass mich Jack gefragt hat, ob ich MC Hammers *Too Tight*-Album mit ihm zusammen produzieren will?«, klappt mir die Kinnlade herunter, und ich starre ihn mit großen Augen an.

»Ach, red doch keinen Quatsch. Du willst mich doch bestimmt verarschen. Wie ist er daran gekommen? Ich dachte, dass der Typ das Album zusammen mit seiner Karriere ein für alle Mal begraben hat.«

»Ich verarsche dich ganz sicher nicht«, klärt er mich lachend auf. »Jack hat irgendeine kleine Plattenfirma übernommen, die vor Jahren all die brachliegenden Schätze von Death Row Records übernommen hat, die nur darauf warten, dass ihnen jemand ein bisschen Liebe zeigt. Jetzt muss Jack nur noch sehen, ob er MC dazu bewegen kann, dass er ihm seinen Segen gibt.«

»Ist Gangster Rap nicht etwas aus der Mode?«

Er schüttelt den Kopf. »Vielleicht, wer weiß? Aber allein wegen Tupacs Kurzauftritt in diesem Video werden sich alle das Lied anhören.«

Ich nicke und versuche, nicht daran zu denken, wie traurig ich über den Mord an Tupac Shakur war. River kurbelt sein Fenster auf, und ich mache es ihm nach. Dann singt er mit einem Mal »U Can't Touch This«, und ich breche in hysterisches Gelächter aus. Wenig später schnappe ich mir meine Kamera und mache unzählige Schnappschüsse von ihm. Er wendet sich mir zu, formt mit dem Mund »You can't touch this« und ein paar andere tolle Zeilen aus dem Song, und ich banne all das auf Film.

Um in Strand-Stimmung zu kommen, greife ich nach seinem Handy, scrolle mich durch seine iTunes-Liste und lade sämtliche Songs herunter, in denen das Wort *beach* oder das Wort *fun* vorkommt. Ich will, dass er sich darauf freut, mit mir zusammen an den Strand zu gehen, aber bei den meisten Liedern, die ich anspiele, verdreht er einfach die Augen – bis am Ende »California Girls« von den Beach Boys kommt. Schon bei den ersten Takten des Songs wird sein Lächeln breiter, und er singt mit mir mit. Wir versuchen unbewusst, einander beim Refrain zu übertönen, und sein Lächeln wird so breit, dass ich seine Grübchen sehen kann. Er spreizt sogar die Finger seiner linken Hand im Wind und trommelt gut gelaunt den Rhythmus mit. Als der Song vorbei ist, drehe ich die Lautstärke etwas herunter und sehe ihn von der Seite an.

Er wendet sich mir zu und schiebt sich die Sonnenbrille in die Stirn. »Jaaa …?«

»Nichts. Ich bin nur überrascht, weil du die Beach Boys magst.«

»Tja … nicht, dass ich mein cooles Rockerimage ruinieren wollte oder so, aber ich werde dir etwas verraten.« Er zwinkert mir zu. »Immer, wenn wir an den Strand gefahren sind, hat uns Dad gezwungen, uns die Beach Boys anzuhören, und nach einer Weile hatte ich mich irgendwie an sie gewöhnt.«

»Das ist nicht uncool, sondern obermegacool. Und keine Angst, dein Rockerimage ist auch weiterhin intakt. Ich werde dein Geheimnis niemandem verraten.«

Er verstummt, wobei ich keine Ahnung habe, ob es an dem Lied, der Unterhaltung oder vielleicht daran liegt, dass das Ziel unseres spontanen Ausflugs unaufhaltsam näher kommt.

Einem Teil von mir ist klar, dass River das Gefühl hat, dass der Strand ein Ort für mich und Ben gewesen ist, aber das ist einfach nicht wahr. Es stimmt, wir beide gehen gerne an den Strand, aber das heißt nicht, dass ich nicht auch mit River an den Strand gehen kann. Ich will die Schönheit eines so magischen Orts in seiner Gegenwart genießen, und ich habe das Gefühl, als wäre dies ein guter Augenblick, um eine der letzten Barrieren einzureißen, die es zwischen uns noch gibt.

Wir biegen auf den öffentlichen Parkplatz ab, er fährt in eine Lücke, und als er den Motor abstellt, kann ich deutlich sehen, dass ihm der Gedanke auszusteigen widerstrebt. »Hey, bist du okay?«

Er setzt seine Sonnenbrille ab und sieht mich an. Ich meine, er sieht mich wirklich an, bevor er etwas sagt. Dann zeigt er auf den wunderschönen Pazifischen Ozean, der sich vor uns erstreckt, und sagt: »Ich bin mir nicht sicher, dass wir das tatsächlich tun sollten.«

Ich zögere noch nicht mal ansatzweise, als ich ihm erkläre: »Nun, ich bin mir schon sicher.«

Dann strecke ich die Hand in seine Richtung aus und streiche ihm die Haare aus der Stirn. »Ich liebe dich. Nur dich. Okay? Und ich will einen meiner Lieblingsorte mit dir teilen. Will, dass wir ihn zusammen erleben. Wir müssen an den Strand, River – für dich und für mich. Für uns.«

Er sitzt vollkommen reglos da, als wäge er das Für und Wider meiner Worte ab. Er rührt sich ewig nicht vom Fleck, und ich versuche, ihn zu einer Entscheidung zu bewegen, und öffne entschlossen die Wagentür. Als er sich noch immer nicht bewegt, lehne ich mich auf meinem Sitz zurück und beschließe, dass ich ihn am besten durch Verführung dazu kriege, diesen Schritt zu gehen. Ich ziehe mir das T-Shirt aus, und während die heiße Sonne durchs Fenster auf mein schwarzes Bikini-Top fällt, wackle ich mit den Hüften und ziehe auch meine Shorts herunter.

Er öffnet leicht den Mund, und sein Atem beschleunigt sich. Dann setzt er ein verruchtes Grinsen auf und streicht mit dem Finger über einen der Träger meines Oberteils. »Wenn du dich deiner Sachen schon beim Einsteigen entledigt hättest, hätten wir es niemals bis zum Strand geschafft.« Damit öffnet er die Fahrertür, zieht seine Schuhe aus, stellt sich hin und steigt aus seiner Jeans.

Ich sehe ihm dabei zu und denke, er hat recht.

*

»Komm«, sagt er, winkt mich zu sich heran und führt mich den Felshügel hinauf. Auf halbem Weg bleibe ich stehen und mache Schnappschüsse von seiner Kletterei. Seine starken, muskulösen Beine tragen ihn vollkommen mühelos die Anhöhe hinauf, und als er sich auf einen der Felsen setzt, gehe ich in die Hocke und drücke noch mal ab. Der Wind zerzaust sein braunes Haar, und mit seiner Sonnenbrille sieht er nicht nur sorgenfrei und rundum zufrieden, sondern auch verdammt sexy aus. Seine Brust- und Bauchmuskeln sind gut zu sehen, und ich zoome ihn etwas zu mir heran, weil ich zwei Nahaufnahmen von ihm machen will. »Sing etwas für mich.« Ich muss laut rufen, damit er mich trotz des Klickens meiner Kamera und der Brandung an die Felsen überhaupt versteht.

Er streckt die Hand aus und zieht mich neben sich. Doch ich bleibe, wo ich bin, richte mich wieder auf, bemühe mich, das Gleichgewicht nicht zu verlieren, und schalte die Videofunktion meiner Kamera an. »Los, ein Lied.«

Er sieht mir ins Gesicht, bevor er den Blick an mir herunterwandern lässt, setzt ein heimtückisches Grinsen auf und fragt: »Sehe ich vielleicht wie eine Jukebox aus?« Wobei er ein Lachen unterdrücken muss.

Ich spüre die vertraute Hitze seines Blicks. »Nein, natürlich nicht. Warum?« Mir ist sofort klar, dass er mit dieser Frage irgendwas bezweckt, und ich bin neugierig zu hören, was das ist.

»Du hast ein Lied bestellt, und wenn ich eine Jukebox wäre, müsstest du erst eine Münze in mich reinwerfen, damit ich spiele. Richtig?«

»Meinetwegen, aber da du keine Jukebox bist …« Ich stehe einfach da und bewundere den Glanz seines Haars im Sonnenlicht.

Wieder streckt er eine Hand in meine Richtung aus. »Komm her und gib mir einen Kuss, wenn ich was für dich singen soll.«

Ich nehme seine Hand, und er zieht mich auf seinen Schoß. Glücklich schlinge ich ihm die Arme um den Hals, seine Lippen finden meinen Mund, und er gibt mir einen sanften, warmen und verheißungsvollen Kuss. Gleichzeitig sind seine Hände überall ... auf meinem Rücken, meinen Armen, meiner Hüfte. Seine Küsse werden immer drängender und tiefer, bis wir beide keine Luft mehr bekommen, weil das vertraute Verlangen nacheinander abermals die Oberhand gewinnt. Er küsst sich einen Weg von meinem Schlüsselbein über den Hals herauf übers Kinn bis zum Ohr, raunt mir den Anfang von »Beach Side« vor, und vor lauter Glück vergesse ich, dass ich ihn filmen will. Denn außer wenn mich River küsst, sind die Momente, wenn er für mich singt, das Romantischste, was ich mir vorstellen kann.

Anschließend spazieren wir stundenlang am Strand entlang, bauen Sandburgen, und River gräbt sogar mit ein paar Muscheln Gräben rund um unsere Festungen. Wir spielen Fangen in der Brandung, und sobald er mich erwischt, hebt er mich hoch und wirbelt mich herum, bevor er mich ins Wasser wirft. Nach dem Mittagessen kaufen wir uns sogar einen Drachen, der mindestens eine Viertelstunde lang hoch über unseren Köpfen fliegt. Und als sich der Nachmittag und damit unser rundum perfekter Ausflug seinem Ende nähert, singt er mir noch mal was vor. Er kommt mir inzwischen beinahe wieder wie er selbst vor. Vielleicht ist er noch ein bisschen traurig und nervös, aber alles in allem ist seine gute Laune wiederhergestellt.

Als ich oben auf dem Felsblock auf seinem Schoß sitze, lehnt er den Kopf an meine Stirn und macht sich mit einem abgrundtiefen Seufzer von mir los. Gegen meinen Willen muss ich grinsen. Denn ich weiß, dass wir so weit gegangen sind, wie es an einem öffentlichen Ort wie diesem möglich ist, und deshalb drehen wir uns nach Westen und betrachten den wunderbaren Sonnenuntergang. Ich liebe Sonnenauf- und -untergänge und habe sie schon immer gern fotografiert. Deshalb lehne ich mich gegen seine Brust und mache weiter Schnappschüsse, während er die Arme um mich legt und mich auf die Haare küsst. Der Augenblick ist rundherum perfekt, und ich möchte nicht, dass er jemals vorübergeht, vor allem, da ich weiß, dass ich, wenn wir nach Hause kommen, endlich mit ihm reden muss. Selbst wenn ich nicht will, dass Ben noch mal ein Teil von meinem Leben wird, bedeutet die Tatsache, dass er am Leben ist, dass River und ich darüber reden müssen, was es für uns beide heißt, dass er zurückgekommen ist. Denn schließlich haben Ben und ich nicht nur eine gemeinsame Vergangenheit und gemeinsamen Besitz, sondern auch eine gemeinsame Familie – die aus Grace, Serena und aus Trent besteht. Und obwohl ich Grace im Augenblick ein bisschen böse bin, bleibt die Tatsache bestehen, dass dieses Trio ein genauso großer Teil von meinem wie von Bens Leben ist.

River reißt mich aus meinen Gedanken: »Solche Tage werden mir entsetzlich fehlen.«

»Was willst du damit sagen?« Ich muss den Kopf nach hinten drehen, um ihn zu sehen.

»Wir zwei allein. Ohne jemand anderen in der Nähe. Du und ich gegen den Rest der Welt.«

»Das werden wir auch weiter haben, River. Vielleicht nicht mehr so oft oder so lange, aber trotzdem werden wir auch künftig noch oft genug alleine sein.«

Da ich keine Ahnung habe, wohin das Gespräch uns führen wird, warte ich schweigend darauf, dass er weiterspricht.

Er küsst mich auf die Schläfe und lehnt den Kopf an meinen Nacken. »Du weißt, ich will das nicht, nicht wahr?«, murmelt er mir ins Ohr, und ich höre deutlich, dass das keine Frage ist.

Ich muss ihn ansehen können, deshalb stehe ich vorsichtig auf und setze mich neben ihn. Ich lege den Kopf auf seiner Schulter ab und sage lange nichts. Natürlich meint er damit die Tournee, aber ich habe keine Ahnung, wie ich ihm da helfen soll. Er hat sich dafür entschieden und braucht zu der emotionalen Last, an der er bereits trägt, ganz sicher nicht noch irgendwelchen zusätzlichen Stress. Ich sehe zu ihm auf, streichle ihm die Wange und sage das Einzige, was ich zu diesem Thema sagen kann. »Ich weiß, River, ich weiß. Warum sagst du Xander nicht einfach, dass du es nicht willst? Erklär ihm, wie du dich deswegen fühlst.«

Er sieht mich unglücklich an. »Das kann ich nicht. Ich habe versprochen, auf Tournee zu gehen, und dieses Versprechen werde ich nicht brechen.«

Ich zögere einen Moment, aber dann frage ich: »Und wem hast du das versprochen?«

Er holt tief Luft. »Dahlia. Ich habe dir bisher noch nie erzählt, wie mein Dad gestorben ist. Nicht, weil ich es nicht gewollt hätte, sondern weil ich die Erinnerung daran nicht noch mal durchleben will.«

Ein Blick in sein düsteres Gesicht, und in meinem Inneren wogen Schmerz und Mitgefühl mit River auf. Ich setze eine möglichst ausdruckslose Miene auf, denn neben meinem Mitgefühl, weil River seinen Vater viel zu früh verloren hat, habe ich auch ein schlechtes Gewissen. Denn ich habe nie darauf gedrängt, dass er darüber spricht, wie sein Dad gestorben ist. Ich weiß nur, dass er, als River sechzehn war, irgendeiner Schusswunde erlegen ist. Vielleicht hätte ich ihn schon viel eher nach den Einzelheiten fragen sollen. Doch ich konnte immer deutlich spüren, dass er nicht darüber reden wollte – und ich wusste aus Erfahrung, wie das ist. Jetzt aber sehe ich ihn an und sage ihm mit meinem Blick, dass es in Ordnung ist, wenn er darüber sprechen will. Dass ich für ihn da bin, wenn es allzu schmerzlich wird.

Er macht einen reinigenden Atemzug und öffnet sich. »Xander und ich haben unserem Dad versprochen, alles in unserer Macht Stehende für unseren Erfolg zu tun.«

Ich umfasse zärtlich sein Gesicht. »Das wünschen alle Eltern ihren Kindern, River, und ihr seid erfolgreich.«

Er schüttelt den Kopf und seufzt. »Nein, Dahlia, unser Dad hat das nicht allgemein gemeint. Er wollte, dass wir möglichst groß in der Musikszene rauskommen. Davon hat er selbst immer geträumt, aber egal, wie sehr er sich darum bemüht hat, er hat es doch nie geschafft. Zweimal war er kurz davor. Einmal hat er ein Album rausgebracht und ging damit auf Tournee, aber schlechte Verkaufszahlen und spärlich besuchte Auftritte haben dazu geführt, dass er am Ende wieder ganz am Anfang stand. Als ich vierzehn war, bekam er eine zweite Chance, aber da war er schon zu fertig, um die Anspannung des Auftritts durchzustehen. Danach ist er nie wieder aufgetreten, und unser Familienleben hat sich dramatisch verändert, bis er sich dann irgendwann erschossen hat. Dabei hat er uns als Erbe hinterlassen, seinen Traum zu leben. Weil es ihm nicht mehr vergönnt gewesen ist.«

Zwischen uns bildet sich eine Wand der Stille, und ich reiße ungläubig die Augen auf. Mir kommen die Tränen, und ich will ihn in den Arm nehmen und trösten, aber ich kann deutlich spüren, dass er weitersprechen will, und halte mich zurück. »Es tut mir leid, River. Das habe ich nicht gewusst. Aber ich bin hier, und du kannst mir mehr erzählen, wenn du willst.«

Er schnieft und blickt aufs Meer. »Wie gesagt, mein Vater war ein Träumer. Wollte immer ganz groß rauskommen, hat es aber nie geschafft. Trotzdem war mir nie bewusst, wie unglücklich er deshalb war. Als es mit seinem eigenen Erfolg nicht klappte, hat er sich ganz auf uns Kinder konzentriert. Hat uns alles, was er wusste, beigebracht. Hat versucht, so gut es ging für uns zu sorgen, indem er tagsüber Gitarrenunterricht gegeben hat und an beinahe jedem Wochenende aufgetreten ist. Als ich ungefähr zehn war, fing er an, abends in irgendwelchen Kneipen abzuhängen, und kam immer erst in den frühen Morgenstunden heim. Von da an hat Grandpa unserer Mutter immer heimlich Geld für Lebensmittel zugesteckt. Und sie hat das Geld genommen, damit Dad nicht das Gefühl hat, dass das Geld, das er verdient, nicht reicht. Weshalb Xander furchtbar wütend auf sie war. Er fand, sie sollte es ihm sagen und ihn zwingen, einer ordentlichen Arbeit nachzugehen, aber das hat sie nie getan. Sie wollte einfach daran glauben, dass sein Traum sich irgendwann erfüllt.«

Mit jedem seiner Worte bricht mein Herz ein wenig mehr, und ich tröste ihn, so gut ich kann. »Eure Mom hat ihn eben geliebt, wollte ihn unterstützen und ihn nicht verletzen. Was durchaus verständlich ist.«

»Dahlia, genau das ist es ja. Das ist die Ironie des Ganzen. Dass er uns alle verletzt hat und nur Xander es gesehen hat. Mein Vater hat in seiner eigenen Welt gelebt, und meine Mutter hat ihn nicht gezwungen, in die Wirklichkeit zurückzukehren. Er hatte sich eine eigene Traumwelt aufgebaut. In der war er ein Star, und um zu vergessen, dass die Wirklichkeit ganz anders aussah, fing er an zu trinken. Irgendwann wurde die Sauferei so schlimm, dass Xander und ich, nachdem Mom wieder angefangen hatte zu arbeiten, immer versucht haben, ihn auszunüchtern, bevor sie nach Hause kam. Als wir eines Tages aus der Schule kamen, war er wieder mal sternhagelvoll und lag mit einer anderen Frau im Bett. Wir haben der Frau gesagt, dass sie verschwinden soll, und alles aufgeräumt, bevor unsere Mutter von der Arbeit kam. Mom hat ihn geliebt, und das hätte sie wahrscheinlich umgebracht. Er hat auch immer gesagt, dass er sie mehr als alles andere liebt. Wobei diese Art, ihr das zu zeigen, ziemlich seltsam war. Xander hat ihn danach gehasst. Ich habe ihn geliebt und gleichzeitig gehasst, aber vor allem hat er mir unendlich leidgetan.«

Ich streichle Rivers Wange und unterdrücke meine eigene Traurigkeit. »Das war vollkommen normal. Du liebst deine Mom und wolltest nicht mit ansehen, wie er sie verletzt.« Ich bin nicht sicher, ob ich seine Antwort hören will, aber da ich weiß, dass ich die Frage stellen muss, flüstere ich mit heiserer Stimme: »Was ist mit ihm passiert?«

Er sieht mir tief in die Augen und umfasst mit seinen sanften Händen mein Gesicht. »Versprich mir, dass wir nie wieder daruber reden mussen, wenn ich es dir sage.«

»Das verspreche ich.« Ich küsse seine Hand.

Obwohl sich mein Herz zusammenzieht, wappne ich mich dafür, auch noch den Rest seiner Geschichte anzuhören. Seine Augen werden traurig, während er mit belegter Stimme erzählt: »Als Xander und ich eines Tages vom Basketballtraining nach Hause kamen, war Dad wieder mal blau. Er hatte Bell, statt sie noch etwas mit ihren Freundinnen unternehmen zu lassen, direkt nach der Schule abgeholt, weil er dachte, sie hätte noch nicht genug Gitarre geübt. Kaum, dass wir durch die Tür getreten waren, haben wir ihn schon gehört. Er hat sie angeschrien, meinte, sie würde die falschen Akkorde spielen und sollte es noch mal probieren. Sie hat geweint, und ihre Finger waren blutig. Waren total blutig von der ganzen Spielerei. Als Xander das gesehen hat, ist er total ausgeflippt. Er hat sich auf meinen Dad gestürzt und ihn windelweich geprügelt. Dad hat kein einziges Mal zurückgeschlagen, aber trotzdem hat mein Bruder einfach nicht mehr aufgehört. Er hat mich angeschrien, dass ich mit Bell verschwinden soll, und das habe ich getan. Ich habe sie bei unseren Nachbarn abgesetzt, meinen Grandpa angerufen, und als ich wieder nach Hause kam, war mein Vater tot.«

In seiner Stimme liegt bereits ein solcher Schmerz, dass ich ihn nicht darum bitten will, dass er mir auch noch den Rest erzählt. Tränen rinnen mir über die Wangen, und mein Puls fängt an zu rasen, aber mir ist klar, dass er seinen Bericht beenden will. Das sehe ich ihm an. Also hole ich tief Luft, nehme seine Hände und dränge ihn fortzufahren. »Was ist passiert?«

Er atmet zischend ein, und dann erzählt er mir etwas, worüber er bisher mit keinem Menschen je gesprochen hat. »Direkt nachdem ich und Bell gegangen waren, war meine Mutter heimgekommen und hat Xander von meinem Vater heruntergezerrt. Dad erzählte ehrlich, was passiert war, und sie hat ihm gesagt, dass er das Haus verlassen muss. Also ging er ins Schlafzimmer, und sie und Xander dachten, dass er seine Sachen packt, aber dann haben sie plötzlich einen Schuss gehört.«

Ich erschaudere und ziehe ihn so eng es geht an meine Brust. »Es tut mir leid, River, es tut mir furchtbar leid.«

Er strafft die Schultern, macht sich von mir los, nimmt meine Hände und fährt mit zornbebender Stimme fort. »Das ist noch nicht alles. Er hat uns eine Nachricht hinterlassen. Hat sich darin nicht entschuldigt oder uns erklärt, warum er sich erschossen hat, sondern gesagt, dass er uns alle liebt, dass wir Jungs auf Mom und Bell aufpassen und uns nie mit etwas anderem als dem ersten Platz begnügen sollen, weil er wüsste, dass wir schaffen können, wozu er nicht in der Lage war. Xander und Bell haben seit diesem Tag nie mehr gesungen oder irgendein Instrument gespielt. Aber ich habe niemals damit aufgehört. Ich weiß nicht, ob ich seinet- oder meinetwegen damit weitergemacht habe, aber ich habe die Musik geliebt und hatte einen Riesenspaß daran, bis Xander eines Tages von einem Treffen mit Grandpa kam und sagte, dass er mich managen und ganz nach oben bringen will. Ich habe nie gefragt, warum, aber seither ist er fest entschlossen, alles nur Erdenkliche dafür zu tun, dass unsere Band erfolgreich wird. Ich kann ihn also unmöglich im Stich lassen.«

»Du bist es dir schuldig, das zu tun, was für dich selber richtig ist. Bitte denk darüber nach.«

»Mein Vater hat immer zu uns gesagt, dass Narben die Wegbeschreibung zu der Seele eines Menschen sind. Ich habe eine Ewigkeit gebraucht, um zu verstehen, was er damit gemeint hat, aber seit ich dir begegnet bin, weiß ich, was er damit sagen wollte.«

Gerührt von seinen Worten, aber unglücklich wegen der Dinge, die seiner Familie widerfahren sind, lege ich ihm die Hand unters Kinn und sehe ihm ins Gesicht. »Ich liebe dich so sehr.«

Er lässt sich nach vorne sinken, bis sich unsere Nasenspitzen leicht berühren, vergräbt den Kopf an meinem Hals und stößt einen leisen Seufzer aus. Nach ein paar Minuten presst er den Mund auf meine Lippen und küsst mich mit einer Dringlichkeit, die zeigt, dass nur ich die Leere tief in seinem Inneren füllen kann. Sein Kuss ist kraftvoll und vollkommen natürlich, und als er seinen muskulösen Körper über mich beugt, wogt so verzweifeltes Verlangen in mir auf, dass ich mich ihm völlig unterwerfe und das Thema erst mal fallenlasse, obwohl mir bewusst ist, dass wir noch darüber sprechen sollten, ob er mit den anderen auf Tournee gehen soll.

Er schlingt mir die Arme um den Rücken, drückt mich auf

den Fels, und so bleiben wir liegen und küssen uns immer weiter, bis die Sonne irgendwo hinter dem Meer versinkt und es Zeit ist heimzufahren. Denn wir sind bei Rivers Mom zum Abendessen eingeladen und kommen auch so schon viel zu spät.

Er schnappt sich den Eimer voller Muscheln, die wir während unseres Strandspaziergangs eingesammelt haben, ich hebe die Handtücher und meine Kamera vom Boden auf, und dann gehen wir, seinen Arm um meine Schulter und meine Hand in seinem Hosenbund, zurück dorthin, wo sein Porsche steht.

Ehe er die Türen öffnen kann, lege ich ihm die Hand auf den Arm und schmiege mich so eng an seine glatte nackte Brust, dass ein einziger großer Sonnenbrand unsere beiden Oberkörper überzieht. »Ich hatte einen wunderbaren Tag«, erkläre ich und streiche sanft über seinen Mund, von dem ich auch nach einer Stunde pausenlosen Küssens einfach nicht genug bekommen kann. Und dann habe ich plötzlich das Bedürfnis, ihm noch etwas zu sagen. Auch wenn ich nicht erklären kann, warum. Ich fahre ihm zart mit dem Handrücken über die Wange und flüstere: »Nichts von dem, was wir zwei heute unternommen haben, haben Ben und ich je als Erwachsene getan. Wir haben uns nie die Zeit genommen, den Strand einfach zu genießen – deshalb danke ich dir, weil du dir die Zeit mit mir genommen hast.« Ich spüre, dass er bei der Erwähnung von Bens Namen leicht zusammenzuckt, aber genauso schnell nimmt seine Anspannung wieder ab.

Doch obwohl wir beide beinahe nackt sind und ich mich so eng wie möglich an ihn schmiege, nimmt mich River einfach in den Arm, legt mir die Lippen ans Ohr und raunt mir zu: »Ich danke dir für diese Sätze und für alles andere.«

Dann öffnet er meine Tür, schiebt mich auf den Beifahrersitz, und auf der Rückfahrt nach L. A. sprechen wir die Themen, über die wir heute diskutiert haben, nicht noch mal an. Tatsächlich schweigen wir beinahe den ganzen Weg und hören uns eine neue Band mit Namen Atlas Genius an, von der River vollkommen begeistert ist. Er wollte, dass sein Stiefvater die Band unter Vertrag nimmt, doch das hat er nicht getan. Ich liebe ihre Single »Through the Glass«, während ihm »Electric« lieber ist. Beide Songs haben echt starke Texte, und während wir ihnen lauschen, geht mir der Gedanke durch den Kopf, dass wir beide genügend Zeit brauchen, um über die vielen Dinge nachzudenken, über die wir uns noch unterhalten müssen – ob wir wollen oder nicht.

Wir sind so spät dran, dass wir uns nicht mal mehr die zehn Minuten nehmen, um noch heimzufahren und uns umzuziehen, sondern direkt zu Jack und Charlotte fahren. Seit ich nach L. A. gezogen bin, war ich mindestens einmal in der Woche bei ihnen zum Essen eingeladen, aber irgendwie fühlt es sich heute anders an. Denn jetzt weiß ich, was vor all den Jahren zwischen Rivers Dad und Charlotte vorgefallen ist, und habe das Gefühl, sie plötzlich besser zu verstehen. Nicht, dass ich sie nicht auch vorher schon verstanden hätte, aber vielleicht habe ich jetzt auch noch Mitgefühl mit ihr, obwohl ich weiß, dass das bestimmt nicht nötig ist. Denn sie ist eine starke, fürsorgliche Frau, die ihre Familie liebt, und es macht mich glücklich, dass auch sie inzwischen wieder glücklich ist.

Bevor wir das Haus betreten, greife ich nach Rivers Arm. »Hast du Charlotte und Jack von Ben erzählt?«

Er zuckt zusammen, nimmt aber entschlossen meine Hand und küsst mich auf die Stirn. »Nein. Ich dachte, das solltest du ihnen selbst erzählen, wenn du bereit dazu bist.«

»Glaubst du, Xander hat etwas zu den beiden gesagt?«

»Nein, Dahlia, das würde er nicht tun.«

»Dann weiß also auch Bell noch nichts davon?«

»Hey, niemand weiß etwas. Okay?«, antwortet er leicht erregt.

Er betritt das Haus, ohne zu klingeln, und wir treffen alle in der Küche an. Wobei Charlottes Küche völlig anders als sämtliche anderen Küchen ist, die ich je gesehen habe. Der Raum ist riesig und verströmt den Charme der Alten Welt. Die zwei übereinander angeordneten Öfen sind in eine Backsteinmauer eingelassen, zwei Spülen sind in eine Insel integriert, eine dritte an der Wand neben dem Kühlschrank angebracht, und obendrein gibt es gleich zwei Geschirrspüler. Am einen Küchenende steht eine imposante Kochinsel, am anderen ein großer Holztisch, an dem man bequem mit zwölf Personen sitzen kann, und mitten im Raum ein mit fünf Barhockern bestückter Tresen, über dem ein wunderschöner Leuchter hängt.

Ich sehe, dass Bell und Xander an dem Tresen sitzen, und als ich den Duft von Knoblauch rieche, weiß ich, dass es eine Lieblingsspeise der Familie – Kartoffelbrei mit Knoblauch – geben wird. Als uns Brigitte, die Haushälterin, nicht sogleich begrüßt, weiß ich, dass sie wohl freihat und Charlotte uns an diesem Abend selber bekocht.

Erst mal gehen wir zu Rivers Mom, die gerade vor den Öfen steht, und im Vorbeigehen winke ich seinen Geschwistern fröhlich zu.

Er gibt seiner Mutter einen Wangenkuss. »Hi, Mom. Tut mir leid, dass es so spät geworden ist. Wir haben einfach nicht auf die Uhr gesehen.«

»Oh, River, das ist ja schlimm mit deinem Auge.« Sie streicht ihm die Haare aus der Stirn. »Xander hat bereits erzählt, ihr hättet rumgeblödelt, und er hätte dir dabei versehentlich eine verpasst. Aber dass es so schlimm ist, hätte ich nicht gedacht.« Stirnrunzelnd blickt sie auf ihren anderen Sohn, und ich muss einfach bewundern, wie die beiden Jungs darauf bedacht sind, jeden Schaden und sogar die allerkleinste Sorge von ihrer Mutter fernzuhalten. Auch wenn das vielleicht ein bisschen übertrieben anmutet.

River geht zu ihm und Bell, und ich gebe Charlotte ebenfalls Begrüßungsküsschen. »Hi, Charlotte. Es ist meine Schuld, dass wir so spät gekommen sind. Ich habe darauf bestanden, heute an den Strand zu fahren.«

Sie streicht mir die windzerzausten Haare hinter die Ohren.

»Hör auf. Ihr seid gar nicht zu spät. Aber es sieht so aus, als hättet ihr erheblich zu viel Sonne abgekriegt. Xander, sei bitte so nett, und hol den beiden je ein Wasser, ja?«

Xander sieht auf die Uhr und blickt uns beide nacheinander an. »Da Loverboy zu spät gekommen ist, kann wenigstens er sich ja vielleicht sein Wasser selber holen.«

Ich wende mich an Bell, die einfach einen untrüglichen Sinn für Mode hat. Heute trägt sie ein orangefarbenes, über die Schultern geschobenes Hemd, hautenge khakigrüne Jeans und dazu, wie stets, Highheels. Sie verdreht die Augen und boxt Xander grinsend gegen den Arm. »So spät sind sie gar nicht dran. Wir warten gerade einmal eine knappe Stunde, weshalb ihnen ruhig jemand was zu trinken holen kann.«

Wir gehen auf die beiden zu, und Bell drückt jedem von uns eine Wasserflasche in die Hand, bevor sie uns umarmt. Dabei strahlt sie wie ein Honigkuchenpferd, und ich will von ihr wissen: »Was ist los?«

Sie beißt sich auf die Unterlippe, setzt ein breites Grinsen auf und sagt: »Ich habe Jack heute im Büro besucht. Außer mir war zufällig auch noch Zane Perry da, und ich habe mir mit ihm die Platte seines Vaters angehört und obendrein auch noch ein Praktikum bei Tate Wyatt klargemacht.«

River klappt die Kinnlade herunter. Seine Augen fangen an zu leuchten. »Zane Perry war heute im Studio? Hat er dort ein neues Album aufgenommen?«

Bell zuckt mit den Schultern. »Keine Ahnung, aber könnte sein. Weil nämlich Damon Wolf, sein Agent, ebenfalls da war.«

Stille senkt sich über den Raum, und River und sein Bruder tauschen vielsagende Blicke aus, auch wenn ich keine Ahnung habe, was der Grund für ihren plötzlichen Stimmungsumschwung ist. Dann sehe ich, dass Charlottes für gewöhnlich strahlendes Gesicht kreidebleich geworden ist, bevor sie sich entschuldigt und eilig den Raum verlässt. Ich weiß, dass Damon in dem Ruf steht, als Agent unglaublich streitsüchtig zu sein – wer kann also sagen, wem er bereits alles auf den Füßen rumgetrampelt hat. Und außerdem leitet sein Dad Sheep Industries, wozu auch Sound Music gehört. Hmmm … offenbar hat Aerie ihn gemeint, als sie vom Sohn des Chefs gesprochen hat. Nur seltsam, dass sich Damon urplötzlich für diese Zeitschrift interessiert. Vielleicht will er ja sesshaft werden und sucht deshalb einen Job hier in L. A. Seit Ivy Taylor mit dem Kerl verlobt ist, tritt sie schließlich kaum noch auf. Sie war karrieremäßig auf der Überholspur, hat aber nur ein einziges Album rausgebracht, für das sie nicht einmal auf Werbetour gegangen ist. Was wirklich schade ist, denn sie hat einen völlig neuen, eigenen Stil – und ich hatte sogar irgendwann einmal davon geträumt, dass sie sich von mir fotografieren oder mich vielleicht sogar das Cover für ein Album machen lässt, weil ihr Gesicht für so etwas hervorragend geeignet ist. Nun, wir werden sehen, wie es mit ihr weitergeht.

Bell stemmt die Hände in die Hüften und reißt mich aus meinen Fan-Gedanken: »Alles, was ich weiß, ist, dass Jack ihn letzte Woche unter Vertrag genommen hat. Habt ihr das von meinem Job bei Tate Wyatt überhaupt gehört?«

Ohne einen von uns anzusehen, stößt Xander knurrend aus: »Und wer ist dieser Tate Wyatt?«

Bell lässt sich wieder auf ihren Hocker fallen und stellt seufzend fest: »Nur der Top-Event-Manager von L. A. Seine Warteliste ist wahrscheinlich einen Kilometer lang.«

River sieht sie skeptisch an. »Ich dachte, du arbeitest für die Band.«

»Ihr haut doch sowieso bald ab und lasst mich einfach hier, also brauche ich etwas zu tun, und Jack hatte die passenden Verbindungen.«

Xander fällt ihr erbost ins Wort. »Dass wir unterwegs sind, heißt noch lange nicht, dass du hier keine Arbeit hast.«

Bell streckt ihm die Zunge raus. »Das Praktikum geht nur zwölf Wochen, wenn daraus nichts Festes wird. Aber darüber sollten wir uns erst Gedanken machen, wenn es so weit ist.«

Jetzt verdreht Xander die Augen, und Charlotte, die inzwischen wieder in der Küche ist, erklärt: »Xander, dies ist eine Riesenchance für deine Schwester. Dabei solltest du sie unterstützen. Und wenn's sein muss, helfe ich euch gerne aus.«

Xander nickt, River lacht, und ich lächele sie an und forme mit den Lippen die Worte: »Gut gemacht.«

Die Gartentür geht auf, und Jack bringt einen Teller voller Steaks herein. »Oh gut, ihr seid gerade noch rechtzeitig hier aufgetaucht.« Und mit einem Kopfnicken in Richtung Speisekammer, in der noch ein zweiter riesengroßer Kühlschrank steht, fügt er hinzu: »River, hol dir erst einmal ein Bier, und bring mir bitte eins mit.«

Mein Schatz erfüllt ihm diesen Wunsch, und wir setzen uns zum Essen an den Tisch. Ich liebe es, wenn wir alle zusammen sind. Da ich nie eine so große Familie hatte, hat der ungezwungene Umgangston, den diese Menschen miteinander haben, mich vom ersten Tag an fasziniert.

Eigentlich habe ich keinen Hunger, und vor allem liegt mir noch immer schwer im Magen, dass das Gespräch über Ben zwischen mir und River abermals hinausgezögert wurde. Trotzdem gebe ich mir alle Mühe, mit Appetit zuzulangen und ein aufgeschlossener, gutgelaunter Gast zu sein.

River aber schiebt sein Steak auf seinem Teller hin und her und ist anders als am Strand plötzlich entsetzlich angespannt. Er raunzt seinen Bruder böse an und ist selbst seiner Schwester gegenüber so kurz angebunden, dass sie schmollend das Gesicht verzieht.

Den Großteil des Gesprächs bestreitet Jack, aber das tut er praktisch jedes Mal. Ich liebe es, ihm zuzuhören, wenn er von seiner Plattenfirma spricht und uns von den neuen Alben erzählt, die dort produziert werden. Außerdem hat er vor kurzem ein paar kleine Labels übernommen, und jetzt wendet er sich augenzwinkernd River zu. »Du brauchst mir nur Bescheid zu sagen, wenn du einen dieser Läden übernehmen willst«, bevor er weiterspricht. Als er erwähnt, dass Denny Harris bei ihm angerufen hat, weil die D-Bags einen Wechsel zu ihm in Erwägung ziehen, bin ich ein bisschen aufgeregt. Weil ich von dieser Band total begeistert bin.

Ich stoße River an und flüstere ihm zu: »Stell dir vor, Jack nähme Kellan Kyle unter Vertrag. Hast du den schon mal gehört?«

River schüttelt kurz den Kopf, doch ich könnte schwören, dass er grinst, aber ehe er mir eine Antwort geben kann, stellt Bell begeistert fest: »Das wäre echt cool. Weil er nämlich mein Exfreund ist.«

Alle fangen an zu lachen.

»Was?«, fragt Bell, und da Xander nun mal Xander ist, redet er nicht lange um den heißen Brei herum.

»Bell, nicht jeder Typ, den du irgendwo kennenlernst, ist gleich dein *Freund*.«

Es überrascht mich, dass Xander von bloßem *Kennenlernen* spricht, aber sonst hätte ihn Charlotte sicher auch zurechtgewiesen, weil sie in Bezug auf Tischgespräche durchaus strenge Regeln hat.

Bell zieht einen Schmollmund. »Halt die Klappe, Xander. Du bist doch nur eifersüchtig, weil ich Freunde habe.«

»Sicher, das sind alles echte Freunde, Bell.«

Ich muss ein Lachen unterdrücken, denn statt einer Antwort streckt die Schwester ihm einfach die Zunge raus. River allerdings mischt sich mit keinem Wort in das Geplänkel ein, und wieder fällt mir auf, wie bedrückt er seit Beginn des Essens ist.

Charlotte räuspert sich. »Es reicht«, ist alles, was sie sagen muss, damit das Streitgespräch ein Ende nimmt.

Den Rest des Abends reden wir fast nur über Musik, doch immer, wenn jemand auf die bevorstehende Tournee der Band zu sprechen kommt, zieht River sich noch mehr in sich zurück. Ich kann sehen, dass auch Charlotte es bemerkt, und wundere mich, weil sie nichts dazu sagt.

Schließlich räumen wir den Tisch ab, und sobald der letzte Teller in der Spülmaschine steht, sieht mich River fragend an. »Wollen wir langsam los?«

Ich nicke, und wir wünschen allen anderen eine gute Nacht. Bell ist schon in ihrem Zimmer, weil sie sich dort für ein Date mit irgendeinem anderen *Freund* umziehen will, und Xander verlässt direkt hinter uns das Haus.

Kaum hat River meine Wagentür ins Schloss gedrückt, höre ich, dass Xander nach ihm ruft. River geht zu ihm hinüber und bricht einen Streit mit ihm vom Zaun. Ich weiß nicht, was der Grund für Rivers schlechte Laune ist – seine Unlust, auf Tournee zu gehen, Bens Wiederauferstehung oder schlichte Müdigkeit. Trotzdem bin ich fest entschlossen, dass wir uns, wenn wir zu Hause sind, endlich zusammensetzen, über alles reden und uns überlegen, wie am besten mit all diesen Herausforderungen umzugehen ist.

Kapitel 11

High for This

Bis wir endlich in unsere Einfahrt biegen, ist es schon nach elf, und ich bin vollkommen erschöpft. Auf der kurzen Fahrt nach Hause habe ich ihn nur gefragt, warum seine Familie auf den Namen Damon Wolf so seltsam reagiert hat, und das Einzige, was er darauf erwiderte, war, dass Xander mal mit der Verlobten dieses Kerls zusammen war. Doch ich habe nicht nachgehakt, weil dieses Gespräch nach seiner knappen Antwort offenbar für ihn beendet war.

Er öffnet mir die Tür und führt mich eilig auf die Treppe zu. Aber wie heißt es so schön? Jetzt oder nie. Deswegen ziehe ich ihn Richtung Pool.

»Was?«

»Lass uns noch ein bisschen draußen sitzen, denn ich denke, dass wir reden sollten.«

River verkrampft sich sichtbar. »Bist du sicher, dass du das noch heute Abend willst?«

Ich starre ihn an und seufze. »River, ich denke, dass wir in den letzten Tagen bereits allzu oft Gesprächen aus dem Weg gegangen sind. Also ja, ich bin mir sicher, dass ich das noch heute Abend will.« Ich weiß, der Zeitpunkt ist wahrscheinlich nicht perfekt, vor allem, nachdem er mir erzählt hat, wie sein Vater umgekommen ist, aber ich konnte die Spannung zwischen uns sogar beim Abendessen spüren, und ich will, dass sie sich endlich wieder legt. Vor allem können wir immer über alles reden – warum also nicht auch über Ben?

Er nickt und folgt mir auf die Terrasse. Dabei versucht er, die leeren Bierflaschen, die dort noch stehen, nicht umzuwerfen, als er einen zweiten Stuhl neben den Sessel zieht, auf dem er letzte Nacht gesessen hat. Wir nehmen beide Platz und starren stumm den Pool und den in der Ferne aufragenden Hollywood-Schriftzug an. Als ich schließlich die Schuhe von den Füßen streife, macht er es mir nach und sieht mich fragend an. Da er offenbar nicht weiß, wie er beginnen soll, ich den Anfang des Gesprächs aber nicht noch länger hinauszögern will, beschließe ich, mir einfach Luft zu machen und ihm rundheraus zu sagen, was mir auf der Seele liegt. »Obwohl dich Grace darum gebeten hat, mir nicht zu sagen, wer mich überfallen hat, wünschte ich, du hättest es getan. Ich kann durchaus verstehen, weswegen du es mir verschwiegen hast, aber trotzdem kann ich es einfach nicht leiden, wenn du mir was vorenthältst. Weil das einfach unmöglich ist.«

Er beugt sich vor, verschränkt die Hände hinter dem Nacken und starrt vor sich auf den Boden. Als er schließlich wieder aufsieht, zeigen seine trüben Augen, dass er keine Ahnung hat, was er erwidern soll. »Es ging nicht nur darum, dir was zu verschweigen, Dahlia. Das ist eine komplizierte Angelegenheit.«

Ich muss mich beherrschen, um nicht aus der Haut zu fahren. »Was willst du damit sagen? Was soll daran kompliziert sein, mir nichts zu verschweigen?«

Er klappt müde die Augen zu. »Ich habe es nicht so gesehen, als ob ich dir etwas verschweige. Denn ich hätte es dir schließlich noch gesagt. Nur eben nicht sofort. Du verstehst anscheinend nicht, wie ich mich in dem Augenblick gefühlt habe.«

Ich beiße meine Zähne aufeinander und fahre ihn an: »Wie sollte ich denn auch verstehen, wie *du* dich in dem Augenblick gefühlt hast? Schließlich hast du mir bisher mit keinem Wort gesagt, wie du dich gefühlt hast oder was das alles zu bedeuten hatte. Vielleicht fängst du also endlich einmal damit an.«

Er zuckt zusammen, richtet sich aber entschlossen wieder auf. »Als Grace mich an dem Morgen angerufen hat, war das ein Schock für mich. Mit so was hätte ich niemals gerechnet. Aber die Schuldgefühle, die ich hatte, weil ich an dem Morgen nicht mit dir gelaufen bin, die Panik, die ich hatte, als sie mich im Krankenhaus nicht zu dir lassen wollten, und das endlose Bedauern, als ich dich in diesem Bett im Krankenzimmer liegen sah – das alles war einfach zu viel für mich. Das Letzte, was ich wollte, war, dir zu erklären, wer dich derart übel zugerichtet hatte. Denn das hätte eine alte Wunde aufgerissen und dir zusätzlichen Schmerz verursacht, aber Schmerzen hattest du schließlich bereits genug.«

Mein Zorn verraucht, weil sein Geständnis Ausdruck seiner grenzenlosen Liebe zu mir ist. Er hat lediglich versucht, mich zu beschützen, und nach dem, was er von seinem Dad erzählt hat, kann ich sein Verhalten viel besser verstehen. Er sieht mir reglos ins Gesicht, während er nervös mit seinen Handflächen über die Oberfläche seiner Jeans reibt. Ich muss ihn wissen lassen, dass ich ihn verstehe, deshalb schiebe ich mich möglichst dicht an ihn heran, ergreife seine Hand, küsse sie und presse sie gegen mein Herz. Weil ich meine Gefühle nicht in Worte fassen kann. Ich liebe ihn abgöttisch, und dass ich so sauer auf ihn war, weil er mir etwas nicht gesagt hat, weil er dachte, dass das besser für mich wäre, kommt mir einfach nicht mehr richtig vor. Ich will nicht länger mit ihm streiten und ihm nicht mehr weh tun, deshalb sollte ich wahrscheinlich einfach einen Schlussstrich unter diese Sache ziehen.

Er legt mir die Hand unters Kinn und sieht mich an. »Hey, das habe ich dir nicht erzählt, weil ich dich traurig machen wollte, oder so. Ich wollte nur, dass du verstehst, dass diese Entscheidung mir nicht leichtgefallen ist. Ich habe nicht bewusst beschlossen, dir was zu verschweigen, aber in der Tiefe meines Herzens war mir klar, dass Grace recht hatte, als sie nicht wollte, dass du es sofort erfährst. Ich dachte, dass es besser ist, wenn du dich erst etwas erholst. Deshalb tut es mir zwar leid, dass du so sauer warst, aber nicht, dass ich dir nicht sofort erzählt habe, von wem du überfallen worden bist. Ich habe getan, was meiner Meinung nach das Beste für dich war. Und das werde ich auch in Zukunft immer tun.«

Eine kühle Brise weht über den Pool, und ich erschaudere. Ich muss ihn um Verzeihung bitten, deshalb richte ich mich auf und atme so tief wie möglich ein. Aber als ich meine Arme vor der Brust verschränke und sie reibe, steht er sofort auf und hebt mein Sweartshirt, das ich letzte Nacht hier habe liegenlassen, für mich auf. Als dabei Bens Nachricht aus der Tasche fällt, stürze ich mit wild klopfendem Herzen los, um den Zettel aufzuheben, ehe er ihn lesen kann. Aber er ist einfach zu schnell. Er hebt das Blatt vom Boden auf und überfliegt den kurzen Text.

Ängstlich blicke ich ihn an. »River, es ist nicht so, wie du denkst.«

Ein Ausdruck des Zorns huscht über sein Gesicht, und er erstarrt. Ich kann ihm ansehen, dass er sich verraten fühlt, als er nur einen Meter vor mir steht, die Fäuste ballt und schweigend auf den Zettel starrt.

Ich trete auf ihn zu und strecke die Hand nach der verräterischen Nachricht aus. »Lass es mich erklären. Ben …«

Er bedenkt mich mit einem feindseligen Blick und herrscht mich an: »Ich finde auch, du solltest mir erklären, warum du einen Liebesbrief von deinem Exverlobten in der Tasche hast. Du hast mir erzählt, du hättest ihn seit gestern Morgen nicht noch mal gesehen. Hast du mich belogen?«

Vor lauter Schock fällt mir die Kinnlade herunter. Ich habe Ben niemals als meinen Exverlobten angesehen und bin vorübergehend wie gelähmt. Doch als die Stille ohrenbetäubend und die Spannung unerträglich wird, stoße ich mühsam aus: »Nein, habe ich nicht.«

Er weicht einen Schritt vor mir zurück und sieht abwechselnd mich und die verräterische Nachricht an. »Und wie bist du dann an diesen Brief gekommen?«

Ich zucke zusammen und beginne zu zittern. Ich weiß, ich habe nichts gemacht, doch der Blick, mit dem er mich ansieht, ruft Schuldgefühle und gleichzeitig ein Gefühl der Furcht in meinem Innern wach. Ich habe keine Angst davor, dass er mir weh tun könnte, sondern davor, dass er mit mir fertig ist. Mit diesem Gedanken atme ich tief ein und sage. »Als ich gestern Nacht mein Haus verlassen habe, klemmte dieses Blatt hinter dem Scheibenwischer meines Wagens. Und da ich Serena eine Nachricht hinterlassen musste, habe ich die untere Hälfte dieses Zettels abgerissen und die andere Hälfte eingesteckt. Was nicht das Geringste zu bedeuten hat.«

Er klappt die Augen zu, beginnt ebenfalls zu zittern, und als er die Augen wieder öffnet, weicht er meinen Blicken aus. »Dass ich dich richtig verstehe: Du hast also den ganzen Tag mit diesem Kerl zusammen in eurem gemeinsamen Haus verbracht.«

Wie kann River nur derart haarsträubende Schlüsse aus der blöden Nachricht ziehen?

»Ich habe dir doch schon gesagt, dass der Zettel hinter dem Scheibenwischer meines Wagens klemmte. Er war nicht mit mir im Haus. Ich habe ihn nicht noch mal gesehen, seit ich bei Grace verschwunden bin. Wie gesagt, diese Notiz bedeutet mir nicht das Geringste.«

»Also bitte, Dahlia. Er hat dir einen Liebesbrief geschrieben, den du in der Tasche deines Sweatshirts aufbewahrst. Und auch wenn das für dich angeblich keinerlei Bedeutung hat, hat es das für mich auf jeden Fall.«

Ich trete auf ihn zu, doch als ich versuche, sein Gesicht zu mir herumzudrehen, damit er mir endlich wieder in die Augen sieht, weicht er vor mir zurück, zerknüllt den Zettel in der Hand, schüttelt den Kopf und wirft ihn zornig in den Pool. Dann marschiert er, immer noch ohne mich anzusehen, dorthin, wo die leeren Flaschen stehen, hebt eine auf und schleudert sie in Richtung Treppe, wo sie klirrend auf dem Stein zerschellt. Der Lärm macht mich fast taub, als er eine Flasche nach der anderen durch die Gegend wirft.

Ich stürze auf ihn zu und packe ihn am Arm. »River, hör auf. River!«

Er reißt sich von mir los und fährt mit seinem Wüten fort, bis auch noch die letzte Bierflasche zertrümmert auf dem Boden liegt. Als ich auf den Scherbenhaufen blicke, hoffe ich, dass er nicht die Verzweiflung widerspiegelt, die in diesem Augenblick auf seinen Zügen liegt. Ist sein Vertrauen in mich ebenso zerbrochen wie das Glas? Ich muss ihn berühren, mit ihm sprechen und herausfinden, wie ich ihn dazu bringen kann, mich zu verstehen. Wieder packe ich seinen Arm und umklammere sein Gesicht. »River, bitte sprich mit mir.«

Er reißt den Kopf zurück, starrt auf meine Hand und schreit so laut, wie er bisher noch nie geschrien hat: »Hast du eine Ahnung, was das für mich für ein Gefühl ist, dass er immer noch ein Teil von deinem Leben ist? Es war eine Sache, als er tot war, aber damit, dass er lebt und wieder hierher zurückgekommen ist, komme ich einfach nicht klar.«

»Er ist kein Teil von meinem Leben.«

Er stoppt mich mit einem Blick, beißt die Zähne aufeinander, wendet sich entschieden ab, tritt vor die Steinmauer am Ende der Terrasse und verschränkt die Arme vor der Brust. Kochend vor Wut schnauzt er mich an: »Hast du eine Ahnung, wie ich mich gefühlt habe, als ich gestern Morgen wach wurde und du verschwunden warst? Hast du eine Ahnung, wie das für mich war?«

In meinen Augen brennen Tränen. Ich will nicht mehr mit ihm streiten. Will, dass all das aufhört und wir zwei wieder ganz die Alten sind statt zweier zornbebender Menschen, die nicht wissen, wie man ruhig über Probleme spricht. Ich gebe mir alle Mühe, ruhig zu bleiben, als ich anfange, ihm mein Verhalten zu erklären: »River, ich habe dir eine Nachricht hinterlassen …«

Aber wieder unterbricht er mich mit seinem Blick, und ich kann deutlich sehen, wie erbost er ist. »Verdammt, du hast mir nur geschrieben, dass du den Mann treffen willst, mit dem du fast dein Leben lang zusammen warst. Den Mann, für den du mich bereits verlassen hast, als wir uns zum ersten Mal begegnet sind. Den Mann, mit dessen Geist ich jeden Tag unseres Zusammenlebens konkurrieren muss.«

Ich reiße ungläubig die Augen auf, weil er so empfunden hat und offensichtlich immer noch empfindet, und setze mit zitternden Lippen zu einer weiteren Erklärung an. »Warum hast du mir nie gesagt, wie du empfindest? Ich hatte ja keine Ahnung. Wir hätten darüber reden können. Du weißt doch genau, wie ich empfinde – weißt genau, dass dieser Teil von meinem Leben für mich abgeschlossen ist.«

Er fährt sich frustriert mit beiden Händen durchs Haar, tritt eilig auf mich zu, packt meinen Arm und zeigt wütend auf mein Handgelenk. »Und warum trägst du dann das hier immer noch? Warum hast du es nicht abgenommen? Nein, sag nichts. Ich weiß, warum. Weil du ihn nicht gehen lassen kannst. Liebst du ihn immer noch?«

Wütend ziehe ich die Hand zurück und überlege, ob ich ihm noch einmal eine Ohrfeige verpassen soll. Dann aber lasse ich die Hand genauso eilig wieder sinken. Obwohl seine Vorhaltungen geradezu unglaublich sind.

Sofort steht er hinter mir, nimmt meine Hand, zieht mich zurück, und ich wirble zu ihm herum. »Ich werde nicht mehr mit dir reden, während du in dieser Stimmung bist.«

»Dann lässt du mich also wieder einmal einfach stehen?«, schreit er, lässt von mir ab, macht auf dem Absatz kehrt und stapft dorthin, wo die Stühle stehen.

Ich rufe ihm mit heiserer Stimme hinterher: »Das bringt uns nicht weiter. Ich gehe ins Haus.«

Doch meine Worte lösen irgendetwas in ihm aus, denn sofort ist er wieder neben mir, und während einiger Sekunden stehen wir einander gegenüber und blitzen uns zornig an. Dann mustert River mich von Kopf bis Fuß, und ein Gefühl der Dringlichkeit wogt in uns beiden auf. Mein Herz fängt an zu rasen, und er schiebt mich rückwärts vor sich her, drängt mich gegen die Mauer, hebt mich hoch und setzt mich auf den kühlen Steinen ab. Immer noch brennt sich sein Blick in mich hinein, und als er sich zwischen meine Beine schiebt, fahre ich mit der Hand an seiner Brust herab, um ihn herum und lasse meine Finger über sein straffes Hinterteil gleiten.

Bei seinem nächsten Satz betont er jedes Wort. »Du wirst nirgendwohin gehen, Dahlia. Denn ich habe genug davon, dass du dich bei jedem Streit einfach verdrückst. Kapiert?«

Ich kann nur stumm nicken. Denn sein aggressiver Ton macht mich etwas benommen, turnt mich aber gleichzeitig unglaublich an.

»River … diese Nachricht hat nichts zu bedeuten. Das waren nicht meine Worte, sondern die von Ben. Er lebt immer noch in der Vergangenheit. Und du weißt, dass ich den Armreif aus ganz anderen Gründen trage. Nämlich als Erinnerung, das Leben zu genießen und nie etwas zu bereuen. Aber irgendwie kann ich dir nicht begreiflich machen, dass nur du mir wichtig bist. Weil du gerade nicht in der Verfassung bist, um mir richtig zuzuhören. Deswegen wollte ich gehen.«

Er zwingt mich, ihn anzusehen. »Du irrst dich, Dahlia. Wir *können* jetzt darüber reden, und genau das werden wir auch tun. Denn es gibt kein Problem, das wir nicht lösen können, außer, du würdest mir sagen, dass du ihn noch immer liebst.«

Ich starre in sein regloses Gesicht, und es ist um mich geschehen. »Ich liebe dich. Ich will dich. Und für mich gibt es nur dich. Das schwöre ich.« Mein Herz fängt an zu rasen, und ich balle die Fäuste in dem dünnen Stoff seines Shirts, um es ihm über den Kopf zu ziehen.

Er öffnet den Mund, und in seinen Augen lodert glühendes Verlangen auf, während er mir die Finger über die Schultern gleiten lässt. Als er mir die Hände auf die Schenkel legt und meine Beine auseinanderschiebt, jagt mir ein Schauder über den Rücken, und ich sehne mich danach, dass er mich überall berührt.

Mein Blut fängt an zu kochen, und ich starre wie gebannt in

seine grünen Augen. Irgendwann jedoch gelingt es mir, mich aus meiner Trance zu reißen, und ich ziehe mit der Zunge die Konturen seiner Lippen nach und schmecke das salzige Meerwasser auf seiner Haut.

Er tritt einen Schritt zurück, mustert mich erneut von Kopf bis Fuß, und seine grünen Augen leuchten warm im Licht des Hollywood-Schriftzugs. Ich presse meine Handflächen unter sein T-Shirt, und als er mit einem dumpfen Stöhnen seine Zunge zwischen meine Zähne schiebt und gleichzeitig seine Hüften kraftvoll gegen meine presst, ringe ich erstickt nach Luft und verliere den Kontakt zu seinem Mund.

Dann schiebt er seine Hände über meinen Bauch hinauf zu meinen Brüsten, zieht die kleinen Rundungen mit seinen Fingerspitzen nach, gleitet damit über die Rippen bis zum Bund meiner Shorts, schiebt die Hände auf meinen Po und hebt mich hoch. Ich schmiege mein Gesicht an seinen Kopf, fahre ihm mit den Fingern durchs Haar, ziehe leicht daran und klammere mich mit den Beinen an ihm fest.

Dann mache ich die Augen zu und spüre seine Lippen abermals auf meinem Mund. Wir empfinden ein geradezu verzweifeltes Verlangen nacheinander, reißen die Münder keuchend voneinander los, und nach einem Augenblick dreht er uns um und läuft auf die Treppe zu. Doch als ich mich weiter an ihn schmiege, bleibt er wieder stehen, drückt mich rücklings gegen die steinerne Mauer und presst seine Hüfte gegen meinen Unterleib.

So impulsiv war er noch nie, nicht einmal letzte Nacht. Eilig stellt er mich auf meine eigenen Füße, und ich wimmere vor Verlangen, als er meine Shorts aufreißt, worauf der Knopf mit einem leisen Pling auf die Terrasse fällt. Dann zerrt er die Shorts und mein Bikinihöschen über meine Beine, lässt sie achtlos auf die Erde fallen, und je mehr er mich berührt, umso mehr will ich ihn meinerseits berühren, lieben und befriedigen. Eilig öffne ich den Reißverschluss von seiner Jeans, und als ich die Hand in seine Boardshorts schiebe, stößt River ein unterdrücktes Stöhnen aus.

Er beißt mir in die Unterlippe, und ich will ihm seine Hose ganz ausziehen. Da das jedoch ein bisschen schwierig ist, zieht er sie selber aus, und ich schiebe ihm gleichzeitig das Shirt über den Kopf und starre seinen nackten, glatten Oberkörper an.

Schließlich ist er völlig nackt, sieht mich eindringlich an, reißt mir das Oberteil vom Leib, zerrt an dem Band in meinem Nacken, so dass die beiden Dreiecke meines Bikinioberteils mir auf den Bauch rutschen.

Ich kann deutlich spüren, wie sehr er mich begehrt, als er sich wieder an mich drängt. Sein Atem stockt, und seine Augen blitzen, als er mich mit einem Blick bedenkt, als wollte er mich am liebsten mit Haut und Haar verschlingen.

»Du wirst immer mir gehören«, flüstert er und knabbert sanft an meinem Ohrläppchen.

»Ich werde immer dir gehören«, hauche ich zurück und vergrabe den Kopf an seinem Hals.

Er legt mir eine Hand unters Kinn, und wir sehen einander in die Augen, weil wir sichergehen müssen, dass das tatsächlich die Wahrheit ist. Bevor er mich zu meiner Überraschung umdreht und entschlossen meine Beine spreizt. Doch als er seinen Kopf ein Stück nach vorne schiebt und ich meinen Kopf zur Seite drehe, um an seinen Mund zu kommen, ist mir vollkommen egal, von welcher Seite er mich nehmen will. Wir schlingen unsere warmen Zungen umeinander, und mit einer Hand umfasst er meine Hüfte, während er die andere meinen Bauch hinuntergleiten lässt. Seine warme Haut an meiner fühlt sich einfach phantastisch an. Plötzlich schiebt er einen Finger tief in mich hinein, und ich hole tief Luft, stütze mich mit beiden Händen an der Mauer ab und stoße keuchend aus: »Ich will dich, River. Jetzt.«

Als er mit einem zweiten Finger in mich eindringt und mit seinem Daumen über meinen Venushügel kreist, wird mein Stöhnen immer lauter, und da ich die Anspannung einfach nicht mehr ertrage, greife ich entschieden hinter mich und massiere seinen harten Penis.

Er atmet mir direkt ins Ohr, und als ich ihn dorthin schiebe, wo ich ihn spüren will, legt er mir beide Hände um die Hüften und dringt kraftvoll in mich ein. Wieder stütze ich mich mit den Händen an der Mauer ab, denn immer wieder zieht er sich aus mir zurück und dringt erneut mit seiner ganzen Härte in mich ein. Während seine Stöße immer kraftvoller und schneller werden, schiebt er eine Hand an mir herab, streichelt die sensible Stelle zwischen meinen Schenkeln, raunt »Beweg dich nicht« und dringt noch tiefer in mich ein.

Als er schließlich dumpf, ja beinahe animalisch stöhnt, weiß ich, dass ich ihn zur Gänze spüren muss. Ich drücke mich entschlossen von der Mauer ab und presse mich so eng wie möglich gegen seinen Unterleib. Ihn in mir zu spüren ist das erfüllendste Gefühl der Welt, und als ich sein neuerliches Stöhnen höre, weiß ich, dass es ihm genauso geht.

Ich bewege mich auf meinen Zehenspitzen auf und ab und ziehe ihn so tief es geht in mich hinein. Als er seine Finger tief in meinem Fleisch vergräbt, weiß ich, sein Verlangen nimmt genauso schnell wie meine eigene Erregung zu. Dass er mich inzwischen nicht mehr küsst, liegt schlicht und einfach daran, dass er das jetzt nicht mehr kann – das verraten die Geräusche, die er ausstößt, und das wilde Zittern meines eigenen Leibs. Immer wieder rammt er sich in mich hinein, und ich bewege meine Hüften in genau demselben wilden Takt. Dann kneife ich die Augen zu, mache einen tiefen Atemzug und schreie in die Dunkelheit: »Oh Gott, River, ja!« Alle meine Nervenenden beben, als ich schnell und machtvoll komme, und das heiße Glück, das ich in diesem Augenblick empfinde, gibt mir das Gefühl, als wäre alles, was verkehrt war, plötzlich wieder gut.

Er stößt noch ein paarmal etwas langsamer in mich hinein, und als er mit einem leisen Stöhnen kommt, ziehen meine Muskeln sich zusammen, und mein Körper zerbirst schier vor Lust. Er stützt sich mit seinen Armen links und rechts von meinem Körper an der Mauer ab, presst seine Brust an meinen Rücken und schmiegt seine Wange eng an mein Gesicht. Wir sind beide abgrundtief erschöpft und außer Atem, aber keiner von uns will sich rühren – weil dieses Gefühl von grenzenloser Freude möglichst nie vergehen soll.

Als er an dem verbliebenen Band auf meinem Rücken zieht und mein Bikinioberteil zu Boden fällt, drehe ich den Kopf und frage scherzhaft: »Was? Hast du noch nicht genug?«

Er küsst mich so zärtlich auf den Mund, dass meine Lippen davon kribbeln, und stellt mit einem verruchten Grinsen fest: »Ich kriege nie genug.«

Kapitel 12

Catch My Breath

Gleich am nächsten Morgen gehen wir wieder raus, und froh über das Funkeln in den grünen Augen meines Liebsten, nehme ich mit meinem Kaffee und dem Kindle in der Sonne Platz.

Er sieht mich mit einem breiten Lächeln an, und mein Herz fängt an zu flattern, weil der Anblick seiner verführerischen Grübchen mir wie jedes Mal den Atem raubt. Selbst mit einem Veilchen ist der Kerl noch immer attraktiver, als die Polizei erlaubt.

»Du wirst mir also nicht helfen?«

»Nein.« Ich schüttle den Kopf. »Sonst lernst du ja nichts daraus.«

»Und was soll ich bitte daraus lernen?« River kommt mit dem Besen auf mich zu, und ich lege meinen Kindle fort und schirme mit der Hand die Augen gegen die Sonne ab.

»Dass man, wenn man Unordnung macht, selbst aufräumen muss. Was denn wohl sonst?«

Er lässt den Besen auf die Terrasse fallen und schwingt sich kurzerhand rittlings zu mir auf den Liegestuhl.

»Hey, mein Kaffee!«

Er nimmt mir den Becher aus der Hand und stellt ihn auf dem Tisch ab. Und ehe ich noch etwas sagen kann, küsst er mich bereits auf den Mund, macht sich wieder von mir los, lässt die

Hände sanft über die Innenseiten meiner Oberschenkel gleiten und erklärt: »Es gibt da ein paar Lektionen, die ich dir erteilen könnte. Und ich wette, dass die deutlich amüsanter wären.«

Ich schlinge ihm die Arme um den Hals und ziehe ihn auf mich herab. Wieder küsst er mich zärtlich auf den Mund, und mit dem Geschmack seiner Lippen und der Wärme seines Atems auf der Zunge fühlt sich mein Leben rundum perfekt an. Plötzlich aber zieht er sich zurück, legt mir die Hand an die Wange und steht dann einfach auf.

»Hey, wo willst du hin?«

Er setzt ein verführerisches Grinsen auf. »Ich muss erst noch zu Ende fegen.«

Als ich einen Schmollmund ziehe, weil ich ihn noch länger hätte küssen wollen, lacht er fröhlich auf.

»Es turnt mich einfach zu sehr an, wenn ich so vor dir sitze, aber wenn du Lust hast, mir zu helfen, wären wir viel schneller fertig und könnten mit einer der Lektionen anfangen, die ich dir noch erteilen will.«

»Nein danke.« Kichernd mache ich es mir wieder auf meinem Liegestuhl bequem.

Er zieht sich das Rolling-Stones-T-Shirt über den Kopf, knüllt es zusammen und wirft es mir zu. »Echt heiß hier draußen.« Trotzdem schnappt er sich wieder den Besen und kehrt zu dem Berg an grünen Glasscherben zurück.

Ich betrachte seinen makellosen Rücken – das Muskelspiel bei jeder Bewegung und wie seine schweißbedeckte Haut im Licht der Sonne glänzt. »Ich weiß genau, was du im Schilde führst. Aber es wird nicht funktionieren.«

Er setzt ein verschwörerisches Grinsen auf. »Warten wir's ab.« Zwinkernd wendet er mir abermals den Rücken zu, bückt sich und versucht, die Scherben mit dem Besen auf das Kehrblech zu bugsieren. Da jedoch immer mindestens drei Viertel der Glasscherben wieder auf dem Boden landen, tut er mir auf die Dauer leid. Er könnte wirklich Hilfe gebrauchen. Deshalb stehe ich am Ende auf, um ihm zur Hand zu gehen.

Als ich ihn erreiche, stemme ich die Hände in die Hüften und seufze übertrieben laut. »Los, gib mir den Besen, damit ich die Scherben auf das Kehrblech schieben kann.«

Grinsend blickt er zu mir auf. »Bist du dir sicher?«

Als ich nicke, wird sein Grinsen tatsächlich noch breiter, aber statt mir den Besen zu geben, lässt er ihn laut krachend auf den Boden fallen und streckt beide Hände nach mir aus, bevor er mich lachend über die Schulter wirft.

»Hey, was soll das? Lass mich runter!«, kreische ich.

»Lektion eins – wenn jemand den Eindruck erweckt, als könnte er nicht kehren, darfst du niemals Mitleid mit ihm haben, weil er höchstwahrscheinlich nur so tut.« Damit wirft er mich in hohem Bogen in den Pool.

Ich tauche prustend wieder auf. »Das war gemein.«

»Mit Gemeinheit hat das nichts zu tun. Ich bin einfach gut«, klärt er mich selbstzufrieden auf.

Ich kraule an den Rand, und als ich das zufriedene Blitzen seiner Augen sehe, muss ich einsehen, er hat recht. »Du bist wirklich gut«, gebe ich widerstrebend zu.

Grinsend kommt er auf mich zu und hilft mir aus dem Pool. »Du meinst, du gibst es endlich zu?«

»Ich schätze, ja.«

*

Ich ziehe meine nassen Kleider aus, sein T-Shirt an, und während er die letzten Scherben auf das Kehrblech schiebt, sitze ich mit nassen Haaren und mit nichts an als seinem Shirt an unserer Frühstückstheke und bereite eine Schüssel Müsli für mich zu, auch wenn mein Appetit zu wünschen übrig lässt. Seine Stimmungsschwankungen, seit Ben zurückgekommen ist, schlagen mir allmählich auf den Magen. Denn im einen Augenblick ist er so fröhlich und normal wie heute Vormittag, und im nächsten ist er still und distanziert wie gestern beim Abendbrot bei seiner Mom – oder wütender als je zuvor wie während unseres Streits wegen dem angeblichen Liebesbrief von Ben.

Obwohl wir über Ben gesprochen haben und ich River deutlich zu verstehen gegeben habe, dass nur er mir wichtig ist, habe ich das Gefühl, als hätten wir noch nicht alles gesagt und als stünde noch immer irgendetwas zwischen uns. Auch wenn ich keine Ahnung habe, was das sein soll.

Plötzlich spüre ich, wie sich zwei Arme um mich schlingen und River seine Brust an meinen Rücken presst. »Es tut mir leid.«

Ich habe beinahe das Gefühl, als ob er sich für mehr entschuldigt als dafür, dass er mich in den Pool geworfen hat. Da ich mir jedoch nicht sicher bin, wohin eine neuerliche Diskussion uns führen würde, möchte ich nichts tun, wodurch gleich wieder alles aus dem Gleichgewicht geraten könnte.

Ich drehe mich zu ihm herum, streiche ihm mit den Fingerspitzen über die nackte Brust und flüstere ihm zu: »Entschuldige dich nie, wenn du gewinnst, weil die Rache dafür meistens furchtbar ist.«

Er küsst mich auf den Mund, bevor er achselzuckend in die Küche geht. »Ich finde Rache oft ausnehmend amüsant.«

Ich folge ihm und leere meine Müslischüssel aus, weil man fade Wheat Chex einfach nicht runterkriegt, wenn man keinen echten Hunger hat.

Er geht an den Schrank, greift nach der Schachtel Cheerios und stellt sie auf dem Tresen ab. »Hast du noch keinen Hunger?«

»Nein.« Ich stoße einen leisen Seufzer aus, lehne mich gegen die Spüle und bemerke den besorgten Blick, mit dem mich River misst. Er holt sich eine Schüssel aus dem Schrank, und da ich all diese Dinge nicht mit mir allein ausmachen kann, hole ich tief Luft, umklammere den Rand der Theke und sehe ihn an. »Kann ich dich etwas fragen?«

Er stellt die Schüssel auf dem Tresen ab und dreht sich zu mir um. Unter seinem forschenden Blick hätte ich am liebsten einen Rückzieher gemacht. Aber er sagt: »Du weißt, dass du das kannst.«

»Warum hast du Caleb gefeuert?«

Er zögert keinen Augenblick. »Es gab einen Grund, den ich mir eingeredet habe, und noch einen anderen, echten Grund.«

»Nenn mir bitte beide.«

»Wir haben ihn nicht mehr gebraucht, nachdem …«, beginnt er, bricht dann aber plötzlich wieder ab.

Ich beende seinen Satz für ihn. »… das Arschloch, das mich überfallen hat, verhaftet worden ist.«

Er stößt einen abgrundtiefen Seufzer aus. »Ja, das habe ich mir auch gesagt, bevor ich ihn gefeuert habe.«

»Aber das war nicht der wahre Grund?«

»Ich habe einfach nicht ertragen, dass Caleb mit ihm befreundet war und ist.«

Ben und Caleb sind bereits seit einer Ewigkeit befreundet, und ich hatte schon die ganze Zeit vermutet, dass sich River deshalb Caleb gegenüber stets so feindselig verhalten hat. Doch das Einzige, was ich als Antwort darauf sagen kann, ist etwas, was er bereits weiß. »River, auch wenn ich ganz sicher keine Lust habe, je wieder über Ben zu reden, können wir nicht allen Leuten aus dem Weg gehen, die er kennt. Das wäre weder unseren Freunden noch unseren Familien gegenüber fair.«

River nickt, legt mir die Hand unters Kinn und zwingt mich sanft, ihm ins Gesicht zu sehen. »Dahlia, ich habe Caleb wieder eingestellt, aber da ist noch etwas anderes …«

Ein plötzliches Geräusch von der Tür her beendet unser Gespräch. Wir drehen uns beide erschrocken um, als sie geöffnet wird.

Xander hat mit seinem eigenen Schlüssel aufgesperrt und tritt mit einem knappen Nicken in den Flur. Direkt hinter ihm folgt Nix. Er marschiert schnurstracks auf unser Sofa zu, winkt und reißt die Augen auf.

»Wie zum Teufel hast du das denn hingekriegt?«, fragt er, während er auf Rivers Veilchen zeigt.

»Nicht jetzt, Mann«, wehrt mein Schätzchen achselzuckend ab.

Hinter Nix tritt eine Frau, die ich noch nie gesehen habe,

durch die Tür. Sie ist durchschnittlich groß, hat langes, dunkles, seidig weiches Haar und einen makellosen olivefarbenen Teint. Aerie würde wahrscheinlich vor Neid auf ihr Erscheinungsbild vergehen. Denn sie sieht einfach rundum phantastisch aus.

Sie lächelt uns freundlich an, und direkt hinter ihr taucht auch noch Garrett auf. Sein blondes Haar ist deutlich weniger zerzaust als sonst, und er entschuldigt sich bei ihr für den Beinahezusammenstoß, bevor er uns begrüßt. »Hi, River, Dahlia. Was geht ab?« Dann reißt auch er die Augen auf, während er auf Rivers blaues Auge zeigt. »Aua, ich hoffe nur, du hast dem Träger dieser Faust ebenfalls ein bisschen weh getan!«

River erstarrt, setzt dann aber ein Grinsen auf, und ich denke zum ersten Mal darüber nach, welchen Schaden wohl Ben bei dieser Prügelei davongetragen hat.

Garrett nickt, grinst ebenfalls, marschiert ins Wohnzimmer und schaltet erst einmal die Stereoanlage an. Prompt lenkt River seinen Blick zurück auf Xander, der zusammen mit der schönen fremden Frau in unsere Richtung kommt.

»Dass du einen Schlüssel hast, heißt nicht, dass du nicht anzuklopfen brauchst«, herrscht River seinen Bruder an.

»Ach, halt die Klappe, River. Ich versuche schon seit sieben Uhr, dich telefonisch zu erreichen. Wenn du auch nur einmal an dein gottverdammtes Handy gehen würdest, bräuchte ich nicht mit der ganzen Truppe bei dir einzufallen.«

Nix macht es sich bereits gemütlich und legt die Füße auf den Tisch. »Gibt's hier vielleicht Kaffee?«

Ohne auf ihn einzugehen, fährt Xander fort. »Ellie Bryce, mein Bruder River, wie er leibt und lebt. Wenigstens sehen Sie jetzt, dass es ihn wirklich gibt.«

Sie streckt ihre sorgsam manikürte Hand über den Tresen aus, und River schüttelt sie. Als sie etwas sagt, hat ihre Stimme einen selbstbewussten, ausdrucksvollen Klang. »Sie müssen entschuldigen, dass wir einfach so hier eingedrungen sind, aber ich brauche Ihren Input, und Ihr Bruder hat darauf bestanden herzukommen, weil Sie anders offenbar nicht zu erreichen sind.«

River lässt sie wieder los. »Freut mich, Ihre Bekanntschaft zu machen. Tut mir leid, dass ich bisher zu keinem Treffen kommen konnte, aber im Augenblick ist es ein bisschen ungünstig.«

Xander sieht ihn reglos an. »Für dich scheint jede Zeit ein bisschen ungünstig zu sein, deshalb ziehen wir die Sache eben jetzt an Ort und Stelle durch.«

Rivers Anspannung nimmt sichtlich zu, deshalb schlinge ich ihm schnell den Arm um die Taille und erkläre: »Hey, ich habe selber noch zu tun, und wir können einfach später weiterreden, wenn du willst.«

Jetzt schüttelt Ellie mir die Hand und stellt über das laute Klimpern ihrer Silberreifen hinweg fest: »Sie müssen Dahlia sein. Freut mich, Sie kennenzulernen.«

»Hallo. Freut mich ebenfalls.« Doch während ich sie ansehe, wird mir bewusst, dass ich abgesehen von Rivers T-Shirt völlig unbekleidet bin. Und die Tatsache, dass Ellies Blick einen Moment zu lange auf ihm ruht, macht deutlich, dass auch River nur halb angezogen ist.

Er beugt sich vor und flüstert mir ins Ohr. »Bist du dir sicher?«

Nickend schiebe ich ihm die Hand in den Hosenbund, und er wendet sich wieder Ellie zu. »Könnten Sie mir vielleicht sagen, weshalb dieses Treffen derart wichtig ist?«

»Wenn man dir nicht sagt, dass etwas superwichtig ist, hörst du schließlich gar nicht zu«, gibt Xander schlecht gelaunt zurück.

»Wir müssen noch ein paar Details bezüglich der verschiedenen Auftrittsorte klären«, geht Ellie fröhlich über Xanders Kommentar hinweg.

Xander tritt an unseren Frühstückstresen und zieht einen Barhocker für Ellie darunter hervor. Als sein Blick dabei auf meine – fast nicht existente – Kleidung fällt, wendet er sich grinsend wieder ab und murmelt süffisant: »Wie es aussieht, sind wir hier zu einem etwas ungünstigen Zeitpunkt aufgetaucht.«

River schiebt sich vor mich und blickt böse hinter sich, als Garrett hinzutritt.

Garrett wendet sich so schnell wie möglich ab. »Oh, tut mir leid, Mann. Ich wusste ja nicht …« Er bricht ab, zeigt auf die Kaffeekanne auf dem Tresen und erklärt: »Nix will einen Kaffee haben, aber den kann ich auch später machen. Denn jetzt mache ich am besten erst mal die Fliege.« Damit macht er auf dem Absatz kehrt, und als er an mir vorbeieilt, lache ich ihn freundlich an.

Auch River muss ein Lachen unterdrücken, als er Xander fragt: »Warum geht ihr nicht einfach alle schon mal raus?«

»Ja, sicher, kein Problem.« Trotzdem rührt sich Xander nicht vom Fleck und starrt uns weiter an.

Zurück im Wohnzimmer, schlägt Garrett Nix aufs Knie und sagt Ellie, dass sie ihm auf die Terrasse folgen soll.

Xander wartet, bis die anderen verschwunden sind, wirft einen Blick auf Rivers nackte Brust und sagt: »Also bitte, Bruderherz, es ist fast elf an einem ganz normalen Arbeitstag. Ihr zwei solltet diese Karnickel-Flitterwochen-Phase langsam überwinden, weil es schließlich nebenher auch noch ein echtes Leben gibt. In dem man unter anderem Geld verdienen muss.«

»Ach, leck mich doch am Arsch.«

Xander tut beleidigt, hebt zum Zeichen seiner Unschuld beide Hände an die Brust, zeigt dann auf mich und bringt den Satz, den River selbst so oft gesagt hat, wenn die anderen in unserer Anfangszeit geflucht haben, obwohl ich in der Nähe war: »Deine Sprache, Junge, deine Sprache.«

River streckt den Arm nach hinten aus, greift an mir vorbei und zieht den Saum von seinem T-Shirt über meinen Po.

Lachend marschiert Xander zur Terrassentür. »Und jetzt beeil dich, und zieh dich fertig an. Es ist nämlich unhöflich, wenn man die Leute warten lässt.«

River und ich gehen ins Schlafzimmer, und eilig zieht er sich ein T-Shirt über. »Ich hoffe nur, es wird nicht allzu lange dauern.« Als er sich mit einem letzten Kuss zum Gehen wendet, halte ich ihn fest. »Hey, was wolltest du sagen, bevor Xander plötzlich kam?«

Er zögert einen Augenblick und küsst mich noch mal auf den Mund. »Dass ich dich liebe.«

»River, ich weiß, dass dir noch irgendetwas auf der Seele liegt. Was ist es? Bitte sag es mir.«

»Es ist wirklich nichts. Wahrscheinlich liegt es einfach daran, dass mir dieser Scheiß mit der Tournee zu schaffen macht.« Seine Stimme und sein Blick sind nicht ganz fest, und ich hege ernste Zweifel, dass das wirklich alles ist.

»Willst du darüber reden?«

»Vielleicht später. Lass mich erst mit dieser Ellie sprechen, denn sonst rastet Xander sicher vollends aus.«

Ich sehe ihm nach, als er den Raum verlässt. Mir bleibt einfach – um unser aller Willen – nichts weiter, als zu hoffen, dass diese Tournee erheblich besser laufen wird als ihre Planung.

Als ich dusche, überlege ich, dass ich mir erst einmal ein neues Handy kaufen sollte, weil ich ohne einfach aufgeschmissen bin. Zurück im Schlafzimmer, betrachte ich die Fotos, die auf der Kommode stehen, und als mein Blick dabei auf eine Aufnahme von Grace und mir bei meiner Collegeabschlussfeier fällt, wird mir bewusst, dass ich noch heute mit ihr reden muss. Ich rufe sie über den Festnetzanschluss an und verabrede mich mit ihr zum Mittagessen in Laguna.

Ich ziehe mein Madonna-T-Shirt, Jeans und meine hohen schwarzen Stiefel an, schnappe mir meinen schwarzen Pulli, und als ich nach unten gehe, kann ich durch die Tür die anderen draußen sitzen sehen. Sie sind alle ins Gespräch vertieft. Das heißt, alle außer River. Er starrt vor sich auf den Boden und fährt sich mit beiden Händen durchs Haar. Obwohl ich weiß, dass er aus Pflichtgefühl diese Tournee bestreiten wird, bin ich mir mit einem Mal nicht mehr so sicher, ob das wirklich gut für ihn und für die Band als Ganzes ist.

Plötzlich klingelt jemand an der Tür, und als ich öffne, bin ich überrascht, als Caleb vor mir steht. »Hi, komm rein.«

Zögernd tritt er ein. »Hallo, wie geht's?«

Ich sehe ihn mit einem schmalen Lächeln an, sage aber

nichts. Weil ich mir nicht sicher bin, wie es mir geht. Es gibt eine Million Fragen, die ich Caleb stellen müsste, aber nicht in diesem Augenblick. Er wusste die ganze Zeit, dass Ben am Leben ist – das heißt, er wusste es nicht nur, sondern hat ihm obendrein dabei *geholfen*, diese ganze Show abzuziehen. Weshalb ich sauer und etwas verbittert bin. Was er wahrscheinlich spürt.

Denn er weicht meinem Blick so gut wie möglich aus. »Ich muss nur nach einem der Schaltkreise eurer Alarmanlage sehen. Die Bewegungsmelder fallen immer wieder aus, deshalb könnte es sein, dass ihr ein neues Schaltbrett braucht.«

»Oh, in Ordnung, sicher.« Dann zeige ich über meine Schulter und füge hinzu: »Du weißt ja, wie du in den Keller kommst.«

»Sollte nicht allzu lange dauern.«

»Kein Problem, Caleb.«

»Hey, Dahlia. Das alles tut mir furchtbar leid. Ich wollte dir nie weh tun.«

Jemand öffnet die Terrassentür, und ich drehe mich um. River kommt herein, und Caleb sieht erschrocken auf, reißt sich aber sofort zusammen. »Hi, River, tut mir leid zu stören. Ich hab versucht, dich telefonisch zu erreichen.«

River schüttelt ihm die Hand. »Hey, Mann, ist schon okay. Was gibt's?«

»Ich glaube, ich weiß, weswegen die Alarmanlage immer wieder spinnt. Ich muss ein Schaltbrett überprüfen. Ich denke, dass es vielleicht nicht mehr in Ordnung ist.«

»Kein Problem.« River nickt in Richtung Kellertreppe, über die man zur Alarmanlage kommt. »Brauchst du Hilfe?«

»Nein, ich komme schon zurecht. Wird nur eine Minute dauern.« Damit wendet Caleb sich der Treppe zu.

Ich kann River deutlich ansehen, wie gestresst er ist. »Alles in Ordnung?«, frage ich.

Er fährt sich mit den Händen durchs Haar. »Alles bestens.«

Ich unterdrücke das Verlangen, ihn zu küssen und ihn abzulenken, bis sein Stress nachlässt, und lege eine Hand an seine Wange. »So siehst du aber nicht aus.«

»Wir gehen einfach gerade eine Liste mit den Einzelheiten der verschiedenen Auftrittsorte durch. Lauter langweiliger Scheiß. Du kannst dich zu uns setzen, wenn du willst.«

»Hmmmm ... ich nehme an, ich komme auch recht gut ohne langweilige Gespräche aus, aber trotzdem vielen Dank.«

Er lacht leise auf. »Das kann ich dir nicht verdenken, denn ich könnte auch darauf verzichten.«

Ich schüttle den Kopf. »Bist du dir ganz sicher, dass du das tatsächlich machen willst?«

Er stützt seine Arme links und rechts von mir gegen die Wand, fährt sich mit der Zunge über die Unterlippe und schmiegt den Kopf an meinen Hals. »Dass ich wieder zu den anderen rausgehen will? Ganz sicher nicht.«

Ich schiebe ihn ein Stückchen von mir fort. »Ich meine, dass du auf Tournee gehen willst.«

»Darüber will ich jetzt nicht reden«, stellt er fest, bevor er mit seiner Zunge meine sucht und das Thema des Gesprächs vorübergehend in Vergessenheit gerät.

Ich höre, wie sich Caleb räuspert. »Tut mir leid, wenn ich euch störe.«

River stößt sich von der Wand ab, und wir sehen beide Caleb an. »Was hast du herausgefunden?«

»Es ist so, wie ich dachte. Ich muss ein neues Schaltbrett bestellen. Es müsste morgen hier sein.« Damit geht er Richtung Tür und zieht sie auf.

River nickt. »Danke, Mann.«

»Schon gut. Ich rufe an, sobald das Schaltbrett da ist.« Caleb zieht die Tür hinter sich zu, und erleichtert, weil das Treffen gut gelaufen ist, aber gleichzeitig auch traurig, weil Caleb mit einem Mal praktisch ein Fremder für mich ist, erzähle ich River kurz von meinen Plänen für den Tag. »Ich werde mir ein neues Handy kaufen, und danach treffe ich Grace zum Lunch.«

Er sieht mich durchdringend an. »Willst du, dass ich dich begleite?«

»Nein, das ist nicht nötig, und vor allem«, sage ich und zeige durch die Tür dorthin, wo seine Band zusammensteht, »hast du ja ebenfalls zu tun.«

Er blickt auf die Gruppe, die um den Terrassentisch versammelt ist. »Das ist nicht wichtig. Ich kann mich auch entschuldigen, falls du mich brauchst.«

Wieder lege ich die Hand an seine Wange und sehe ihn reglos an. »Ich glaube, dass ich erst einmal allein mit Grace reden muss.« Und nach einer langen Pause rufe ich ihm in Erinnerung: »Aber brauchen tue ich dich immer.«

*

Ich komme zuerst im Aesta's an, und die Empfangsdame führt mich an einen Tisch. Ich bestelle mir ein Wasser, nippe vorsichtig an meinem Glas und warte nervös darauf, dass Grace erscheint. Das Restaurant ist gut besucht, und um mich herum unterhalten sich die Leute angeregt. Um etwas zu tun zu haben, spiele ich mit meinem neuen Handy, weise River »Sexy Back«, denselben Klingelton wie auf meinem alten Handy, zu, und dann schreiben wir uns kurz.

Dahlia: Wollte dir nur sagen, dass ich jetzt ein neues Smartphone habe, für den Fall, dass du mir sagen willst, wie sehr du mich vermisst :)

River: Ich vermisse dich ständig und habe gerade an dich gedacht.

Dahlia: Und was ging dir dabei durch den Kopf?

River: Wie du ausgesehen hast, als du in diesen Stiefeln aus dem Haus gegangen bist.

Dahlia: Warum denkst du an meine Stiefel, während du eine Besprechung hast?

River: Weil ich mich zu Tode langweile. Und du kannst mir glauben, wenn ich sage, dass mir neben deinen Stiefeln auch noch eine ganze Reihe anderer Sachen durch den Kopf gegangen sind.

Gerade als ich River eine Antwort schicken und ihm sagen will, dass ich ihm gern im Kampf gegen die Langeweile zur Verfügung stehe, spüre ich, wie jemand meinen Arm berührt. »Dahlia, Schätzchen.« Grace steht direkt neben mir, und ich lasse mein Handy in der Handtasche verschwinden und erhebe mich von meinem Stuhl.

Grace sieht älter aus und abgrundtief erschöpft. Ihre Haut ist stumpf, ihr für gewöhnlich sorgfältig frisiertes blondes Haar zerzaust. Sie hat dunkle Ringe unter ihren trüben blauen Augen und zittert wie Espenlaub.

Das Gefühl der Ruhe, das mich für gewöhnlich überkommt, wenn ich sie sehe, stellt sich diesmal nicht ein, doch in der Hoffnung, dass ihr Zittern sich auf diese Weise legt, nehme ich sie erst mal in den Arm.

»Oh, Grace«, ist alles, was ich sagen kann, bevor sie einen Schritt zurücktritt.

»Setzen wir uns erst mal hin und reden.« Ihre Stimme zittert, und ich kann ihr deutlich ansehen – die Geschehnisse haben einen hohen Tribut von ihr verlangt.

Wir setzen uns an den mit einem weißen Leinentuch hübsch gedeckten Tisch und breiten unsere Servietten über den Beinen aus. Ich habe keine Ahnung, wie ich das Gespräch beginnen soll. Weshalb ich dankbar bin, als Grace wie stets die Führung übernimmt.

»Dahlia, wie geht es dir?«

Ich zucke mit den Achseln. »Gut. Ich bin okay.«

»Ich bin froh, dass du mich angerufen hast.«

»Tut mir leid, dass ich mich nicht schon eher bei dir gemeldet habe. Aber irgendwie brauchte ich erst mal etwas Zeit.«

Grace sieht mich einen Moment lang an und fragt dann rundheraus: »Bist du nicht froh, dass Ben am Leben ist?«

Diese eine Frage habe ich mir selbst bisher noch nicht gestellt. Sie bringt mich aus dem Gleichgewicht, und deshalb stammle ich: »Gott, natürlich bin ich froh. Selbstverständlich freue ich mich, dass er nicht tot ist. Wer würde sich darüber wohl nicht freuen?«

Sofort feuert Grace die nächste Frage auf mich ab, und ich versuche, ruhig zu bleiben, auch wenn das nicht gerade einfach ist. »Dann liegt es also daran, wie wir es dir mitgeteilt haben? Das tut mir leid. Ich hätte nicht gewollt, dass du es auf diese Art erfährst.«

»Grace, ich habe kein Problem damit, wie ich erfahren habe, dass Ben noch am Leben ist. Denn schließlich gab es keinen leichten Weg, mir so was mitzuteilen.«

»Liegt es dann vielleicht an dem Überfall auf dich? Ich bin endlos dankbar, dass dir nicht noch mehr geschehen ist, aber du musst wissen, dass Ben keine Ahnung davon hatte, dass dir dieser Typ gefährlich werden könnte.«

»Nein. Das Einzige, was mich an dieser Sache aufgeregt hat, war, dass ihr mir kollektiv verschwiegen habt, von wem ich überfallen wurde.«

»Dahlia, das haben wir für dich getan. Ich wollte in deiner Nähe sein, wenn du es erfährst, denn die Nachricht hätte sicher schreckliche Erinnerungen an den Tod von Ben in dir geweckt. Es hätte dich wahrscheinlich bereits aufgeregt zu hören, dass sein Mörder aus der Haft entlassen wurde, aber zu erfahren, dass es dieser Kerl war, der dich überfallen hat, hätte dich bestimmt vollkommen aus dem Gleichgewicht gebracht. Deshalb wollte ich es dir persönlich sagen und dabei in deiner Nähe sein.«

»Ich bin nicht mehr so schwach wie früher, Grace. Ich bin nicht mehr das junge Mädchen, das sich krampfhaft an seine Vergangenheit geklammert hat. Ich kann es nicht leiden, wenn man mir was vorenthält. Du hattest nicht das Recht, mir diese Dinge zu verschweigen. Aber das hat nichts mit Ben zu tun.«

»Ich dachte, ich tue, was das Beste für dich ist.«

»Das ist mir klar. Und Grace, ich bin dir deshalb nicht mehr böse.«

»Dann verstehe ich nicht, warum du nicht auch ihm verzeihen kannst, Dahlia. Warum du nicht einmal mehr mit ihm sprechen willst.«

Ehe ich etwas erwidern kann, nähert sich der Ober unserem Tisch, und ich bestelle einen extra trockenen Martini, während Grace ein Mineralwasser verlangt. Doch kaum, als er den Tisch wieder verlassen hat, greife ich den Faden erneut auf. »Das Wort *verzeihen* bedeutet für jeden von uns etwas anderes, und jeder muss für sich allein entscheiden, ob er jemandem etwas verzeihen kann. Ich habe mir seine Geschichte angehört, aber was er mir erzählt hat, hat mich nur noch wütender gemacht. Ich glaube einfach nicht, dass sich, wenn ich noch einmal mit ihm rede, etwas daran ändern wird. Es wird mich nicht dazu bewegen, jemals zu vergessen, was ich seinetwegen durchgemacht habe – oder ihm diese Dinge jemals zu verzeihen. Denn das hieße, dass es für mich okay ist, dass ich seinetwegen derart am Boden zerstört war. Und ich weiß nicht, ob es je für mich okay sein wird.«

Sie beugt sich zu mir über den Tisch und drückt meine Hand. »Da bin ich mir nicht so sicher, Dahlia. Ich denke, wenn du dich einfach noch mal ruhig mit ihm zusammensetzen und ihm richtig zuhören würdest, könntest du versuchen zu verstehen, weswegen er damals verschwunden ist. Er wollte dich beschützen – und sobald du das verstehen kannst, kannst du ihm sicher auch verzeihen.«

»Es tut mir leid, aber ich habe endgültig die Nase davon voll, dass jeder mich beschützen will. Und was war das vor allem für ein Schutz, wenn er mir derart weh getan hat und mich derart leiden ließ? Grace, natürlich bin ich froh, dass er noch lebt. Aber ich kann ihm einfach nicht verzeihen, dass er mir vorgegaukelt hat, gestorben zu sein.«

Grace reagiert dramatischer, als ich erwartet hätte. »Dahlia, du musst einfach diese Mauer einreißen, die du zwischen euch errichtet hast, und ihm verzeihen. Er hat schließlich sehr viel für dich aufgegeben. Erst das Surfen und am Schluss sogar sein Leben.«

Während ich sie noch entgeistert anstarre und mich bemühe zu verstehen, in welche Richtung diese Unterhaltung geht, bringt der Ober unsere Getränke, und da wir bisher noch keine Zeit gefunden haben, uns die Speisekarte anzusehen, bestellen wir beide kurzerhand einen Salat. Dann nehme ich einen großen Schluck aus meinem Glas und bereite mich innerlich darauf vor, Grace die Dinge zu sagen, die sie offenbar nicht hören will.

»Das, was er getan hat und weshalb er es getan hat, ändert nichts daran, dass wir nach seinem Tod vollkommen fertig waren. Jeder von uns hat auf seine eigene Art um ihn getrauert und gelitten, weil er eine große Lücke hinterlassen hat. Aber er hat selbst entschieden abzuhauen, er hat selbst entschieden, dass er die Beweise gegen diese Organisation sammeln und behalten will. Begreif es doch – er hätte eine Wahl gehabt. Vielleicht kannst du ihm sein Verhalten ja verzeihen. Das wäre vollkommen in Ordnung, aber es heißt nicht, dass ich genauso in der Lage dazu bin.«

Sie reibt sich die Hände und erklärt mit rauer Stimme: »All das ist mir klar, aber manchmal sind Entscheidungen nicht einfach, Dahlia. Ben hat ebenfalls gelitten. Und er leidet immer noch.«

Das emotionale Chaos, dem ich in den letzten Tagen ausgeliefert war, wird mir mit einem Mal zu viel. Deshalb erkläre ich ihr schrill: »All dieses Gerede davon, dass ich in Gefahr war, dass er mich beschützen wollte und deshalb verschwunden ist – das ist doch alles vollkommener Wahnsinn, Grace.«

Als unsere Salate kommen, schieben wir die Blätter lustlos auf den Tellern hin und her.

Dann lässt Grace plötzlich ihre Gabel fallen und fleht: »Bitte verzeih ihm, Dahlia. Mir zuliebe. Er muss sich ein völlig neues Leben aufbauen, und er will, dass du ein Teil von diesem Leben bist.«

Jetzt habe ich endgültig genug. »Du nimmst doch wohl nicht ernsthaft an, dass ich je wieder zu ihm zurückgehen würde?«

»Oh nein, das denke ich ganz sicher nicht. Und ich würde dich auch niemals darum bitten, das zu tun. Denn ich weiß, dass du mit River glücklich bist. Hör dir bitte einfach an, was er zu sagen hat. Denn er braucht es, dass du ihm verzeihst, damit er einen Schlussstrich unter die traurigen letzten Jahre ziehen und wieder nach vorne blicken kann. Und Dahlia, bevor ihr zwei zusammen gewesen seid, wart ihr ewig Freunde. Könnt ihr das nicht wieder werden?«

Ich verneine stumm. »Er braucht es also, dass ich ihm verzeihe. Und was ist mit mir? Interessiert sich vielleicht irgendwer dafür, was *ich* brauche? Und wie es *mir* in all der Zeit gegangen ist?«

Sie starrt mich lange an, bevor sie plötzlich aufsteht und sich vor mich hockt. Dann nimmt sie zaghaft meine Hände und öffnet den Mund, doch die leise, schmerzerfüllte Stimme, mit der sie spricht, ist mir vollkommen fremd. »Dahlia, du weißt, dass du für mich wie eine zweite Tochter bist. Und ich habe einfach das Gefühl, dass du als meine Tochter innehalten und dir überlegen solltest, was du tust. Du musst dich dieser Sache stellen. Denn nicht nur du, sondern auch er hat sehr viel durchgemacht. Ich denke, ein Gespräch mit ihm würde dir dabei helfen, deinen Zorn zu überwinden und vielleicht sogar die alte Freundschaft zu ihm wiederaufzubauen.«

Ich springe auf, werfe meine Serviette auf den Tisch und schnappe mir meine Handtasche. »Grace, ich bin einfach noch nicht dazu bereit, ihm zu verzeihen. Er kann nicht ungeschehen machen, wie es mir infolge der Entscheidung, die er ganz allein getroffen hat, gegangen ist. Ich habe alles Recht, wütend auf ihn zu sein, und ich weiß nicht, ob sich diese Wut je legen wird.«

»Dahlia, du bist es ihm schuldig, ihm zumindest zu verzeihen«, fleht Grace ein letztes Mal.

»Ich bin ihm gar nichts schuldig.«

Ich muss das Restaurant verlassen, ehe es vollends um mich

geschehen ist. Um mich zu beruhigen, atme ich so tief wie möglich ein und aus, doch als ich zu meinem Wagen komme und den Zettel unter meinem Scheibenwischer sehe, würde ich am liebsten schreien. Ich schnappe mir das Blatt, mit dem mich Ben an sich erinnern will, zerreiße es, lasse die Schnipsel auf den Boden fallen und steige ein.

Von den Ereignissen und dem Gefühlschaos der letzten Tage bin ich plötzlich wie gelähmt. Ich lege die Hände auf dem Lenkrad ab und hole zischend Atem, da aus meinen Lungen alle Luft gewichen ist. Dabei denke ich an das, worum mich Grace gebeten hat – und obwohl ich beinahe alles für sie tun würde, kann ich ihr diese Bitte nicht erfüllen. Denn auch wenn sie in der Lage ist, sogar die schlimmsten Dinge noch in einem positiven Licht zu sehen – ich kann das einfach nicht.

Kapitel 13

Come Undone

Bens Tagebuch

Als mir Mom erzählt hat, dass sie Dahlia zum Mittagessen trifft, dachte ich, es wäre eine wunderbare Möglichkeit, ihr eine meiner Nachrichten zu hinterlassen. Aber als Mom wiederkam und völlig fertig war, habe ich mich gefragt, ob Dahlia vielleicht deshalb ausgerastet ist. Doch Mom hat meine Nachricht nicht erwähnt, und deshalb muss ich davon ausgehen, dass das Treffen selbst nicht allzu gut gelaufen ist. Die Beziehung zwischen ihr und Dahlia war immer supergut, und das Letzte, was ich will, ist, dass sie meinetwegen Schaden nimmt.

Ich selbst hatte noch nie eine so innige Beziehung, bis ich nach New York kam und dort George begegnet bin. Als Leiter der Englischabteilung der New Yorker Universität hat er mich unter seine Fittiche genommen und wurde bereits nach kurzer Zeit mein bester Freund. Immer, wenn wir nach der Arbeit schwimmen waren, haben wir danach noch ein, zwei Bier getrunken und uns über das Leben im Allgemeinen, über Sport und sogar über seine Scheidung ausgetauscht. Nur von meinem Leben hier habe ich ihm nie etwas erzählt. Vielleicht hätte ich das tun sollen? Dann könnte ich ihn anrufen und fragen, was ich machen soll.

Ich habe beschlossen, Dahlias Angebot erst einmal anzunehmen und zurück in unser Haus zu ziehen. Denn so nimmt Moms

Stress bestimmt ein wenig ab. Ich war ehrlich überrascht, als mir Serena Dahlias kurzes Schreiben ausgehändigt hat. »Gib die Schlüssel bitte Ben, und sag ihm, dass das Haus jetzt ihm gehört.« Ich hatte gedacht, sie hätte mit dem Brief auf meine Nachricht reagiert. Aber die hat sie mit keinem Wort erwähnt.

Um mein Elend nicht einfach in einer Flasche Whiskey zu ertränken, habe ich begonnen, meine Sachen zurück in das Haus zu räumen. In unser Haus. Das jetzt alleine mein Haus ist.

Was zum Teufel soll ich machen? Hier in Kalifornien habe ich kein Leben, keinen Job und nicht einmal mein Mädchen mehr. Ich habe ein ums andere Mal versucht, sie anzurufen, aber sie ruft einfach nicht zurück, und langsam frage ich mich, ob sie überhaupt je wieder mit mir sprechen wird. Ich dachte, wenn ich ihr alles erkläre, würde sie mich verstehen, aber sie scheint fest entschlossen, jeder Unterhaltung mit mir aus dem Weg zu gehen. Außerdem möchte ich einfach etwas Zeit mit ihr allein verbringen, um ihr alles noch mal genauer zu erklären. Das heißt, im Grunde will ich ihr gar nichts erklären, sondern ich will sie einfach zurückhaben.

Außerdem ist Caleb gerade furchtbar angepisst von mir. Als ich zurück in unser Haus kam, hing dort immer noch das alte Schlüsselbrett. Ich hatte gewusst, dass sie das nie entsorgen würde, also habe ich es von der Wand genommen und den kleinen Deckel an der Seite aufgeklappt. Der Chip mit den Daten lag noch immer in seinem Versteck. Aber ich wollte die Informationen nicht mehr haben, deshalb habe ich Caleb angerufen, damit er den Chip den Anzugträgern überlässt. Er hat mich angebrüllt, er hätte die ganze Zeit gewusst, dass ich noch irgendeinen Scheiß behalten habe. Hat getobt und mich gefragt, ob mir überhaupt klar gewesen sei, wie gefährlich das für Dahlia war. Aber daran habe ich damals nicht einen Augenblick gedacht. Sie sollte die Infos haben, für den Fall, dass … Für welchen Fall? Verdammt, was habe ich mir nur dabei gedacht?

Kapitel 14

Madness

Es ist ein rundherum perfekter Herbsttag. Nicht zu heiß und nicht zu kalt, und die Brise, die durch meine offenen Wagenfenster weht, ist gerade kühl genug, um angenehm zu sein. Auf dem Rückweg von Laguna nach L. A. kann ich nur hoffen, dass die Szene zwischen mir und Grace im Restaurant nicht wirklich so schrecklich war, wie sie mir rückblickend erscheint.

Ich saß noch über eine Stunde auf dem Parkplatz, bis ich endlich losgefahren bin. Ich wollte mir ganz sicher sein, dass der eine Drink nicht meine Urteilskraft getrübt hatte. Doch alles, was ich denken konnte, war, dass ich es irgendwie geschafft hatte, eine Beziehung, die bis dahin fast perfekt gewesen war, innerhalb von fünf Minuten zu zerstören.

Während der gesamten Fahrt nach Hause höre ich mir immer wieder den passenden Song »Into the Nothing« an und gehe das Gespräch noch einmal in Gedanken durch. Ich liebe Grace und würde ihr nie weh tun wollen, aber ihren Wunsch, Ben zu verzeihen, kann ich ihr beim besten Willen nicht erfüllen.

Endlich biege ich um sechs in unsere Einfahrt ein und reiße überrascht die Augen auf, denn alle andern sind noch da. Ich habe von unterwegs wiederholt bei River angerufen, aber es ging jedes Mal nur seine Mailbox an. Ich öffne vorsichtig die Tür und merke gleich, dass Nix die Herrschaft über unsere Stereoanlage übernommen hat, denn ich höre »Radioactive«, und das ist sein momentaner Lieblingssong. In der Küche sehe ich die Überreste einer Party – auf dem Herd sind Pizzaschachteln aufgetürmt, auf dem Esstisch Chipstüten verteilt und auf dem Tresen jede Menge leerer Flaschen aufgereiht. River sitzt am Küchentisch und rauft sich die Haare, während Ellie, die an seiner Seite sitzt, in irgendwelchen Unterlagen wühlt. Xander läuft telefonierend auf der Terrasse auf und ab, und die anderen Mitglieder der Band haben es sich auf der Couch bequem gemacht.

»Hi.« Ich trete durch die Tür und hänge meine Schlüssel an das Schlüsselbrett.

River sieht lächelnd auf und schiebt eilig seinen Stuhl zurück. Auch Ellie dreht sich um, nimmt einen Schluck aus ihrer Bierflasche und stellt sie auf den Tisch. Sofort fällt mir auf, dass sie die Jacke ausgezogen hat, und mit einem innerlichen Augenverdrehen registriere ich, dass ihr voller Busen in dem sehr tief ausgeschnittenen Hemdchen äußerst vorteilhaft zur Geltung kommt.

»Hübsche Stiefel«, stellt sie fest, was durchaus ehrlich klingt. »Gucci?«

Ich werfe einen Blick auf meine hohen schwarzen Stiefel mit dem ausnehmend bequemen Blockabsatz und zucke mit den Achseln. Denn ich habe keinen blassen Schimmer, was für eine Marke diese Stiefel sind, aber von Gucci sind sie sicher nicht. Ich habe diese Dinger schon so lange, dass ich mich nicht einmal mehr daran erinnern kann, woher sie sind. »Keine Ahnung, aber vielen Dank.«

»Ich hab ein ganz ähnliches Paar, aber bisher hat mir irgendwie immer das richtige Outfit dazu gefehlt.«

Ich stelle meine Tasche ab und sehe Ellie lächelnd an. »Ich ziehe sie eigentlich zu allem an.«

Als ihr Handy klingelt, zeigt sie Richtung Wohnzimmer. »Könntet ihr mich bitte kurz entschuldigen?«

Nickend steht River auf, kommt auf mich zu und flüstert mir tonlos zu: »Ich habe dich vermisst.«

Ich setze ein Lächeln auf, hole tief Luft und versuche, die

Erinnerung an meinen Streit mit Grace erst einmal zu verdrängen.

River mustert mich von Kopf bis Fuß, presst mir die Lippen auf den Mund, schlingt mir die Arme um den Leib, und sofort geht es mir besser. »Du warst ewig unterwegs. Ist es gut gelaufen?«

Er hat eindeutig getrunken, denn sein Atem riecht nach Alkohol. »Ja, es war okay.« Ich kann in diesem Augenblick nichts anderes sagen, weil ich über das, was zwischen Grace und mir passiert ist, sicher nicht vor Ellie reden will.

Er tritt einen Schritt zurück und streckt die Arme aus, weil er die Hände nicht von meinen Hüften lösen will. »Bist du sicher? Denn du siehst nicht gerade aus, als ob alles in Ordnung wäre.«

Nickend lehne ich mich an den Tresen an.

»Möchtest du was essen? Es ist noch jede Menge Pizza da.«

»Ich glaube, mir reicht erst mal ein Bier.«

Er holt ein Glas, füllt es mit Eis, nimmt eine Flasche aus dem Kühlschrank, öffnet sie, trinkt einen Schluck, und ich verfolge die Bewegung seines Adamsapfels, als die Flüssigkeit durch seine Kehle rinnt.

»Hallo? Das ist mein Bier!«, protestiere ich scherzhaft.

Grinsend kippt er den Flascheninhalt in das Glas und drückt es mir in die Hand. »Wie, teilst du etwa nicht mehr mit mir?«

Ich setze ebenfalls ein Grinsen auf, aber ehe ich ihm eine Antwort geben kann, trifft sein warmer Atem meinen Hals. Als er mich küsst und seine Zunge meine Haut berührt, nehme ich das Glas ein bisschen fester in die Hand und stelle fest: »Ihr arbeitet heute aber ganz schön lange. Meinst du, dass ihr bald fertig seid?«

Statt seiner antwortet mir Ellie. »Wissen Sie, da dieser Kerl da …« – für den Fall, dass ich sie nicht verstehe, zeigt sie zusätzlich auf meinen Schatz – »… so schwer zu fassen ist, muss ich es einfach ausnutzen, wenn er mir einmal nicht entkommen kann.«

Aus irgendeinem Grund geht mir der Ton, in dem sie spricht,

entsetzlich auf die Nerven, aber trotzdem setze ich ein *Freut-mich-dass-Sie-jetzt-endlich-die-Chance-haben*-Lächeln auf und erkläre meinem Freund: »Ich bin total erledigt. Deshalb ziehe ich erst mal die Stiefel aus und lege mich ein bisschen hin.«

Er küsst mich auf die Wange, gleitet mit der Zunge in mein Ohr und raunt mir zu: »Warte, bis ich dir die Stiefel ausziehen kann. Ich bringe diese Sache nur noch schnell zu Ende.«

Wieder mischt sich Ellie ein: »Wir sind noch nicht fertig, River.« Ich frage mich, ob sie ihn trotz der lärmenden Musik im Hintergrund verstanden hat und weshalb sie überhaupt versucht mitzukriegen, was er zu mir sagt.

Trotzdem werde ich nicht länger in der Küche bleiben und mich mit ihr streiten, und nach einem letzten Kuss für River ziehe ich mich kurzerhand ins Schlafzimmer zurück.

Ein paar Minuten später stehe ich am Fenster neben meiner Truhe, kaue Eis und starre reglos den Hollywood-Schriftzug an, als plötzlich seine Hand meine Taille umfasst. Mit der anderen schiebt er mir das Haar aus dem Gesicht, und ich schließe die Augen und lehne mich müde an ihn an. Dann schiebt er mir die Hände auf den Bauch und zieht mich eng an seine Brust. »Was würdest du davon halten, mehr als deine Stiefel auszuziehen?«

Lachend frage ich: »Hast du einen im Tee?«

»Wer, ich? Weshalb sollte ich einen im Tee haben, nachdem wir den ganzen Tag jedes noch so winzige Detail jeder Bühne, die wir während unserer Tournee betreten, durchgegangen sind? Trotzdem ist mir immer noch nicht klar, warum Xander diese Dinge nicht allein erledigt hat.«

Ich schlinge ihm die Arme um den Hals und lege den Kopf ein wenig schräg. »Nun, ich nehme an, weil Ellie einfach wollte, dass du in die Planung einbezogen wirst.«

Er nimmt mich noch fester in den Arm. Ich spüre seinen harten Körper überall an meinem Leib. »Kann es sein, dass sie dir auf die Nerven geht?«

»Nein, nicht wirklich. Weshalb denkst du das?«

Er schiebt seine Finger in den Bund von meiner Jeans und gleitet mit den Lippen über meinen Hals. »Keine Ahnung, vielleicht einfach, weil sie mir entsetzlich auf die Nerven geht«, erwidert er, und ich falle in sein Lachen ein.

Mit seiner freien Hand zieht er mir das Shirt aus der Hose, streicht mir mit den Fingern über den Bauch und schiebt sie unter den Spitzensaum meines BHs. Meine kleine Brust ist wie für seine Hand gemacht und er murmelt dicht an meinem Ohr: »Willst du mir vielleicht jetzt erzählen, wie euer Mittagessen war?«

»Nicht, wenn du betrunken bist«, gebe ich zurück und drehe ihm den Kopf zu, damit er meine Lippen finden kann.

»Ich hatte nur zwei Bier, kann also unmöglich betrunken sein.«

Doch ich höre ihm gar nicht richtig zu, während er mit den Lippen meinen Hals erforscht und warme Küsse darauf niederregnen lässt.

Bevor er mir zärtlich in die Oberlippe beißt.

Ein Schauer durchrieselt mich, als er den Mund auf meine Lippen presst, ich drehe mich um, schlinge ihm abermals die Arme um den Hals und sehe seinen vor Verlangen trüben Blick. »Ich dachte, wir könnten später reden«, summe ich und schiebe meine Hand in seine Jeans.

Neben der Musik, die aus dem Wohnzimmer an unsere Ohren dringt, ist das einzige Geräusch ein leises, aber eindeutiges Knurren, als er mich in Richtung unseres Betts schiebt und dort auf die Matratze drückt. Ich krabble auf den Ellbogen rückwärts und er folgt mir auf den Händen, die Knie aufs Laken gedrückt. Ich taste mit den Händen über seinen Rücken und genieße es, seine Muskeln zu spüren, die er abwechselnd zusammenzieht und dann wieder entspannt. Dann presst er mir die Lippen abermals auf den Mund, und wir saugen den jeweils anderen in uns ein.

Plötzlich wird die Tür geöffnet. »Hey, Mann, die Braut ist wirklich heiß.«

Als Garrett uns erblickt, reißt er entsetzt die Augen auf. »Scheiße, Mann, ich wusste nicht, dass Dahlia zu Hause ist.«

River und ich sehen uns an, brechen in wieherndes Gelächter aus, und Garrett drückt die Tür, so schnell es geht, wieder ins Schloss. Dann aber zieht er sie noch einmal einen Spaltbreit auf und verkündet: »Nix meint, dass er fertig ist. Wie lange brauchst du noch?«

River lässt sich neben mir auf die Matratze fallen und wirft sich einen Arm über die Stirn. »Gib mir fünf Minuten.«

Ich rolle mich auf die Seite und stütze mich auf dem Ellbogen auf. »Wo wollt ihr denn noch hin?«

»Ich hoffe, du kommst mit. Tut mir leid, dass ich vergessen habe, es gleich zu erwähnen, als du in die Küche kamst. Ellie will die Band ein paar der Roadies vorstellen und möchte, dass wir ein paar Songs für diese Typen spielen, damit sie ›in Stimmung kommen‹, wie sie sagt. Sie hat mit ihnen ein Treffen im Smitten's ausgemacht. Ich schätze, dass sie uns von einer Limousine abholen lässt.«

»Bestimmt.«

»Sie nervt dich doch«, stellt er durchaus zutreffend fest, beugt sich über mich und küsst mich auf den Bauch.

»Mich nerven eher ihre Riesentitten.«

River lacht und sieht auf mich herab. »Die sind mir noch gar nicht aufgefallen.« Er zieht mein T-Shirt noch ein Stückchen höher, bis er meinen Büstenhalter sehen kann, gleitet mit der Zunge über meinen Bauch in Richtung Brust, hebt meinen BH mit der Zungenspitze an und murmelt: »Weil ich einfach blind bin für alle anderen Titten außer deinen.« Er knabbert sanft an meiner Schulter, nimmt dann meinen Nippel in den Mund, leckt daran herum, und sofort wird er hart.

Ich balle die Fäuste in den Laken und biege den Rücken durch. »Ich will dich.«

Während seine Hand nach meinem Jeansknopf greift, trommelt Xander an die Tür und brüllt: »Nun komm schon, Loverboy, schnapp dir deine Muse, und auf geht's.«

River seufzt, murmelt leise »Verdammt« und ruft dann laut: »Fahrt einfach ohne mich.«

»Oh nein, ganz sicher nicht. Ich komme rein, seht also zu, dass ihr halbwegs bekleidet seid«, warnt Xander uns. Eilig ziehe ich mir das T-Shirt wieder über.

Als die Tür geöffnet wird, stütze ich mich auf den Ellbogen ab, und River wirft sich abermals den Arm über die Stirn. Ohne Xander auch nur anzusehen, faucht er ihn an: »Also bitte, Xander, kannst du nicht auch mal was anderes tun, als mir auf den Keks zu gehen?«

Xander tritt neben das Bett und zerrt an Rivers Arm. Die beiden starren einander böse an, und Xander knurrt: »Ich werde dir von jetzt an täglich vierundzwanzig Stunden auf die Nerven gehen, wenn du dich nicht endlich wieder auf die Sachen konzentrierst, die wirklich wichtig sind. Ich habe endgültig genug von deinem Scheiß. Und jetzt kommt. Die Limousine steht schon vor der Tür.« Ohne eine Antwort abzuwarten, macht er auf dem Absatz kehrt, verlässt den Raum und knallt erbost die Tür hinter sich zu.

*

Als wir ins Smitten's kommen, ist die Kneipe rappelvoll. Ich höre den Song »Done« und gucke nach der Band, die heute Abend spielt. Ich sehe sie zum ersten Mal, aber alle singen mit, und die Tanzfläche ist gut besucht. Die Jungs haben ihr Publikum total im Griff.

River nimmt meine Hand, und während er uns einen Weg durch das Gedränge bahnt, bemerke ich, dass vor dem Durchgang Richtung Billardraum eine dicke Plastikplane hängt. Ich klopfe ihm auf die Schulter und sehe ihn fragend an. »Hey, was ist denn da los?«

Leise lachend klärt mein Schatz mich auf. »Smitty renoviert den alten Billardraum. Wahrscheinlich kommt was Hochmodernes, Superschickes dabei raus.«

Als wir an der Theke stehen, bestellt er uns zwei Bier und ein

Glas mit Eis. Während wir darauf warten, lehnt er sich gegen den Tresen und starrt reglos geradeaus. Meine Sorge, weil ihn der Gedanke, auf Tournee zu gehen, so stresst, nimmt zu, doch als unsere Getränke kommen, schüttet er mein Bier in das bereitstehende Glas, hält es mir hin und flüstert mir ins Ohr: »Tut mir leid wegen vorhin. Aber ich verspreche dir, dass wir nachher dort weitermachen, wo wir unterbrochen worden sind.«

Ich ziehe die Buchstaben auf seinem Ramones-T-Shirt mit meinem Zeigefinger nach. »Es war echt nicht nett von dir, dass du mich erst so heiß gemacht und dann einfach hast sitzenlassen.«

»Dahlia! Da bist du ja«, ruft plötzlich seine Schwester hinter mir.

Als ich mich zu ihr umdrehe, bemerke ich den Love-Quotes-Schal um ihren Hals. Mein Geburtstagsgeschenk für sie passt geradezu perfekt zu ihrer schwarzen Jeans und dem weißen Spitzen-Top, und ich zupfe lächelnd an dem Stoff. »Hi, Bell. Wie war dein Date?«

»Der totale Wahnsinn. Nur die Arbeit bringt mich um. Seit Xander von meinem anderen Job erfahren hat, scheucht er mich noch mehr als sonst herum. Deshalb habe ich im Augenblick ganz einfach keine Zeit für einen Freund.«

»Wenn du ihn wirklich magst, musst du ihm das sagen. Denn ich bin mir sicher, dass er das verstehen wird.«

River zieht mich wieder an sich, und mit einem Mal scheint Bell zu merken, dass der Kerl, den sie hinter mir sieht, ihr Bruder ist. »Die Geschichte, die ihr Mom wegen des Veilchens aufgetischt habt, war echt gut. Aber trotzdem hat sie euch sofort durchschaut.«

Xander schiebt sich durch die Menge und gibt River ein Zeichen, dass er mitkommen soll.

»Ich sollte vielleicht besser schauen, was er will.« River gibt mir einen Kuss, geht zu seinem Bruder. Ich sehe, dass die beiden anfangen zu streiten. Was auch ihrer Schwester aufzufallen scheint, denn sie beißt sich auf die Unterlippe und will von mir wissen: »Weißt du, was die beiden haben?«

»Ich nehme an, dass River einfach Stress hat wegen der Tournee.«

»Wahrscheinlich hast du recht.«

Als ihn Xander einfach stehenlässt, fährt sich River mit den Händen durchs Haar und folgt ihm an einen Tisch mit jungen Kerlen, die alle auf Ellie starren. Sie hat schon wieder ihre Jacke ausgezogen und zeigt ihre körperlichen Reize.

»Hast du Ellie schon kennengelernt?«, fragt Bell.

»Ja. Sie wirkt sehr … kompetent.«

»So kann man es wahrscheinlich auch nennen.«

Ich sehe sie an und lache, während sie sich an die Theke quetscht und zwei Schnäpse für uns bestellt. Dann drückt sie mir eins der beiden kleinen Gläser in die Hand und sagt: »Darauf, dass die Frauen, die sich einbilden, dass sie die Allertollsten sind, schon in jungen Jahren einen Hängebusen kriegen.«

Ich muss so heftig lachen, dass ich meinen Schnaps kaum kippen kann. Als es mir schließlich gelingt, bestellt sie sofort Nachschub, und jetzt sage ich: »Auf die Frauen, die die Frauen, die sich einbilden, dass sie die Allertollsten sind, durchschauen.«

Bell atmet zischend ein, um nicht laut loszuprusten, leert ihr Glas und fragt: »Du machst dir doch keine Gedanken wegen ihr?«

»Nein.«

»Das ist gut, denn dazu gibt es keinen Grund. Weil River dich abgöttisch liebt.«

Ich lächle sie an. »Ich weiß.«

»Da wir gerade von ihm sprechen – hast du dir schon überlegt, was du zu seinem Geburtstag machen willst?«

Ich reiße entsetzt die Augen auf. »Scheiße, Bell, der ist diesen Samstag, stimmt's? Ich hab keine Ahnung, was ich machen soll. Nach allem …« Obwohl ich das Gefühl habe, als hätte ich es erst nach allen anderen gehört, bin ich mir nicht sicher, ob sie bereits weiß, dass Ben zurückgekommen ist. »… ich hatte in letzter Zeit so viel zu tun, dass ich bisher noch gar nicht überlegen konnte, was ich machen will.«

»Da hast du aber wirklich Glück, dass ich die beste Partyplanerin des Landes bin.«

»Ich weiß nicht, ob wir wirklich eine Party schmeißen sollen. So kurz vor der Tournee ist zu viel los …«

»Gerade deswegen sollten wir eine Party feiern – weil River Geburtstag hat und die Wilde Ones bald auf Reisen gehen. Wir sollten ihn damit überraschen.«

Ich sehe sie zweifelnd an.

»Keine Bange, Dahlia, ich werde mich um alles kümmern. Du brauchst ihn am Samstag nur für ein paar Stunden aus dem Haus zu schaffen. Lad ihn doch einfach zum Abendessen ein, weil er Geburtstag hat.«

Mein Blick wandert über die Menge zu dem Tisch, an dem mein Liebster sitzt. Ellie beugt sich gerade über ihn, und als sie ihm ein Schnapsglas reicht, verdrehe ich vielsagend die Augen, denn ihre enormen Brüste sprengen dabei fast ihr Oberteil. »In Ordnung, Bell. Wenn du dir sicher bist. Los, die nächste Runde geht auf mich.«

Drei Schnäpse und zwei Bier später bin ich vollkommen betäubt. Bell wechselt die Themen derart schnell, dass ich ihr kaum noch folgen kann. Sie hat mit Verhütung angefangen, dann jammert sie, dass sie nie dran denkt, die Pille täglich um die gleiche Zeit zu nehmen, weiter ging es über ihren jüngsten Einkaufsbummel in der Stadt, und jetzt klärt sie mich über ihre Pläne für die Party auf. Ich versuche, mich auf das Gespräch zu konzentrieren, zuzuhören und zu nicken, kehre aber in Gedanken ein ums andere Mal zu Grace zurück. Denn ich kann einfach nicht aufhören, daran zu denken, wie der Lunch geendet hat.

Plötzlich aber reißt mich eine vertraute Stimme aus meinen Grübeleien. Mein Blick fliegt Richtung Bühne, und ich sehe ihn dort oben so entspannt und locker stehen, als wäre er an diesem Ort daheim.

»Hallo allerseits«, begrüßt er das Publikum mit seiner dunklen Stimme. Wenn ich ihn dort oben stehen sehe, kann ich fast nicht glauben, dass er wirklich mir gehört. Denn mit seinem grenzenlosen Selbstbewusstsein zieht er nicht nur mich, sondern auch alle anderen unweigerlich in seinen Bann. Er hat die Gitarre umgehängt, stellt das Mikrophon auf seine Höhe ein, und bei jeder Handbewegung spannen sich die straffen Muskeln unter seinem T-Shirt sichtbar an.

Aus irgendeinem Grund macht es mich immer völlig atemlos, wenn ich ihn auf der Bühne stehen sehe. Weil dann seine Augen leuchten und er ein so breites Lächeln hat, dass ich seine Grübchen selbst vom Tresen aus erkennen an. Er ist vollkommen ruhig und souverän, und seine Leidenschaft für die Musik ist nicht zu übersehen. Während eines Augenblicks wünsche ich mir, er könnte einfach immer weiter Songs schreiben und hier im Smitten's singen, ohne dass er extra auf Tournee gehen muss. Aber seine Band ist auf dem aufsteigenden Ast, und er hat den Ruhm und alles, was dazugehört, verdient. Also kann ich nur hoffen, dass er lernt, sich darüber zu freuen.

»Ich singe heute Abend ein paar Songs, die ich für mein Mädchen geschrieben habe.« Er sieht mich aus leuchtenden Augen an, und während meine Haut anfängt zu kribbeln, zieht er seine Gitarre hinter sich hervor. »Eins, zwei … eins, zwei, drei, vier«, raunt er seinen Männern zu, bevor der Eröffnungssong erklingt.

You were my once in a lifetime.
This I knew from the moment your eyes met mine.
You were my once in a lifetime.
This I knew the first time I whispered into your ear and
    my heart stopped.
You were my once in a lifetime.
This I knew when I kissed your lips and felt it in my soul.
So where did you go, where did you go?

Ich vergesse meine Sorge wegen Grace, denn wie immer, wenn ich River auf der Bühne sehe, bin ich furchtbar aufgeregt. Es verschafft mir ein Gefühl inneren Friedens, als er über uns und seine Gefühle für mich singt. Seine wohlklingende Stimme zieht das Publikum in ihren Bann. Paare fangen an zu tanzen, einzelne Personen wiegen sich im Takt des Liedes hin und her, und alle singen mit. Aber er singt nur für mich, als wären wir zwei völlig alleine. Plötzlich lässt er von seiner Gitarre ab, umklammert das Mikrophon mit beiden Händen, macht die Augen zu und wippt mit seinen schulterbreit gespreizten Beinen leicht den Rhythmus mit. Es besteht kein Zweifel daran, dass dies sein Lieblingssong ist. Am Ende wiegt er sich leicht hin und her, spielt ein paar letzte Noten auf seiner Gitarre und deutet eine winzige Verbeugung an.

Sofort beginnt der zweite Song. Er setzt sich auf einen Barhocker und stellt die Füße in den schwarzen Stiefeln auf den Querstreben ab. Mit einem breiten Lächeln zupft er vorsichtig die wunderschöne Melodie von »Five« und zieht mich abermals total in seinen Bann. Als er anfängt zu singen, konzentriert er sich derart intensiv auf die Musik, als wäre er selbst das Lied.

Als während des Refrains ein paar der Mädchen anfangen zu kreischen, steht er wieder auf und sieht sie mit seinem verführerischsten Grinsen an. Wilde Gedanken an uns beide im Bett schießen mir durch den Kopf, und ich spüre, dass ich rot werde, weil ich schon wieder heiß auf meinen Liebsten bin. Er lässt die Gitarre sinken und reckt beide Hände in die Luft. Dabei rutscht sein T-Shirt ein Stück hoch, und alle sehen seinen nackten Bauch. »Los, singt mit«, ruft er ins Mikrophon, und natürlich fangen wir alle an zu grölen.

> 5 years, 260 weeks, 1,825 days, 2.3 million minutes.
> That was how long ago I met you.
> If I did it all again. Would you come along for the ride?
> If I did it all again. Could you play this game with me?

Etwas so Verführerisches wie sein breites Lächeln vor dem Hintergrund des goldenen Bühnenlichts habe ich nie zuvor gesehen. Hier, in dieser kleinen, heimeligen Kneipe, ist River in seinem Element. Als der letzte Ton verklingt, spendet ihm das Publikum tosenden Applaus, und in meinem Innern hallt der Song auch weiter nach. »Das ist für heute Abend alles. Bis zum nächsten Mal.« Er hängt sich die Gitarre wieder über die Schulter und winkt den noch immer wild klatschenden Leuten freundlich zu. Einige der Mädchen rufen ihm laut kreischend ihre Handynummern oder irgendwelche eindeutigen Angebote zu, aber dafür scheint er völlig taub zu sein. Die Wilde Ones unterhalten sich noch kurz und steigen von der Bühne, bevor jeder seiner eigenen Wege geht.

Da ich meinen Schatz in dem Gedränge nicht mehr sehe, wende ich mich wieder seiner Schwester zu, die ebenfalls bis über beide Ohren grinst. Dann spüre ich ihn plötzlich direkt hinter mir. »Hallo, schöne Frau.« Sein warmer Atem an meinem Hals ruft ein Zittern in mir wach. Ich lehne mich an seine Brust, und er schlingt einen Arm um meinen Bauch.

Bell legt sich den Zeigefinger an die Lippen und zwinkert mir zu. »Also dann, ihr zwei, bis später. Ich muss zusehen, dass ich Reston noch erwische, bevor er und seine Jungs gleich wieder auf die Bühne gehen.«

»Reston? Wer ist Reston?«, fragt River verständnislos, bevor er zärtlich meinen Nacken küsst.

»Hörst du eigentlich nie richtig zu? Der Drummer der Scandalicious und gleichzeitig mein neuer Freund.« Als er sie fragend ansieht, fügt sie noch hinzu: »Also bitte. Scandalicious ist die Band, die heute Abend spielt.«

Ohne den Mund von meinem Hals zu lösen, sieht er auf. »Sorry, Bell, bei deinen ganzen Freunden komme ich allmählich nicht mehr mit, aber die Band ist wirklich gut.«

»Und Reston ist noch besser«, erklärt Bell und flattert auf die Bühne zu.

»Viel Glück«, rufe ich ihr noch hinterher und drehe mich dann um, damit ich River richtig küssen kann.

»Du warst einfach unglaublich«, sage ich und fahre ihm mit den Fingern durchs Haar.

Er lehnt sich zurück, mustert mich von oben bis unten, und als er mich wieder an sich zieht, blendet mein Verlangen jeden anderen Gedanken aus. In seinem verhangenen Blick spiegelt sich meine eigene Leidenschaft, die ich kaum noch beherrschen kann. »Unglaublich, ja«, erwidert er, ehe ihm der Atem stockt.

Ich fahre ihm mit beiden Händen über die Brust, schiebe meine Finger in den Bund seiner Jeans und ziehe ihn, so eng es geht, an mich heran. Dann gleite ich sanft mit den Lippen über seinen Hals und spüre, wie er unter diesem leichten Hautkontakt erbebt.

Seine Hände fahren über meinen Rücken, und gleichzeitig schließt er die winzig kleine Lücke, die ich zwischen uns gelassen habe. Als er mir die Zunge in den Mund schiebt, ringe ich nach Luft, und als er mir dann auch noch auf die Unterlippe beißt und daran saugt, stoße ich ein leises Wimmern aus.

Bevor unsere Zärtlichkeiten eskalieren, mache ich mich eilig von ihm los. »Lass uns heimfahren und beenden, was du vorhin angefangen hast.«

Er blickt zu dem Tisch, an dem Ellie, Xander und die anderen Mitglieder der Band noch immer Schnäpse trinken und sich fröhlich miteinander unterhalten.

»Ich kann uns ein Taxi rufen.«

Doch mein Körper kann nicht mehr so lange warten, deshalb presse ich mich an ihn und erkläre heiser: »Ich will dich nicht erst in einer Stunde, sondern jetzt sofort.«

Er macht einen Schritt zurück und denkt über seine Möglichkeiten nach. Als ich mir die Lippen lecke und mit den Händen über meinen Körper streiche, stöhnt er »Fuck« und atmet zischend aus. Und als er sich selbst die Lippen leckt, sieht er so wahnsinnig sexy aus, dass ich mich sogar auf der Toilette von ihm ficken lassen würde. Hauptsache, er täte es sofort.

Von all dem Alkohol, den ich getrunken habe, bin ich leicht benommen, aber in Bezug auf ihn und das, was ich mir von ihm wünsche, bin ich völlig klar. Und ich weiß, dass er genau dasselbe will. Er zieht mich zu der Plastikplane, die den Durchgang

Richtung Billardraum versperrt, sieht sich um und gibt mir ein Zeichen, dass ich dahinter verschwinden soll.

Kaum sind wir auf der anderen Seite angekommen, nimmt er meine Hand und führt mich den stockdunklen Korridor hinunter. Um etwas zu sehen, hält er sein Handy in die Höhe, doch als wir den Billardraum erreichen, legt er es auf den mit einem weißen Laken abgedeckten Billardtisch, hebt mich hoch und setzt mich kurzerhand daneben ab.

»Bist du dir ganz sicher?« Er sieht mich unter schweren Lidern hervor an.

Als ich die Glut in seinen Augen sehe, atme ich leicht zitternd ein, beuge mich dann aber vor, küsse seinen Mundwinkel und nicke. »Absolut.«

Mit einem leisen Stöhnen schiebt sich River zwischen meine Beine, und die Kraft, mit der er gegen meinen Unterkörper drängt, ruft ein neuerliches Zittern in mir wach. Während mir der Atem stockt und mein Puls anfängt zu rasen, legt er eine Hand an mein Gesicht und zieht mit der anderen die Konturen meines Mundes nach. Ich will nicht einen Augenblick mehr warten, und so lege ich ihm meine Arme um den Hals, und als wir uns leidenschaftlich küssen, steigt aus meiner Kehle ebenfalls ein leises Stöhnen auf. Ich kann hören, dass die Band jetzt »Feel This Moment« spielt und verliere mich in der Musik.

Dann wogt ein beinahe animalisches Verlangen in mir auf. Ich stöhne ihm so laut ins Ohr, dass er mich hören kann, presse meine Lippen dann wieder auf seinen Mund, und wir dringen mit den Zungen immer schneller, härter, tiefer ineinander ein. Es ist mir vollkommen egal, ob ich auf dem Fußboden, dem Billardtisch oder an der Wand von ihm gevögelt werde – Hauptsache, er tut es gleich. Ich kneife die Augen zusammen, denn ich brauche jetzt nur das Gefühl von seiner Haut auf meiner und muss mich zusammenreißen, die Fingernägel nicht tief in seinem Rücken zu vergraben, weil ich vor Verlangen wie von Sinnen bin. Ich reiße die Augen wieder auf, starre ihn an, springe auf die Füße, drehe mich mit ihm zusammen um und drücke jetzt ihn gegen den Tisch. Er sieht mir ins Gesicht, während ich die Hände über seine Brust nach unten gleiten lasse, seine Hose öffne, sie zusammen mit den Boxershorts ein Stück nach unten ziehe und erkenne, dass er mindestens so angeturnt ist wie ich selbst. Er ist für mich bereit. Ich streichle seinen Schwanz, schiebe seinen Körper ein kleines Stück zurück, und als ich vor ihm auf die Knie gehe, hebt und senkt sich seine Brust in einem schnellen Takt.

Ich fange langsam an, lasse meine Zunge um die Eichel kreisen und sauge ganz vorsichtig daran. Als ich ihn endlich schmecke, wird mir klar, wie groß mein Hunger nach ihm war. Ich lecke jeden Zentimeter seines Gliedes, und als ich es ganz mit den Lippen versiegle, tastet er stöhnend nach meinem Kopf. Doch ich brauche keine Führung. Denn ich weiß genau, was ich ihm geben will – um den Stress ein wenig abzumildern, der ihm schon seit heute Morgen überdeutlich anzusehen war. Mit jeder Bewegung, die ich mache, ziehe ich ihn möglichst tief in mich hinein, und immer, wenn er gegen meinen Gaumen schlägt, stößt er ein lautes Stöhnen aus. Meine Finger streicheln, mein Mund saugt, und meine Lippen machen die Bewegungen, die er so liebt. »Himmel. Genau so. Ja, genau so«, stößt er mit rauer Stimme aus, und ich freue mich über seinen zufriedenen Ton. Seine Muskeln fangen an zu zittern, als ich mit der Zungenspitze wieder über seine Eichel fahre, und als ich die feuchte Perle koste, die sich dort bereits gebildet hat, packt er erschaudernd meine Arme, zieht mich wieder auf die Füße und sucht mit den Lippen meinen Mund. Ich weiß, dass er sich selbst dort schmecken kann, und wir küssen uns, als gäbe es kein Morgen. Dann hebt er mich hoch und setzt mich auf den Tisch, zieht keuchend die Reißverschlüsse meiner Stiefel auf, und die freudige Erwartung macht mich völlig atemlos.

Er wirft mein Schuhwerk achtlos hinter sich. »Ich habe schon den ganzen Tag daran gedacht, dir die Stiefel auszuziehen.«

Das leuchtende Display von seinem Handy ist die einzige Beleuchtung in dem dunklen Raum. Ich lächle ihn an und freue mich über den Blick, mit dem er mich ansieht. Er stellt mich auf die Füße, zieht mir Jeans und Höschen aus und setzt mich wieder auf den Tisch.

»Gott, ich will dich«, keuche ich.

»Noch nicht«, erklärt er grinsend, als er vor mir auf die Knie geht und meine Beine spreizt. Seine Finger ziehen ein Muster um mein feuchtes Fleisch, und dann folgt seine Zunge ihrer Spur. Ich habe ihn bereits den ganzen Tag begehrt, und unter dieser einfachen Berührung überkommt mich ein sanfter Schauder. Als er seine Zunge wechselweise leicht in mich hineinschiebt und wieder herauszieht, biege ich den Rücken durch und verlange schreiend mehr. Also schiebt er sie so tief es geht in mich hinein, und ich fange an zu zittern, schreie seinen Namen und nehme den Raum nur noch verschwommen wahr. Ich weiß nicht mehr, wo ich bin, denn einen so erstaunlichen Orgasmus habe ich noch nie erlebt. Nur gut, dass der laute Bass der Band die Geräusche, die wir machen, übertönt.

Schließlich steht er wieder auf, und mein Blick wird klar genug, um das Gesicht des Mannes, den ich liebe, deutlich vor mir zu sehen. Ich lehne mich zurück, er schiebt uns beide auf den Tisch, und als wir uns diesmal küssen, schmecke ich mich selbst. Er lächelt, und ich weiß, dass er dasselbe denkt, wie ich. Also lege ich die Finger sanft um seinen Schwanz und führe ihn dorthin, wo ich ihn schon seit dem Morgen haben will, weil ich einfach nicht länger warten kann. Ich recke mich ihm entgegen, und mit einem dumpfen Stöhnen dringt er bis zum Anschlag in mich ein.

Wir bewegen uns in einem schnellen, aber gleichmäßigen Takt und genießen jeden Augenblick unserer Vereinigung. Während ich auf jeden seiner Stöße reagiere, erhöht River noch das Tempo, und als meine Muskeln sich erneut zusammenziehen, bahne ich mir küssend einen Weg an seinem Hals herauf, und er beißt mir in die Lippe, in die Wange und ins Ohr.

Dann zieht er sich leicht aus mir zurück, macht die Augen zu. Ich weiß, auch er ist kurz davor. Als ich mich nicht mehr beherrschen kann, ziehe ich sein Ohr an meinen Mund und flüstere ihm zu: »Komm mit mir zusammen.« Und als mich die Flut der Lust zum zweiten Mal in wenigen Minuten überschwemmt, ruft er meinen Namen, stößt noch einmal kraftvoll zu und kommt.

Dann bricht er neben mir zusammen, zieht mich an sich und erklärt. »Ich liebe dich.«

»Ich liebe dich auch.«

Wir bleiben noch ein paar Minuten schweigend liegen, klammern uns verzweifelt aneinander fest, und ich frage mich ängstlich, ob die Dinge, die geschehen sind, vielleicht einen größeren Tribut von uns verlangt haben, als wir uns eingestehen wollen. Während wir in diesem dunklen Zimmer liegen und ich seinen rauen Atem höre, denke ich unweigerlich an unseren intensiven Sex der letzten Zeit zurück. Ist unser Verlangen nacheinander vielleicht deshalb plötzlich derart aggressiv, weil die Mauer, die uns seit Bens Rückkehr trennt, nur noch auf diese Art zu überwinden ist?

Kapitel 15

Love Remains the Same

Bens Tagebuch

Mit meinem Umzug und mit dem Versuch, mein Mädchen wiederzubekommen, habe ich erst einmal alle Hände voll zu tun. Ich habe die Kisten von Moms Dachboden zurück in unser Haus gebracht. Gestern habe ich mit Auspacken begonnen, aber als ich eine Schachtel voll zerrissener Aufnahmen von mir und Dahlia fand, musste ich erst mal wieder aufhören. Ich dachte, wenn ich joggen und dann noch ins Fitnessstudio ginge, wäre ich danach total erschöpft. Aber als ich mitten in der Nacht aus einem Traum von ihr erwachte, weil ich einen Steifen hatte, war ich mir nicht mehr so sicher, ob das Training wirklich eine so gute Idee gewesen war. Der Traum war vollkommen real, dabei hatte ich die Dinge, die wir zwei darin getrieben hatten, nie mit ihr erlebt. Trotzdem musste ich mir erst im Bett und dann noch einmal nach dem Aufstehen unter der Dusche einen runterholen, weil der Traum mich einfach nicht mehr losgelassen hat.

Seit ich wieder da bin, hab ich nichts unversucht gelassen, um Dahl endlich irgendwo allein zu erwischen. Aber als ich sie am Strand traf, habe ich dämlicherweise ihren Wunsch nach Abstand respektiert. Ich wollte ihr erst alles erklären, denn sie sollte zu mir zurückkommen, weil sie mich verstanden hat. Aber, verdammt, das hat nicht funktioniert. Seither habe ich sie mehrmals täglich angerufen und auf ihrer Mailbox hinterlassen, dass ich sie noch immer liebe und dass sie sich bitte noch mal mit mir treffen soll. Mehr nicht. Einfach ein paar kurze Nachrichten, in denen ich gleich auf den Punkt gekommen bin. Doch bisher hat Dahl mich nicht zurückgerufen. Also habe ich am Ende noch mal einen Brief an ihr Auto geklemmt. Was echt bescheuert war. Ich musste sie extra aufspüren, um diesen blöden Zettel dort zu hinterlassen. Und es hat noch nicht mal was gebracht. Ich muss sie einfach irgendwo allein erwischen, weil ich sie mit bloßen Worten offenkundig nicht erreichen kann. Ich muss sie dazu bringen, dass sie sich daran erinnert, was wir beide gemeinsam hatten – unsere Liebe, unseren Sex –, denn dann kommt sie bestimmt zu mir zurück. Statt mir immer nur mit Argwohn zu begegnen, muss sie sich von mir berühren lassen. Dann fällt ihr sicher alles wieder ein.

Ich habe Caleb dazu überredet, dass er morgen Abend einen mit mir trinken geht. Ich kam mir total dämlich vor, als ich ihn bitten musste, mich zu Hause abzuholen, aber wenn ich erst mal meinen Wagen wiederhabe, ist der Scheiß endlich vorbei. Serena hat gesagt, dass sie Trent die Kiste sowieso bereits vor einer Weile wieder abgenommen hat. Ich werde sie ihm geben, wenn er so weit ist, und mir selbst dann einen neuen Wagen kaufen, aber erst mal ist es für uns alle besser, wenn er sie nicht hat. Er ist in einer furchtbaren Verfassung, in der er am besten erst mal nicht allein Auto fährt. Ich verbringe täglich Zeit mit ihm, bis er immer mit einem Mal verschwindet, und das geht normalerweise ziemlich schnell. Ich wollte ihn auch dazu überreden, dass er nächstes Wochenende mit mir surfen geht, aber er hat nein gesagt. Weil er erst mal etwas Zeit bei seinem Dad verbringen will.

Ich muss endlich hier raus. Wenn ich noch länger tatenlos rumsitze, drehe ich durch. Ich habe kurz daran gedacht, mich bei Kimberly zu melden, aber ich will ihr nicht weh tun, und auch wenn ich ihr die Sache irgendwann erklären muss, habe ich im Augenblick ganz einfach nicht die Kraft dazu.

Kapitel 16

Never Say Never

Während ich hier stehe und mir eine rote Schleife um die Taille binde, muss ich einfach daran denken, dass die letzte Woche all den Wochen, die wir beide vorher hatten, zwar sehr ähnlich, aber trotzdem völlig anders war. River muss sich jeden Tag mit Ellie treffen, und auch ich habe versucht zu arbeiten, dann aber die meisten Angebote abgelehnt. Weil mir einfach nicht danach zumute ist, irgendwelche Frauen zu stylen und für die Cover ihrer neuen Alben abzulichten, während hier bei uns zu Hause alles aus dem Gleichgewicht geraten ist. Wenn River heimkommt, ist sein Stresslevel geradezu astronomisch. Deshalb bringen wir die Zeit, statt über irgendetwas Wichtiges zu reden, mit Gesellschaftsspielen oder in der Kiste zu.

Ich habe ihm noch immer nicht erzählt, wie es mit Grace gelaufen ist. Seit unserem Lunch versucht sie jeden Tag, mich telefonisch zu erreichen, aber wenn sie oder Serena anruft, gehe ich nicht dran. Auch Ben ruft immer wieder an und hinterlässt mir kurze Nachrichten, dass ich mich bei ihm melden, mich noch einmal mit ihm treffen, ihm noch eine Chance geben soll. Nach der fünften Nachricht dieser Art habe ich aufgehört, sie abzuhören und lösche sie nur noch. Trotzdem hat er, als ich gestern in Laguna war, um mit Aerie für die Überraschungsparty einkaufen zu gehen, noch mal einen Zettel hinter meinem Scheibenwischer festgeklemmt. Allmählich spüre ich den Stress, den es bedeutet, allen aus dem Weg zu gehen und River nicht alles zu sagen, deshalb war die Planung meines ganz persönlichen Geschenks mit Hilfe seiner Schwester eine höchst willkommene Abwechslung für mich.

Ich überprüfe ein letztes Mal mein Spiegelbild. Alles ist an seinem Platz. Der Gedanke an dieses Geschenk macht mich etwas nervös, denn so was habe ich noch nie gemacht. Bell hat mich auf die Idee dazu gebracht und mir bei der Auswahl meines Outfits assistiert. Sie hat mir erklärt, das Geheimnis eines guten Striptease wäre, dass man zuerst das aussucht, was man zuletzt ablegen will. Nachdem das geschehen war, habe ich dazu noch einen ausnehmend verführerischen schwarzen BH mit passendem String sowie schenkelhohe Seidenstrümpfe und einen Strumpfhalter gekauft. Bell hat für Stay-ups plädiert, aber ich konnte mich noch gut daran erinnern, wie begeistert River kurz nach unserem ersten Wiedersehen von meinen Strapsen gewesen war. Darüber trage ich ein kurzes, praktisch durchsichtiges schwarzes Kleid und Highheels mit dünnen Riemchen. Gott, ich hoffe nur, ich falle in den Dingern nicht schon nach den ersten Schritten um.

Ich ziehe meinen Bademantel an, verdränge sämtliche Gedanken außer die an ihn und atme erst mal tief durch. Ich kann so was. Ich will ihm etwas schenken, was er nie vergessen wird, und das wird er ganz sicher nicht, egal, ob ich den Tanz zu Ende bringe oder nicht.

Als er unser Schlafzimmer betritt, drehe ich mich lächelnd zu ihm um. Er ist schon umgezogen, um mit mir ins Restaurant zu gehen. Also, auf die Plätze, fertig, los. Er sieht unglaublich heiß aus in dem schwarzen Hemd mit Stehkragen und seiner schwarzen Jeans.

Ich versuche, nicht zu lachen, als ich von ihm wissen will: »Das willst du doch bestimmt nicht anbehalten.«

Überrascht sieht er an sich herab. »Warum denn nicht? Für einen Restaurantbesuch ist das doch sicher schick genug.«

»Oh, für's Abendessen ist das gut«, erkläre ich und öffne meinen Morgenrock, damit er einen kurzen Blick auf meine Aufmachung erhaschen kann, und mache ihn dann eilig wieder zu. »Aber wir fahren noch nicht los.«

Ihm klappt die Kinnlade herunter, doch ich zeige wortlos auf den Stuhl, der vor dem Fenster in der Zimmerecke steht und gebe ihm zu verstehen, dass er sich setzen soll. Dann zünde ich feierlich die im Raum verteilten Kerzen an.

Während ich durchs Zimmer eile und den Auftritt vorbereite, lasse ich den Bademantel fallen, gehe absichtlich so dicht wie möglich hinter seinem Stuhl vorbei und ziehe die Vorhänge vor dem Fenster zu. Er streckt seine Hände nach mir aus und protestiert, als ich ihm auf die Finger klopfe, doch ich sage: »Pst … sei still«, fuchtele mit dem Zeigefinger und füge hinzu: »Berühren ist ebenfalls verboten. Und ich lege die Regeln fest, weil das hier schließlich mein Spiel ist.« Auch ich selbst halte mich an die Regel, dass wir uns erst einmal nicht berühren, obwohl ich sie am liebsten sofort über Bord geworfen hätte, als ich seinen Blick in meinen offenen Morgenrock gesehen habe.

Grinsend verschränkt er die Arme vor der Brust und streckt genüsslich die Beine aus.

Ich lasse »For Your Entertainment« auf der Stereoanlage laufen und sehe sofort, dass dieser Song genau das Richtige für meinen Auftritt ist, denn Rivers Miene macht mir deutlich, dass er von dem Entertainment, das ich biete, vollkommen begeistert ist.

Der sinnliche Rhythmus dieses Songs führt mich sicher durch den Tanz. Als ich das Gefühl habe, dass ich mich halbwegs gut im Takt bewegen kann, stolziere ich quer durch das Zimmer auf ihn zu, trete hinter seinen Stuhl und lasse die Hände über seine Brust und durch sein Haar gleiten. Er löst die Verschränkung seiner Arme und versucht, nach meiner Hand zu greifen, doch ich winke eilig ab. Während ich durchs Zimmer tanze, sehe ich ihm ins Gesicht. Er scheint von meinen Moves total gebannt zu sein, und ich habe das Gefühl, als hätte er mich liebend gern mit

Haut und Haaren verspeist. Sein Grinsen ist verschwunden, und ein Ausdruck reiner Lust liegt auf seinem Gesicht. Gleichzeitig rutscht er nervös auf dem Stuhl herum und zieht die Beine wieder an.

Ich marschiere in die Zimmermitte, wende ihm den Rücken zu, sehe ihn über die Schulter hinweg an, öffne den Reißverschluss von meinem Kleid, beuge mich so weit wie möglich vor und trete aus dem dünnen schwarzen Stoff heraus. Ich tue es tatsächlich. Lege allen Ernstes einen Striptease hin.

Bis als zweiter Song »Little Bad Girl« erklingt, habe ich alle Hemmungen verloren und lasse mich einfach gehen.

Ohne den Blick auch nur einen Moment von ihm zu lösen, tänzle ich zurück zu seinem Stuhl und stelle den Fuß auf einem seiner Knie ab. Worauf er die Beine spreizt, ein Stück nach vorne rutscht und ihm der Atem stockt. Ich bedeute ihm, dass er die Riemchen meines Stöckelschuhs aufmachen soll, und er nutzt die Tatsache, dass er mich kurz berühren darf, nach Kräften aus. Denn er greift hinter mein Knie und streicht mit den Fingern erst langsam hinauf bis zur Wade, ehe er nach diesem Umweg den Fuß erreicht. Und während er die Riemchen löst, beugt er sich nach vorn und küsst mich auf den Knöchel, bevor er den Schuh zu Boden fallen lässt. Dann stelle ich ihm meinen anderen Fuß aufs Knie und er zieht ihn auf seinen Oberschenkel, damit ich ihm ein wenig näher kommen muss. Er beißt sich auf die Unterlippe, sieht mir intensiv in die Augen, dann löst er die Riemchen, ohne hinzusehen und wirft meinen zweiten Schuh über die Schulter.

Sofort tritt die Nicht-Berühren-Regel abermals in Kraft. Ich ziehe langsam meine Seidenstrümpfe aus, schlinge sie ihm um den Hals und trete einen Schritt zurück, als er mein Bein ergreifen will. Als ich ihm kopfschüttelnd mit dem Zeigefinger drohe, fängt er an zu stöhnen, und ich sehe ihn mit einem breiten Lächeln an.

»Richtig, deine Regeln«, meint er rau. »Mit denen habe ich inzwischen ein Problem.« Trotzdem lehnt er sich wieder auf dem

Stuhl zurück, und ich sehe ihn erneut mit einem breiten Lächeln an, hebe aber zugleich mahnend den Finger an den Mund.

Mit diesem Geschenk habe ich ganz eindeutig einen Volltreffer gelandet. Und um ihn noch stärker anzuturnen, trete ich vor meine Truhe, stelle einen Fuß auf dem Deckel ab, rolle wie in Zeitlupe den zweiten Strumpf über mein Bein, und mein Lächeln wird noch breiter, als er leise flucht.

Ich habe es beinah geschafft, und seine Reaktion ist noch viel besser als erhofft. Seine wunderschönen grünen Augen folgen jeder noch so winzigen Bewegung, die ich mache, und entschlossen öffne ich den BH, schiebe langsam erst den einen und danach den andern Träger über die Schulter, ziehe den BH ganz aus, halte ihn an den hauchdünnen Trägern in die Luft und lasse ihn auf den Boden fallen. Dann verschränke ich die Arme vor der Brust und drehe mich in Zeitlupe einmal um sich selbst. Rivers Mund ist leicht geöffnet, als er den Kopf nach hinten fallen lässt, und als ich mit den Händen über meinen Körper gleite und ihm meine Brust enthülle, entfährt ihm ein lauter Fluch.

Er klammert sich wechselweise an den Stuhl und trommelt mit den Fingern aufs Holz, und wie mir seine Körpersprache und sein durchdringender Blick verraten, bringen meine Regeln ihn fast um. Ich tänzle zu ihm zurück, schiebe seine Knie mit den Händen weiter auseinander und ziehe mich vollends für ihn aus. Dann schiebe ich meine Daumen in den String, schiebe ihn behutsam tiefer, setze mich auf Rivers Knie und wackele mit den Hüften, bis das Stückchen Stoff auf meine Knöchel hinunterrutscht. Er reißt mir das Höschen ganz herunter, um daran zu schnuppern, und ich stehe wieder auf und trete einen Schritt zurück, weil mein Tanz noch nicht beendet ist. Doch er erhebt sich ebenfalls, streckt die Arme nach mir aus, zieht mich an seine Brust und knurrt: »Verdammt, so etwas Heißes habe ich noch nie gesehen. Du hast ja keine Ahnung, was für Dinge ich jetzt mit dir anstellen will. Ich habe genug von deinen Regeln.« Und vom Reden hat er offensichtlich auch genug, denn er schiebt mir gierig seine Zunge in den Mund.

Ich ziehe den Kopf zurück und zeige lächelnd auf die rote Schleife, die als letztes Stückchen Stoff um meinen Körper liegt. »Alles Gute zum Geburtstag, River. Du darfst dein Geschenk jetzt auspacken.«

*

Als River den Reißverschluss von seiner Hose wieder schließt, erklärt er scherzhaft, dass es für ihn nun vollkommen in Ordnung wäre, wenn ich in meinem kurzen, durchsichtigen schwarzen Kleid mit ihm ins Restaurant ginge. Aber ich ziehe bereits das neue Outfit an, zu dem mich Aerie überredet hat – ein fast genauso kurzes, trägerloses silberfarbenes Paillettenkleid und Riemchensandalen im selben Ton. Außerdem schlägt er mir vor, doch einfach hierzubleiben, aber ich erkläre ihm, dass ich seinen Geburtstag mit einem besonderen Essen feiern will. Denn um Bell und Charlotte die Gelegenheit zu geben, alles für die Party herzurichten, muss ich dafür sorgen, dass er für ein paar Stunden das Haus verlässt.

Außerdem ist unser ruhiges Abendessen eine höchst willkommene Abwechslung von all dem Chaos, das bei uns zu Hause herrscht. Es ist nett, einfach mit ihm an einem Tisch zu sitzen und zu reden. Weil ich ihm jetzt endlich auch von meinem Streit mit Grace erzählen kann. Er hört mir zu, enthält sich aber jeden Kommentars. Dann reden wir ausführlich über seine Vorbehalte gegen die bevorstehende Tournee und seine Unlust, wochenlang fast jeden Tag in einer anderen Stadt zu sein – doch wir wissen, dass es dafür keine echte Lösung gibt, und es lohnt sich nicht, die Sache weiter auszudiskutieren, denn am Ende läuft es stets darauf hinaus, dass er seinen Bruder und die anderen Mitglieder der Band nicht im Stich lassen und deshalb nicht einfach zu Hause bleiben kann.

Auch über Tyler Records unterhalten wir uns kurz. Vor einiger Zeit hat sein Stiefvater ein paar kleinere Labels aufgekauft und sucht jetzt jemanden, der deren Leitung übernehmen will. Eigentlich wollte er River dazu bringen, diesen Job zu übernehmen, aber River hat ihm gesagt, dass ich das sicher besser kann als er.

Ich bin total geschockt. »Ich kann unmöglich eine Plattenfirma managen! Bisher habe ich es nicht mal geschafft, die Projekte durchzuziehen, für die ich als Fotografin angeheuert wurde.«

Er nimmt meine Hand. »Ich werde dir dabei helfen. Wir können unbekannte Talente finden und ihnen bei der Erfüllung ihres großen Traums behilflich sein.«

Ich schüttle den Kopf. »Das ist einfach nicht der rechte Augenblick, um mit etwas völlig Neuem anzufangen. Erst mal musst du die Tournee hinter dich bringen. Dann können wir weitersehen.«

Er nickt und sieht mich reglos an. »Du hast recht, ich weiß. Aber ich hätte nichts dagegen, eines Tages so etwas zu tun.«

Beim Essen lassen wir die ernsten Themen ruhen und genießen einfach unser Zusammensein. Während seine Hand über meinen Oberschenkel streicht, ziehe ich eine Sandale aus und streiche mit dem großen Zeh an der Innenseite seines Beins herauf. Bis wir das Restaurant verlassen, sind wir beide mehr als nur bereit, zu Hause fortzusetzen, wobei wir durch das Bezahlen unterbrochen worden sind – und es tut mir wirklich leid, dass es noch eine ganze Weile dauern wird, bis wir endlich allein sind.

Nach dem romantischen Dinner biegen wir in unsere Einfahrt ein, stellen den Porsche ordentlich in der Garage ab, und auf dem Weg zur Küchentür wehre ich seine Hände ab. Denn er soll nicht allzu angeturnt sein, wenn er in ein Haus voller Leute kommt, deren Wagen in der Einfahrt seiner Mutter stehen. Charlotte hat ihrer Tochter bei den Partyvorbereitungen geholfen, ist dann aber wieder heimgegangen, weil sie meint, auf einer Party ihrer Kinder wäre sie wahrscheinlich fehl am Platz. Worüber ich nur lachen kann, denn alle ihre Kinder und auch ich sind immer ganz begeistert, wenn sie bei uns ist.

Ich öffne die Küchentür, und er legt mir die Hände um die

Taille und küsst zärtlich meinen Hals, als alle »Überraschung!« schreien. Seinem Gesichtsausdruck zufolge ist er wirklich überrascht, was mich unglaublich freut.

Ich schnappe mir meine Kamera, knipse unsere Gäste, und während wir allen hallo sagen, drückt uns Rivers Schwester je ein Glas Champagner in die Hand. In ihrem roten Spitzenkleid mit hautfarbenem Unterkleid sieht sie sexy wie die Hölle aus. Ein so verführerisches Kleid mit einem derart tiefen V-Ausschnitt und einem raffinierten roten Ledergürtel habe ich noch nie gesehen. Die Absätze ihrer Highheels sind mindestens zwölf Zentimeter hoch, und mit ihrem glatten, heute Abend flammend roten Haar sieht sie aus wie ein Filmstar. Ich mache ein Bild von ihr und River und bemerke, dass sie sich mit dieser Feier selber übertroffen hat. Das Haus ist rappelvoll, alle Zimmer sind geschmückt, in der Küche gibt es eine gutbestückte Bar, und auf der Poolterrasse eine Bühne für die Band, die auch im Smitten's aufgetreten ist.

Als wir endlich das Wohnzimmer erreichen, serviert Garrett dort die Drinks, Xander sitzt mit einer jungen Frau, die ich noch nie gesehen habe, auf der Couch, und Nix ist draußen bei der Band. Aerie musste absagen, weil sie im letzten Augenblick nach Vegas musste, um ein Interview zu machen. Ellie allerdings ist hier und erhellt den Raum in ihrem Wickelkleid, in dem sie nicht ein-, sondern eher ausgewickelt wirkt. Auf eine Aufnahme von ihr verzichte ich. Sie spricht mit einem Typen von der Plattenfirma, den ich schon einmal gesehen habe, ohne dass ich mich daran erinnern könnte, wie er heißt. Als sie uns sieht, legt sie ihr Mitbringsel zur Seite und kommt lächelnd auf uns zu. Ich kann nur erahnen, was sich unter dem Designer-Einwickelpapier verbirgt – doch es sieht nach einem Baseball aus. Hmmm … dann weiß sie also nicht einmal, dass River sich nicht allzu viel aus Baseball macht. Aber er liebt Basketball, und deshalb habe ich als weiteres Geschenk für ihn noch Jahreskarten für die Lakers-Heimspiele besorgt. Und bevor ich sie ihm nachher gebe, werde ich passenderweise meine Sportklamotten anziehen.

Wieder mal bietet sie einen tiefen Einblick in ihr Dekolleté, als sie sich mit einem »Happy Birthday, River« direkt vor ihm auf die Zehenspitzen stellt. Ich bin mir nicht sicher, ob sie seine Lippen treffen will, aber er dreht schnell den Kopf zur Seite, weshalb ihr Mund nur seine Wange trifft. Dann plaudern wir noch kurz mit ihr, bevor River uns entschuldigt, weil es schließlich auch noch jede Menge anderer Gäste zu begrüßen gilt.

Wir mischen uns unter die Leute, und während ich an einem zweiten Glas Champagner nippe, bekommt River immer, wenn er ein Gespräch mit jemandem beginnt, ein volles Geburtstags-Schnapsglas in die Hand gedrückt. Ich lasse ihn bei Xander stehen und gehe in die Küche, wo Bell unglücklich an ihrer Unternippe nagt. »Was ist los?«

»Tom hätte schon vor einer halben Stunde hier sein sollen.«

»Was für ein Tom?«

»Erzählt dir River überhaupt jemals was? Tom ist der Bassist von Mighty Storm.«

»Er kommt hierher? Warum?«

Sie stemmt die Hände in die Hüften und erklärt: »Weil er mit mir zusammen ist, warum wohl sonst?«

»Ich dachte, dass du mit dem Drummer von der Band, die letztens bei Smitten's gespielt hat, zusammen bist.«

»Die Sache mit Reston ist seit einer Ewigkeit vorbei, und gestern Abend habe ich Tom kennengelernt«, erklärt sie mir genervt.

»Ist er heute nicht hier?«

»Tom?«

»Nein, Reston. Hast du seine Band nicht für die Party engagiert?«

»Doch, na klar. Spricht irgendwas dagegen?«

»Ach, vergiss es. Übrigens noch vielen Dank, dass du in derart kurzer Zeit alles so phantastisch hinbekommen hast. Das hast du echt super arrangiert.«

»Kein Problem. Aber jetzt genug der Komplimente und der dämlichen Gespräche über Freunde. Denn ich kann es kaum erwarten, dass du mir erzählst, ob ich eine gute Striptease-Lehrerin gewesen bin. Hast du die Sache wirklich durchgezogen?«

Ich sehe sie an und ziehe meine Brauen hoch. »Natürlich habe ich sie durchgezogen. Und vor allem habe ich ganz sicher nicht zum ersten Mal in meinem Leben einen Mann verführt.«

Eilig hält sich Bell die Ohren zu. »Lalala! Ich kann dich nicht hören!«

Ich fange an zu lachen. »Du hast mich danach gefragt.«

»Alles, was ich wissen wollte, war, ob meine Lektion erfolgreich war, aber nicht, auf welche Arten sich mein Bruder schon von dir hat verführen lassen.«

»Deine Lektion hat sich auf jeden Fall bezahlt gemacht!« Ich zwinkere ihr zu. »Und jetzt werde ich sehen, was River macht«, erkläre ich und wende mich zum Gehen.

Unterwegs werde ich ein ums andere Mal von irgendwelchen Leuten aufgehalten, aber schließlich sehe ich, dass er an einem Tisch auf der Terrasse sitzt. Scandalicious spielt gerade »Some Nights«, und ich bemerke, dass er abermals ein Schnapsglas leert. Als er mich entdeckt, spielt die Band die ersten Takte von »TiK ToK«, und er fordert mich zum Tanzen auf. Die Stimme der Leadsängerin hat durchaus Ähnlichkeit mit Ke$ha, doch als Reston einstimmt, könnte man tatsächlich meinen, dass P. Diddy höchstpersönlich singt. Kaum stimmt Reston »Hey, what's up, girl?« an, bewegt River den Kopf ruckartig wie ein Roboter, und ich fange an zu lachen, denn ich weiß, wir werden uns an diesem Abend prächtig amüsieren. Ich hebe die Hände über den Kopf, lasse die Hüften rhythmisch kreisen, und als der Refrain ertönt, presst sich River an mich und küsst mich auf den Hals, während er ebenfalls die Hüften kreisen lässt.

»Fuck! Da ist ja noch so'n Fotzenknecht!«, brüllt in diesem Augenblick ein Typ drei Meter neben uns. Das muss Tom sein, weil sein Arm besitzergreifend um Bells Schulter liegt. Er sieht wirklich gut aus, und die Schwester meines Liebsten scheint vollkommen hin und weg zu sein. Er ist ungefähr so groß wie ich und hat hellbraunes Haar wie River, doch ein runderes Gesicht.

Ich reiße abermals den Kopf herum, als ich sehe, dass ein anderer, größerer Kerl neben den beiden steht. Ich kann es nicht fassen, mache einen Schritt zurück und bleibe völlig reglos stehen. Als River Jake entdeckt, grinst er bis über beide Ohren. Es ist tatsächlich Jake, Jake Wethers, wie er leibt und lebt! Der ultimative Bad Boy des Rock ist hier in meinem Haus und trägt das schwarze T-Shirt und die schwarze Jeans, die sein Markenzeichen sind.

River sieht mich komisch von der Seite an, nimmt meine Hand und führt mich auf die neuen Gäste zu. Ich kann Jakes berühmte Tätowierungen an seinen Armen sehen, und seine blauen Augen leuchten im Kontrast zu seinem schwarzen Haar tatsächlich wie der Ozean. Als wir schließlich vor den beiden stehen, gibt River Jake die Hand. »Hey, Mann, wie geht's? Lange nicht mehr gesehen.«

Jake schüttelt seine Hand. »Viel zu lange, Mann. Ich hab gehört, dass ihr bald durch die Lande tourt. Wäre nett gewesen, wieder mal mit dir zu spielen. Aber wer weiß – vielleicht wechselst du ja irgendwann einmal zu Mighty Storm.«

Lachend legt River einen Arm um mich und stellt uns beide vor. »Dies ist mein Mädchen, Dahlia. Dahlia, du weißt ja, wer Jake ist. Denn schließlich hast du mir erzählt, dass du seine Karriere ganz genau verfolgst.«

Ich bedenke ihn mit einem todbringenden Blick. Denn er hat mich diesem Typen tatsächlich als Groupie vorgestellt.

»Freut mich, dich kennenzulernen, Dahlia«, sagt Jake, und ich muss einfach lächeln. Denn es stimmt – ich bin ein Riesenfan von ihm.

»Und dies ist meine Tru«, stellt Jake die junge Frau an seiner Seite vor.

River gibt auch ihr die Hand, und sie erklärt: »Schön, dich kennenzulernen. Weil Jake von dir und deiner Band schließlich immer in den höchsten Tönen schwärmt.«

River sagt hallo, während er das Kompliment huldvoll entgegennimmt.

Dann reichen auch wir Frauen uns die Hand, tauschen ein paar Nettigkeiten aus, und mir fällt auf, wie wunderschön sie ist.

Dann gibt Tom River die Hand und sagt. »Hey, Mann, schön, dich zu sehen, aber bin ich hier vielleicht der Einzige mit einem Schwanz?«

Dann nickt er mir zu. »Hallo, meine Hübsche.«

Jake boxt ihn gegen den Arm. »Behalt bloß deine Pfoten bei dir.«

Tom verdreht die Augen und legt besagte Pfoten auf Bells Po. Ich nehme an, dass Bell alle schon kennt. Deshalb und weil Tom ihr seine Zunge in den Hals schiebt, lässt sie die Begrüßung aus.

»Achtet einfach nicht auf Tom, er hält sich für so heiß, dass keine Frau ihm widerstehen kann«, erklärt uns Tru.

Ich fange an zu lachen. Dann will ich von ihr wissen, wie das Leben aus dem Koffer ist. Sie war mit Jake zusammen auf Tournee und kann mir deshalb sagen, wie man es erträgt, so lange unterwegs zu sein.

Irgendwann bemerke ich, dass Bell und Tom verschwunden sind, aber die Party ist in vollem Schwung. Alle singen, trinken, tanzen, amüsieren sich. Als Scandalicious eine Pause macht, versammelt sich die ganze Band um River, und er schenkt Tequila aus.

Ich überlasse meinen Schatz den Jungs und frage Tru, ob sie mit in die Küche kommen will. Weil mein Schatz, wenn ich nicht bald die Torte hole und wir alle »Happy Birthday« singen, die Geburtstagskerzen sicher nicht mehr ganz allein auspusten kann. Als wir nach einer kurzen Tour durchs Haus in die Küche treten, steht dort Bell.

»Hey, Bell, ich denke, langsam sollten wir …« Ich breche ab, denn an einem Ohr hat sie ihr Telefon und auf dem anderen liegt ihre freie Hand.

Im selben Augenblick streckt Jake den Kopf zu uns herein und wendet sich an Tru. »Hey, Schatz, wir müssen los.«

»Aber Baby, wir haben bisher doch nicht einmal den Kuchen angeschnitten.«

»Der verdammte Tom sitzt schon im Wagen«, murmelt er.

Sie verdreht die Augen. »Könntest du mir vielleicht sagen, warum wir mit diesem Kerl zusammen hergekommen sind?«

»Verflucht, ich habe keine Ahnung, Babe.«

Ich bringe sie zur Tür, sage auf Wiedersehen, und als ich nach draußen blicke, kann ich sehen, dass Tom in seinem Wagen sitzt und offenbar telefoniert, während in einem zweiten Wagen hinter ihm die Bodyguards versammelt sind.

Nachdem sie abgefahren sind, gehe ich wieder in die Küche, wo die arme Bell noch immer wütend in ihr Handy zischt. Sie spricht bestimmt mit Tom, und ich frage mich, ob ihre Liaison bereits wieder vorüber ist.

Während ich die Kerzen auf die Torte stecke, erscheint plötzlich Caleb, sieht sich suchend um und winkt mich zu sich heran.

Ich gehe ihm entgegen, und wir treffen uns im Wohnzimmer. »Hi, Caleb, was ist los?«

»Tut mir leid, Dahlia, ich wusste nicht, dass ihr hier heute eine Party feiert. Ich habe versucht, euch anzurufen, nur, dass keiner von euch beiden drangegangen ist.«

»Oh, tut mir leid. Ich schmeiße eine Überraschungsparty für River. Weil er heute Geburtstag hat.«

»Nochmals, tut mir leid zu stören, aber ich habe einen Anruf gekriegt, dass eure Alarmanlage ausgefallen ist, und wollte so schnell wie möglich nachsehen, was nicht stimmt.«

»Tut mir wirklich leid, dass dieses Ding dir derart viele Scherereien macht.«

»Es macht mir keine Scherereien, Dahlia. Das ist einfach mein Job.«

»Ich weiß, aber trotzdem ist es nett von dir, dass du immer gleich zur Stelle bist.«

Er sieht vor sich auf den Boden. »Wird nicht lange dauern. Ich will nur kurz nach dem Hauptsicherungskasten sehen.«

»In Ordnung. Du weißt ja, wo alles ist.«

Er geht in den Keller, und noch während ich mich frage, ob ich ihn auf Ben ansprechen oder ihn auf einen Drink einladen soll, wird die Haustür aufgerissen, und der letzte Mensch, den ich hier sehen will, kommt in mein Haus marschiert.

Ben wirft die Tür hinter sich zu, und ich starre ihn mit großen Augen an. Doch als er das Wohnzimmer betreten will, versperre ich ihm kurzerhand den Weg. »Was bildest du dir ein, was du hier machst?«

Er lässt seinen Blick an mir herunterwandern und greift nach der Blume, die an meiner Perlenkette hängt. »Hast du deiner Sammlung eine neue Kette hinzugefügt? Sie ist wunderschön, genau wie du.«

Ich lehne mich nach hinten, und er zieht die Hand zurück. »Du hast hier nichts verloren, Ben.«

»Ich bin mit Caleb hergekommen, Dahl. Wir waren zusammen unterwegs, als der Anruf wegen eures Hauses kam. Ich habe im Auto auf ihn gewartet, und dann war da mit einem Mal ein Riesenlärm. Ich wollte sichergehen, dass alles in Ordnung ist.«

Ich starre ihn ungläubig an. »Also bitte, Ben. Aber jetzt hast du nachgesehen, weißt, dass nichts passiert ist, und kannst wieder gehen.«

»Da ich schon mal da bin, kann ich auch gleich mit dir reden. Denn das will ich schon seit einer Ewigkeit. Warum hast du auf meine Anrufe nicht reagiert?«

Ich versuche, ruhig zu bleiben, komme aber nur mit Mühe gegen meinen Ärger an. »Dies ist weder der rechte Zeitpunkt noch der rechte Ort für eine Unterhaltung, Ben.«

»Für dich scheint nie der rechte Zeitpunkt und der rechte Ort für ein Gespräch mit mir zu sein.«

»Weil es zwischen uns nichts mehr zu reden gibt.«

Er schaut sich um, und als sein Blick auf das große Schwarzweißfoto von River und der Band über dem Sofa fällt, sieht er mich fragend an. »Warum gerade er? Ist es, weil er berühmt ist?«

Ich sehe ihn aus zusammengekniffenen Augen an. »Fick dich, Ben Covington. Verschwinde, verdammt noch mal, aus meinem Haus.«

Er weist auf das große Haus. »Ich muss es einfach wissen. Hast du ihn bereits gekannt, als du mit mir zusammen warst?«

»Dahlia, du wolltest was von mir.« Bell kommt aus der Küche auf uns zu.

Sie bleibt neben mir stehen, wirft einen Blick auf meinen ungebetenen Gast und ringt erstickt nach Luft. Ich wende mich ihr zu, doch sie starrt Ben weiter aus großen Augen an, presst sich eine Hand vor den Mund und wird urplötzlich kreidebleich.

»Alles in Ordnung, Bell?«

»S'belle?«, fragt Ben. Er starrt sie ebenfalls entgeistert an, und sofort ist mir alles klar. Ihre Reaktion auf diese unerwartete Begegnung und vor allem ihre Körpersprache verraten alles. Mir wird schwindlig, weil ich mich noch ganz genau erinnern kann.

Die verräterische E-Mail auf Bens Computer. Re: Southern belle, später heute Abend, grüne Augen, berühren, kupferfarbenes Haar *und* deine Wohnung. *Ben beugt sich von hinten über mich und drückt die Löschtaste, bevor ich alles lesen kann. Denn die Pläne, die er mit einem mir unbekannten Mädchen hatte, waren alles andere als platonischer Natur. Unsere Trennung und der Weg zu unserer Versöhnung. S'belle, Southern belle, ist Rivers Schwester. Ben und Bell!*

Übelkeit steigt in mir auf, und ich flüchte mich in unser Schlafzimmer, werfe die Tür hinter mir zu und lehne mich gegen das Holz. Wieder blitzt eine Erinnerung vor meinen Augen auf – River nimmt mir den zerbrochenen Bilderrahmen aus der Hand und starrt aus zusammengekniffenen Augen auf das Bild. Sein Gesicht drückt Schmerz und gleichzeitig Erkennen aus, und er fragt mich: »Ist er das?« Ich wende mich ihm zu und nicke. »Das ist Ben.« River hat also die ganze Zeit gewusst, dass zwischen Ben und seiner Schwester mal etwas gelaufen ist. Er hat es die ganze Zeit gewusst und mir kein Wort davon gesagt.

Ich öffne den Vorhang vor der Schiebetür und sehe mich suchend nach ihm um. Er sitzt auf der Terrasse neben Ellie, lacht und malt etwas mit ihrem Finger auf den Tisch. Dann nimmt sie seine Hand und zeichnet ebenfalls etwas. Am liebsten würde ich ihn anschreien, dass er sofort zu mir kommen soll, aber da ich keine Szene machen will, bleibe ich reglos stehen und male mir die Worte aus, die er als Nächstes zu mir sagen wird. Worte, die ich gar nicht hören möchte, denn sie werden mir bestätigen, dass er mir schon seit einer Ewigkeit etwas sehr Wichtiges verschwiegen hat.

Die Tür des Schlafzimmers geht auf, und ich wirble herum. Ben sieht aus wie ein Gespenst, als er den Raum betritt und die Tür hinter sich schließt.

»Woher kennt ihr zwei euch, Dahl?«

Ich versuche zu verstehen, was er von mir wissen will, und dann wird mir bewusst – er weiß nicht, wer sie ist. »Bell ist Rivers Schwester.«

»Bell?«

Ich zische: »Du kennst sie als S'belle.«

»Seine Schwester?« Er sieht aus, als müsste er sich übergeben, aber dann durchquert er unser Schlafzimmer und bleibt dicht vor mir stehen.

»Es ist im Augenblick egal, mit wem du mich betrogen hast, während wir auf dem College waren, Ben. Das Einzige, was wichtig ist, ist, dass du wieder gehst.«

Er stößt einen abgrundtiefen Seufzer aus, legt eine Hand unter mein Kinn und sieht mich flehend an. »Oh, Dahl, was muss ich tun, damit du mir verzeihst? Du musst es mir sagen. Bitte sprich mit mir.«

Mir wird bewusst, dass alles, was er mir seit seinem Wiederauftauchen gebracht hat, neuerliche Schmerzen sind. Ich mache einen Schritt zurück, und als er daraufhin einen Schritt nach vorn macht, brülle ich ihn an: »Verdammt, ich will, dass du verschwindest, Ben! Und zwar jetzt sofort!«

Wieder streckt er seine Arme nach mir aus, doch noch während er versucht, mich an seine Brust zu ziehen, reißt River die Tür so schwungvoll auf, dass sie krachend von der Wand abprallt, und starrt mich aus zusammengekniffenen Augen an. »Störe ich vielleicht?«

Er kommt näher und sieht Ben aus blitzenden Augen an. Mein Herz fängt an zu rasen, und ich trete einen Schritt zurück. Ich bin außer mir vor Wut und lasse ganz bestimmt nicht zu, dass ich mit einem Mal die Dumme bin. Deshalb zeige ich auf die Terrasse und stelle mit rauer Stimme fest: »Seltsam, denn ich dachte, wenn ich rauskomme, störe ich dich. Ich bin wirklich froh, dass du es geschafft hast, dich kurz loszureißen.«

»Was zum Teufel machst du hier in meinem Schlafzimmer mit meinem Mädchen?«, fragt er Ben, ohne auf meine Bemerkung einzugehen.

»Ich habe dir doch schon gesagt, dass du nur die Leere ausgefüllt hast, ohne je ein wirklicher Ersatz für mich zu sein.«

Ich fahre zu Ben herum und warne ihn. »Du musst gehen. Hau endlich ab.«

Doch er ignoriert mich ebenfalls und fährt mit seinen Sticheleien fort. »Oh, und eins noch – vielleicht schläft sie jetzt in deinem Bett, aber vorher hat sie jahrelang das Bett mit mir geteilt, und ich wette, jedes Mal, wenn du sie fickst, denkt sie daran zurück.«

Ich schlucke meine Übelkeit herunter und brülle mit schriller Stimme: »Halt die Klappe, Ben. Halt dein verdammtes Maul!« Weil ich einfach nicht glauben kann, wie primitiv und vulgär er geworden ist.

Wutentbrannt und mit zusammengebissenen Zähnen und geballten Fäusten stürzt sich River auf ihn und verpasst ihm einen Schlag gegen den Kopf.

Während Ben benommen rückwärts taumelt, stößt er höhnisch aus: »Verträgst du die Wahrheit etwa nicht?«

»Geh zum Teufel. Du hast ja keine Ahnung, was wirklich passiert ist!«

Ben packt Rivers Bein, rappelt sich wieder auf und boxt ihm

in den Bauch. »Los, Dahl. Sag ihm, wie es zwischen uns gewesen ist.«

Die Zeit bleibt stehen, und ich verfolge wie aus weiter Ferne, wie es weitergeht.

So außer sich habe ich River nie zuvor erlebt. Er stürzt sich abermals auf Ben, packt seinen Arm, reißt ihn ihm auf den Rücken, wirft ihn auf den Boden, rammt ein Knie in seine Wirbelsäule und zieht noch mal ruckartig an seinem Arm.

»Verdammter Hurensohn«, stöhnt Ben, und ich schreie: »River, stopp!«

Doch er packt auch noch Bens zweiten Arm, dreht ihn ihm schmerzhaft auf den Rücken und stößt gleichzeitig mit hasserfüllter Stimme aus: »Bis ich mir dir fertig bin, wirst du dir wünschen, wirklich tot zu sein.«

Mit hoher, dünner Stimme wiederhole ich: »Hör auf!« Doch er scheint mich gar nicht mehr wahrzunehmen, und seine grünen Augen, die normalerweise glänzen, sind so dunkel, wie ich sie noch nie gesehen habe. Weil er ganz in diesem Kampf verloren ist.

Als Ben vor Schmerz zusammenzuckt, beugt sich River zu ihm herunter und flüstert ihm etwas ins Ohr, lässt ihn aber immer noch nicht los. Ein dichter Strom von Tränen rinnt mir über die Wangen, und ich wünsche mir nur noch, dass dieser Kampf endlich ein Ende nimmt.

Dann registriere ich verschwommen, wie Xander seinen Bruder auf die Füße stellt und Caleb Ben aus unserem Schlafzimmer zerrt, obwohl der brüllt: »Es ist noch nicht vorbei!«

River reißt sich los und stürzt zur Tür, doch Xander ist genauso schnell wie er, versperrt ihm den Weg und schubst ihn aufs Bett. »Es reicht, River! Es reicht! Reiß dich zusammen, ja?«

Während Xander sich bemüht, seinen Bruder zu beruhigen, unterdrücke ich mit Mühe meinen eigenen Zorn. »Xander, könntest du wohl allen anderen sagen, dass das Fest vorbei ist und sie gehen sollen?«

Er nickt, bevor er neben seinem Bruder in die Hocke geht.

»River, sieh mich an. Du musst tun, worüber wir geredet haben. Hörst du mich?«

River sieht ihn an, bevor er den Kopf wieder nach hinten fallen lässt. Xander tätschelt ihm die Schulter und sagt: »Jetzt gleich.« Dann wendet er sich an mich. »Ich schicke die anderen weg, damit ihr beiden reden könnt.«

Er steht wieder auf, verlässt den Raum, zieht die Tür hinter sich zu, und plötzlich sind wir zwei allein. Ich stehe erst mal einfach da und frage mich, was Xander wohl gemeint hat. Aber sofort wird mir klar, dass es dabei um ihre Schwester ging, und meine Erleichterung darüber, dass Ben verschwunden ist, weicht der Angst vor dem, worüber River mit mir reden soll.

»Ich habe euch zwei gesehen.« River steht auf und wendet sich zum Gehen.

Eilig laufe ich an unserem Bett vorbei und versperre ihm den Weg.

»Nun, ich weiß nicht, was du deiner Meinung nach gesehen hast, aber was auch immer es war, du hast dich eindeutig geirrt.«

Er macht einen Schritt zurück, sieht mich argwöhnisch an, macht kehrt und läuft in Richtung der Terrassentür. »Warum war er in diesem Zimmer, Dahlia? In unserem Schlafzimmer?«

Wieder laufe ich an ihm vorbei. Weil er dieses Zimmer erst verlassen wird, wenn er mit mir geredet hat. »Warum hat sie deine Hand gehalten?«

»Also bitte, Dahl, du willst doch jetzt nicht allen Ernstes über Ellie reden.«

Ich weiß genau, weshalb er meinen Spitznamen benutzt, und lege ihm die Hände ans Gesicht. »River, hör mir zu. Denn ich sage dir noch einmal, dass ich sicher nicht noch einmal was mit Ben anfangen will. Weil ich ihn nicht mehr liebe. Und egal, was du dir eingebildet hast, ist er mir wegen deiner Schwester bis in unser Schlafzimmer gefolgt. Du weißt, warum. Und wenn ich mich nicht irre, wollte Xander, dass du es mir sagst.«

Ich starre in seine grünen Augen, denn ich hoffe wider besseres Wissen, dass er keine Ahnung hat, wovon ich rede. Als er den Mund aufmacht, dann aber keinen Ton herausbringt, wird mir sonnenklar – er hat es die ganze Zeit gewusst. Wütend stoße ich ihm mit dem Zeigefinger in die Brust. »Hab ich mir's doch gedacht. Du hast es die ganze Zeit gewusst und mir kein Wort gesagt.«

Er will meine Hand ergreifen, doch ich reiße meinen Arm zurück, starre ihn zornig an und ziehe mich ans andere Raumende zurück. Ich bin unendlich verletzt und frage mich, ob ich ihm überhaupt vertrauen kann.

Er kommt mir hinterher, packt mein Handgelenk und dreht mich zu sich herum. »Hör auf, vor mir davonzulaufen. Lass es mich erklären.«

Es gelingt mir nicht, mich von ihm loszureißen, deshalb blitze ich ihn wütend an. »Oh, jetzt willst du also plötzlich reden. Aber wo war dein Gesprächsbedarf, als du es warst, der gehen wollte?«

Er verzieht verächtlich das Gesicht. »Das war etwas völlig anderes.«

Ich lache wütend auf. »Das stimmt. Denn im Gegensatz zu dir habe ich nichts falsch gemacht.«

Er schließt die Augen, und als er sie wieder öffnet, sehe ich darin abgrundtiefen Schmerz. Er beugt sich zu mir vor und stößt mit rauer Flüsterstimme aus: »Ich habe dich nur beschützen wollen. Denn dir noch einmal das Herz zu brechen hätte niemandem etwas genützt.«

»Ich wusste schon die ganze Zeit, dass er mich einmal fast betrogen hat. Du hattest einfach Angst davor, wie Bell und ich auf diese Sache reagieren würden. Denn ich habe ihr Gesicht gesehen, als sie ihm eben unerwartet gegenüberstand. Genau wie ich hatte sie ganz eindeutig keine Ahnung, wer mein *Exverlobter* ist.«

Wieder seufzt er. »Du weißt ganz genau, dass es mir dabei nie um mich gegangen ist. Ich wollte dir und meiner Schwester eine traurige Erinnerung ersparen.« Er lockert seinen Griff und nimmt zärtlich meine Hand.

Doch ich starre ihn nur mit großen Augen an und reiße mich entschlossen von ihm los. »Hör auf, River!«

»Was?« Sein Blick ist voller Mitgefühl.

Ich mache einen Schritt zurück, runzle die Stirn und verschränke die Arme vor der Brust. »Du brauchst kein Mitleid mit mir zu haben. Dieser Teil meines Lebens ist seit einer halben Ewigkeit vorbei. Ben kann mir nicht mehr weh tun. Es spielt wirklich keine Rolle mehr, wer dieses Mädchen war. Was eine Rolle spielt, ist, dass ich dir vertrauen können muss.«

Der Blick, mit dem er mich bedenkt, ist rätselhaft. »Das haben wir doch schon mal durchgekaut. Du weißt, dass du mir trauen kannst.«

»Du machst es mir nicht gerade leicht. Gibt es sonst noch irgendetwas, was ich wissen sollte?«

River sieht mich reglos an, sagt aber nichts.

Ich muss der Enge dieses Raums entfliehen. Ich habe das Gefühl, als ob mich meine Unentschlossenheit zerreißt. Woher soll ich wissen, ob ich River glauben und vertrauen kann?

Als er weiter schweigt, krampft sich mein Magen zusammen. Und da ich nicht weiß, ob er nur nicht mehr über seine Schwester reden möchte oder vielleicht zu betrunken ist, um überhaupt zu reden, gehe ich zur Tür.

Dieses Mal jedoch ist River vor mir dort, legt mir die Arme um den Hals und zieht mich an seine Brust. Ich will ihn anschreien, dass er mit mir reden soll, doch bevor ich etwas sagen kann, presst er mir die Lippen auf den Mund, und während eines Augenblickes lasse ich es einfach zu. Denn das Gefühl der körperlichen Nähe blendet während einiger Sekunden alles andere aus.

Aber dann trete ich wieder einen Schritt zurück, und obwohl wir uns so nahe sind, kommt es mir vor, als lägen ganze Welten zwischen uns. Als sein Blick auf meinen Körper fällt, flackert die bekannte Leidenschaft in mir auf. Er packt meine Ellbogen, tritt auf mich zu, doch als sein Mund meinen berührt, weiß ich ganz genau, wohin das führen wird, und flüstere mit erstickter Stimme: »Nein, bitte nicht. Wir müssen miteinander reden.«

Er leckt sich die Lippen und muss sichtlich schlucken. Trotzdem legt er mir die Hände um die Taille und zieht mich zurück an seine Brust. »Ich brauche kein Gespräch. Ich brauche dich.«

Ich drücke mich mit beiden Händen von ihm ab. »Hör auf!«

Er verzieht unglücklich das Gesicht, sieht mich aus zusammengekniffenen Augen an und stößt einen frustrierten Seufzer aus. Ich kann den Alkohol in seinem Atem riechen, als er sich ein wenig vorbeugt und mich mit zusammengebissenen Zähnen fragt: »Warum? Denkst du an ihn?«

Mir ist klar, dass er betrunken ist und es ganz sicher nicht so meint. Deshalb erwidere ich ruhig: »Nein, River, ich denke nicht an ihn. Das weißt du ganz genau. Es ist nur einfach so, dass du einem Gespräch nicht dadurch aus dem Weg gehen kannst, indem du mit mir schläfst. Du musst mir dabei helfen, dass ich dir vertrauen kann – sprich mit mir, erzähl mir, was dir auf der Seele liegt. Gibt es sonst noch etwas, was du mir nicht sagst?«

Er schüttelt ungläubig den Kopf und faucht mich wütend an: »Es gibt nichts, worüber wir jetzt reden müssten.«

»Doch.«

»Meinetwegen, Dahlia, halt das, wie du willst.« Er reißt die Tür auf, stürmt in den Flur hinaus und wirft sie krachend hinter sich zu.

Meine Kehle ist wie zugeschnürt, und ich bekomme nur mit Mühe Luft. Als ich auf den Boden blicke, sehe ich die rote Schleife, die dort liegt, und plötzlich geben meine Beine nach. Ich falle gegen die Tür, klammere mich daran fest, atme zischend ein und blinzle die aufsteigenden Tränen fort. Doch als in der Küche irgendwelches Glas zerschellt, lasse ich mich auf den Boden fallen, halte mir die Ohren zu und breche in hemmungsloses Schluchzen aus.

Kapitel 17

Everywhere

Beziehungen basieren auf einer Unzahl von verschiedenen Gefühlen, aber nur die Liebe macht sie wirklich stark. Können Zweifel ein so starkes Band zerreißen? Nicht, wenn zwei Menschen es nicht zulassen – nicht wahr?

Mir ist klar, dass River mich beschützen will, aber zu welchem Preis? Ich gebe mir alle Mühe, ihm auch weiter zu vertrauen, auch wenn seine Geheimnisse sehr schmerzlich für mich sind. Doch seit ich weiß, dass er mir Dinge vorenthält, ist unsere Beziehung angespannt. Erst hat er mir nicht erzählt, dass seine Schwester an dem Abend, als wir uns zum ersten Mal begegnet sind, einen schlimmen Unfall hatte, dann hat er mir nicht erzählt, dass er wusste, wer mich überfallen hat, und gestern Abend habe ich herausgefunden, dass er wusste, dass die Frau, mit der mich Ben mal fast betrogen hätte, seine Schwester war. Aber wenn unsere Beziehung funktionieren soll, muss ich ihm begreiflich machen, dass er mir nicht alles Mögliche verschweigen kann. Was seltsam ist: Ich weiß, ich sollte ernste Zweifel daran hegen, dass er es tatsächlich gut und ehrlich mit mir meint, doch im tiefsten Inneren vertraue ich ihm weiter. Was ja wohl bedeutet, dass die Liebe, die uns zwei verbindet, nicht wirklich erschüttert ist.

Auch meine Beziehung zu Bell ist geradezu erstaunlich. Wir

haben uns gleich miteinander angefreundet, als wir uns zum ersten Mal begegnet sind, und im Verlauf des letzten Jahres wurde unsere Freundschaft derart eng, dass es für sie bestimmt ein ebensolcher Schock war wie für mich, als sie dahinterkam, dass sie das Mädchen war, mit dem mich Ben am College hintergangen hat. Ich weiß, ich muss mit ihr darüber reden, aber irgendwie bin ich dazu noch nicht bereit.

Ehrlich gesagt, bin ich auf Ben nicht mal mehr sauer wegen der Geschichte. Denn nach unserer Trennung und Versöhnung hatte ich sie einfach abgehakt. Und vor allem hat er recht, wenn er behauptet, dass das Schnee von gestern ist. Auch wenn ich in allen anderen Dingen anderer Meinung bin als er. Was mich betrifft, haben wir beide keinerlei Beziehung mehr. Aber Ben, dieser verdammte Ben, scheint einfach nicht zu akzeptieren, dass ich jetzt mit jemand anderem zusammen bin.

Weshalb ist er einfach in unser Haus gekommen? Was zum Teufel hat er sich dabei gedacht? Weshalb ist er mir sogar bis in unser Schlafzimmer gefolgt und hat dann obendrein noch River absichtlich mit seinen dämlichen Bemerkungen gereizt? Was will er noch von mir? Schließlich habe ich ihm deutlich zu verstehen gegeben, dass ich nichts mehr von ihm will.

Und dann ist da Xander. Er hat das von Ben und Bell ebenfalls gewusst. Wann hat er es herausgefunden? Wusste er es schon die ganze Zeit, oder hat erst River ihm davon erzählt?

Und Grace. Ich habe ein total schlechtes Gewissen, weil ich seit dem Streit nicht mehr mit ihr geredet habe, und ich weiß, dass ich sie bald besuchen und die Dinge mit ihr klären muss.

Und natürlich Ellie. Ich weiß sicher, dass mich River liebt und sich für keine andere interessiert. Das weiß ich ganz genau. Aber diese blöde Ziege hat es auf ihn abgesehen. Das weiß ich ebenso genau. Auch wenn er es vielleicht nicht sieht. Und es stört mich, dass sie in der letzten Zeit ständig in seiner Nähe ist, als würde sie nur darauf warten, dass hier alles auseinanderbricht, damit sie die Scherben einsammeln und neu zusammensetzen kann.

Während allmählich der Morgen dämmert, liege ich hellwach im Bett und frage mich, wie es zwischen uns beiden so weit kommen konnte. Ich kann nicht sicher sagen, ob ich überhaupt geschlafen habe, aber ich bin mindestens zehnmal zur Tür gelaufen und habe daran gelauscht. Ich wäre so gern hinausgegangen, hätte nach River gesehen und mich neben ihn gelegt. Aber am Ende habe ich mich nicht getraut. Weil ich, solange ich so durcheinander bin, einfach nicht weiß, wie ich mit Rivers Neigung, mir wichtige Dinge zu verschweigen, umgehen soll.

Als mein Handy klingelt, setze ich mich auf, um nachzusehen, wer so früh am Morgen etwas von mir will. Als der Name von Bens Neffen Trent auf dem Display erscheint, gehe ich sofort dran.

»Hallo?«

»Dahlia?«

»Trent? Was ist passiert?« Sofort steigt kalte Angst in mir auf.

»Ich bin in Schwierigkeiten und brauche deine Hilfe. Könntest du mich abholen?«

»Wo bist du, Trent?«

»Du darfst Mom nichts verraten, Dahlia.«

»Meinetwegen. Sag mir einfach, wo du bist.« Ich breche in Panik aus und bin bereit, ihm alles zu versprechen, nur, damit er mir erzählt, wo ich ihn finden kann.

Ich muss die Ohren spitzen, um ihn zu verstehen. Er nennt mir schniefend einen Ort und legt dann einfach wieder auf.

Ich springe aus dem Bett, stürze ins Bad und dann zu unserem Schrank, um mir eilig irgendetwas anzuziehen. Da ich keine Zeit verlieren will, bürste ich mir nicht einmal die Haare, sondern binde sie einfach zu einem wirren Pferdeschwanz.

Als ich das Wohnzimmer erreiche, sehe ich, dass River bäuchlings auf der Couch liegt und auf dem Boden eine leere Wodkaflasche steht. Ich versuche, ihn zu wecken und ihm zu erklären, wo ich hinwill, aber er liegt da wie tot. Trotzdem muss ich los, deshalb schnappe ich mir meine Schlüssel und renne zur Tür. Es wird bestimmt nicht lange dauern, denn als ich die Autobahn erreiche, trete ich das Gaspedal bis auf den Boden durch.

Ich will Serena erst verständigen, nachdem ich Trent gefunden habe, aber vielleicht sollte ich bei Grace anrufen … Eilig strecke ich die Hand nach meinem Handy aus. Verdammt! Ich habe es zu Hause liegen lassen wie so oft.

Trotz des leichten Regens schaffe ich es in Rekordzeit bis nach Newport Beach. Ich hoffe nur, ich komme früh genug.

Mit wild klopfendem Herzen parke ich direkt neben dem Riesenrad und laufe bis hinter den Imbissstand, wo mir aus den übervollen Müllcontainern ein entsetzlicher Gestank entgegenschlägt. Als ich die beiden zwischen übereinandergestapelten Kisten und leeren Bierfässern entdecke, bleibe ich wie angewurzelt stehen. Ben kauert vor Trent, der auf dem Boden sitzt und sich an die Wand der Imbissbude lehnt. Er hat die Beine ausgestreckt, und ich bin mir nicht sicher, ob er wach ist oder schläft. Einer von Bens Armen liegt in einer Schlinge. Er spricht mit seinem Neffen. Ich kann nicht verstehen, was er sagt. Trent scheint die Lippen zu bewegen, macht die Augen aber immer noch nicht auf. Er sieht total verändert aus. Der einst muskulöse Surfer wirkt, als hätte er zehn Kilo abgenommen. Seine Arme sind mit blauen Flecken übersät, und er kommt mir irgendwie zerbrechlich vor. Was ist bloß aus dem Teenager mit dem breiten Lächeln und den Grübchen, die er eindeutig von seinem Onkel hat, geworden? Der Junge, der da vor mir auf dem Boden hockt, hat nicht die geringste Ähnlichkeit mit meinem Trent.

Ben beugt sich dichter über ihn – auch wenn ich nicht sicher weiß, warum. Als Trents Kopf zur Seite fällt und Ben ihm auf die Wange klopft, wogt neuerliche Panik in mir auf. »Ist er in Ordnung?«, brülle ich.

Ben hebt überrascht den Kopf. »Gott sei Dank. Ich brauche Hilfe. Hilf mir, ihn hier wegzuschaffen, ja?«

Ich laufe eilig auf die beiden zu. Trents Körper ist total erschlafft. Ben schlingt sich einen seiner Arme um den Hals und hievt ihn mühsam hoch. In diesem Augenblick schlägt Trent die Augen auf und sieht, dass ich gekommen bin. »Dahlia. Du hast doch meiner Mutter nichts verraten, oder?«

Sein Gesicht ist dabei völlig ausdruckslos, und mit Tränen in den Augen sage ich: »Nein, Trent, ich habe nichts zu ihr gesagt.«

»Gut«, murmelt er und fügt an Ben gewandt hinzu: »Ich kann alleine stehen.«

»Was ist mit ihm los? Was ist passiert?«

Ben bedeutet mir, Trents anderen Arm zu nehmen. Vorsichtig nehmen wir Trent zwischen uns in die Mitte. »Lass ihn uns erst mal in den Wagen schaffen. Dann erkläre ich dir alles, ja?«

Die Beine seines Neffen schleifen auf dem Boden, aber Ben führt uns entschlossen bis zu seinem BMW. Ich öffne die Tür, und er bugsiert den Jungen auf den Rücksitz, macht die Tür hinter ihm zu und wendet sich an mich. »Wusstest du, was mit ihm ist?«

»Was soll ich gewusst haben?«

»Dass er drogensüchtig ist.«

Ich presse entsetzt die Hand auf den Mund. Mir wird schlecht. Ich kann nur den Kopf schütteln, denn vor Entsetzen bringe ich erst einmal keinen Ton heraus. Warum in aller Welt hat mir Serena nichts davon erzählt?«

»Ich dachte mir schon, dass du keine Ahnung hast. Serena weigert sich zu sehen, was mit ihm ist, und meine Mom ist deshalb derart fertig, dass sie einfach nicht mehr klar denken kann. Ich schaffe ihn am besten erst mal heim. Meinst du, dass du mir dabei helfen kannst?«

»Ja, natürlich, aber sollte er nicht eher ins Krankenhaus?«

»Nein, das sollte er ganz sicher nicht. Er ist high und muss erst mal entgiften. Dabei kann ich ihm genauso helfen wie das Personal im Krankenhaus.«

»Du? Bist du sicher, dass du und Grace damit nicht überfordert seid?«

»Meine Mutter ziehe ich bestimmt nicht da mit rein. Wir bringen ihn in unser Haus, denn sie und auch Serena sollen ihn nicht in diesem Zustand sehen. Also, wirst du mir helfen oder nicht?«

Ich blinzle, doch ich weiß, dass ich ihm diese Bitte nicht abschlagen kann. »Ja.«

»Woher hast du es gewusst?«

»Woher habe ich was gewusst?«

»Dass er hier ist.«

»Er hat bei mir angerufen. Und ich habe mich gleich auf den Weg gemacht.«

»Hat er sonst noch was zu dir gesagt?«

»Nur, dass ich seiner Mutter nichts erzählen soll.«

»Ich glaube, dass er in irgendwelchen Schwierigkeiten steckt. Er ist süchtig, und er hat die ganze Zeit etwas davon gemurmelt, dass er irgendwelchen Typen Geld schuldet.«

Er tritt gegen den Reifen seines Wagens, dreht sich um, marschiert zur Fahrertür und sieht mich fragend an. »Kommst du?«

»Ja, aber ich fahre dir mit meinem Wagen hinterher.«

Schulterzuckend steigt er ein.

Ich bin nass und friere, deshalb drehe ich die Heizung meines Wagens bis zum Anschlag auf. Irgendwie ist es ein seltsames Gefühl, Ben zu seinem Haus zu folgen, das mal unser gemeinsames Haus war. Es ist nur ein kurzer Weg, aber er dauert eine gefühlte Ewigkeit. Weil eine Lawine aus Erinnerungen auf mich niedergeht. Erinnerungen, die ich schon vor einer Ewigkeit begraben hatte. An die Zeit unseres Zusammenseins. Bilder eines blonden fünfjährigen Jungen, der mit mir im Sand spielt, Bilder eines Teenagers, der gegen alles rebelliert, des zähen, starken Jungen, der mich nicht alleingelassen hat, als die schreckliche Nachricht von dem Flugzeugabsturz mein Leben verändert hat. Unser erster Kuss und unser erstes Mal am Strand. Der Altar in der Kirche und das Licht, das durch die Buntglasfenster fiel, als mich Ben dort fand und mir versprach, ich würde nie alleine sein. Und tatsächlich war er all die Zeit mein Fels. Tatsächlich war er immer für mich da gewesen.

Obwohl ich schon seit einer Weile weiß, dass er am Leben ist, fühle ich es jetzt zum ersten Mal. Als er sich um seinen Neffen kümmert und wieder der Fels ist, der er immer war. Irgendwie genügt mir das, damit mein Groll sich legt. Tränen kullern mir übers Gesicht, und auf einmal kann ich ihm verzeihen. Erleichtert denke ich, es gibt ihn noch, den Mann, der jahrelang mit mir durch dick und dünn gegangen ist. Und als die glücklichen Erinnerungen an das feste Band, das immer zwischen uns bestanden hat, meine negativen Emotionen gegenüber Ben verdrängen, weiß ich, was ich machen muss. Ich muss tatsächlich mit ihm reden. Muss es vielleicht annehmen, wenn er mich um Verzeihung bittet. Und vielleicht sogar versuchen, in Erinnerung an unsere alte Freundschaft für ihn da zu sein. Plötzlich denke ich, dass ich das schaffen kann und es ihm – wie Grace behauptet hat – wahrscheinlich schuldig bin.

River wird bestimmt nicht allzu glücklich sein, wenn er erfährt, wo ich jetzt gerade bin, aber er wird verstehen müssen, dass ich wegen Trent hierhergekommen bin. Und wenn mein Zorn auf Ben sich legt, tut das vielleicht auch unserer Beziehung gut. Ehrlich gesagt, glaube ich nicht, dass Ben tatsächlich noch ein Thema zwischen mir und River ist. Weil es in Wahrheit einzig darum geht, dass eine effektive Kommunikation zwischen uns beiden irgendwie nicht möglich ist.

Als wir das gelbe Häuschen mit dem weißen Lattenzaun erreichen, wische ich die letzten Tränen fort und hole tief Luft. Ich kann das tun. Für Trent. Und auch für Ben. Entschlossen steige ich aus dem Wagen, und zusammen schaffen Ben und ich den Jungen erst ins Haus und dann ins Bett. Trent murmelt irgendetwas, das ich nicht verstehen kann, bevor er offenbar erneut bewusstlos wird.

Alarmiert packe ich Ben am Arm. »Ist er okay?«

Ben sieht auf meine Hand und deckt den Jungen zu. Er nickt und stellt mit wehmütiger Stimme fest: »Er wird wieder in Ordnung kommen. Gib ihm einfach etwas Zeit.«

Dann verschwindet Ben im Bad, und ich starre den gebrochenen Jungen an. Er ist erst sechzehn Jahre alt und hat noch das ganze Leben vor sich. Ein Junge, der vor kurzem noch verrückt nach Katzen und nach Hunden war und der jetzt dringend Hilfe braucht. Ich trete in den Flur hinaus und hoffe inbrünstig, dass er es schaffen wird, seine Probleme irgendwie zu überwinden, weil ein Mensch in diesem Alter sich noch auf so viele Dinge freuen kann.

Ich ziehe die Tür hinter mir zu und sehe, dass überall Kisten stehen. Offenbar hat Ben beschlossen, wieder hier einzuziehen. Ich gehe ins Wohnzimmer und bleibe zitternd stehen, denn der Regen hat mich vollkommen durchnässt.

Ben kommt aus dem Badezimmer und hält mir ein Handtuch hin. »Hier, trockne dich erst mal ab.«

Ich nehme ihm das Handtuch ab, schlinge es mir um die Schultern, und er tritt vor den Kamin und schichtet über zerknülltem Papier ein paar Scheite darin auf. Als er ein Streichholz daranhält, fangen sie bald Feuer, und die Wärme breitet sich im Zimmer aus.

»Ich bin sofort wieder da«, sagt Ben, als er den Raum verlässt.

Ich trete vor den Schreibtisch, den er wahrscheinlich vom Speicher seiner Mutter geholt hat, greife nach dem Telefon und rufe River an, doch er geht nicht an den Apparat. Und da ich weiß, dass er noch angepisster wäre als bisher, wenn ich ihm auf der Mailbox hinterlassen würde, wo ich gerade bin, lege ich wortlos wieder auf.

Ein paar Minuten später erscheint Ben in frischen Kleidern im Türrahmen. In seinen Khaki-Shorts und einem weißen Shirt sieht er aus wie immer, und beinah kommt es mir so vor, als hätte ich die Dinge, die geschehen sind, nur geträumt. Ich erwache erst aus meiner Trance, als er mir ein T-Shirt und eine von seinen Jogginghosen reicht und sagt: »Am besten tauschst du deine nassen Sachen gegen die hier aus.«

Dankbar nehme ich die trockene Kleidung und gehe ins Badezimmer, um mich umzuziehen. Irgendwie ist es echt eigenartig, plötzlich wieder mit ihm in dem Haus zu sein, das jahrelang unser Zuhause war. Es war ein so behaglicher und einladender Ort, aber jetzt ist alles anders, und mein Aufenthalt hier fühlt sich seltsam unnatürlich an.

Schließlich kehre ich ins Wohnzimmer zurück und lasse meine nassen Kleider auf den Boden fallen.

Ben liest gerade irgendwas von seinem Smartphone ab, sieht aber auf, als er mich kommen hört. »Ich muss eine Klinik finden, die Trent sofort aufnimmt. Könntest du mir dabei helfen?«

»Klar. Was soll ich tun?«

Er hält mir sein Smartphone hin. »Du könntest eine Liste aller Entzugskliniken im Orange County machen, und ich rufe sie dann nacheinander an. Ich habe mir noch keinen neuen Computer zugelegt, also such die Nummern einfach auf dem Smartphone raus. Ich habe außer meinem Tagebuch nur dieses Ding hier mitgebracht, als ich aus New York zurückgekommen bin. Ich glaube, die Nummer kennst du schon.«

Er sieht mich mit einem schwachen Lächeln an, und der Gedanke daran, dass er sich ein völlig neues Leben in New York aufbauen musste, das er jetzt genauso wie sein altes Leben hier in Kalifornien einfach hinter sich zurückgelassen hat, ruft ein Gefühl des Mitleids in mir wach. Bisher habe ich nicht einen Augenblick daran gedacht, wie es ihm bei alledem gegangen ist. Bisher habe ich mich einzig darauf konzentriert, was sein angeblicher Tod und sein Wiederauftauchen für mich bedeutet haben. Aber noch einmal hierher zurückzukommen und zum zweiten Mal von vorne zu beginnen war bestimmt nicht leicht für ihn.

In den nächsten Stunden suchen wir nach einem Klinikplatz für Trent. Ich stelle die Adressliste zusammen, und als Ben die Krankenhäuser nacheinander anruft, sehe ich erneut nach Trent. Ich lege ihm die Hand auf die Stirn, und er bewegt sich leicht und murmelt, dass irgendwer noch Geld von ihm zu kriegen hat. Traurig kehre ich ins Wohnzimmer zurück, und Ben erklärt, sein Neffe sei auf den Wartelisten sechs verschiedener privater Entzugskliniken vorgemerkt.

Ich setze mich aufs Sofa und strecke erschöpft die Beine aus. Ben streckt ebenfalls die Beine aus, während er sich ans andere Sofaende setzt, und eilig rapple ich mich wieder auf. Die Vertrautheit der Situation ruft ein gewisses Unbehagen in mir wach, deswegen ziehe ich die Beine an, schlinge die Arme um die Knie und stütze mein Kinn darauf ab.

Er sieht mich grinsend an und reibt dabei unbewusst seinen verletzten Arm.

»Wie schlimm ist es? Warst du mit dem Arm im Krankenhaus?«, erkundige ich mich.

»Verdammt, nein. Caleb hat ihn einfach wieder eingerenkt.«

Ich verdrehe die Augen. »Hätte ich mir denken können.«

Wir versinken abermals in Schweigen, und ich starre auf die Schlinge, ehe ich ihn frage: »Als ich eben kurz nach Trent gesehen habe, hat er was davon gemurmelt, dass er irgendwelchen Leuten Geld schuldet. Weißt du, wem?«

Stirnrunzelnd klärt Ben mich auf. »Ich nehme an, er hat gedealt und schuldet jetzt den Typen was, von denen er den Stoff bezogen hat. Wenn er wieder klar ist, werde ich versuchen rauszufinden, was das für Gestalten sind, wie viel er ihnen schuldet und ob ich die Schuld für ihn begleichen kann.«

Ich stoße einen tiefen Seufzer aus, weil ich dazu einfach nichts sagen kann. Plötzlich schreit Trent gellend auf, und Ben springt vom Sofa auf, um nach ihm zu sehen.

Als er zurückkommt, frage ich: »Bist du dir ganz sicher, dass du ihn nicht doch ins Krankenhaus einliefern willst?«

»Ich bin mir völlig sicher, Dahl. Denn das, was sie dort für ihn tun würden, bekomme ich auch selber hin.«

»Wie meinst du das?«

Dieses Mal nimmt er in einem Sessel Platz. »Ich habe in New York als Drogenberater gearbeitet und mich ehrenamtlich in einem Rehazentrum engagiert.«

»Echt? Wie bist du denn auf diese Idee gekommen?«

Er sieht mich traurig an. »Ich brauchte einfach irgendetwas, wobei ich mich nützlich machen konnte. Ich habe nach einer Aufgabe gesucht, und die Kids dort haben jemanden gebraucht.«

»Hast du schon darüber nachgedacht, was du jetzt hier in Kalifornien machen willst?«

Er stützt die Ellbogen auf den Knien ab, lässt den Kopf hängen und sieht mich an. »Nein, das habe ich noch nicht. Weil ich bisher noch gar nichts machen kann. Erst mal muss ich meine Finanzen ordnen, meine Identität zurückerlangen und bei dem Prozess gegen dieses Kartell aussagen. Wenn die Presse Wind von der Sache bekommt, ist es mit meiner Ruhe vorläufig vorbei. Dann machen erst mal die Journalisten Jagd auf mich. Bis zum Ende des Verfahrens denke ich deshalb am besten gar nicht erst darüber nach, was ich auf Dauer machen will.«

Ich kann sehen, wie schmerzlich all das für ihn ist. Er wird sicher jede Menge Hürden überwinden müssen, bevor er sich ein neues Leben aufbauen kann. Erneut wogt Mitleid mit ihm in mir auf. »Es tut mir leid, Ben. Ich hatte ja keine Ahnung …«

Er atmet tief ein und langsam wieder aus. »Ich hätte nie gedacht, dass es zwischen uns jemals so enden würde.«

»Ich weiß. Ich auch nicht, Ben, aber …«

»Bitte, Dahl, du darfst nicht jetzt schon ›aber‹ sagen«, fällt er mir ins Wort, sieht mir ins Gesicht und nimmt entschlossen meine Hand. »Ich weiß wirklich nicht mehr, was ich mir dabei gedacht habe, als ich einfach verschwunden bin. Warum ich dich hier zurückgelassen habe und alleine abgehauen bin. Ich würde alles dafür geben, wenn ich diese Dinge rückgängig machen könnte. Sicher würde ich jetzt diese Sache völlig anders angehen. Inzwischen ist mir klar, dass ich alles falsch gemacht habe. Glaubst du, dass du mir das jemals verzeihen kannst?«

Ich ziehe meine Hand zurück, sage aber nichts. Weil mein Schweigen bereits eine ausreichende Antwort auf die Frage ist. Dass ich mit ihm darüber sprechen kann, in welcher Lage er jetzt ist, heißt nicht, dass ich auch in der Lage bin, ihm sein Verhalten vor drei Jahren zu verzeihen. Dazu bin ich offenkundig doch noch nicht bereit.

»Ich weiß, du hattest es nicht leicht. Aber ohne dich fühlt sich mein Leben völlig leer an … und ich hoffe, dass es zwischen uns wieder wie früher wird. Glaubst du, dass du das versuchen kannst?«

»Tut mir leid, Ben, aber nein. Weil ich jetzt mit jemand anderem zusammen bin. Wir können die Ereignisse nicht ungeschehen machen, und wir stehen im Leben jetzt an einem anderen Punkt als damals.«

Schweigend wendet er sich ab, und da auch ich nichts weiter sage, ist es erst mal völlig still. Doch als ich aufstehen will, ergreift er meinen Arm und fragt mich rundheraus: »Bist du glücklich?«

Ich hole so tief wie möglich Luft, denn auch wenn es ihm wahrscheinlich weh tun wird, was ich sage, möchte ich völlig ehrlich zu ihm sein: »Ja, das bin ich. Ich bin wirklich glücklich, denn ich liebe River, und River liebt mich.«

Wieder packt er meinen Arm und zieht mich obendrein auf seinen Schoß. »Gib uns noch eine Chance. Gib mir noch eine Chance. Ich brauche dich.«

Ich starre ihn mit großen Augen an, springe auf und schüttle vehement den Kopf. »Nicht, Ben. Ich habe dir doch gesagt, dass ich mit River glücklich bin.«

»Bitte, Dahl, wir beide sind hier ganz allein. Du kannst also völlig ehrlich sein. Schließlich geht es hier um uns.«

Ich sehe ihn aus zusammengekniffenen Augen an. »Um uns? Wen meinst du mit ›uns‹?«

»Himmel, Dahl, das weißt du ganz genau. Wir können noch mal ganz von vorn beginnen. Du könntest auch mit mir zusammen wieder glücklich sein.«

Ich blicke ihn an. Er ist derselbe Mann wie immer, und obwohl ich weiß, dass ich ihn nicht mehr liebe, will er das anscheinend einfach nicht einsehen. Aber offenbar sagt meine Miene alles aus, denn plötzlich steht er auf, durchquert den Raum und starrt durchs Fenster in den Vorgarten hinaus.

Nachdem das Schlimmste überstanden ist, spreche ich ein anderes Thema an, das mir bereits seit einer Weile auf der Seele liegt. »Kann ich dich um einen Gefallen bitten, Ben?«

Er dreht sich wieder zu mir um und sieht mich grinsend an. »Na klar. Du weißt, ich würde alles für dich tun.«

Ich unterdrücke das Verlangen, die Augen zu verdrehen.

»Könntest du bitte damit aufhören, dich jedes Mal mit River anzulegen, wenn du ihn irgendwo siehst? Ich finde es nicht schön, wenn du meinem Verlobten immer wieder unsere Vergangenheit unter die Nase reibst. Weil das einfach nicht passend ist.«

Ein schmerzlicher Ausdruck huscht über sein Gesicht. »Tut mir leid, aber das ist der einzige Gefallen, den ich dir nicht tun kann.«

Ich bin enttäuscht, weil Ben sich nicht im mindesten verändert hat, und wende mich zum Gehen.

»Warte. Kann ich dich was fragen?«

Mit gezwungenem Lächeln drehe ich mich noch mal zu ihm um. »Na klar.«

Er richtet sich zu seiner ganzen Größe auf. Die Veränderung in seiner Haltung ist subtil, aber dennoch nicht zu übersehen. »Wann hast du ihn kennengelernt?«

»Warum fragst du mich das ständig?«

»Beantworte bitte einfach meine Frage.«

»Ich bin River zum ersten Mal begegnet, als wir noch am College waren. Wir haben uns kurz unterhalten, weiter nichts. Danach habe ich ihn letztes Jahr wiedergesehen. Aerie hatte einen Interviewtermin mit ihm gemacht und mich geschickt.«

Er wirkt irgendwie enttäuscht, sagt aber nur: »Das passt.«

Ich frage nicht, was das bedeuten soll, und da mir bei dieser Unterhaltung etwas unbehaglich ist, sehe ich aus dem Fenster und bemerke, dass es bereits dunkel wird. »Scheiße, wie spät ist es?«

Er wirft einen Blick auf die Uhr. »Sechs. Warum – hast du abends Ausgangssperre?«

Ich beschließe, dass es besser ist, nicht auf seinen Sarkasmus einzugehen. »Ich muss los. Kommst du allein mit Trent zurecht?«

»Keine Sorge, Dahl, ich komme zurecht.«

»Und du rufst nachher noch bei Serena an?«

»Ich hab dir doch schon gesagt, dass ich sie erst anrufen werde, wenn der Junge wieder halbwegs auf den Beinen ist.«

»Du kannst ihr diese Sache nicht verschweigen. Sie ist seine Mutter, und sie hat das Recht zu wissen, wie es um ihn steht. Weil sie wahrscheinlich schon halb außer sich ist vor Sorge.«

Er lehnt sich an den Türrahmen und schiebt die Hüfte vor. »Wenn das Fieber und der Schüttelfrost einsetzen, wird es wirklich schlimm für ihn.« Er stützt sich mit einer Hand am Rahmen ab. »Es gibt nicht immer nur schwarzweiß, wenn man jemandem die Wahrheit sagt. Manchmal ist es besser, wenn man sich dabei in einer Grauzone bewegt, weil man die Menschen, die man liebt, nur so vor Schmerz bewahren kann. Wenn ich sie jetzt anrufen und herbitten würde, würde ich ihr einfach unnötigen Schmerz bereiten. Doch ich will nicht, dass sie leidet. Weshalb also sollte ich das tun?«

Was er sagt, klingt durchaus nachvollziehbar, deshalb hätte ich ihm beinah zugestimmt. Auch ich möchte nicht, dass Serena Trent in diesem Zustand sieht. Trotzdem hat Ben nicht das Recht, ihr zu verschweigen, was mit ihrem Jungen ist. »Das kann ich durchaus nachvollziehen, aber trotzdem meine ich, sie sollte wissen, wie es um ihn steht.«

Seufzend tritt er auf mich zu. »Ich hätte mir denken können, dass du das so siehst. Aber jeder Mensch geht nun mal auf seine Art mit diesen Dingen um. Du bist eine Idealistin, und ich bin ein Realist. Was beides weder falsch noch völlig richtig ist.«

Früher hätte ich gelächelt und ihm zu der scharfsinnigen Schlussfolgerung gratuliert. Doch in diesem Augenblick erscheint mir das nicht richtig, deshalb wende ich mich einfach nickend ab. »Ich werde jetzt gehen. Ruf an, falls Trent was braucht.«

Grinsend will er von mir wissen: »Und wenn ich was brauche?«

Eilig hebe ich mein nasses Zeug vom Boden auf und strecke die Hand nach dem Türgriff aus.

Da versperrt er mir mit einem Mal den Weg. »Bitte, geh nicht.«

»Lass mich durch, Ben. Ich muss jetzt wirklich heim.«

Er bleibt reglos stehen, starrt stirnrunzelnd vor sich auf den Boden, fährt sich mit der Hand durchs Haar und gibt die Tür dann endlich frei.

Ich reiße sie auf und flüchte aus dem Haus.

Auf dem Weg zum Wagen denke ich an das, was Ben gesagt hat – nämlich, dass es ab und zu auch Grauzonen im Leben gibt. Und vielleicht hat ja auch River sich in einer solchen Grauzone bewegt, als er mir Dinge, die ich wichtig fand, verschwiegen hat. Ich möchte unbedingt, dass es zwischen uns beiden wieder so wird wie früher. Denn sonst schaffen wir es vielleicht nicht.

Ich war den ganzen Tag nicht da und hoffe nur, dass River nicht mehr sauer auf mich ist. Weil ich mich, wenn ich nach Hause komme, unbedingt mit ihm zusammensetzen und in aller Ruhe mit ihm reden will. Denn ich weiß aus Erfahrung, dass es überhaupt keinen Sinn hat zu reden, während man noch wütend aufeinander ist. Als ich klein war, haben sich meine Eltern regelmäßig bis aufs Blut gestritten, und ich habe mir deshalb bereits als Kind geschworen, später selber derartigen Krächen möglichst aus dem Weg zu gehen.

Auf der Fahrt nach Hause überlege ich, ob ich kurz anhalten und mir etwas zum Anziehen kaufen soll. Denn River wird bestimmt nicht glücklich sein, wenn er mich in Bens Klamotten sieht. Dann aber beschließe sie, so schnell wie möglich heimzufahren – weil er meine Aufmachung bestimmt verstehen wird, wenn ich ihm erzähle, was mit Trent geschehen ist.

Ich suche im Radio nach Songs, die mich zum Lächeln bringen, und trommle fröhlich mit den Händen aufs Lenkrad, während die Musik in meinen Ohren dröhnt. Gebannt lausche ich den Geschichten, die die Texte der verschiedenen Songs erzählen, und den Melodien, die mir so vertraut vorkommen wie das leise Prasseln des erneut einsetzenden Regens auf der Windschutzscheibe.

Kapitel 18

What I've Done

Bens Tagebuch

Ich kann immer noch nicht fassen, wie Calebs und meine Kneipentour gestern geendet hat. Er hat mich abgeholt, und dann sind wir ins Reality Bites, weil man beim Essen besser reden kann. Getrunken habe ich für zwei, weil er Bereitschaft hatte und sich rundheraus geweigert hat, auch nur ein Bier zu trinken. Was durchaus vernünftig war, denn es kam tatsächlich ein Anruf wegen irgendeiner ausgefallenen Alarmanlage. Ich fand es etwas seltsam, als er zum Telefonieren extra den Tisch verlassen hat, und war echt angepisst, als er zurückkam und meinte, er müsste gehen. Ich habe gesagt, ich würde ihn begleiten, denn ich hätte sowieso nichts anderes vor. Und mittlerweile ist mir klar, weshalb er so gezögert und darauf bestanden hat, dass ich im Wagen auf ihn warte, wenn er zu dem Kunden geht.

Als wir die Hills erreichten, ergab plötzlich alles einen Sinn. Ich hatte gedacht, sie hatten ihn gefeuert, deshalb musste ich ihn fragen, ob wir wirklich dorthin fahren, wohin ich dachte, dass wir fahren. Ohne etwas zu erwidern, bog Caleb in eine Sackgasse und stellte den Wagen vor dem Haus des Dreckskerls ab. Mir war gar nicht klar gewesen, dass der Typ tatsächlich einer von den Reichen und Berühmten ist. Die leicht ansteigende Einfahrt war für ein privates Grundstück viel zu lang, und die riesige, pompöse Haustür wirkte so, als warte sie auf einen königlichen

lichen Gast, doch was mich am allermeisten störte, war, dass ich im Garten praktisch keine Blumen sah. Weiß der Blödmann etwa nicht, wie sehr sie Blumen liebt?

Anfangs blieb ich brav im Wagen sitzen, doch nach fünf Minuten hatte ich die Nase voll. Ich wollte mich zumindest einmal umsehen, also bin ich die Millionen Stufen bis zur Haustür dieses Arschlochs hochmarschiert. Als ich das Windspiel sah, wurde mir klar, dass sie tatsächlich bei ihm lebt. Ich hörte Musik und Stimmen und erkannte, dass dort gerade irgendeine Party stieg. Und als ich die offene Haustür sah, dachte ich, ich könnte Dahlia vielleicht kurz entführen und in Ruhe mit ihr reden, ohne dass die ganze Zeit der böse Blick von diesem Typen auf mir ruht.

Ich entdeckte sie sofort. Sie sah, verdammt noch mal, phantastisch aus. Sie hatte sich extra für die Party herausgeputzt, und ich wollte nur noch, dass sie ihre langen Beine um mich schlingt. Dann aber hat sie mich entdeckt und bitterböse angestarrt. Ich habe sie auf ihre Perlenkette angesprochen, aber sie hat nichts dazu gesagt. Deshalb wusste ich, sie hat sie von dem reichen Knilch. Es überrascht mich, dass sie jetzt mit einem Kerl zusammen ist, der ihre Liebe kaufen will. Aber als ich ihr die eine Frage stellte, die mir wirklich auf der Seele lag, wurde mein größter Alptraum wahr.

Plötzlich tauchte direkt neben mir mein schmutziges kleines Geheimnis auf und sagte etwas zu meiner Dahl. Dahl stürzte davon, aber das fiel mir erst mal gar nicht auf, denn ich war vollkommen in die Erinnerung daran vertieft, auf wie viele verschiedene Arten sich das Mädel während dieser einen Nacht am College von mir hat ficken lassen. Erst als S'belle mich ansah, kehrte ich gedanklich wieder in die Gegenwart zurück. Irgendwie sah sie mich an, als hätte sie mich durchschaut. Aber dann wollte sie von mir wissen, was zum Teufel ich dort mache, und ich wusste, dass sie keine Ahnung hatte, dass die Frau, die ich mit ihr betrogen habe, Dahlia war. Inzwischen habe ich von dieser blöden Frage endgültig die Schnauze voll. Aber im Grunde war es vollkommen egal, denn ohne auch nur meine Antwort abzuwarten, stürzte sie mit einem Mal an mir vorbei und rannte aus dem Haus.

Also habe ich nach Dahl gesucht, und als ich den Raum betrat, dessen Tür mit einem lauten Krach hinter ihr zugefallen war, fiel mein überraschter Blick auf ihre Truhe, die unter dem Fenster stand. Dann sah ich das ungemachte Bett und den schwarzen String, der auf dem Boden lag, und wäre beinahe ausgeflippt. Weil ich in ihrem Schlafzimmer gelandet war. Verdammt!

Als sie mir erzählte, woher sie und S'belle sich kannten, hätte ich mir fast ins Hemd gemacht. Klar, dass sie die Schwester dieses Scheißkerls ist. Erst als ich merkte, dass Dahlia keine Ahnung hat, was damals zwischen uns gelaufen ist, bekam ich wieder halbwegs Luft. Aber gerade, als ich dachte, dass ich bei ihr weiterkomme, tauchte dieses Arschloch auf und hätte mich bereits mit seinem Blick fast umgebracht. Ich musste lachen, und ich wünschte mir, ich hätte wenigstens versucht, Dahl zu küssen, als der Kerl ins Zimmer kam. Ich musste ihn einfach daran erinnern, dass sie lange vor ihm mir gehört hat, und obwohl er einen wirklich harten rechten Haken bei mir landen konnte, habe ich noch mal gebrüllt, dass sie zuerst mit mir zusammen war. Ich dachte, wenn er ausrastet, hätte ich eine Chance gegen ihn, aber dann hat er mich plötzlich an die Wand gedrückt, und ich konnte kaum glauben, dass ich ihm noch einmal auf den Leim gegangen war. Verdammt, der Kerl war wirklich schnell, aber ich wusste, dass ich schneller war. Doch bevor ich diesem Typen zeigen konnte, was tatsächlich in mir steckt, hat Caleb mich zurückgerissen und erst wieder losgelassen, als ich wieder neben ihm in seinem Wagen saß. Als er anfing zu toben, habe ich kein Wort gesagt. Denn inzwischen war mir alles scheißegal. Auf dem Weg zurück nach Hause haben wir kein Wort gesprochen, aber als wir nach Laguna kamen, habe ich zu ihm gesagt, dass ich erst noch ins Ana's Attic will. Als ich mir dabei den Ellbogen gerieben habe, meinte er, er würde ihn mir wieder einrenken, und dann wäre es gut, an einer Apotheke anzuhalten und mir eine Schlinge zu besorgen, damit ich den Arm noch etwas schonen kann.

Nach dem Apothekenstopp ging ich über die Straße in die Kneipe, und er kam mir hinterher. Der Schönling hatte mir den Arsch versohlt, und jetzt brauchte ich erst mal einen Drink. Danach kann ich mich an kaum etwas erinnern, außer, dass ich trank, bis ich betäubt war und mich Caleb heim verfrachtet hat.

Dann riss mich irgendwann das Klingeln meines Smartphones aus dem Schlaf, doch bevor ich drangehen konnte, hörte es schon wieder auf. Also habe ich die Mailbox abgehört und war mit einem Schlag hellwach. Mein Neffe war in Schwierigkeiten, und ich wusste nur, dass ich ihm helfen musste. Deshalb stieg ich in meinen Wagen, den Serena mir zurückgebracht hatte, und fuhr so schnell wie möglich los.

Ich bedaure aus vielen Gründen, dass ich aus Laguna weggegangen bin, aber als ich Trent dort zwischen Mülltonnen und Bierflaschen hinter der Imbissbude liegen sah, wusste ich, dass er noch mehr als alle anderen von mir im Stich gelassen worden war. Denn mein Neffe hätte mich gebraucht. Die Beziehung zwischen ihm und seinem Dad war nie besonders eng gewesen, deshalb hatte ich die Rolle im Verlauf der Jahre übernommen und mich dann urplötzlich aus dem Staub gemacht. Was war in den letzten Jahren aus diesem Jungen geworden, der früher ein super Sportler, ein guter Schüler und auch sonst im Einklang mit der Welt gewesen war? Inzwischen ist er meist so zugedröhnt, dass er mich kaum erkennt. Ich hatte eine Heidenangst, als ich ihn an die Wand der Imbissbude lehnte und er Sachen murmelte, mit denen ein Teenager eigentlich nichts am Hut haben sollte.

Als ich ihn ansah, wurde mir mit einem Mal bewusst – ich würde alles unternehmen, um nach all den schlimmen Dingen, die ich angerichtet hatte, wenigstens dafür zu sorgen, dass der Junge wieder auf die rechte Bahn geriet. Meine Gedanken überschlugen sich, und mir war klar, ich war der Einzige, der meinem Neffen helfen könnte, den Entzug zu überstehen. Serena oder Mom wollte ich nicht zu Hilfe rufen. Irgendwie bekäme ich den Jungen schon allein bis zu meinem Haus. Ich zog an ihm, bis er fast aufrecht saß, aber um ihn auf die Beine zu bekommen, fehlte mir, verdammt noch mal, mein zweiter Arm. Dann war es, als hätte sich Gott meine Beichte angehört und mir verziehen, denn plötzlich war sie da. Und wollte mir behilflich sein.

Sie hatte nicht gewusst, dass Trent Probleme hatte, aber so, wie meine Schwester sich benahm, hätte ich mir eigentlich denken können, dass Dahlia keine Ahnung hatte, dass er auf die schiefe Bahn geraten war. Sie half mir, ihn heimzuschaffen, und wir legten ihn in unser altes Bett. Ich hatte sie bereits die ganze Zeit allein hier haben wollen, hatte mir die Szene aber immer völlig anders ausgemalt.

Wir beide waren bis auf die Haut durchnässt, und am liebsten hätte ich sie aus ihren nassen Kleidern geschält, aber das hätte sie mir in dem Moment wahrscheinlich nicht verziehen. Und da ich auch gar nicht in der Stimmung war, hielt ich ihr einfach ein Handtuch sowie ein paar trockene Kleider hin.

Nachdem sie sich umgezogen hatte, half sie mir noch, einen Platz in einer Klinik zu besorgen, und dann setzten wir uns auf die Couch und unterhielten uns. Meinen Plan, das Reden ausfallen zu lassen, habe ich jedoch verworfen. Denn es hätte sich einfach nicht richtig angefühlt. Trotzdem musste ich sie wissen lassen, dass ich sie auf alle Fälle wiederhaben will.

Es war eine Erleichterung, es auszusprechen, aber ihre Reaktion war völlig anders als erwartet. Ich hatte gedacht, sie würde mir vor Freude um den Hals fallen und mich vielleicht sogar küssen. Schließlich hatte ich das alles nur für sie getan. Aber als ich davon anfing, fiel sie mir sofort ins Wort, und als ich ihr erklärte, dass ich sie noch immer liebe, konnte ich in ihren Augen sehen, dass sie mich nicht mehr liebt.

Ich versuchte trotzdem, cool zu bleiben, bis sie ging. Danach sah ich noch mal nach Trent, und dann bin ich ins Bad und habe mir kaltes Wasser ins Gesicht gespritzt. Weil ich jetzt nicht zusammenbrechen darf. Weil ich mich erst mal darauf konzentrieren muss, für meinen Neffen da zu sein. Trotzdem war ich fix und fertig, deshalb habe ich mich auf die Couch gelegt und kurz die Augen zugemacht. Schließlich stand mir eine lange Nacht bevor, deswegen wollte ich lieber noch etwas vorschlafen, aber irgendwie erinnert mich alles an diesem verdammten Haus an die Zeit mit Dahl. Immer wieder ging mir ihre Bitte durch den Kopf, diesen Schönling, dessen Freundin sie jetzt ist, endlich in Ruhe zu lassen. Am liebsten hätte ich zu ihr gesagt, niemals im Leben, denn es macht einfach einen Riesenspaß, den blöden Fatzke anzugehen. Aber ich habe es gelassen, denn das hätte sie bestimmt nur angepisst. Stattdessen war ich selber angepisst, als sie von diesem Widerling als von ihrem Verlobten sprach. Ebenso gut hätte sie mir in den Magen boxen können. Weil schließlich ich ihr Verlobter bin. Warum ich sie dann auch noch fragen musste, ob sie diesen Typen schon gekannt hat, während sie mit mir zusammen war, kann ich, verdammt noch mal, nicht sagen, denn das hatte er mir schließlich bereits klargemacht. Ich weiß, dass sie mich nie betrogen hätte, aber trotzdem geht es mir furchtbar auf den Sack, dass sie den Kerl schon kannte, bevor ich verschwunden bin. Allmählich bin ich mir nicht mehr so sicher, ob ich sie tatsächlich noch einmal zurückgewinnen kann. Verdammt.

Kapitel 19

Pieces

The Wanted spielen eins von meinen Lieblingsliedern, »I Found You«, aber ich höre auf zu singen, als ich in die Einfahrt unseres Grundstücks biege und direkt vor der Garage Ellies Wagen steht. Wieder wogt der alte Zorn in mir auf. Was macht das Weib so spät noch hier? Warum kann sie nicht um fünf Uhr Feierabend machen wie die meisten anderen Leute auch?

Ich reiße das Lenkrad herum, wende, stelle meinen Wagen vor der Treppe ab und stürze durch den Regen auf die Haustür zu. Sie ist nicht abgesperrt, und ich schiebe sie langsam auf. Warum ist sie hier allein mit River? Was für ein Szenario erwartet mich wohl gleich?

Ich gehe davon aus, dass sie wie sonst am Küchentisch zusammensitzen, und bin ziemlich überrascht, als River auf der Couch und sie gemütlich vor ihm auf dem Boden hockt. Irgendwer hat die Geschenke auf die Anrichte geräumt, und River beugt sich über den Stapel Papiere, der auf dem gläsernen Couchtisch liegt. Ellies rote Bluse ist derart tief aufgeknöpft, dass man außer ihrem farblich passenden BH auch noch jede Menge anderer Dinge sieht. Die Beine hat sie seitlich abgeknickt, und ihr enger schwarzer Bleistiftrock ist dabei hochgerutscht. Sie lehnt mit dem Rücken an der Couch und hat einen ihrer Arme ziemlich dicht an Rivers Schenkel darauf abgelegt. Mit der anderen

Hand, in der sie einen Kugelschreiber hält, zeigt sie auf die Papiere, über die mein Schatz sich gerade beugt. Ihre hochhackigen Pumps mit Leopardenmuster hat sie ausgezogen, und die nackten Füße mit den rotlackierten Zehennägeln drücken gegen das Parkett. Für einen geschäftlichen Termin hat sie es sich aus meiner Sicht erheblich zu bequem gemacht.

»Hi.« Mehr sage ich nicht, aber River reißt den Kopf herum und sieht mir ins Gesicht.

»Hi«, erwidert er. Seine Miene ist vollkommen ausdruckslos, aber sein Blick wirkt schuldbewusst.

Das weitere Geschehen nehme ich so deutlich wahr, als liefe es in Zeitlupe statt in normalem Tempo ab. Ellie dreht den Kopf, und ihre schwarze Mähne schwingt dabei um ihr Gesicht. Sie blickt auf, sieht mich mit einem falschen Lächeln an und winkt mir lässig zu. Dabei klimpert sie mit ihren unnatürlich langen Wimpern und starrt mich so böse an, als wäre ich der Eindringling. Ich erwidere den Blick, wende mich ab und sehe mich erst einmal um. Ich entdecke eine Pizzaschachtel neben ein paar Flaschen Bier und frage mich, wie lange sie schon hier ist und ob sie und River vielleicht bereits ein bisschen angetrunken sind. Mein Herz zieht sich zusammen, und als ich entdecke, dass seine Gitarre Stella neben dieser Zimtzicke am Sofa lehnt, ist es endgültig um mich geschehen.

Das Wasser tropft mir aus dem nassen Haar ins Gesicht, und noch während ich mir eine feuchte Strähne aus den Augen schiebe, will sie von mir wissen: »Oh, konntest du etwa meinetwegen nicht in die Garage fahren? Daran hab ich gar nicht gedacht.«

»Hätte mich auch gewundert«, fauche ich, mache auf dem Absatz kehrt und rufe den beiden über die Schulter hinweg zu: »Tut mir leid, wenn ich gestört habe.« Damit flüchte ich aus dem großen Raum, der mir urplötzlich furchtbar eng erscheint.

Ich werfe die Tür des Schlafzimmers hinter mir zu, ziehe die Schuhe aus und werfe mich aufs Bett. Ich wollte heimkommen und ruhig mit River reden, aber erst mal bin ich außer mir vor Zorn.

Ich starre aus dem Fenster, doch es regnet derart stark, dass ich den Hollywood-Schriftzug kaum erkennen kann. Ich bin von Natur aus nicht besonders eifersüchtig, aber diese Frau hat etwas an sich, was mich einfach rasend macht. Ich frage mich, ob ich vielleicht nicht habe sehen wollen, was für alle anderen völlig offensichtlich ist. Habe ich vielleicht einfach nicht mitbekommen, dass es aus ist zwischen uns? Dass das Band, von dem ich dachte, es sei unverbrüchlich, endgültig zerrissen ist?

Bilder unserer märchenhaften ersten Wochen tauchen vor mir auf – unsere amüsante Fahrt von Vegas nach L. A., unsere Spiele, seine irren, selbstgemachten Regeln, der Brunnen, unsere Wünsche; dass ich seither jeden Morgen neben River wach geworden bin und er mich jedes Mal gefragt hat, ob mein Kaffee noch ein bisschen warten kann, weil er vorher noch etwas anderes mit mir machen will; dass wir jeden Abend jeweils auf der Seite unseres Bettes eingeschlafen sind, auf der wir gerade lagen, weil für uns nur zählte, dass wir zusammen waren.

»Was zum Teufel sollte dieser Auftritt eben, Dahlia?«

Ohne mich zu River umzudrehen, frage ich: »Läuft was zwischen euch? Ist es das, was du mir nicht erzählst?«

»Nein!«, schnauzt er mich an, und ich spüre, wie sich die Matratze etwas senkt. Denn er schiebt sich über mich und gleitet mit der Hand an mir herab, bis sie auf meiner Hüfte liegen bleibt. Noch während die Berührung mich erschaudern lässt, fragt er erheblich ruhiger dicht an meinem Ohr: »Wie kommst du denn auf diese Idee?«

Ich drehe mein Gesicht zu ihm herum. »Du warst in letzter Zeit sehr oft mit ihr zusammen. Und jetzt komme ich nach Hause, und sie ist schon wieder da.«

Er schüttelt verständnislos den Kopf. »Sie ist nur wegen ihrer Arbeit hier.«

»Ich fürchte, sie ist hier, um die Scherben einzusammeln, wenn die Sache zwischen dir und mir endgültig in die Brüche geht.«

»Das wird sie nie.«

»Aber ich sehe doch, wie sie dich anguckt.«

River sieht mir ins Gesicht und flüstert sanft zurück: »Es ist mir vollkommen egal, wie Ellie guckt. Denn ich sehe nur dich.«

Ich weiß, ich sollte es nicht sagen, doch ich habe keine Wahl, weil ich es einfach wissen muss. »So hat es eben aber nicht ausgesehen. Was macht sie hier? Hast du für sie gespielt?« Ich ertrage den Gedanken nicht, dass er für sie Gitarre spielt. Denn dann entblößt er seine Seele, und wenn wir dabei allein sind, ist das beinahe so intim, wie wenn er mich berührt.

»Dahlia, ich habe nicht für sie gespielt.« Doch während er dies sagt, wirft er sich rücklings neben mir aufs Bett.

Ich habe einen Kloß im Hals. »Was ist? Ich weiß, dass du mir irgendwas verschweigst.«

Er stößt einen abgrundtiefen Seufzer aus und schiebt sich einen Arm vors Gesicht. »Ich schmeiße hin.«

»Was?« Ich fahre auf und starre ihn entgeistert an. Ich weiß, dass wir im Augenblick Probleme haben, aber dass er deshalb so weit gehen würde, einfach alles hinzuwerfen, hätte ich niemals gedacht. »Ohne auch nur zu versuchen, unsere Probleme in den Griff zu kriegen, machst du einfach Schluss mit mir?«

Jetzt setzt auch er sich auf und zieht mich eng an seine Brust. »Verdammt, Dahlia. Nein. Damit habe ich doch nicht uns gemeint. Das könnte ich nie aufgeben, nie. Du bist ein Teil von mir. Ich meine die Tournee. Ich will einfach nicht ewig durch die Lande ziehen. Deswegen verlasse ich die Band.« Er lässt mich los und fährt sich mit den Händen durchs Haar.

Ich bin nicht wirklich überrascht, dass er die Band verlassen will, auch wenn diese Entscheidung etwas überraschend kommt. »Bist du dir ganz sicher, River? Schließlich geht es schon in ein paar Wochen los. Was haben Xander und die anderen Jungs dazu gesagt?«

Er wirft sich wieder aufs Bett. »Ja, ich bin mir sicher. Trotzdem habe ich den anderen bisher noch nichts davon gesagt. Weil ich erst sehen wollte, was das für sie heißt. Weil ich sichergehen wollte, dass sie keinen finanziellen Nachteil haben, wenn die

Band urplötzlich ohne mich dasteht. Deswegen war Ellie hier. Sie hat mich darauf hingewiesen, dass ich bei Vertragsbruch eine Strafe zahlen muss.«

Am liebsten hätte ich gesagt, dass sie bestimmt auch noch aus einem anderen Grund hergekommen ist, aber das ist jetzt einfach nicht der rechte Augenblick für Eifersucht. Weil River mich jetzt erst mal braucht. Ich beuge mich zu ihm hinunter und streiche ihm mit dem Daumen übers Gesicht. »Warum willst du gerade jetzt aussteigen?«

Er kneift kurz die Augen zusammen. »Weil ich einfach nicht mit auf Tournee gehen kann. Ich wollte sowieso nie mit, und bei allem anderen, was hier gerade los ist, wäre ich nicht mit dem Herzen bei der Sache. Deshalb denke ich, es ist am besten, wenn ich dableibe.«

»Du kannst nicht einfach unseretwegen aufhören, River«, widerspreche ich.

»Genau das ist es ja, Dahlia. Ich höre nicht deinet- oder unseretwegen, sondern meinetwegen auf. Du weißt, dass ich nie auf Tournee gehen wollte. Es würde mir einfach nicht guttun, und wenn ich die Sache trotzdem durchziehe, würde auch die Band darunter leiden. Und das will ich nicht.«

Er zieht mich erneut an seine Brust, und als unsere Münder sich begegnen, schiebt er zärtlich die Zunge zwischen meine Zähne, und ich merke: Seine Lippen und der ganze River haben mir gefehlt.

Dann zieht er mich auf sich, lässt die Hände auf meinen Po gleiten und drückt mich an sich. Doch bevor ich ganz in diesem Augenblick versinken kann, besinne ich mich darauf, dass ich erst noch mit ihm über gestern sprechen muss.

»Wir müssen reden, River«, murmle ich dicht an seinem Mund.

»Jetzt brauche ich erst mal dich«, murmelt er zurück.

»Ich brauche dich auch, aber was ich gestern gesagt habe, war durchaus ernst gemeint – wir dürfen nicht versuchen, die Probleme, die wir haben, immer nur durch Sex zu lösen.«

Er schiebt mich ein Stückchen von sich fort und sieht mich an. Entschlossen setze ich mich neben ihn, und seufzend setzt auch er sich wieder auf und klemmt mir eine Haarsträhne hinters Ohr. »Das weiß ich, schöne Frau.«

Am liebsten würde ich die Hände tief in seinem wirren Haar vergraben und ihn wieder an mich ziehen. Doch als ich ihm in die Augen blicke, sehe ich darin dieselben Schuldgefühle, wie als ich vorhin ins Haus gekommen bin.

»Es gibt so viel, worüber wir uns unterhalten müssen«, rufe ich ihm in Erinnerung.

Er nickt unglücklich mit dem Kopf, und ich sehe das nervöse Zittern seiner Hände, als er meint: »Es ist nur einfach so, dass man über manche Dinge nicht so mir nichts, dir nichts reden kann.«

»Ich weiß. Aber trotzdem müssen wir es tun.«

»Du musst wissen, ich wollte dir einfach nie etwas sagen müssen, was dich vielleicht verletzt …«

Als der Festnetzanschluss plötzlich klingelt, fahre ich zusammen, doch noch bevor ich nach dem Hörer greifen kann, hält er mich auf. »Lass es einfach klingeln.«

»Vielleicht ist es wegen Trent«, erkläre ich und gehe an den Apparat. »Hallo?«

»Ich muss mit River reden«, herrscht mich Xander an.

Ich halte die Hand über den Hörer und forme den Namen Xander mit dem Mund.

Seufzend nimmt mein Liebster mir den Hörer ab. »Was gibt's?« Er schweigt ein paar Sekunden und schnauzt dann: »Darüber will ich jetzt nicht reden.« Er drückt den Aus-Knopf, knallt den Hörer auf und fährt zu mir herum. »Was ist mit Trent?«

»Er hat mich heute Morgen angerufen und klang vollkommen verängstigt und allein. Er hat geweint und mich gebeten, ihn in Newport abzuholen. Ich hab versucht, dich aufzuwecken, um es dir zu sagen. Aber du lagst auf der Couch wie tot.«

Er sieht mich forschend an. »Ich verstehe nicht. Weshalb war Trent in Newport, und weswegen musstest du ihn abholen?«

»Oh, River, er nimmt irgendwelches Zeug.«

»Und woher weißt du das?«

Ich weiß, dass ihm die Antwort nicht gefallen wird. »Als ich nach Newport kam, war Ben schon dort. Aber er brauchte meine Hilfe, denn allein hätte er Trent nicht helfen können.«

River presst die Lippen aufeinander und sieht mich beinahe drohend an. »Und wo habt ihr ihn hingebracht?«

»In mein Haus in Laguna.«

»Willst du mich verarschen?« Zornbebend springt er vom Bett. »Du hast also den ganzen Tag mit diesem Kerl verbracht und machst mir trotzdem Vorhaltungen, nur weil Ellie hier war, als du eben wiederkamst?«

»Du weißt ganz genau, dass das was anderes ist.«

»Auf jeden Fall!« Wütend stapft er aus dem Raum, doch entschlossen laufe ich ihm hinterher.

»Wir müssen vernünftig über all das reden.«

River starrt mich reglos an. »Was hast du überhaupt für Sachen an?«

Nach einem kurzen Klopfen wird die Haustür aufgerissen, und ein schlechtgelaunter Xander kommt in unser Wohnzimmer marschiert.

Doch River starrt mich weiter an. Sein Gesicht ist schmerzverzerrt, als er noch einmal von mir wissen will: »Was hast du da für Sachen an?«

»Es hat geregnet, und ich war klitschnass. Deshalb musste ich mich umziehen.«

Xander baut sich wutschnaubend vor seinem Bruder auf. »Ich will mit dir reden. Und zwar jetzt sofort!«

»Verpiss dich, Xander.« Rivers Stimme ist gefährlich ruhig, und ich glaube, dass er nicht einmal versucht, sich zu beherrschen, als er drohend seine Fäuste ballt.

Ich zucke zusammen, denn in diesem Augenblick packt Xander ihn am Kragen und zieht ihn so dicht es geht zu sich heran. »Ich habe gesagt, ich will jetzt mit dir reden, also reden wir!«

River stößt ihn weg und wendet sich erneut an mich. »Du

hast seine Kleidung an! Hat er dich vorher wenigstens noch ordentlich gefickt?«

»Aber hallo. Immer mit der Ruhe«, mischt sich Xander an.

Ich selbst ringe schockiert nach Luft und stoße mit heiserer Stimme aus: »Nein, River, natürlich nicht. Du weißt, dass zwischen Ben und mir nichts läuft. Wir sollten uns setzen und darüber reden«, schlage ich mit mühsam beherrschter Stimme vor. Was alles andere als einfach ist, da schließlich auch sein Bruder jedes unserer Worte mitbekommt.

River schüttelt knapp den Kopf: »Ich will, verdammt noch mal, nichts mehr zu tun haben mit diesem ganzen Scheiß.« Dann bekommt er plötzlich einen beinahe drohenden Gesichtsausdruck, und bevor ich mich's versehe, tritt er so erbost unter die Glasplatte des Couchtischs, dass die Dokumente, die dort lagen, durch die Gegend fliegen und die Platte selber auf dem Boden landet und in tausend Stücke zerspringt. Noch während ich das laute Klirren höre, macht er auf dem Absatz kehrt, stürmt durch die Küchentür vors Haus, und ich höre nur noch das Aufheulen eines Porsche-Motors sowie lautes Reifenquietschen. Dann ist er fort.

Ich renne zur Haustür und muss ohnmächtig mitansehen, wie er aus der Einfahrt auf die Straße schießt. Ich rufe ihm noch hinterher, doch mir ist klar, dass River mich nicht hören kann. Trotzdem stehe ich wie angewurzelt da, und als ich anfange zu zittern, weiß ich, dass das weder an der kühlen Luft noch an dem nicht nachlassenden Regen liegt.

Im nächsten Augenblick steht Xander neben mir.

»Muse! Hast du mich gehört?«, fragt er mich in ungläubigem Ton.

Ich wirble zu ihm herum, und er starrt mir ins Gesicht. »Was zum Teufel ist hier los?«

Ich kann nur den Kopf schütteln. Denn hier ist so viel los, dass ich mir nicht mal sicher bin, von welchen unserer Probleme er was hören will.

»River steht ja völlig neben sich. Warum?«

Ich muss schlucken. »Weil er sauer auf mich ist.«

Er verzieht verächtlich das Gesicht. »Ellie hat mich gerade angerufen, um zu sagen, dass River die Band verlassen will. Warum, verflucht noch mal, wusste ich nichts davon? Hört er etwa deinetwegen auf?«

Ich lehne mich an den Türrahmen und will eine Antwort geben, bringe aber keinen Ton heraus.

Er beißt die Zähne aufeinander und schlägt wütend mit der Faust gegen die Wand. »Du brauchst gar nichts zu sagen. Er geht kaum noch an sein Handy, weigert sich, mit mir zu reden, und ihr beide habt in letzter Zeit fast ständig Streit. Er hört deinetwegen auf, nicht wahr?«

»Nein. Nein. Ich habe nichts damit zu tun. Er will einfach nicht …«

»Verdammt!«, fällt Xander mir ins Wort. »Allmählich habe ich die Schnauze voll.«

Angewidert stapft er aus dem Haus.

»Xander, lass es mich erklären«, rufe ich, doch als er, wie zuvor sein Bruder, einfach in sein Auto steigt, mache ich auf dem Absatz kehrt, gehe zurück ins Haus und knalle die Tür hinter mir zu.

Plötzlich muss ich daran denken, wie ich River vor fünf Jahren zum allerersten Mal begegnet bin. Ich war wie gebannt von seiner attraktiven Silhouette und von seinem durchdringenden Blick und habe gleich gespürt, dass zwischen uns etwas Besonderes war.

Ist das alles jetzt vielleicht vorbei?

Ich kehre zurück ins Wohnzimmer, schnappe mir Stella, zupfe an den Saiten und betrachte unglücklich den Scherbenhaufen auf dem Boden. *Du hast dich geirrt, River. Weil auch unsere Beziehung inzwischen ein einziger großer Scherbenhaufen ist.*

Kapitel 20

Everlong

Das erste schwache Morgenlicht fällt durchs Fenster, als ich aufstehe und abermals versuche, River telefonisch zu erreichen. Ich stehe vor dem Nachtschränkchen und presse das Handy ans Ohr. Wie auch schon bei meinen anderen Versuchen springt sofort die Mailbox an, doch auch diesmal hinterlasse ich ihm keine Nachricht, weil ich keine Ahnung habe, was ich sagen soll, damit es wieder besser wird. Ich denke einfach, wenn wir uns zusammensetzen und in Ruhe reden könnten, würden wir gemeinsam einen Ausweg aus diesem Schlamassel finden. Oder zumindest hoffe ich, dass das noch möglich ist.

Ich lege wieder auf, und da ich irgendetwas brauche, was mich tröstet, trete ich ans Fenster, von wo aus der Hollywood-Schriftzug normalerweise gut zu sehen ist. Da ich ihn aufgrund des dichten Regens nicht erkennen kann, gehe ich hinunter an den Pool, schirme die Augen mit der Hand gegen die Nässe ab und erkenne schemenhaft das *H*. Ich breite die Arme aus, werfe den Kopf zurück, und während mir der Regen ins Gesicht fällt, frage ich den Himmel, warum unsere Beziehung langsam, aber sicher in die Brüche geht.

Erst als meine Zähne anfangen zu klappern, gehe ich zurück ins Haus, ziehe die nassen Kleider aus und hülle mich in meinen Morgenmantel. Die Sachen von Ben liegen noch dort, wo ich sie gestern Abend hingeworfen habe. Eilig hebe ich sie auf, gehe in die Küche und werfe sie in den Müll. Plötzlich ist mir klar, weswegen River keinen meiner Anrufe seit gestern Abend angenommen hat. Weil sein Smartphone auf der Arbeitsplatte liegt. Dann hat er meine Anrufe also zumindest nicht vorsätzlich ignoriert.

Auf dem Weg zurück ins Schlafzimmer biege ich in den Musikraum ab und setze mich ans Klavier, das River mir zu Weihnachten geschenkt hat. Ich hatte ihm zuvor erzählt, dass mir mein Dad vor seinem Tod Klavierstunden gegeben hat. Jetzt hat River diese Rolle übernommen, und ich habe schon eine ganze Reihe von Songs perfektioniert. Vor allem aber bin ich stolz, weil ich jetzt auch das Lied beherrsche, das mein Dad mit mir geübt hat, bevor die Tragödie über unsere Familie hereingebrochen ist – »Lullaby« von Billy Joel. Ich sitze ewig da, streichle die Tasten und denke an die glücklichen Stunden hier in diesem Raum zurück.

Schließlich aber ist es Zeit, zu duschen und mich anzuziehen. Trotz des heißen Wassers wollen das Gefühl der Kälte und das Zittern einfach nicht vergehen. Also gebe ich den Versuch, mich aufzuwärmen, auf, trockne mich ab, und während ich in meine Kleider steige, klingelt urplötzlich das Telefon.

Da ich denke, dass es River ist, stürze ich eilig an den Apparat.

»Hallo?«

»Ich bin's, Dahl. Ich brauche deine Hilfe.«

»Ben? Woher hast du diese Nummer?«

»Von Caleb. Warum? Darf man dich dort nicht anrufen?«

»Was brauchst du, Ben?«

»Ich will mir eine der Kliniken ansehen, die Trent aufnehmen könnten, um zu sehen, ob das Ding nicht irgend so ein Dreckloch ist. Nur, dass ich Trent noch nicht alleine lassen kann.«

»Kein Problem. Ich bin so schnell wie möglich da«, erkläre ich und lege auf.

Ich ziehe Jeans, eins der Konzert-T-Shirts von meinem Dad und meine schwarzen Stiefel an, von denen River so begeistert ist.

Als ich gestern Morgen nach Trents Anruf überstürzt das Haus verlassen habe, habe ich mein Handy irgendwo hier liegenlassen, und da ich es auf die Schnelle nirgendwo entdecke, muss ich eben noch mal ohne Handy los. Doch zumindest lege ich für River eine Nachricht auf den Tisch. Ich weiß, er denkt, dass ich noch immer sauer auf ihn bin, und obwohl er mir anscheinend ebenfalls noch böse ist, will ich, dass er weiß, wie es mir geht.

River,
wenn ich nur einen Wunsch frei hätte, würde ich mir wünschen, dass Du wieder bei mir bist … dass ich wieder davon geweckt werde, dass Dein warmer Atem meinen Nacken trifft, Dein warmer Mund auf meinen Lippen liegt, Dein Herz im selben Takt wie mein Herz schlägt.

Du hast meine Welt wieder ins Gleichgewicht gebracht, und ich kann mir ein Leben ohne Dich nicht vorstellen. Ich weiß, die letzte Woche war für uns nicht leicht, aber ich liebe Dich mehr, als ich mit Worten sagen kann. Ich würde niemals etwas tun, was Dich verletzen könnte, und ich weiß, Du würdest niemals etwas tun, was mich verletzt. Wenn Du tief in Deine Seele schaust, wirst Du Dich daran erinnern, wer ich bin und wer wir beide sind, und nicht mehr daran zweifeln, dass das, was wir beide haben, gut und richtig ist.

Vergiss nicht, dass Du mein Ein und Alles bist. Ich weiß, wir müssen reden.

Ich liebe Dich mehr. Ich liebe Dich für alle Zeit!

Immer Deine Dahlia.

P. S. Ich hoffe, Dir ist klar, welches der Plättchen fehlt.

Ich klemme das Blatt unters Telefon und laufe ins Schlafzimmer zurück. Dort suche ich die sechs Plektren, die mein Valentinsgeschenk für ihn gewesen sind, und lege fünf auf meinen Brief, das sechste stecke ich ein.

Außerdem muss ich ihm sagen, dass ich abermals zu Ben fahre, um dort auf seinen Neffen aufzupassen. Also schreibe ich noch eine zweite kurze Nachricht auf ein Post-it, das ich an den Kühlschrank hänge, und mache mich eilig auf den Weg.

*

Da ich deutlich schneller als erwartet in Laguna bin, kaufe ich noch ein paar Sachen, die Trent gerne isst, und bringe uns Kaffee von Starbucks mit.

Als ich schließlich vor der Haustür stehe, kommt es mir ein wenig seltsam vor, nicht einfach reinzugehen, denn ich habe schließlich ewig hier gelebt. Vor allem will ich Trent nicht wecken, falls er gerade schläft – deswegen klopfe ich nur leise an. Als niemand reagiert, öffne ich vorsichtig die Tür und spähe in den Flur. »Ben?«

Da keine Antwort kommt, trete ich schließlich einfach ein. Ich habe kaum die Tüten und die Kaffeebecher auf den Tisch gestellt und die Kühlschranktür geöffnet, als er in die Küche kommt. Er hat nasse Haare, einen nackten Oberkörper und zieht gerade mühsam einen Gürtel durch die Schlaufen seiner Shorts. Weil er den schlaffen Arm, der gestern in der Schlinge lag, noch nicht wieder benutzen kann.

Er reißt überrascht die Augen auf. »Scheiße, du warst aber wirklich schnell. Ich nehme also an, dass du schon wach warst, als mein Anruf kam.« Und mit einem spitzbübischen Grinsen fragt er mich: »Hat er etwa keine dunklen Jalousien?«

Statt auf diese hämische Bemerkung einzugehen, schiebe ich ihm das Tablett von Starbucks hin. »Ich habe uns Kaffee mitgebracht.«

Er tritt entschlossen auf mich zu. »Mache ich dich etwa nervös? Dabei hast du mich schon eine Million Male nackt gesehen, Dahl.«

Ich wende ihm den Rücken zu und fange an, die Lebensmittel auszupacken.

»Hey, alles in Ordnung?«

Ich stoße einen genervten Seufzer aus. »Danke, Ben, es geht mir gut.«

Plötzlich legt er mir die Hände um die Hüften und sagt dicht an meinem Ohr. »Oh nein, das stimmt nicht. Du kannst mir nichts vormachen. Denn dafür kenne ich dich viel zu gut.«

Ich erstarre, weil seine Berührung völlig überraschend für mich kommt. »Nicht, Ben!«

Doch statt einen Schritt zurückzumachen, legt er jetzt auch noch das Kinn auf meine Schulter, schlingt mir die Arme um den Bauch und zieht mich an seine Brust. »Sorry, Dahl, aber ich kann einfach nicht anders. Weil du mir entsetzlich fehlst.«

Genau diese Szene habe ich schon oft mit ihm erlebt. Denn genau so hat er sich immer bei mir entschuldigt, wenn er unser tagelanges Schweigen nach einer der Streitereien, die wir damals öfter hatten, nicht mehr ausgehalten hat. Aber als ich seinen Mund an meinem Nacken spüre, mache ich mich von ihm los und stelle die Cornflakes-Packung in den Schrank.

»Also bitte, Dahlia – fehle ich dir etwa nicht?«

»Wie oft muss ich das noch sagen, Ben? Du kannst mich nicht mehr einfach berühren, wenn dir danach ist.«

»Das zwischen uns war gut. Das geht nicht einfach weg.«

Ich wende mich ihm zu. »Es war gut. Aber die Dinge haben sich geändert, und ich liebe nicht mehr dich, sondern River.«

Es ist nicht zu übersehen, dass ihm bei der Erwähnung dieses Namens unbehaglich wird. Er verzieht unglücklich das Gesicht und streckt wie zum Zeichen, dass er sich ergibt, die Hände aus. »Hör zu, es tut mir leid. Aber alte Gewohnheiten sterben nun einmal langsam.« Während er dies sagt, nimmt er einen der Kaffeebecher vom Tablett.

Ich nippe ebenfalls an meinem Kaffee und atme erleichtert auf. Ich hatte unbewusst den Atem angehalten, denn ich hatte Angst davor gehabt, was ich wohl empfinden würde, wenn er mich berührt. Aber jetzt weiß ich genau – ich habe keinerlei romantischen Gefühle mehr für Ben.

»Ich sehe mal nach Trent. Könntest du dir in der Zwischenzeit vielleicht ein Hemd anziehen?«

Er nickt, und ich gehe an ihm vorbei. Jedoch nicht gleich ins Schlafzimmer, sondern zunächst noch ins Bad. Denn ich brauche einen kurzen Augenblick für mich. Ich schließe die Tür hinter mir ab, und als ich in den Spiegel schaue, merke ich, ich sehe wirklich furchtbar aus. Total verheult, mit dicken schwarzen Ringen unter den verquollenen Augen und mit wild zerzaustem Haar. Ich klatsche mir ein bisschen kaltes Wasser ins Gesicht, und als ich erneut in den Spiegel sehe, bin ich froh, dass ich Ben gegenüber endlich völlig ehrlich war.

Als ich aus dem Badezimmer komme, lehnt er lässig an der Wand im Flur. Eine seiner Hände hat er in der Tasche seiner Shorts vergraben, während der andere Arm jetzt wieder in der Schlinge liegt. »Also, ich haue erst mal ab. Sollte nicht allzu lange dauern, aber falls du irgendetwas brauchst, ruf einfach Caleb an.« Er macht auf dem Absatz kehrt und verschwindet durch die Tür.

Ich sehe oft nach Trent, doch er schläft tief und fest, und schließlich setze ich mich auf die Couch, blicke auf das Telefon, das auf Bens Schreibtisch steht, und beschließe, Aerie anzurufen. Weil sie mir entsetzlich fehlt und ich mich frage, wann sie endlich wiederkommt.

»Hallo?«

»Hi, Aerie.«

»Dahlia? Warum bist du schon wieder in Laguna?«

»Das ist eine lange Geschichte. Wie geht's dir?«

»Ich fürchte, dass mir bald der Schädel platzt. Ich glaube, langsam ist es an der Zeit, mich nach einer anderen Arbeit umzusehen.«

»Was willst du damit sagen? Du hast deine Arbeit doch immer geliebt?«

»Hmm … inzwischen ist die Liebe deutlich abgekühlt. Es gibt einfach immer viel zu viel zu tun, und die Geschäftsleitung hört mir einfach nie zu. Ich wünschte mir, du hättest mich begleitet. Weil ich neben diesem Interview auch noch ein Stück über den Aufstieg und den Niedergang der Band von meinem toten Onkel schreiben muss.«

»Wäre sicher eine bessere Idee gewesen, mit dir mitzukommen.«

»Eine bessere Idee als was?«

Ich erzähle Aerie von der Party und davon, was dort geschehen ist. Dass River schon die ganze Zeit gewusst hat, dass mich Ben damals beinah mit Bell betrogen hat und ich selbst erst auf dem Fest darauf gekommen bin, von dem Riesenstreit, den River und ich deshalb hatten, davon, dass ihm Ellie schöne Augen macht, von Trents Hilferuf und dass ich nach ihm sehe, während Ben nach einem Therapieplatz für ihn sucht.

Aerie klingt schockiert. Sie sagt, dass ihr die Sache mit Bens Neffen furchtbar leidtut, dass sie das, was ich von Bell erzähle, fast nicht glauben kann, fragt mich, wie ich mich fühle, seit ich weiß, dass Rivers Schwester diejenige war, mit der mich Ben damals beinah betrogen hat, und stellt am Ende richtig fest, dass Rivers und meine Kommunikation zu wünschen übriglässt.

Nach dem Ende des Gesprächs gehe ich in die Küche, blicke durch das Fenster in den Blumengarten, halte ein Glas unter den Wasserhahn und trinke es im Stehen aus. Dabei hänge ich meinen Gedanken nach und kriege gar nicht mit, dass Ben nach Hause kommt. Ahnungslos mache ich auf dem Absatz kehrt, und plötzlich steht er in der Tür und starrt mich an. Vor lauter Schreck mache ich einen Satz zurück, und das Wasser schwappt über den Rand von meinem Glas.

»Hi. Ich wusste nicht, dass du schon wieder da bist.« Ich versuche, mir nicht anhören zu lassen, wie nervös ich bin.

Er legt den Kopf ein wenig schräg und blickt grinsend auf die Wasserflecken auf der Vorderseite meines Shirts. »Hast du mich vermisst?«

Ich verdrehe die Augen, verschränke die Arme vor der Brust und lehne mich an die Arbeitsplatte.

»Nun spuck's schon aus.«

Ich habe endgültig genug von seinen blöden Kommentaren, aber trotzdem frage ich: »Was soll ich ausspucken?«

»Also bitte, Dahl, ich kenne dich. Ich weiß, dass dir was auf der Seele liegt. Das sehe ich dir an. Bist du sicher, dass du nicht darüber reden willst?«

Ich zeige auf seinen Arm in der Schlinge. »Du weißt ganz genau, was ist.«

Er runzelt kurz die Stirn, setzt dann aber erneut ein breites Grinsen auf. »Ärger im Paradies?«

»Du kannst mich mal, Ben Covington!«

Er richtet sich zu seiner ganzen Größe auf, kommt auf mich zu und legt die Hand unter mein Kinn. »So bist du wieder ganz die gute alte Dahl, die ich kenne.«

Abermals verdrehe ich die Augen. Denn ich werde mich bestimmt nicht von ihm reizen lassen.

Wortlos gehe ich an ihm vorbei in Richtung Flur, doch er packt meinen Arm und zieht mich zurück an seine Brust.

Wütend reiße ich mich von ihm los. »Wenn du mich noch mal anfasst, werde ich dafür sorgen, dass du keinen deiner Arme mehr benutzen kannst.«

Damit gehe ich ins Schlafzimmer, wo Trent zusammengerollt und heftig zitternd unter einer dicken Decke liegt. Ich weiß nicht, ob er schläft oder versucht zu schlafen, doch nach einem Augenblick mache ich kehrt, weil ich sein Elend einfach nicht mit ansehen kann. Weil es den kleinen Jungen, mit dem ich aufgewachsen bin, nicht mehr gibt. Gott, wie konnte ich nur derart blind sein, nicht zu sehen, dass mit ihm etwas nicht in Ordnung war?

Als ich meine Schlüssel aus der Küche holen gehe, macht sich Ben dort gerade einen Toast. »Willst du auch was?«, fragt er, und auch diese Worte kenne ich aus einer anderen Zeit.

Ich schüttle stumm den Kopf.

»Sag einfach Bescheid, wenn du es dir noch einmal anders überlegst«, sagt er und zeigt in Richtung Flur. »Das eben tut mir leid. Ich werde von jetzt an versuchen, meine Hände bei mir zu behalten, auch wenn ich dir nichts versprechen kann.«

Ich nicke und versuche, nicht zu lachen. Vielleicht muss ich einfach akzeptieren, dass der kesse, selbstbewusste Ben sich niemals ändern wird. Deshalb gehe ich nicht näher auf das Thema ein, sondern komme auf den Grund meines Besuchs. »Wie soll es mit dem Jungen weitergehen?«

»Wir bringen ihn in einem Zentrum unter, in dem er in einem Vier-Wochen-Programm die zwölf Schritte zurück in ein normales Leben lernen soll. Er wird das Leben, mich und seine Mutter hassen, aber mit ein bisschen Glück hat er am Schluss gelernt, wie er seine Drogensucht bekämpfen kann.«

Seine nüchterne Einschätzung erschüttert mich. »Er hat Glück, dass er dich hat.«

»Ich glaube nicht, dass Trent das auch so sehen wird.«

»Früher oder später wird er wieder zu sich kommen, und dann wird er sehen, dass du ihn gerettet hast. Und da du gerade von Serena sprichst – hast du sie inzwischen angerufen?«

Plötzlich nimmt er eine völlig andere Haltung ein. Sein Gesicht verdüstert sich und wird fast ein bisschen unsicher, als er gesteht: »Ich rufe sie erst morgen an, weil sie sich sonst Sorgen um ihn macht. Sie denkt, er ist bei seinem Dad. Und das Fieber und der Schüttelfrost sind bis dahin sicher besser.«

»In Ordnung, Ben.« Wahrscheinlich hat er recht, denn Trent sieht einfach furchtbar aus, und ich fände es entsetzlich, wenn ihn Serena in diesem Zustand sehen müsste. Da es für mich nichts mehr zu tun gibt, greife ich nach meinen Schlüsseln und marschiere Richtung Tür. »Also gut, ich rufe später noch mal bei dir an.«

»Wir sehen uns, Dahl, und vielen Dank«, ruft er mir hinterher, und ich drehe mich noch einmal zu ihm um.

»Ich bin wirklich froh, dass du am Leben bist.«

»Danke, Dahl. Das bedeutet mir sehr viel. Und ich bin froh, weil du – wenn auch mit einem anderen – glücklich bist.«

Ich lächle ihn an, doch er wendet sich eilig ab, und so verlasse ich – vielleicht zum allerletzten Mal – das Haus, in dem ich mit ihm glücklich war.

Als ich aus der Einfahrt auf die Straße biege, merke ich, dass ich in erster Linie Trents, aber auch seines Onkels wegen traurig bin. Im Augenblick umgibt mich so viel Traurigkeit, dass ich mich kaum auf eine einzelne Facette dieses vielschichtigen Kummers konzentrieren kann. Plötzlich fällt mir etwas ein, was Grace einmal zu mir gesagt hat. »Jede Narbe, die wir tragen, hat auch etwas Schönes, ganz egal, woher sie stammt«. Außerdem hat sie gesagt: »Ich werde immer für dich da sein«, und mir wird klar – nachdem sie wirklich immer für mich da war, ist es jetzt vielleicht an mir, endlich einmal für sie da zu sein. Bisher habe ich nicht einen Augenblick darüber nachgedacht, welche Auswirkung es auf sie hatte, zu erfahren, dass ihr Sohn am Leben ist – weil schließlich auch sie durch seinen angeblichen Tod Narben davongetragen hat.

*

Auch wenn ich durchaus meine Gründe dafür hatte, hätte ich sie niemals einfach stehenlassen sollen. Das wird mir bewusst, als ich am Strand vorüberfahre und all die Familien sehe, die dort fröhlich spielen, schwimmen, lächeln, glücklich miteinander sind. Ich muss mit ihr reden und sie um Verzeihung dafür bitten, dass ich einfach aus dem Restaurant verschwunden bin.

Als ich ihr Haus erreiche, öffne ich die Tür und rufe ihren Namen.

Sie sitzt an dem kleinen Schreibtisch in der Ecke ihres Wohnzimmers und geht im Licht der Schreibtischlampe irgendwelche Unterlagen durch.

Sie hebt den Kopf und sieht mich über ihre Lesebrille hinweg an. »Dahlia, Schätzchen, ist etwas passiert?«

Überwältigt von meinen Gefühlen, laufe ich quer durch den Raum, schlinge ihr die Arme um den Hals und sage mit heiserer Stimme: »Es tut mir leid.«

Ich bemerke, dass auf den Papieren, die sie durchgesehen hat, Bens Name steht – es sind sein Totenschein, eine Lebensversicherungspolice und der gerichtsmedizinische Bericht.

Sie macht sich von mir frei, räuspert sich und flüstert heiser: »Oh, Dahlia, ich muss mich ebenfalls bei dir entschuldigen.« Sie nimmt die Brille ab und legt sie vor sich auf den Tisch. »Komm, wir setzen uns aufs Sofa, und dann reden wir.«

Auf dem Weg zur Couch wird mir bewusst, wie heimisch ich in diesem Zimmer bin. Dass ich im Augenblick nichts anderes will, als in der Nähe dieser Frau zu sein, die zeit meines Erwachsenenlebens stets wie eine Mutter zu mir war. Ich hatte kommen und sie um Verzeihung bitten wollen, aber jetzt suche ich vor allem den Trost, den sie mir schon so oft gespendet hat.

Ich versuche, ihr zu widersprechen, doch sie streicht mir eine Haarsträhne hinters Ohr und sieht mich an. »Schätzchen, hör mir zu. Alles, was ich wollte, war, dass du versuchst, Bens Verhalten vor drei Jahren zu verstehen und ihm vielleicht zu verzeihen.«

Ich hole tief Luft und fange ganz von vorne an. »Das ist mir inzwischen klar. Und ich habe auch mit ihm geredet …«

Ich erzähle alles, was seit seinem Wiederauftauchen geschehen ist – auch, dass ich das Gefühl habe, als würden uns alle plötzlich hohe Mauern trennen, als drifteten wir auseinander und es gäbe keinen Weg zurück.

Wir reden über eine Stunde. Hin und wieder fällt sie mir ins Wort oder gibt mir einen Rat, aber meistens hört sie einfach zu. Als ich nichts mehr zu sagen habe, legt sie mir ihre Gefühle dar. »Alles, was ich will, ist, dass ihr beide glücklich seid. Ich weiß, dass das nicht heißt, dass du wieder zu ihm zurückgehst. Weil du schließlich mit River glücklich bist. Aber ich mache mir einfach Sorgen um Ben. Er ist vollkommen verloren, und das Leben, das er kannte, gibt es jetzt nicht mehr. Ich dachte, dass er sich deshalb noch nicht entschieden hat, was er aus seinem Leben künftig machen will, weil er noch immer denkt, dass er dich vielleicht doch noch mal zurückgewinnen kann. Nur deshalb wollte ich, dass du ihm verzeihst. Damit er sieht, dass zwischen euch nicht mehr als Freundschaft übrig ist.« Sie legt eine Pause ein und sieht mir ins Gesicht. »Und, Dahlia, er hat vor kurzem bei mir angerufen und gesagt, dass er es jetzt versteht.«

Obwohl sie es dabei belässt, weiß ich, was sie meint. Sie sieht mich mit einem schmalen Lächeln an, und als sie meine Hand loslässt, bricht mir das Herz bei dem Gedanken, dass die Liebe, die mich einst mit Ben verbunden hat, verloren ist. Ich kann sie nicht zurückholen und möchte es auch nicht. Aber ich hoffe, eines Tages findet Ben etwas wie das, was River mir gegeben hat und täglich gibt.

»Und jetzt musst du nach Hause fahren und mit River sprechen.« Grace erhebt sich von der Couch, führt mich zur Tür und drückt noch einmal meine Hand. »Du solltest ihm ganz ehrlich sagen, was du fühlst. Was du für ihn empfindest, dass dir sein Verhalten Angst macht, all die Dinge, über die du eben auch gesprochen hast. Halt nichts davon zurück. Denn wenn du dich ihm öffnen kannst, werdet ihr eure Probleme lösen, weil die Liebe, die euch beide verbindet, etwas ganz Besonderes ist. Das weiß ich, Dahlia, denn ihr beide seht euch oft genauso an, wie mein Mann mich immer angesehen hat. Deshalb weiß ich, dass das Band, das euch verbindet, unverbrüchlich ist. Das, was ich mit meinem Mann hatte, war derart stark, dass ich es nie vergessen werde, selbst nach all den Jahren nicht.«

Ich umarme sie zum Abschied und erkenne, sie hat recht. Ich weiß, wie sehr sie ihren Mann geliebt hat, und obwohl ich ihm niemals begegnet bin, habe ich ihr diese Liebe täglich angesehen.

Während wir so eng umschlungen in der Haustür stehen, verspüre ich urplötzlich das Bedürfnis, ihr etwas zu sagen, was mir selber bisher nie ganz klar gewesen ist. »Du weißt, wie sehr ich dich liebe, Grace. Weil du für mich in all den Jahren nicht einfach wie eine Mutter, sondern wie eine echte Mutter warst.«

Ihre Lippen fangen an zu beben, und mit einem unmerklichen Nicken nimmt sie mich noch fester in den Arm. »Oh, Dahlia, ich liebe dich so sehr. Vielen, vielen Dank.«

Schließlich machen wir uns wieder voneinander los. Ich sehe sie genauer an. Sie sieht erschöpft aus, und unter ihren Augen, die normalerweise immer fröhlich blitzen, nehme ich zwei tiefe, bläulich schwarze Ringe wahr. »Bitte mach dir keine allzu großen Sorgen, Grace. Ich weiß genau, dass Ben für die Probleme, die er gerade hat, eine Lösung finden wird. Er ist unglaublich zäh und bekommt sein Leben garantiert auf Dauer wieder in den Griff.«

»Das hoffe ich, Dahlia, das hoffe ich. Und jetzt fahr nach Hause und sprich mit River.« Und noch während sie mich aus dem Haus und in den Regen scheucht, ruft sie mir hinterher: »Dahlia, Schatz, wo ist dein Schirm?«

Ich muss lachen, denn sie weiß genau, dass meine Regenschirme immer innerhalb kurzer Zeit verlorengehen.

Als ich in den Wagen steige, sehe ich im Rückspiegel, dass sie noch in der offenen Haustür steht. Deshalb mache ich das Fenster auf und rufe ihr zum Abschied noch mal zu: »Danke, Grace. Ich liebe dich.«

Sie wirft mir eine Kusshand zu und winkt mir kurz, bevor sie ihre Arme um sich schlingt und wieder in den Hausflur tritt. Ich bin unglaublich froh, weil wir uns ausgesprochen haben und zwischen uns jetzt wieder alles bereinigt ist.

Gerade als ich aus der Einfahrt auf die Straße fahren will, biegt Serena in das Grundstück ein und hupt mich wütend an.

Kurzerhand halte ich noch mal an, mache das Fenster wieder auf, und sie kommt durch den Regen auf mich zugeschossen und sieht mich aus zornblitzenden Augen an. »Was zum Teufel hast du dir dabei gedacht, mir so was zu verschweigen?«

Mir ist klar, sie spricht von Trent, doch ich habe keine Ahnung, was ich sagen soll. »Es tut mir leid, Serena, ich …«

Ihre Fäuste sind geballt, und ihre Augen funkeln, als sie sich drohend durch mein Fenster beugt. »Wie konntest ausgerechnet du mir so etwas verschweigen? Ich dachte, du legst einen solchen Wert auf unbedingte Ehrlichkeit.«

Sie stürmt in Richtung Haus, und eilig schwinge ich mich

wieder aus meinem Gefährt und renne meiner Freundin hinterher. »Das tue ich auch. Lass mich dir bitte erklären …«

»Nein, Dahlia, auf deine Erklärung kann ich verzichten. Weil ich nämlich seine Mutter bin.« Damit wirft sie mir die Haustür vor der Nase zu.

Ich überlege, ob ich reingehen oder lieber fahren soll. Sie ist furchtbar wütend, aber das kann ich durchaus verstehen. Denn sie hatte ein Recht, es zu erfahren. Deshalb ist es vielleicht besser, wenn ich sie erst mal in Ruhe lasse. Denn bestimmt will sie mit Grace über den Jungen reden, und solange sie so aufgeregt ist, dringe ich wahrscheinlich gar nicht zu ihr durch.

Also fahre ich, genau wie gestern Abend, erst mal nach Los Angeles zurück. In den vierundzwanzig Stunden, seit ich diesen Weg zum letzten Mal gefahren bin, ist so viel passiert, ohne dass sich wirklich was verändert hat. Nun … ich habe mich wieder mit Grace vertragen, und die Übereinkunft, die ich in der Zwischenzeit mit Ben getroffen habe, könnte mit ein bisschen Glück der erste Schritt in Richtung einer neuen Freundschaft sein. Er ist wieder da, hat aber offensichtlich akzeptiert, dass er in meinem Leben niemals wieder eine große Rolle spielen wird. Wohingegen seine Schwester und auch Rivers Bruder nicht mehr mit mir sprechen, weil sie sauer auf mich sind, und River selber gestern Abend nicht mehr heimgekommen ist, den ganzen Tag kein Wort mit mir gewechselt hat und ich keine Ahnung habe, wie es sein wird, wenn wir uns gleich wiedersehen.

Während ich an all diese Dinge denke, fällt mir auf, wie kühl und feucht die Luft und wie grau und trüb der Himmel ist.

Kapitel 21

All In

Als ich in die Einfahrt biege, sehe ich, dass Ellies Wagen an genau derselben Stelle steht wie am Vortag. Ich bedenke ihn mit einem bösen Blick, hole tief Luft und atme langsam wieder aus. Da ich mich im Augenblick beim besten Willen nicht mit dieser Ziege auseinandersetzen will, beschließe ich, gar nicht erst ins Haus zu gehen. Ich will mit River reden und versuchen, unsere Probleme irgendwie zu lösen, aber wenn ich dieses Weib noch mal zu seinen Füßen sitzen sehe, flippe ich wahrscheinlich einfach aus. Vor allem, weil ich ständig daran denken muss, dass Serena sich von mir jetzt ebenso verraten fühlt wie ich mich selbst in der letzten Zeit von River.

Wahrscheinlich sollte ich zu Bell fahren, damit sie weiß, dass ich nicht sauer auf sie bin. Bisher hatte ich noch keine Zeit, mich bei ihr zu melden, und bis ich nach unserem Gespräch wieder nach Hause komme, ist die blöde Ellie sicher nicht mehr da.

Rivers Mom lebt weniger als fünf Meilen von unserem Haus entfernt. Ich klingle an der Tür des großen, zweistöckigen Hauses und starre den massiven metallischen Klopfer an. Ich weiß, dass Charlotte bei der Arbeit ist, aber trotzdem frage ich mich ein ums andere Mal, ob sie von der Geschichte zwischen Bell und Ben etwas weiß. Bestimmt. Weil Bell ihr schließlich immer alles sagt. Plötzlich bin ich fürchterlich nervös, mein Herz fängt an zu pochen, und als mir Brigitte die Haustür öffnet, fahre ich vor lauter Schreck zusammen und hätte am liebsten auf der Stelle kehrtgemacht.

»Hallo, Dahlia, was für eine nette Überraschung. Kommen Sie doch rein.« Die langjährige Hauswirtschafterin, die praktisch zur Familie gehört, sieht aus wie immer. Sie hat ihre braunen Locken hochgesteckt, trägt eine weiße Bluse über einer schwarzen Hose und verströmt die Eleganz, die für Französinnen so typisch ist.

»Hi, Brigitte. Wie geht es Ihnen?«

»*Fantastique!*« Ihr französischer Akzent ist nicht zu überhören, und ich muss einfach lächeln, weil sie so begeistert klingt.

Dann höre ich »Dahlia!« und blicke die Treppe hinauf in Richtung Galerie. Dort steht Bell und könnte dem Aussehen nach und so, wie sie jetzt nervös auf ihrer Unterlippe kaut, glatt Rivers Zwillingsschwester sein.

Eilig kommt sie auf mich zugelaufen. »Ich habe schon x-mal bei dir angerufen, denn ich dachte, dass du sauer auf mich bist.«

»Würden mich die beiden jungen Damen wohl entschuldigen«, sagt Brigitte und geht in Richtung Küche. Dann aber dreht sie sich noch einmal um und sagt zwinkernd zu Bell: »Sehen Sie, Missy, ich habe Ihnen doch gesagt, dass sie bestimmt nicht böse auf Sie ist.«

Bell sieht sie mit einem breiten Lächeln an. »Sie hatten wie immer recht, Brigitte.«

»Lassen Sie mich einfach wissen, falls Sie irgendetwas brauchen.«

Als Bell und ich allein sind, sage ich: »Ich bin nicht sauer auf dich, Bell. Es ist nur …« Ich schüttle den Kopf. »Heißt du in Wahrheit etwa Isabelle? Ich dachte, dieses S'belle, das wäre eine Abkürzung für Southern Belle oder etwas in der Art. »

»Oh, mit den Südstaaten habe ich sicher nichts zu tun. Und ich heiße auch nicht Isabelle. Aber als ich während meines ersten Studienjahrs bei meiner Tante in Frankreich war, haben mich dort alle S'belle genannt. Und als ich wieder in die Staaten kam, fand ich es einfach witzig, meinen französischen Namen zu behalten, deshalb habe ich den Leute an der USC gesagt, dass sie mich so nennen sollen.«

»Okay, ich schätze, das macht Sinn …«

Sie zieht mich durch die Küche in das große Wohnzimmer, aber noch ehe wir uns setzen können, sieht sie mich aus tränenfeuchten, leuchtend grünen Augen an. »Warum hast du mich nicht zurückgerufen, wenn du mir nicht böse bist?«

»Es tut mir leid, Bell. Mir war gar nicht klar, dass du mich angerufen hast. Ich habe mein Handy wieder mal verlegt.«

Sie verdreht die Augen und lässt sich kopfschüttelnd in einen Sessel fallen. »Das hätte ich mir denken können.«

»Warum hast du mich nicht einfach über unsere Festnetznummer angerufen?«

»Scheiße, daran hab ich gar nicht gedacht. Ich hab einfach bei dir, bei River und am Schluss sogar bei Xander angerufen, und als keiner von euch dranging, dachte ich, dass niemand mit mir sprechen will.«

»Tut mir leid, Bell«, wiederhole ich und zucke mit den Achseln, weil ich nicht diejenige sein will, die ihr erzählt, dass River nicht mit auf Tournee gehen wird.

»Oh, Dahlia, mir tut es leid. Ich wusste nicht, dass mein Ben dein Ben war. Ich war damals noch entsetzlich unreif und mir war einfach nicht klar, dass man die Beziehungen von anderen respektieren muss. Als ich Ben auf dieser Party traf, musste ich ihn einfach haben. Alles andere war mir egal. Anfangs wusste ich nicht, dass er eine Freundin hatte, aber selbst als er es mir gesagt hat, war mir das egal. Ich habe von dem Abend an auf jeder Party gnadenlos versucht, ihn rumzukriegen, und dann eines Abends habe ich ihn abgefüllt, damit er endlich mit mir in die Kiste steigt.«

So, wie sie von ihm spricht, klingt es total vertraut. Ich hätte besser vorbereitet sein sollen auf diesen Augenblick, aber was genau erzählt sie da? Ihr Ben? Den sie einfach hätte haben müssen? Den sie abgefüllt hat, damit er mit ihr in die Kiste steigt?

Um sie nicht länger ansehen zu müssen, starre ich die riesige Collage mit Familienbildern, die direkt vor meiner Nase an der Wand hängt, an. Xander, River, Bell, Charlotte und ihre Schwester vor dem Eiffelturm, die drei Kinder während eines Picknicks, River, der mit Stella auf der Bühne steht. Mir schießen unzählige Fragen durch den Kopf, während Rivers Schwester ängstlich weiterspricht.

»Dahlia! He, bist du okay? Du hast gesagt, dass du nicht sauer auf mich bist.«

Ich blinzle und versuche, mich erneut auf das Gespräch zu konzentrieren. »Einen Augenblick. Ich bin verwirrt. Fang noch mal von vorne an.«

»Tut mir leid, ich dachte, River hätte dir alles erzählt.«

Wortlos schüttle ich den Kopf.

»Ich dachte nur … ach, ich weiß nicht. Vielleicht nicht. So wie ich River kenne, eher nicht.«

»Er hat nicht viel gesagt. Also erzähl du es mir.«

Sie blinzelt unglücklich und sieht mich forschend an. »Gott, Dahlia, es tut mir wirklich furchtbar leid.«

Meine Kehle ist wie zugeschnürt und ich stoße mit heiserer Stimme aus: »Sag es mir einfach, Bell.«

Sie windet sich in ihrem Sessel und sieht verlegen zu Boden. »Ich kannte Ben nur die zwei Monate, bevor ich von der Uni abging. Du weißt ja, dass ich nach dem Unfall nie wieder dorthin zurückgegangen bin. Und obwohl das zwischen uns nie über diesen einen One-Night-Stand hinausgegangen ist, war mein Leben danach nie mehr, wie es vorher war.«

»Du meinst, wegen des Unfalls?« Mehr bringe ich nicht heraus. Weil meiner Stimme augenblicklich nicht zu trauen ist.

Ich sehe, wie nervös sie ist. Sie reibt die Füße aneinander und zieht sie dann unter sich. »Nein, Dahlia, ich bin nicht wegen des Unfalls von der Uni abgegangen. Natürlich musste ich mich auch von den Verletzungen erst mal erholen, aber vor allem lag es an dem Baby, dass ich nicht wieder dorthin zurückgegangen bin.«

Ich presse entsetzt die Hand vor den Mund. Baby? Welches Baby? Doch obwohl mein Herz anfängt zu rasen, sehe ich sie wieder an und nicke zum Zeichen dafür, dass sie mir auch noch den Rest erzählen soll.

»Oh Gott, Dahlia, so hätte ich nicht anfangen sollen.«

Sie öffnet den Mund, als wollte sie noch etwas sagen, klappt ihn aber plötzlich wieder zu, und ich atme so flach wie möglich ein und aus, während ich darauf warte, dass sie endlich weiterspricht.

Als sie das nicht tut, sage ich unnatürlich ruhig: »Sprich weiter, Bell, es ist okay. Fang einfach dort an, wo du anfangen musst.«

Sie wendet sich mir wieder zu, stellt die Füße auf dem Boden ab und verzieht unglücklich das Gesicht. »Ich habe Ben zum ersten Mal auf einer Party in seinem Studentenwohnheim zu Semesterbeginn gesehen. Wir haben uns unterhalten, aber er hat meine Avancen ignoriert und ist dann einfach abgehauen. Doch das hat mich nicht abgeschreckt. Ich war fest entschlossen – denn ich hatte dieses seltsame Gefühl, dass er vielleicht nein gesagt, aber in Wahrheit ja gemeint hat. Ich hab damals immer nur an mich gedacht. Und dann wurde ich Ben für die Aufnahmeparty der Kappa-Sigma-Verbindung als kleine Schwester zugeteilt. Das hieß, ich hatte das Komitee auf Knien angefleht, dass es mir diese Rolle gab. An dem Abend habe ich dafür gesorgt, dass der Alkohol für ihn und die ihm zugeteilten Anwärter in Strömen floss. Und bis er die Anwärter am Ende losgeschickt hat, irgendwo ein pinkfarbenes Spitzenhöschen aufzutreiben, waren wir alle sternhagelvoll.« Sie macht eine Pause, um zu sehen, wie ich auf ihr Geständnis reagiere.

Doch ich zeige keine Reaktion. Ich wäge die kalte, nackte Wahrheit ihrer Worte ab und ahne, wie es weitergehen wird. Sie zupft nervös an ihrem Pferdeschwanz, und ich schlucke meine Übelkeit herunter. Denn auch wenn ich mich vor ihren nächsten Sätzen fürchte, will ich, dass sie endlich ausspuckt, wie es damals war.

»Du darfst nicht vergessen, dass ich damals jung und furchtbar unreif war und alles andere als stolz auf mein Verhalten bin«, fleht sie, und wieder nicke ich nur stumm. »Nachdem die anderen losgezogen waren, hab ich mich an ihn herangemacht. Und wie bei all den anderen Malen hat er nein gesagt. Das schwöre ich. Aber als er dann ins Bad ist, bin ich ihm einfach gefolgt, hab die Tür hinter mir abgesperrt, mir das T-Shirt und den Rock ausgezogen und mich nur noch in BH und schwarzem Spitzenhöschen vor ihm aufgebaut.«

Ich hebe abwehrend die Hand. Mehr muss ich nicht wissen. Das, was sie bisher erzählt hat, reicht mir voll und ganz.

»Dahlia, es war allein meine Schuld. Er konnte nichts dazu.«

Allein ihre Schuld? Was soll das heißen? Schließlich hatte er damals eine Beziehung. Er hätte so viel Selbstbeherrschung haben müssen, nicht auf die Avancen einer anderen einzugehen. Gott, er hat mich tatsächlich betrogen. Vielleicht sogar mehr als dieses eine Mal?

Tonlos frage ich: »Und, hattet ihr danach noch öfter Sex?«

Ich will, dass sie mir in die Augen sieht. Denn inzwischen sollte mir das vollkommen egal sein, doch aus welchem Grund auch immer macht es mir trotzdem etwas aus. Hatte Ben etwa eine längere Affäre, und ich habe nichts davon bemerkt?

Bell vergräbt die Hände in die Taschen ihres Sweatshirts, nagt nervös an ihrer Unterlippe und schüttelt den Kopf. Aber im Grunde spielt das keine Rolle. Weil er mich, wenn auch vielleicht nur dieses eine Mal, so doch auf jeden Fall betrogen hat.

Mir wird schwindlig, obgleich Bell mit schuldbewusster Stimme wiederholt: »Oh, Dahlia, es tut mir wirklich furchtbar leid.«

»Was hast du damit gemeint, als du eben von einem Baby gesprochen hast?«, stoße ich mit erstickter Stimme hervor.

Ihre Augen füllen sich mit Tränen. »Dass ich schwanger wurde.«

Ich muss schlucken. »Ihr beide habt ein Kind?«

»Nein, Dahlia, haben wir nicht. Weil ich das Baby gleich nach der Geburt zur Adoption freigegeben habe.«

Die Zeit bleibt stehen. Ich atme keuchend ein und reiße ungläubig die Augen auf. Bell jedoch bleibt stumm, als müsste auch sie selbst erst mal den Schock verdauen.

Obgleich ich ihre Antwort gar nicht hören will, murmle ich schließlich: »Wusste Ben etwas davon?«

Bell sieht mich traurig an. »Nein, ich habe es ihm nie gesagt. Am Abend des Unfalls wollte ich ihn treffen und ihm sagen, dass ich schwanger bin. Aber nach dem Unfall lag ich erst mal wochenlang im Krankenhaus. Und nach meiner Entlassung habe ich versucht, ihn zu erreichen, nur, dass er mich nie zurückgerufen hat.«

»Weiß deine Familie etwas davon?«

Weinend fährt sie fort: »Ja, sie alle wussten es, aber sie mussten mir versprechen, niemals irgendwem ein Sterbenswort davon zu sagen. Nach dem Unfall habe ich ihnen von meiner Schwangerschaft erzählt. Xander und River haben darauf bestanden, dass ich ihnen sage, wer der Vater ist. Ich wusste, es war Ben, weil ich nach der Nacht mit ihm mit keinem anderen mehr im Bett gewesen war. Denn schließlich hoffte ich noch immer, dass er vielleicht doch was von mir will. Sie haben nach ihm gesucht, wollten wissen, wer er war, und haben ihn, glaube ich, sogar auf ein paar Partys der Bruderschaft verfolgt. Bis Mom darauf bestanden hat, dass sie ihn in Ruhe lassen. Und am Ende, als ich mich entschied, das Baby wegzugeben, waren sie alle für mich da. Ich weiß wirklich nicht, was gewesen wäre, wenn mich meine Familie in dieser Zeit nicht derart unterstützt hätte.«

Diese Worte reichen, damit plötzlich alles einen Sinn ergibt – Xanders schlechte Laune, als er mir zum ersten Mal begegnet ist, und Rivers Widerstreben, mir alles zu sagen, was er über diese Sache weiß.

Ich zermartere mir das Hirn nach einer Antwort, doch mir fällt einfach nichts ein.

»Ich muss gehen, Bell.« Irgendwie gelingt es mir, aus meinem Sessel aufzustehen. Ich stürze zur Tür, denn ich weiß, dass ich mich übergeben muss, und kann nur hoffen, dass mir das nicht mehr im Haus passiert.

Als ich Richtung Haustür renne, ruft Brigitte mir aus der Küche hinterher. »Dahlia, ich habe gerade Kaffee für Sie und für die junge Miss gekocht.«

Doch ich antworte ihr nicht. Weil ich dazu im Augenblick einfach nicht in der Lage bin.

In meinem Innern ringen kalter Schock und heißer Zorn. Ich habe Ben vertraut und ihm stets geglaubt, egal, was er erzählt hat. Und jetzt stellt sich heraus, dass er ein gottverdammter Lügner ist!

Kapitel 22

Six Degrees of Separation

Fast zwei Stunden später fahre ich auf der 101 in Richtung Norden, ohne dass ich weiß, wohin ich will und wie ich überhaupt hierhergekommen bin. Vor lauter Schock und Zorn musste ich erst einmal weit weg. Doch allmählich lässt die Taubheit nach, und ein Gefühl des Schmerzes breitet sich in meinem Innern aus.

Vollkommen erledigt fahre ich in Santa Barbara ab, halte an einer Tankstelle und frage nach dem Weg zum nächstgelegenen Hotel. Der Angestellte meint, falls ich etwas Nettes suche, müsste ich ein Stück nach Westen fahren, weil dort das Four Seasons liegt. Ich suche nichts Besonderes, aber trotzdem folge ich der Wegbeschreibung, und nach einer Viertelstunde habe ich mein Ziel erreicht. Es wirkt eher wie ein mediterranes Ausflugsziel als wie ein Ort, an dem man einfach nur allein sein und an nichts denken will. Doch ich habe einfach nicht die Energie, mich noch einmal nach etwas anderem umzusehen, deshalb stelle ich den Wagen auf dem Parkplatz ab und steige aus.

Ich betrete das Foyer, und sofort fällt mir auf, wie prächtig die Umgebung ist. Ich trete ohne jegliches Gepäck vor den Empfangstresen, und als die Angestellte sagt, nur eines der Deluxe-Zimmer wäre noch frei, schiebe ich mit einem knappen Kopfnicken meine Kreditkarte über den Tisch. Als sie von mir wissen will, wie viele Nächte ich bei ihnen bleiben möchte, kann ich ihr nur sagen, dass ich das nicht weiß. Trotzdem checke ich für eine ganze Woche ein, als sie erklärt, dass sie mir ohne Reservierung nur für heute Nacht ein Zimmer garantieren kann.

Endlich drückt sie mir den Zimmerschlüssel in die Hand und fragt, ob der Hoteldiener noch mein Gepäck aus dem Wagen holen soll. Ich verneine, und so führt mich der Portier auf ihren Wink zum Lift und schickt mich mit einem Knopfdruck in den Stock, in dem mein Zimmer liegt.

Kaum erreiche ich den Raum, marschiere ich schnurstracks zum Telefon. Inzwischen koche ich vor Zorn und muss diesem Hurensohn erklären, dass er ein verdammtes Arschloch ist. Mit zitternden Fingern wähle ich die Nummer, die ich jahrelang nicht angerufen habe, und schon nach dem zweiten Klingeln kommt er an den Apparat.

»Hallo?«

»Du verdammter Hurensohn. Wie konntest du mich all die Jahre so belügen?«

»Beruhig dich erst mal, Dahl. Wovon zum Teufel redest du?«

»Sag mir bloß nicht, dass ich mich beruhigen soll, du Arschloch. Du hast mich betrogen und die ganze Zeit behauptet, dass da nie was zwischen dir und dieser anderen war. Wie konntest du das tun?«

»Es war ein Fehler, Dahl. Aber es hatte nicht das Geringste zu bedeuten.«

»Verdammt, willst du mich auf den Arm nehmen? Ein Fehler ist, wenn man vergisst, eine Hypothekenrate zu bezahlen. Aber du hast eine andere gefickt.«

»Es tut mir leid, Dahl. Lass es mich erklären.«

»Nein, Ben, diesmal lasse ich dich nichts erklären. Nicht noch mal. Ich wünschte mir, du wärst niemals zurückgekommen, denn dann hätte ich niemals erfahren müssen, dass das zwischen uns nie wirklich von Bedeutung war. Du hast mir nur neuen Schmerz verursacht, als du wieder auf der Bildfläche erschienen bist. Ich habe schon nach deinem Tod die Hölle durchgemacht, und gerade als ich im Begriff bin, mir ein neues Leben aufzubauen, tauchst du plötzlich wieder auf und tust mir noch mal weh. Ich wünschte mir, du hättest weiterhin den toten Mann gespielt.«

»Bitte, Dahl, komm einfach her. Wir können über alles reden.«

»Fahr zu Hölle, Ben. Ich will nie wieder mit dir reden«, herrsche ich ihn an und knalle den Hörer auf.

Um mich etwas zu beruhigen, rufe ich den Zimmerservice an und bestelle eine Kanne Kaffee. Den ich hoffentlich trotz meiner Übelkeit bei mir behalten kann. Dann trete ich vor die gläserne Balkontür, um die Vorhänge zuzuziehen, und werfe dabei einen kurzen Blick auf den Strand und die Berge. Mit einem Mal wogt ein Gefühl der Kälte in mir auf. Unglücklich betrachte ich mein Spiegelbild in der großen Glasscheibe. Wie hatte ich nur so naiv sein können? Schließlich hatte ich die Mail gesehen! Und als er mich zurückgewinnen wollte, hat er sich dabei aller erdenklichen Klischees bedient. Trotzdem habe ich ihm irgendwann verziehen, denn ich hatte nicht einen Augenblick daran gezweifelt, dass er mir stets treu geblieben war.

Es klopft an meiner Zimmertür und als draußen jemand »Zimmerservice« ruft, komme ich zu dem Ergebnis, dass an meiner damaligen Blödheit jetzt nichts mehr zu ändern ist, ziehe den Vorhang zu, öffne die Tür und trage das Tablett zu einem kleinen Tisch vor dem Kamin. Ich setze mich in einen breiten, weichen Sessel, schenke mir die erste Tasse Kaffee ein, und als mir der Duft der frischgemahlenen Kaffeebohnen in die Nase steigt und mein Blick auf das Tablett und die darauf stehende Zuckerdose fällt, hole ich tief Luft und frage mich, ob ich nicht lieber hätte Tee bestellen sollen, weil der Kaffee mich an River denken lässt. Würde er mir auch so etwas antun? Tut er mir vielleicht bereits so etwas an?

Mein Herz schlägt deutlich schneller, als es sollte. Ich lasse den Kaffeelöffel auf den Boden fallen, und als ich mich bücke, um ihn wieder aufzuheben, und dabei die Stiefel sehe, die ich einzig Rivers wegen trage, breche ich in Tränen aus. Eilig ziehe ich sie aus, doch dabei fällt mir ein, wie mir River sie im Billardraum des Smitten's ausgezogen hat, und ich hole keuchend Luft. Das zwischen uns ist etwas anderes als die Geschichte zwischen mir und Ben. Das weiß ich ganz genau. Und genauso weiß ich, dass er mich niemals betrügen würde, wie mich Ben betrogen hat.

Ich erinnere mich daran, wie er während unseres ersten Kaffeetrinkens wissen wollte, ob ich Zucker nehme, und dass er seit diesem ersten Morgen jeden Morgen irgendwo einen Kaffee für mich hervorgezaubert hat. Nur gestern früh und heute nicht. Er fehlt mir fürchterlich, und ich fange an zu überlegen, weswegen ich nicht einfach heimgefahren bin.

Mühsam kämpfe ich gegen den Wirrwarr von Gedanken, der mir durch den Kopf schwirrt, und versuche, mich auf das zu konzentrieren, was mir Bell gebeichtet hat. Im Grunde ist es alles furchtbar einfach zu verstehen. Sie hatte einen Unfall an dem Abend vor fünf Jahren, als ich River in der Bar begegnet bin. Aus lauter Angst vor dem, was zwischen ihm und mir passieren könnte, bin ich damals aus der Kneipe abgehauen. Dabei hätte Bell an demselben Abend Ben sagen wollen, dass sie schwanger war. Sie hatte eine Verabredung mit ihm gehabt. Und auch Xander passt mit einem Mal ins Bild. Er war in derselben Studentenverbindung wie Ben und wusste deshalb, dass Ben eine Freundin hatte. Nur habe ich selber River, seinen Freunden und seiner Familie nie etwas von Ben erzählt.

Plötzlich ergibt alles einen Sinn. Ben konnte die Party nicht verlassen, weil ich früher als erwartet wiederkam. Davon aber konnte Bell nichts wissen, und weil sie ihm schnellstmöglich von ihrer Schwangerschaft erzählen wollte, ist sie in diesen verfluchten Wagen eingestiegen, obwohl dessen Fahrerin, eine Freundin von Bell, sturzbetrunken war. Später an dem Abend tauchte auch noch River auf der Party auf, um dort nach Bell zu suchen, weil sie bereits öfter in dem Wohnheim gewesen war. Und da ich selbst fast nie auf deren Partys ging, konnte Ben sich sicher sein, dass ich niemals herausbekommen würde, dass er dort mit einer anderen im Bett gewesen war.

Während ich den Rest von meinem Kaffee trinke, nimmt die Kälte langsam ab. Ich spiele in Gedanken mehrere Was-wäre-wenn-Szenarien durch und stelle mir vor, wie unser aller Leben wohl verlaufen wären, hätte ich mich an jenem Abend nicht vorzeitig aus dem Staub gemacht. Hätte River seine Schwester, wenn er mich nicht hätte suchen müssen, vielleicht heimgebracht? Hätte Bell sich vielleicht noch mit Ben getroffen, und würden die beiden jetzt vielleicht ein Kind zusammen aufziehen? Hätte ich mich Rivers wegen vielleicht schon damals von Ben getrennt? Hätte Ben den Zeitungsjob nicht angenommen und sein Studium fortgesetzt? Schließlich hat er bei der *L. A. Times* nur angefangen, um ein Haus für uns zu kaufen. Wenn er nie bei dieser Zeitung angefangen hätte, hätte er bestimmt auch nie für diese Story recherchiert. Und ohne diese Story hätte er nicht sterben müssen. Vielleicht hätten wir dann alle ein Happy End erlebt.

Mir wird schwindlig, deshalb lege ich mich hin, ziehe mir die Bettdecke bis unters Kinn, um mich ein wenig auszuruhen, bevor …

Noch während ich dies denke, übermannt mich die Erschöpfung und als ich in einem komatösen Schlaf versinke, kehrt in meinem überdrehten Hirn zum ersten Mal seit Tagen Ruhe ein.

Kapitel 23

The Change

Bens Tagebuch

Heute war nicht nur ein beschissener Tag in einer langen Reihe von beschissenen Tagen, sondern der wahrscheinlich beschissenste Tag, den es im Leben geben kann. Ich habe gestern stundenlang am Telefon gehangen, um für Trent so schnell wie möglich einen Platz in einer Entzugsklinik aufzutun. Eins der Zentren hat spätabends noch zurückgerufen, aber ehe ich ihnen den Jungen überlasse, musste ich mir erst noch ansehen, was das für ein Laden ist. Ich hätte Caleb fragen können, ob er Trent vorübergehend Gesellschaft leisten kann, habe dann aber Dahl darum gebeten, denn ich musste sie einfach noch einmal wiedersehen. Was mein erster Fehler einer ganzen Reihe blöder Fehler an diesem verfickten Tag gewesen ist.

Als sie in Rekordzeit bei mir auf der Matte stand, dachte ich natürlich, sie wäre vor allem meinetwegen so gerast. Hätte vielleicht über gestern nachgedacht und wäre zu dem Schluss gekommen, dass sie mich nicht weniger vermisst hat als ich sie. Ich war mir total sicher, dass wir nur ein bisschen Zeit zusammen bräuchten, damit sie mich wieder liebt. Was eindeutig ein verdammter Irrtum war. Denn als ich versucht habe, sie so wie früher zu umarmen, hat sie mich nicht nur zurückgewiesen, sondern sogar so getan, als stoße ich sie richtiggehend ab.

Aus irgendeinem Grund habe ich überspielt, wie kränkend

ihre abweisende Haltung für mich war. Ich hätte über meine Gefühle sprechen sollen, aber verdammt, das konnte ich noch nie, und selbst in dem Moment, in dem wahrscheinlich alles davon abhing, habe ich die Worte einfach nicht herausgebracht. Stattdessen bin ich einfach abgehauen. Und als ich wiederkam, sah sie noch trauriger aus als vorher. Also habe ich versucht, mit ihr zu reden und sie irgendwie zu trösten, aber wieder hat sie all meine Versuche abgewehrt. Allmählich frage ich mich ernsthaft, was für eine Macht der Kerl über sie hat, denn als sie vorhin gefahren ist, hatte ich das Gefühl, sie käme nie wieder zurück.

Und der Tag wurde, verflucht noch mal, nicht besser, als ein paar Minuten später plötzlich meine Schwester bei mir Sturm geklingelt hat. Sie hatte bei ihrem Drecksack von Exmann angerufen, und der hatte ihr erzählt, dass Trent nicht bei ihm ist. Also musste ich ihr sagen, was passiert war, aber ich war einfach nicht in der richtigen Verfassung, um auf diese ganze Scheiße einzugehen. Sie meinte, okay, ich sollte Trent morgen in diese Klinik bringen, und dann ist sie aus dem Haus gestürmt und hat gesagt, sie käme noch mal wieder, weil sie über Nacht bei ihrem Jungen bleiben will. Nur wollte sie vorher Mom persönlich sagen, was geschehen ist.

Und dann, als wäre dieser Tag nicht schon ätzend genug gewesen, kam noch dieser Anruf. Der, mit dem ich schon die ganze Zeit gerechnet hatte, seit ich S'belle in Dahlias Haus begegnet bin. Ich hatte gehofft, Dahl würde es nie herausfinden, und habe versucht, ihr gestern alles zu erklären, um den Schlag ein bisschen abzumildern, es dann aber irgendwie nicht über mich gebracht. Natürlich musste dieses College-Chick ausgerechnet die Schwester dieses Arschlochs sein. Kein Wunder, dass ich das Gefühl hatte, ich würde diesen Typen kennen. Weil die zwei sich schließlich total ähnlich sehen. Leck mich doch.

Der Anruf machte auch noch meine letzte Chance zunichte, meine Dahl zurückzukriegen, und jetzt sitze ich hier rum und frage mich, warum, verdammt noch mal, ich überhaupt zurückgekommen bin.

Kapitel 24

Beneath Your Beautiful

Ich wache auf und sehe auf die Uhr: Viertel vor sechs. Verdammt. Ich habe über zwölf Stunden geratzt. Zum ersten Mal in meinem Leben macht die vollkommene Dunkelheit um mich herum mir Angst. Ich stehe eilig auf, öffne die Vorhänge, und als das erste schwache Dämmerlicht ins Zimmer fällt, verkrieche ich mich schnell wieder unter den dicken Decken, weil mir noch genauso kalt wie gestern Abend ist. Dann greife ich nach dem Telefon und sage mir, ich sollte wenigstens bei Aerie anrufen, um ihr zu sagen, wo ich bin. Als ich sie nicht erreiche, spreche ich ihr eine kurze Nachricht auf die Mailbox und lege mit einem leisen Seufzer wieder auf. Bei River rufe ich nicht an – weil ich mit ihm von Angesicht zu Angesicht sprechen muss.

Ich schalte das Radio des Weckers ein, liege im Bett und höre wahllos irgendwelche Songs. Denn die Musik ist eine Welt für sich. Die mich beruhigt, mich anspricht und mir oft sogar die Führung gibt, die mir ansonsten fehlt. Weil sie unendlich viele schöne und auch traurige Geschichten zu erzählen hat. Zu den Klängen von »Clarity« mache ich die Augen zu und denke noch einmal in Ruhe über alles nach. Als wäre alles, was geschehen ist, Teil der Story, über die gerade im Radio gesungen wird. Und während ich dies tue, während ich dem Text lausche und mich als Teil des Liedes sehe, erscheinen die Dinge mir plötzlich viel klarer als am Tag zuvor. Ich atme tief durch, bemerke, dass es mir ein bisschen bessergeht, und döse wieder ein.

Erst anderthalb Stunden später schlage ich die Augen wieder auf. Ich bin tatsächlich noch mal eingeschlafen, obwohl jede Menge Licht ins Zimmer fiel. Das habe ich bisher noch nie geschafft. Im Radio läuft gerade »Broken«, aber ich sage mir laut, dass ich noch lange nicht gebrochen bin. Denn selbst wenn das, was Ben getan hat, unverzeihlich war, hat er mit meiner Zukunft schon seit einer halben Ewigkeit nichts mehr zu tun. Und ich darf einfach nicht zulassen, dass seine Untreue noch irgendeinen Einfluss hat auf das, was vor mir liegt.

Als ein neuer Song beginnt, rauscht der Text einfach an mir vorbei. Ich liege da, starre die Decke an, denke über mich und River – unsere Kämpfe, unsere Liebe, unser Leben – nach und muss ganz einfach glauben, dass zwischen uns beiden alles in Ordnung kommen wird. Er hat mir nichts von Bell und ihrem Unfall sagen wollen, weil er mich liebt, und nicht, weil er mich täuschen wollte. Das ist mir inzwischen klar. Ich weiß, dass ich ihm voll und ganz vertrauen kann. Er wollte mir nicht sagen, dass mich Ben betrogen hat. Denn das hätte mich verletzt. Es wäre das reinste Kinderspiel für ihn gewesen, mich gegen Ben aufzuhetzen, nachdem er herausgefunden hatte, wer mein Exverlobter war. Aber dafür liebt er mich zu sehr. Deshalb glaube ich trotz allem, was geschehen ist, dass zwischen uns alles wieder in Ordnung kommen wird. Wobei nur eine Frage bleibt. Hat er mir ebenfalls verziehen? Ich springe eilig aus dem Bett – denn ich muss so schnell wie möglich wieder nach L. A.

Als ich meine Stiefel anziehe, höre ich auf einmal »Sexy Back« vor meiner Zimmertür. Ich richte mich auf und frage mich, ob ich vielleicht inzwischen Halluzinationen habe. Aber als es klopft, weiß ich sofort, was dieses Klopfen zu bedeuten hat. Ich lasse meine Stiefel auf den Boden fallen, stürze los und mache auf, ohne auch nur durch den Spion zu gucken, wer dort draußen steht. Denn das weiß ich auch so. Ich umklammere den Türgriff, denn urplötzlich geben meine Beine nach, atme aber erleichtert auf, als er gesenkten Hauptes auf der Schwelle steht.

Er hebt den Kopf, sieht mich aus blitzenden Augen an und hält mir mein Handy hin. »Ich habe dir versprochen, immer anzurufen«, sagt er ruhig, und mit wild klopfendem Herzen nehme ich das Telefon. Gleichzeitig stockt mir der Atem, denn er sieht einfach phantastisch aus. Er ist groß und schlank und derart attraktiv, dass ich den Blick nicht von ihm lösen kann. Was jedoch weniger an seinem tollen Aussehen als an seinen Augen liegt. Denn sie sagen mir alles, was ich wissen muss. Sagen mir, dass dies der Mann ist, den ich liebe. Der Mann, der mich liebt. Der Mann, mit dem ich bis ans Ende aller Zeit zusammen sein will. Plötzlich denke ich daran zurück, wie ich ihm zum allerersten Mal begegnet bin. Denn genau wie an dem Abend in der Bar hat er sein Foreigner-double-vision-T-Shirt an, und unter seiner schwarzen Beanie lugen ein paar braune Haarsträhnen hervor. Er hat seine Gitarre mitgebracht, stellt sie im Zimmer ab und hält sein eigenes Handy ans Ohr. Auf meinem Handy höre ich noch immer Justin Timberlake. »Und du hast mir versprochen, immer dranzugehen.«

Ich stehe direkt vor ihm, bin ihm aber immer noch nicht nah genug. Ich fange an zu zittern, denn in meinem Inneren wogt heiße Freude auf. Er ist zu mir gekommen, er ist wirklich da. Ich umklammere mein Handy und schiebe mich lächelnd noch näher an ihn heran. »Nein, ich habe versprochen, niemals aufzulegen.«

Jetzt schiebt River sich so dicht an mich heran, bis sich unsere Nasenspitzen fast berühren. »Aber um nicht aufzulegen, musst du erst mal drangehen. Also hast du gleichzeitig versprochen, immer dranzugehen.«

Ich lächle, als er mir mein Handy abnimmt, auf die roten Knöpfe beider Handys drückt und sie achtlos am Eingang ablegt. Dann nimmt er seine Beanie ab, legt sie neben die Handys und fährt sich mit den Händen durchs Haar. Wir sehen uns in die Augen, und die Zeit bleibt stehen. Weil der elektrische Sog zwischen uns beiden nie zuvor so stark gewesen ist.

»Ich hoffe nur, dass du mich nicht für einen Stalker hältst. Aerie hat mir gesagt, wo ich dich finden kann.«

Ich knabbere nervös an meiner Unterlippe und sehe in seine leuchtend grünen Augen. »Nein, du bist bestimmt kein Stalker.«

Er setzt dieses halbe Grinsen auf, das ich so liebe, weil man dabei immer seine Grübchen sieht. Seine vollen Lippen betteln regelrecht um einen Kuss, und um keine Zeit mehr zu verlieren, schlinge ich ihm die Arme um den Hals und presse die Lippen fest auf seinen Mund. Er legt eine Hand auf meinen Nacken und die andere auf meinen Po, und als wir uns küssen, kann ich die Verbindung zwischen unseren Seelen überdeutlich spüren.

Als ich völlig außer Atem bin, macht er sich langsam von mir los. Und während er mit den Handflächen sanft über meine Wangen streicht, stellt er mit rauer Stimme fest: »Ich liebe dich mehr.«

»Und ich werde dich ewig mehr lieben«, erkläre ich, weil das die absolute Wahrheit ist.

Er beugt sich zu mir vor und küsst mich diesmal zärtlich auf den Mund. Dabei liegen seine Hände immer noch an meinen Wangen, über die ein Strom von Freudentränen fließt.

Als wir unsere Lippen wieder voneinander lösen, weil wir endlich Luft bekommen müssen, nimmt mich River in die Arme und trägt mich zum Bett. Als er sich auf die Matratze setzt, schlinge ich ihm die Beine um die Hüften, und er küsst mich mehrmals auf den Scheitel. Trotzdem kann ich immer noch nicht aufhören zu schluchzen und beruhige mich erst, als er mich in den Armen wiegt und mir mit den Händen sanft über den Rücken streicht. Ich lehne den Kopf an seine Brust und kann seinen Herzschlag spüren, als sie sich bei seinen Atemzügen hebt und senkt.

Das ist das herrlichste Gefühl der Welt, und ich flüstere erstickt: »Es tut mir leid.«

Er atmet hörbar aus. »Nein, Dahlia, mir tut es leid. Wir sollten, nein, wir müssen miteinander reden.«

Ich weiß auch, dass wir das müssen, aber als ich mich jetzt an ihn schmiege, nachdem ich schon befürchtet hatte, dass er mich vielleicht nie wieder in die Arme nehmen würde, möchte ich nicht reden. Sondern einfach nur mit ihm zusammen sein. Während wir uns eng umschlingen, stürzt auch noch die letzte Mauer ein und gibt den Weg frei für reine Emotionen und für wahre Liebe. Wieder lehne ich den Kopf an seine Brust, atme seinen Duft ein, der mir so sehr gefehlt hat, und genieße es, dass ich ihm endlich wieder derart nah sein kann.

Ich blicke zu ihm auf und atme zitternd ein. »Das werden wir. Nur bitte nicht sofort. Denn ich will nicht jetzt sofort über das Chaos sprechen, das wir in den letzten Wochen angerichtet haben.«

»Meinetwegen, Baby, meinetwegen. Also lass mich erst einmal nur sagen, dass etwas, was wirklich schön ist, nie völlig perfekt sein kann.« Er küsst mich zärtlich auf den Kopf, und wieder klammern wir uns aneinander.

Schließlich aber gleite ich mit den Händen vorsichtig unter sein T-Shirt und ziehe mit den Fingerspitzen die perfekten Linien seiner straffen Muskeln nach. Als ich dabei spüre, wie sein Herz hinter den Rippen schlägt, kommen mir erneut die Tränen, und er wiegt mich wieder sanft im Arm, legt seine Lippen an mein Ohr und fängt leise an zu singen. Einen Song, den ich noch nie gehört habe und der mir eine Gänsehaut verursacht. Deshalb hebe ich den Kopf und frage schluchzend: »Hey, was singst du da?«

»Einen Song, den ich für dich geschrieben habe. Er heißt ›Never in Pieces‹. Weil das zwischen uns niemals kaputtgehen kann.«

Er singt weiter, und ich höre mir die wunderschönen Worte an. Seine Stimme hüllt mich ein und spendet mir den Trost, den mir nur River geben kann, indem er für mich singt. Der Text dringt in mich ein, und mir geht das Herz auf, als er davon singt, dass er erst weiß, was Liebe ist, seit er mich gefunden hat. Seine samtig weiche Stimme hat einen so eindringlichen Klang, dass ich das Gefühl habe, als könnte ich ihm direkt in die Seele sehen.

Ich blicke ihn an, während er mit geschlossenen Augen singt, dass unsere Beziehung nie als Scherbenhaufen enden wird, weil nichts und niemand sie zerbrechen kann. Mit wild klopfendem Herzen und erfüllt von glühendem Verlangen, sauge ich die Zeilen in mich auf. Ich habe mich ihm nie zuvor so nah gefühlt wie jetzt. Und ich weiß ganz genau, was er empfindet, weil es mir genauso geht. Ich schmiege mich an seine Brust und sehe in seine ruhigen grünen Augen. »Ich möchte, dass du mich liebst, River.«

Er sieht mich voller Verlangen an. »Ich würde im Augenblick nichts lieber tun, als dich zu kosten und dich zu berühren.«

Ich spüre seine Härte unter mir, und eilig ziehen wir uns gegenseitig unsere T-Shirts aus. Dann presst er mir die Lippen auf den Mund, und während unsere Zungen umeinanderkreisen, hoffe ich, er nimmt auf diesem Weg ein kleines bisschen von mir in sich auf.

Während ich auf seinem Schoß sitze und jeden Kuss, jede Berührung, jeden Atemzug genieße, wird mir klar, dass Augenblicke dieser Art nicht selbstverständlich sind und man sich jedes Mal glücklich schätzen muss, wenn sie einem vergönnt sind. Nach ein paar Minuten hebt er mich vom Bett, dreht uns beide um und stellt mich auf den Füßen ab. Dann kniet er sich vor mich hin, öffnet vorsichtig den Knopf von meiner Jeans, zieht sie an mir herab, und ich trete aus dem Stoff heraus. Wir unterbrechen unseren Blickkontakt nicht einen Augenblick, und nachdem ich auch aus meinem Slip gestiegen bin, drückt er mich auf die Bettkante, legt meine Beine über seine Schultern, und ich fange vor Erregung an zu zittern, als er sich mit den Lippen einen Weg über die Innenseiten meiner Schenkel bahnt.

Immer noch sieht er mir in die Augen, während er mit den Fingerspitzen hinten über meine Schenkel gleitet, mir die Hände auf den Po legt und mich entschlossen an sich zieht. Dann berührt er mich mit seiner Zunge, aber dieses Mal geht er es langsam an. Sein Gesicht liegt zwischen meinen Beinen. Er küsst meine Klitoris, bevor er mich mit seinen Fingern öffnet und mich zärtlich leckt. Schließlich blickt er zu mir auf, und als er mit rauer Stimme sagt: »Ich muss jede Stelle deines Körpers kosten, Dahlia«, recke ich mich ihm entgegen, weil ich möchte, dass er schneller macht. Das tut er auch, und dann umfasst er meine Hüfte, damit ich mich nicht bewege, und dringt immer wieder möglichst tief mit der Zunge in mich ein. Ich bin total euphorisch, fange an zu zittern, doch obwohl ich »Oh Gott, River!«, schreie, saugt er auch noch weiter, als ich komme, und treibt mich auf diese Weise immer weiter an. Er umklammert meine Hüfte, saugt mich leckend aus, und als die nächste Hitzewelle in mir explodiert, kommt es mir so vor, als würde mir mein Körper nicht mehr selbst gehören. Ich schreie »Ja, Gott, ja«, und als ich weiß, dass ich nicht mehr kann, schiebe ich ihn sanft ein Stückchen von mir fort. Er hebt den Kopf und ich küsse ihn.

»Ich war noch nicht fertig«, klärt er mich mit einem sanften Lächeln auf. »Ich wollte hören, wie du noch mal meinen Namen schreist.«

»Oh, das wirst du. Das verspreche ich.« Ich öffne seine Hose und schiebe die Hand in seine Boxershorts, weil ich ihn fühlen muss. Entschlossen steht er auf, zieht auch mich auf die Füße und ich liebe es, dass er mich in den Armen hält. Dann setzt er mich wieder aufs Bett, steigt aus seinen Stiefeln, der Jeans und den Boxershorts und sieht, als er unbekleidet vor mir steht, einfach unglaublich aus. Ich kann deutlich jeden seiner straff gespannten Muskeln sehen, doch er nimmt meine Hand, und als er fragt: »Darf ich dich jetzt lieben, Dahlia?«, schmelze ich einfach dahin. Weil jede Bewegung, die er macht, beinahe unerträglich langsam ist.

Nickend ziehe ich ihn neben mir aufs Bett. Aber ich will jeden Zentimeter seines Körpers spüren, deshalb schiebe ich mich über ihn, und stöhnend zieht er mich auf sich herab. Er fährt mir mit der Zunge durch die Ohrmuschel und raunt mir all die Dinge zu, die er mit mir machen will. Ich fahre mit der Zunge über seinen Hals und seine Brust, umfasse sein steifes

Glied und streichle es sanft, bis er noch lauter stöhnt. Dann stütze ich mich auf den Knien links und rechts von seinen Beinen ab und gleite mit den Lippen über seinen Bauch. Ich massiere weiter seinen Schwanz, und als mein Mund auf seine Eichel trifft und er zusammenfährt, verliere ich mich ganz in diesem wunderbaren Augenblick. Diese Intimität habe ich fürchterlich vermisst. Doch als ich ihn mit meinem Mund umfasse, zieht er mich wieder an sich herauf.

Ich schmiege meinen nackten Körper an ihn an und sehe ihm fragend ins Gesicht. »Warum darf ich nicht weitermachen?«

Er stößt einen Seufzer und danach ein lautes Stöhnen aus. »Weil ich in dir sein will, wenn ich komme.«

Ich bewege den Mund zu seinem Ohr und flüstere ihm zu: »Das kannst du auch.«

»Nein, Dahlia, das kann ich nicht, wenn du das tust.«

Er knetet meine Brüste mit den Händen und raunt mir mit der heißen, rauen Stimme, die beinahe schmerzliches Verlangen in mir weckt, verführerische Vorschläge ins Ohr. Dann zieht er mich auf sich und gleitet vollkommen mühelos in mich hinein. Ich breche in Jubelstimmung aus, als er mir die Hände auf den Po schiebt und mich noch fester auf sich zieht. Ich stütze mich auf den Knien ab, richte mich auf, und wieder stöhnt er laut. Doch als ich unsere Finger links und rechts von seinem Kopf miteinander verschränke, weil ich möchte, dass er möglichst langsam macht, sieht er mich grinsend an und schüttelt abwehrend den Kopf.

Trotzdem lässt er unsere Hände, wo sie sind, und ich bewege mich mit sanftem Hüftschwung auf und ab. Wieder packt er meine Hüften, aber jetzt bin ich im Takt, lehne mich zurück, stütze die Hände leicht auf seinen Knien ab und lasse die Hüften langsam immer gerade so weit kreisen, dass er in mir bleibt. Mit jedem Augenblick versinke ich noch mehr in meiner Lust, behalte meinen ruhigen Rhythmus aber trotzdem bei. Mein Puls fängt vor Erregung an zu rasen, und bevor ich mich versehe, umklammert er meine Beine und spürt jeder noch so winzigen

Bewegung meines Körpers nach. Dabei schauen wir uns in die Augen und sind vollkommen gebannt von der reinen Freude, die wir im Gesicht des jeweils anderen sehen. Als ich meine Hand zwischen uns schiebe und seinen Schwanz abwechselnd liebkose und zusammendrücke, stöhnt und flucht er derart laut, dass es vollends um mich geschehen ist.

Ich fahre in schnellem Tempo fort und spüre nichts als vollkommene Seligkeit. Der Druck nimmt langsam zu, und schon nach kurzer Zeit bin ich noch mal so weit. Was einfach himmlisch ist. River zieht mich auf sich und versiegelt meinen Mund mit seinen Lippen, während er mir kraftvoll seinen Unterleib entgegenreckt. Er atmet schwer, und ich erkenne, dass auch er gleich kommen wird. Ohne sich aus mir zurückzuziehen, rollt er sich mit mir herum, zieht meine Hände über meinen Kopf, übernimmt selbst wieder die Kontrolle, und es ist einfach perfekt.

Ich verfolge, wie sein Körper sich im selben Rhythmus wie mein eigener Leib anspannt. Er bewegt sich immer schneller, küsst mich beinahe zornig, und in dem Moment, in dem er mit der Zunge meinen Gaumen trifft, ist es um mich geschehen. Noch einmal schreie ich: »Oh Gott, River, ja«, und er ruft meinen Namen, als die Woge meiner Lust ihn selber kommen lässt.

Vollkommen erledigt sinken wir einander in die Arme, und ich schmiege mich so eng wie möglich an ihn an. »Ich liebe dich, River«, erkläre ich und hätte diesen Satz am liebsten endlos wiederholt.

»Und ich liebe dich, Dahlia. Ich liebe jede Kleinigkeit an dir. Du bist einfach perfekt.«

Ich muss lächeln. Denn ich habe diese Worte viel zu lange nicht gehört, und jetzt rufen sie einen Schauder der Glückseligkeit in meinem Innern wach.

»Ich habe dich vermisst«, flüstere ich.

Er sieht mich lächelnd an. »*Tu m'as manqué.*«

Ich sehe ihn fragend an. Dass das Französisch war, weiß ich, habe aber keinen blassen Schimmer, was es heißt.

Er fährt mit einem Finger die Konturen meiner Lippen nach.

»Brigitte hat mir einmal erzählt, dass man in Frankreich statt ›ich habe dich vermisst‹ sagt, ›du hast mir gefehlt‹. Und genauso war es auch.«

Ich küsse ihn zärtlich auf den Mund und auf die Nasenspitze. Denn er hat vollkommen recht. Auch ich habe ihn nicht einfach vermisst, sondern er hat mir regelrecht gefehlt.

Während ich mich abermals in seine Arme schmiege, denke ich darüber nach, dass wir, als wir zusammenkamen, nicht sofort ins Bett gehen und eine möglichst schnelle Nummer schieben mussten, weil es von Beginn an keinen Zweifel daran gab, dass uns noch der Rest unseres Lebens dafür blieb. Ich küsse ihn erneut, schließe die Augen und lege den Kopf auf seine Brust. Er streicht mir mit den Fingerspitzen über den nackten Rücken, aber als ich einnicke, weckt mich seine sanfte Stimme wieder auf. »Hey, wann hast du zum letzten Mal etwas gegessen?«

Ich knabbere spielerisch an seiner Brust. »Tja, eigentlich hatte ich dich verspeisen wollen, bevor du mich daran gehindert hast.«

Zum ersten Mal seit Tagen lacht er fröhlich auf. »Nicht wirklich, aber trotzdem will ich, dass du erst mal etwas Richtiges isst.«

Ich blicke mit einem verruchten Lächeln zu ihm auf.

»Ganz normales Essen, Dahlia.« Dann setzt er sein Teufelsgrinsen auf und bietet mir mit einem Augenzwinkern an: »Mich kannst du zum Nachtisch haben, wenn du danach noch hungrig bist.«

Lachend setze ich mich auf. »Glaubst du, dass man jetzt schon Grillkäse, Pommes frites und einen Schoko-Milchshake kriegen kann?«

Jetzt setzt sich auch River auf, greift nach dem Telefon und ruft den Zimmerservice an. »Bitte schicken Sie zwei Schoko-Milchshakes, zweimal Grillkäse und zwei Portionen Pommes rauf.«

Dann steigt er in seine Jeans, ich hülle mich in den Bademantel des Hotels, und als das Essen kommt, tauchen wir die Pommes in die Milchshakes, schieben sie uns gegenseitig in den

Mund und lecken die Milchshakereste von den Mundwinkeln des jeweils anderen ab. Dabei lachen wir und haben so viel Spaß wie seit einer gefühlten Ewigkeit nicht mehr.

Als wir mit Essen fertig sind, setzen wir uns hin und fangen endlich an zu reden. Schreien uns nicht an, erheben keine Vorwürfe, flüchten uns nicht in Ausreden, sondern besprechen völlig ruhig die vielen Dinge, die es zu besprechen gibt.

Er lehnt sich an das Kopfende des Betts. »In Ordnung, bringen wir es hinter uns.«

Ich setze mich ans Fußende und nicke zustimmend.

Seufzend blickt er auf die Bettdecke. »Bell kam zu mir, sofort nachdem du bei ihr warst. Ich weiß also, dass du schon alles weißt.«

Er legt mir die Hand unters Kinn und sieht mir ins Gesicht. »Als Erstes musst du wissen, wie leid mir das alles tut … wie oft ich versucht habe, es dir zu sagen … nur habe ich die Worte einfach nicht herausgebracht. Ich habe es einfach nicht über mich gebracht, dir derart weh zu tun.«

Ich schließe die Augen. Seine ehrliche Entschuldigung tut mir im Herzen weh, denn mit einem Mal erkenne ich, dass er an den Dingen, die er mir verschwiegen hat, mindestens genauso schwer zu tragen hatte wie ich selbst. Die Last war sicher beinahe unerträglich. Ich atme tief ein, schlage die Augen wieder auf und sehe in sein prachtvolles Gesicht. Dann küsse ich ihn auf den Mund – nicht brennend vor Verlangen, wie als er mit mir geschlafen hat, sondern möglichst sanft und liebevoll, damit er weiß, dass er mich nicht mehr um Verzeihung bitten muss. Weil ich ihn jetzt verstehe.

Schließlich machen wir uns wieder voneinander los, sehen uns lächelnd an, und mit einem Seufzer der Erleichterung kehrt er zurück an seinen Platz.

»Bells Schwangerschaft und die Entscheidung, dieses Baby wegzugeben, waren für uns alle wirklich hart. Mom wollte, dass sie es behält. Xander und mir war klar, dass Bell zu der Zeit für die Mutterrolle einfach nicht bereit gewesen wäre, aber trotzdem haben wir uns rausgehalten. Sie hat also ganz allein entschieden, dass sie dieses Baby nicht behalten will. Das Einzige, was ich zu ihr gesagt hab, war, dass ich für sie da sein würde, ganz egal, was sie auch tut. Nachdem das Baby auf die Welt gekommen war, wollte sie es weder sehen noch wissen, ob's ein Junge oder Mädchen war. Mom war mit ihr im Krankenhaus. Sie hat das Kind gesehen und einmal auf den Arm genommen. Danach haben wir nie mehr davon gesprochen, was damals geschehen war.«

Ich wische mir die Tränen ab und denke über Rivers Worte nach. Weil sich die arme Bell, auch wenn es sich beim Vater dieses Kindes nicht um ihren festen Partner, sondern um den Freund einer anderen gehandelt hatte, in einer schmerzhaften Situation befunden hatte und sicher hin- und hergerissen war. Die Entscheidung konnte ihr nicht leichtgefallen sein.

»Ich habe gestern Abend bei Ben angerufen und ihm wegen der Affäre, die er damals hatte, die Hölle heiß gemacht. Aber von dem Baby habe ich kein Wort gesagt. Davon werde ich ihm nie etwas erzählen. Denn das stünde mir nicht zu.«

Er nickt zustimmend, und als er sich die Haare rauft, erkenne ich, dass das, was er bisher erzählt hat, noch nicht alles war.

»Was ist?«

»Da wäre noch etwas. Ich habe dir nicht nur meiner Schwester wegen nichts von der Sache erzählt. Als er tot war, hätte ich dir nicht unnötig weh tun wollen. Es hätte niemandem etwas genützt, deshalb habe ich nichts gesagt. Aber als er wiederkam und plötzlich direkt vor uns stand, war ich mir nicht sicher, ob du nicht zu ihm zurückkehren willst. Deshalb habe ich auch meinetwegen nichts zu dir gesagt – denn du hättest dich nicht deswegen für mich entscheiden sollen, weil dein Exverlobter dich betrogen hat.«

Sein Geständnis macht mich nicht mehr wütend, denn mein Zorn ist längst verraucht. Ich stehe auf und nehme direkt neben River wieder Platz. Weil ich ihm sagen muss, was ich für ihn empfinde. Was ich immer schon für ihn empfunden habe, seit ich ihm zum ersten Mal begegnet bin. Weil ich ihm jetzt endlich sagen muss, was ich die ganze Zeit schon hätte sagen sollen. Doch solange Ben für mich gestorben war, hätte sich das irgendwie nicht richtig angefühlt – als hätte er mich hören können, hätte ich laut ausgesprochen, wie es mir schon seit fünf Jahren ging.

Meine Hände rahmen sein Gesicht, als ich ihm etwas enthülle, was ich bisher stets für mich behalten habe, auch wenn es die Wahrheit ist. »River, du warst immer schon der Richtige für mich. Seit ich dich zum ersten Mal in dieser Bar gesehen habe, gab es irgendwie immer nur dich. Vielleicht habe ich deshalb auch nie einen Hochzeitstermin mit Ben gemacht. Weil in Wahrheit immer du der Richtige für mich warst.«

Nach einem Augenblick der Stille stößt er einen leisen Seufzer aus, zieht mich an seine Brust und flüstert: »Danke.«

So bleiben wir sitzen, bis er seine Stirn an meine Schulter presst und sagt: »Übrigens gehe ich davon aus, dass Bell fürs Erste nicht mehr mit mir spricht. Denn als sie mir gebeichtet hat, dass sie mit dir gesprochen hat, bin ich erst einmal völlig ausgeflippt.«

Ich gestatte mir ein leises Lächeln. »Was sie sicher überleben wird. Denn schließlich ist sie deine Stimmungsschwankungen gewohnt.«

»Ja, wahrscheinlich«, stimmt er mir mit einem leisen Lachen zu. »Und außerdem ist sie im Augenblick so glücklich über ihren neuen Job, dass sie wahrscheinlich niemandem auf Dauer gram sein kann.«

»Übrigens war ich gestern bei Grace«, berichte ich mit strahlendem Lächeln.

Sofort bedenkt er mich mit einem sorgenvollen Blick. »Und wie ist es gelaufen?«

»Echt gut. Wir haben uns wieder versöhnt. Und nachdem ich mit ihr gesprochen hatte, wollte ich nur noch nach Hause kommen, um mit dir zu reden, aber dann war wieder Ellie da, und mir war klar, ich würde ausrasten, wenn ich dazukomme, wie sie dir wieder schöne Augen macht. Aber ich wollte in Ruhe mit dir reden, also habe ich beschlossen, erst zu Bell zu fahren, damit sie weiß, dass ich nicht sauer auf sie war.«

Er nickt verständnisvoll. »Ellie kam spontan vorbei, und ich war echt nicht in der Stimmung für den Zirkus, den sie immer macht, aber sie hat ein letztes Mal versucht, mich dazu zu überreden, doch mit auf Tournee zu gehen. Aber als sie erkennen musste, dass sie damit bei mir auf Granit beißt, ist sie wieder weggefahren, und ich habe darauf gewartet, dass du endlich nach Hause kommst. Ich war sogar in Laguna, als ich sah, dass du dein Handy wieder mal vergessen hattest, und als ich dich dort nicht finden konnte, bin ich wieder heimgekommen und habe die ganze Nacht kein Auge zugemacht. Schließlich habe ich bei Aerie und sogar bei Caleb angerufen, und am Schluss habe ich einen Song geschrieben, um nicht völlig durchzudrehen.«

Ich breche in Tränen aus. »Es tut mir furchtbar leid, dass ich nicht angerufen habe oder heimgekommen bin. Ich wollte es und habe wirklich keine Ahnung, weshalb ich stattdessen hier gelandet bin.«

»Pst … nicht weinen«, bittet mich River. »Schließlich ist jetzt alles gut. Wir sind wieder zusammen, und so was wird nie mehr passieren. Das verspreche ich.«

Ich wische mir die Tränen fort, gebe ihm einen langen Kuss und beschließe, dass es an der Zeit ist, über unsere Eifersucht zu reden. Die Sache mit Ellie ist mit zwei Sätzen geklärt, und zu meiner Überraschung erklärt River, dass das Thema Ben für ihn inzwischen ebenfalls erledigt ist. Zwar zuckt er noch immer leicht zusammen, wenn er seinen Namen nennt, aber das ist für mich okay.

»Als ich deine Nachricht las, wurde mir klar, dass ich mir keine Sorgen machen muss, weil es ganz einfach keinen Grund gibt, eifersüchtig auf den Kerl zu sein.«

Ich glaube ihm, und er glaubt mir. Wir vertrauen einander blind, denn schließlich ist es das, worum es bei der Liebe geht:

Man weiß, dass jemand einen vollkommen zerstören kann, vertraut aber darauf, dass der andere das nie auch nur versuchen wird.

Wir sprechen auch noch über alles andere, was in den letzten Wochen vorgefallen ist – über unsere Strategie, auftretende Probleme unserer Beziehung dadurch in den Griff zu bekommen, dass wir miteinander schlafen, über seine Wutanfälle und über meine Angewohnheit, wegzulaufen und auf diese Weise Ärger aus dem Weg zu gehen. Wir sind völlig ehrlich und reißen dadurch jede Menge alter Wunden bei uns beiden auf, aber das ist okay. Es fällt ihm schwer, mir zu erklären, weshalb er für die Frauen, die er liebt, stets den Beschützer spielen muss. Wahrscheinlich rührt das einfach daher, dass sein Vater immer derart egoistisch war. Wie dem auch sei, am Ende beschließen wir, uns in Zukunft um mehr Offenheit zu bemühen.

Danach sprechen wir noch über die Tournee. Er will einfach nicht monatelang auf Achse sein, und ich respektiere, dass er das erkannt und im letzten Augenblick die Reißleine gezogen hat. Xander, Nix und sogar Garrett reden deshalb erst mal nicht mit ihm, und scherzhaft stellt er fest, dass er nur froh sein kann, dass seine Mutter gerade nicht zu Hause ist, sonst hätte sie wahrscheinlich sofort eine Krisensitzung anberaumt. Wir lachen beide über den Gedanken, doch wir lachen auch, weil sich das erste ernsthafte Zerwürfnis zwischen ihm und seinen Bandkollegen anders nicht ertragen lässt.

Schließlich reden wir noch über das, was in den letzten beiden Nächten vorgefallen ist, und darüber, dass so was nicht noch mal passieren darf. Inzwischen tut mir leid, dass ich, statt heimzufahren, allein hier im Hotel geblieben bin, nachdem er am Vorabend einfach verschwunden und nicht mehr zurückgekommen war. Er weiß, weshalb ich ins Hotel gefahren bin, aber genauso muss ich wissen, weshalb er nicht heimgekommen ist. Er erklärt, dass er im Smitten's war und schon ziemlich viel getrunken hatte, als Xander, Nix und Garrett ihn dort fanden. Und dass sie danach noch alle bei Garrett waren und der

Streit, weil er die Band verlassen will, die ganze Nacht gedauert hat. Irgendwann sind Nix und Xander abgehauen, aber er und Garrett haben erst zu trinken aufgehört, als sie auf Garretts Sofa eingeschlafen sind. Als sie wieder wach wurden, hat Garrett ihn an seinem Wagen abgesetzt, und er fuhr nach Hause, aber bis dahin war ich selbst schon nicht mehr da. Doch zumindest hatte ich ihm eine Nachricht hinterlassen, und nachdem er die gelesen hatte, fand auch er endlich die Kraft, über das Chaos, das im Augenblick in unserem Leben herrscht, hinauszusehen. In derart kurzer Zeit ist so viel passiert, ohne dass wir auch nur ansatzweise darauf vorbereitet waren. Keiner von uns beiden hat die Stärke unserer Beziehung je ernsthaft bezweifelt, aber der Gedanke, dass der andere vielleicht nicht so viel in unsere Liebe investieren könnte, hat uns beiden eine Heidenangst gemacht.

Endlich ist es uns gelungen, unser Innerstes voreinander zu öffnen, und jetzt liegen wir so eng umschlungen auf dem Bett, als wären wir nur eine einzige Person. Wir wissen jetzt, dass unsere Liebe stark ist. Und die Überwindung eines der größten Probleme, die es für uns beide geben kann – Bens Wiederauferstehung –, hat sie noch stärker gemacht.

Nach den anstrengenden Gesprächen genießen wir den Frieden, endlich einmal wieder ganz allein zu sein. Ich liege auf der Seite, spiele gedankenverloren mit einem meiner Diamantohrstecker. »Habe ich dir schon einmal erzählt, dass meine Eltern total wild auf Geburtstage gewesen sind?«, frage ich ihn.

»Das sind ja wohl die meisten Eltern«, stellt er feixend fest.

»Nein, ich meine, dass sie richtiggehend besessen waren davon. Sie wollten immer schon Monate im Voraus wissen, was ich haben will. Vor meinem zwölften Geburtstag habe ich gesagt, ich wünsche mir ein Karussell. Ich meinte damit so ein Ding mit eingebauter Spieluhr, aber sie haben einen Samstagnachmittag das echte Karussell im Griffith Park für mich gemietet. Was echt der totale Wahnsinn war.«

Er streichelt meinen nackten Bauch und sieht mich mit einem verruchten Grinsen an. »Ich könnte es zu deinem nächsten

Geburtstag noch mal mieten, und dann könnten wir zusammen ein paar Runden darauf drehen.«

»Also bitte.« Ich tue beleidigt. »Ich war damals zwölf, und die Pferde auf dem Karussell waren echt schön.«

Vor lauter Lachen bricht er fast in Tränen aus. »Bei einer solchen Vorlage musste ich den Ball ja wohl ins Tor schießen.«

Ich fange ebenfalls zu lachen an. »Das stimmt.«

Er hält sich den Bauch, atmet tief ein und stößt immer noch lachend aus: »Okay, und jetzt erzähl mir, was für irres Zeug du noch geschenkt bekommen hast.«

»Siehst du die hier?« Ich zeige auf meine Ohrringe. »Nun, zu meinem dreizehnten Geburtstag wollte ich was haben, was so glitzert wie der Schwanz von Arielle, der Meerjungfrau. Da haben sie diese Dinger ausgesucht.«

Er küsst mich auf die Stirn. »Sie sind wunderschön. Und, Dahlia, ich kann verstehen, weshalb dich deine Eltern immer glücklich machen wollten. Sie haben dich eben abgöttisch geliebt.«

Er streichelt versonnen meinen Rücken, und als er dazu »Happy Birthday« summt, wünsche ich mir plötzlich, dass er noch mal etwas für mich singt. Denn die Intimität, wenn er mir etwas vorspielt, habe ich schmerzlich vermisst. »Würdest du mir einen Gefallen tun, River?«

Er beugt sich über mich, küsst mich sanft und flüstert mir ins Ohr: »Sicher. Bist du jetzt bereit für deinen Nachtisch?«

Beinahe hätte ich vergessen, worum ich ihn bitten wollte, als er seinen Mund erneut auf meine Lippen presst, aber dann fällt es mir wieder ein. »Auf jeden Fall. Aber würdest du mir vorher noch einmal ›Never in Pieces‹ vorspielen?«

»Jetzt?« Er stützt sich auf dem Ellbogen ab, beugt sich nochmals über mich und sucht sich mit den Lippen einen Weg an meinem Hals herauf.

»Bitte, bitte«, bettle ich.

Er richtete sich auf und schwingt die Beine aus dem Bett. »Himmel, warum schaffe ich es bloß nie, nein zu sagen, wenn du etwas willst?«

Ich sehe ihn mit einem breiten Lächeln an. »Weil du mich dafür zu sehr liebst?«

»Das tue ich, mein Schatz, das tue ich auf jeden Fall«, stimmt er mir zu und steigt in seine Boxershorts. Und zum ersten Mal, seit er sich ausgezogen hat, bemerke ich, dass er die Pac-Man-Shorts anhat.

Ich brauche ihn nur anzusehen, und schon geht mein Atem schneller, und Freudentränen steigen mir in die Augen. »Du trägst ja meine Lieblings-Boxershorts.«

Er setzt sein atemberaubendes Grinsen auf, dem ich so unrettbar verfallen bin, zwinkert mir fröhlich zu und zupft verführerisch an seinem Hosenbund. Dann greift er nach seiner Gitarre und setzt sich auf die Bettkante. Er legt einen starken Arm um sein geliebtes Instrument, sieht mich an und klopft mit seiner freien Hand neben sich aufs Bett. Ich schiebe mich so dicht wie möglich neben ihn, und als er mit seinen geschickten Fingern an den Saiten zupft, zieht mich die Mühelosigkeit seiner Bewegungen in den Bann. So leicht und zärtlich wie die Gitarrensaiten streichelt er sonst immer mich. Mein Blick wandert von seiner Hand zu seinem Arm. Die Muskeln seines Unterarms spannen sich rhythmisch an, die Schultern wippen, und mit dem Fuß klopft er den Takt.

Dann sehe ich in sein Gesicht. Selbst mit geschlossenen Augen ist er wunderschön. Während er ganz in die Musik versunken ist, sauge ich den Anblick seiner glatten Haut, seiner markanten Kinnpartie, seiner geraden Nase und der weichen, glänzenden Haare in mich auf. Und dann sieht er mich wieder an, fängt an zu lächeln, und es ist vollends um mich geschehen. Seine grünen Augen leuchten, seine Grübchen fangen an zu leben, und ich weiß, dass dieser heiße, ausnehmend verführerische Kerl nur mir allein gehört. Leise singt er den Refrain, und mit einem Lächeln, wie es breiter nicht mehr werden kann, wiege ich mich ebenso wie er im Rhythmus der Musik.

There are no pieces, I promise you
Glass can shatter and bones may break
But I will always call, I will always find you
Our love is strong
Let me ease your mind, let me in, I will always love you
I will always love you
We'll never be in pieces

River ist meine Zukunft. Ich vertraue ihm, ich brauche und ich liebe ihn. Ich lehne den Kopf an seine Schulter, sehe zu ihm auf und bin vollkommen gebannt von seinem konzentrierten Blick, mit dem er sich ganz in die Musik vertieft. Als das Lied zu Ende ist, legt er die Gitarre wieder fort.

»Ich liebe diesen Song.«

»Und ich liebe dich.« Lächelnd nimmt er meine Hand. »Bist du müde?«

Ein Blick auf den Radiowecker zeigt, dass es erst Mittag ist. Doch mir kommt es so vor, als wäre bereits Mitternacht, und als ich gähne, stellt er lachend fest: »Ich schätze, das heißt ja«, und zieht mich auf das Bett.

»Können wir vielleicht bis morgen bleiben, River?« Ich will einfach meinen Kopf auf seinen Brustkorb legen, seinem Herzschlag lauschen … und den Rest der Welt noch etwas aussperren.

Er küsst mich auf den Kopf. »Das wollte ich sowieso.« Er reißt den Mund zu einem Gähnen auf, streckt sich und ist bereits eingeschlafen, ehe ich auch nur die Augen schließen kann.

*

Wir schlafen beide tief und fest, doch gerade als die Sonne untergeht, wache ich wieder auf. Vorsichtig, um River nicht zu wecken, drehe ich mich Richtung Fenster und bemerke, dass die Aussicht, die mir bei meiner Ankunft hier vollkommen egal war, einfach herrlich ist. Der Strand ist wunderschön, und die

Berge ragen majestätisch in den Himmel auf. Der Sonnenuntergang gäbe ein wunderhübsches Foto ab.

»Einfach phantastisch, oder?«, raunt er mir ins Ohr.

Ich drehe mich wieder zu ihm um und küsse ihn zärtlich auf den Mund. »Ich dachte, du würdest noch schlafen.«

»Nein, ich habe nachgedacht.«

»Worüber?«

River schiebt sich über mich und stützt sich links und rechts von meinem Kopf auf den Händen ab. »Über unser gemeinsames Leben. Wie es werden wird.«

»Und wie stellst du es dir vor?«

Er lässt sich spielerisch mit seinem ganzen Gewicht auf mich sinken. »Davon abgesehen« – er küsst mich und zupft mit den Zähnen leicht an meiner Unterlippe, ehe er sich auf die Seite rollt, den Arm um meine Schulter legt und mich so eng wie möglich an sich zieht –, »sehe ich uns beide als Ehepaar. Mit Kindern. Wie wir lauter witzige Familiendinge machen, die die Kinder nie vergessen werden.«

Erschaudernd stelle ich mir unser rundherum perfektes Leben vor. »Wie viele Kinder willst du haben?«

Er zuckt mit den Schultern. »So viele oder so wenige wie du.«

Ich streiche ihm mit den Fingern über die Wange und verziehe das Gesicht zu einem derart breiten Lächeln, dass es fast schon schmerzhaft ist. »Drei. Ich glaube, drei. Weil deine Familie die perfekte Größe hat.«

Er küsst meine Fingerspitzen. »Ja, das stimmt. Drei ist eine gute Zahl.«

In seine Augen tritt das Leuchten, das ich derart liebe, und ich frage: »Was?«

Er reibt mir den nackten Bauch. »Ich habe mir nur gerade vorgestellt, was für eine hübsche Schwangere du mal sein wirst.«

Ich breche in Freudentränen aus und küsse ihn. Dabei flattern vor lauter Liebe und Bewunderung und Glück Dutzende von Schmetterlingen in meinem noch flachen Bauch herum.

Er schmiegt den Kopf an meine Schulter, und eine Zeitlang liegen wir vollkommen reglos da, lauschen auf den Regen, der gegen die Fenster prasselt, und genießen es einfach, dass wir zusammen sind.

Nach einer Weile sieht mich River an und flüstert sanft: »Ich liebe dich.«

Sein warmer Atem ruft einen wohligen Schauder in mir wach. »Oh ja.«

»Du liebst dich auch?«

»Nein, du Dummerchen, ich liebe dich.«

Ich spüre seinen Mund an meinem Hals. »Können wir uns versprechen, uns immer zu sagen, was wir fühlen?«

»Selbstverständlich«, sage ich, weil ich ihm das versprechen kann. Weil ich mein Leben mit ihm verbringen will. Weil ich ihn mehr liebe, als ich es je mit Worten sagen kann.

»In Zukunft werte ich das Wort ›selbstverständlich‹ als Zeichen der Zustimmung«, stellt River grinsend fest, während er mir eine Hand zwischen die Beine schiebt.

Ich kichere, denn noch vor kurzem hatte er mir erklärt, das Wort »selbstverständlich« hätte bei Gesprächen zwischen uns nicht den geringsten Wert. Dann springe ich vom Bett, suche meine Jeans und ziehe das Plektrum, das ich mitgenommen hatte, aus der Tasche. Als er mich fragend ansieht, öffne ich lächelnd die Hand und zeige ihm das Plättchen, auf dem steht, »Ich liebe dich«.

Er beäugt das Plektrum und erklärt: »Ich wusste sofort, welches gefehlt hat, und du weißt, dass ich es wiederhaben will.« Zärtlich hebt er meine Hand an den Mund und küsst sie und das Plektrum gleichzeitig. »Ich liebe dich auch.«

Gott, es gibt ganz einfach nichts, was ich nicht an ihm liebe, und ich will nicht länger warten, bis ich endlich seine Frau und die Mutter seiner Kinder bin. Ich stütze mich mit dem Ellbogen auf dem Kissen ab, lege das Kinn auf meine Hand und presse mich so eng an meinen Schatz, dass mein Körper fast mit seinem verschmilzt. »River Wilde, willst du mich heiraten?«

»Diese Frage hab ich dir schon gestellt.« Er legt die Hand auf meinen Po und zieht mich so eng an sich heran, dass wir wirklich eine Einheit sind.

»Nein, ich meine morgen. Wir können nach Hause fahren, eine Tasche packen und nach Vegas fliegen.«

Seine Hand streichelt meinen Schenkel, aber er schüttelt leicht den Kopf. »Ich weiß nicht. Mein Antrag war viel romantischer. Ich bin die Art von Mann, die sich gern etwas hofieren lässt, und vor allem bin ich mir nicht sicher, ob man nackt in einen Flieger steigen darf.«

Ich unterdrücke heldenhaft ein Lächeln und erkläre: »Also bitte, Loverboy. Mach dich nicht lustig über meinen Antrag. Schließlich kam er ganz spontan.«

Er nimmt meine linke Hand, hebt sie an den Mund und küsst meinen Ring. »Dahlia London, ich werde dich mit Freuden heiraten. Am liebsten wäre mir, dass jetzt schon morgen ist.«

Lächelnd beuge ich mich zu ihm vor, um ihn zu küssen, doch er beugt den Kopf zurück und malt ein Kreuz auf sein Herz. »Ich verspreche dir, dass du es nie bereuen wirst, wenn du mich heiratest.«

Seine Worte brennen sich mir in die Seele. Mir ist klar, ich werde als Ehefrau dieses wunderbaren Mannes nie auch nur eine Sekunde bereuen, und plötzlich weiß ich, was ich tun muss. Eilig springe ich vom Bett, und er sieht mir verwundert hinterher. Ich hole das Buttermesser vom Tablett mit unseren Essensresten, setze mich ihm gegenüber, drücke ihm das Messer in die Hand und recke ihm mein Handgelenk entgegen.

Als River mich fragend ansieht, nicke ich. »Ich brauche kein Armband mehr zu tragen, um das Leben zu genießen, denn ich werde keinen Augenblick unseres Zusammenlebens je bereuen.«

Er schluckt, dreht dann aber zwei Schrauben meines Armreifs auf und sieht mir reglos ins Gesicht, als er mir das letzte Teil abnimmt, das mich noch mit Ben verbunden hat. Zwar habe ich ihm bereits ganz gehört, seit ich ihm zum ersten Mal begegnet bin, doch durch diese Geste wird diese Gewissheit zementiert.

Er flüstert »Danke« und lehnt den Kopf an meine Stirn.

Als ich ihn ansehe, habe ich keine Worte, um den Ausdruck zu beschreiben, der in diesem Augenblick in seinen Augen liegt.

Er klemmt mir eine Haarsträhne hinters Ohr, sucht sich küssend einen Weg an meinem Hals herab und sagt: »Ich will dich für immer haben.«

Überglücklich flüstere ich zurück. »Gott, ich liebe dich so sehr.«

»Gut«, erklärt er grinsend. »Denn nachdem wir uns versichert haben, dass wir uns für alle Zeiten lieben werden, darf ich dich doch sicher überall berühren.«

Kapitel 25

All or Nothing

Plötzlich höre ich »Amazing Grace« von dort, wo River unsere Handys abgelegt hat. Sie haben beide schon des Öfteren geklingelt, aber bisher haben wir auf keinen Anruf reagiert. Denn wir brauchten erst mal Zeit für uns allein.

Ich blicke verschlafen auf den Radiowecker und reiße erschreckt die Augen auf. Es ist erst 4.23 Uhr. Weshalb ruft mich Grace um diese Uhrzeit an?

Ich springe aus dem Bett, und obwohl das Klingeln aufhört, ehe ich das Handy finde, fängt es gleich darauf erneut an zu klingeln, und ich drücke hektisch auf den grünen Knopf.

»Hallo?«

»Dahl, es tut mir leid, dass ich schon wieder bei dir anrufe«, sagt er, und bei seinem wehmütigen Ton wogt heißer Zorn in meinem Innern auf. Weil es einfach der Gipfel ist, dass dieser Kerl Graces Telefon benutzt, damit er noch mal mit mir sprechen kann.

»Ich will nicht mit dir reden, Ben. Ruf mich nie wieder an.« Wutschnaubend will ich gerade auf den Aus-Knopf drücken, doch bevor ich ihn erreiche, stößt er heiser aus: »Es geht um Grace.«

Mein Puls fängt an zu rasen, und ich taumle zurück zum Bett.

Eilig setzt sich River auf. »Gib mir das Telefon.«
Doch ich schüttle den Kopf und hebe abwehrend die Hand.

»Was ist mit ihr?«

Ben sagt ewig nichts.

River presst die Lippen aufeinander und versucht, mein Telefon zu schnappen, aber ich wende mich ab.

»Sag mir, was passiert ist, Ben.«

River macht das Licht an und hüllt mich in eine Decke ein.

»Oh, Dahl, sie ist im Krankenhaus.«

Meine Augen füllen sich mit Tränen. »In welchem Krankenhaus? Was ist passiert?«

»Es sieht schlecht aus, Dahl. Ich würde es dir lieber sagen, wenn du hier bist.«

River sieht mir an, dass dies ein echter Notfall ist. Er steht auf und steigt in seine Boxershorts und seine Jeans.

»Nein, sag es mir jetzt.«

»Wir haben sie gestern Abend in die Notaufnahme gebracht. Sie hatte einen schweren Schlaganfall.«

»Einen schweren Schlaganfall? Was heißt, sie hatte einen schweren Schlaganfall?« Ich zittere, und mir wird schwindlig, während ich versuche zu verstehen.

River ist bereits am hoteleigenen Telefon und spricht mit dem Empfang.

Ben bricht in Tränen aus. »Sie ist bewusstlos. Sie hatte eine starke Hirnblutung. Komm besser so schnell wie möglich her.«

»Aber sie wird wieder gesund, nicht wahr?«

»Komm einfach her. Wir sind im Mission Hospital.« Damit legt er wieder auf.

Ich starre River mit halboffenem Mund und panisch aufgerissenen Augen an. Er erwidert ängstlich meinen Blick und ich möchte ihn beruhigen, doch ich bringe keinen Ton heraus. Schließlich stoße ich mit belegter, kaum hörbarer Stimme aus: »Wir müssen so schnell es geht nach Laguna ins Krankenhaus. Es geht um Grace.«

Er nimmt mich in den Arm, und ich lehne mich kurz an seine

Brust. Dann legt er eine Hand unter mein Kinn und zwingt mich sanft, ihn anzusehen. »Ich komme mit. Okay?«

Ich blinzle gegen die Tränen an. Ich wurde schon so oft gebrochen und musste die Einzelteile meines Lebens neu zusammensetzen – bitte nicht noch mal. *Bitte, bitte nicht noch mal.* Ich schmiege mein Gesicht an seine Brust und schluchze: »Hoffentlich wird sie wieder gesund.«

*

Sirenen heulen, rote Lichter kreisen, und ein Krankenwagen hält direkt unter dem leuchtend blauen Schild, auf dem »Notaufnahme« steht. River folgt den Schildern zum Besucherparkplatz, und wir biegen in die dunkle Tiefgarage ein. Er drückt meine Hand und führt mich in das Gebäude, doch ich starre schweigend vor mich hin. Denn der Gedanke daran, was mich hier erwartet, macht mir eine Heidenangst. Die Schiebetür geht lautlos auf und wieder zu. Wir treten zur Rezeption vor, River nennt Graces Namen und nach ein paar Klicks auf die Computertastatur schickt uns die Frau auf die »Komfortpflege«-Station. Ich überlege, ob diese Bezeichnung eine gute oder eine schlechte Nachricht ist, als mich plötzlich ein schnappendes Geräusch zusammenfahren lässt. Es war nur die Halterung einer Transportliege, die eingerastet ist, aber aus irgendeinem Grund ist das Geräusch im Augenblick zu viel für mich.

Jeder Schritt bringt mich näher zu Grace. Ich sehe mich um und denke wieder mal, dass Krankenhäuser befremdliche Orte sind. Die Menschen sprechen dort immer mit Flüsterstimmen. Aber warum tun sie das? Befürchten sie vielleicht, dass alles irgendwie realer wird, wenn man mit lauter Stimme spricht? Ich sehe im Vorbeigehen durch die offenen Türen diverser Zimmer. Überall sitzen Verwandte an den Betten von geliebten Menschen, manche alt und manche jung, manche bereits auf dem Weg der Besserung und andere sterbenskrank.

Wir nähern uns vorsichtig der Intensivstation, wo Serena mit einem der Ärzte spricht, der ein Klemmbrett in den Händen hält. Er blickt auf seine Unterlagen, und Serena nickt, wobei ihre Miene ausdruckslos und unergründlich ist.

River bleibt im Wartezimmer und drückt mir die Hand. Ich weiß, er wartet hier auf mich, aber ich muss sofort zu Grace. Ich habe Angst vor dem, was mich erwartet, doch ich weiß, ich muss es einfach tun. Ich drehe mich noch einmal zu ihm um, und er nickt mir aufmunternd zu.

Langsam gehe ich den kilometerlangen Korridor hinab, und als der Arzt wieder zurück ins Krankenzimmer geht, dreht sich Serena zu mir um. »Dahlia«, stößt sie unter Tränen aus. Ich blicke in den Raum, entdecke Ben und will zu Grace, als Serena mich am Arm festhält und Ben den Blick aufs Bett versperrt.

»Lass mich los, ich will sie sehen. Wie geht es ihr?«

Ein Blick in ihr Gesicht verrät mir, dass es schlimm um ihre Mutter steht. »Lass uns da rübergehen und reden«, stößt sie mühsam aus, führt mich dorthin zurück, wo River steht, und zeigt auf einen Stuhl. Dann setzt sie sich neben mich und nimmt die Hand, die River nicht schon hält.

Sie atmet noch einmal tief durch und sagt: »Sie haben gerade eine Hirn-CT gemacht und dabei festgestellt, dass die Schwellung auf die andere Hirnseite gewandert ist.«

»Aber sie wird doch wieder zurückgehen, oder?«

Sie drückt meine Hand noch fester. »Nein, Dahlia, das wird sie nicht. Sie können nichts mehr für sie tun. Es ist nur noch eine Frage der Zeit, bis ihr Herz oder die Lunge kollabiert.«

Ich schüttle den Kopf. »Aber wir sind hier in einem Krankenhaus. Natürlich können sie etwas für sie tun.«

»Sie geben ihr Morphium, um die Schmerzen zu betäuben, und außerdem bekommt sie Sauerstoff, damit ihr das Atmen leichter fällt. Aber Dahlia, ihr Hirn hat seine Arbeit bereits eingestellt. Sie ist schon nicht mehr da.«

»Nein, Serena. Das glaube ich dir nicht.« Ich kann nicht akzeptieren, was sie sagt, nehme sie aber so fest wie möglich in den Arm. Mein Herz zerbricht in tausend Teile, aber ich muss mich zusammenreißen. Weil Grace ihre Mutter ist und weil ich weiß, wie grauenhaft es ist, die Mutter zu verlieren. Ich blinzle gegen meine Tränen an und versuche, stark für sie zu sein.

»Ich will sie sehen.«

Nickend steht sie auf. Ich werfe River einen Blick zu und gehe dann mit ihr zu Grace.

Auf dem Weg zurück den Gang hinab spreche ich in Gedanken ein Gebet. Das habe ich nicht mehr getan, seit Gott mir meine Mom und meinen Dad genommen hat, aber jetzt bete ich für Grace.

Mit furchtsam zusammengekrampftem Magen trete ich neben das Bett. Rote Lämpchen blinken an verschiedenen Geräten, und ihr schmaler Körper ist mit einem weißen Laken zugedeckt. Je näher ich ihr komme, umso besser kann ich sehen, dass tatsächlich Grace dort liegt, auch wenn sie vollkommen verändert wirkt. Ihr Haar ist wild zerzaust, und sie ist unnatürlich bleich, aber trotzdem sieht sie aus, als würde sie nur schlafen und als bräuchte ich sie nur zu schütteln, damit sie erwacht. Vorsichtig ergreife ich die schlaffe Hand, die auf der Decke liegt, und drücke sie. Ich versuche, sie gedanklich dazu zu bewegen, dass sie meinen Händedruck erwidert und die Augen öffnet, um mich anzusehen. Aber ihre Hand ist völlig leblos und erschreckend kalt. Ich umklammere sie fest mit meinen fieberheißen Fingern, um sie aufzuwärmen, beuge mich über das Bett und küsse sie zärtlich auf die Stirn. »Ich liebe dich, Grace.«

Durch das Seitenteil des Betts sehe ich all die Drähte, Kabel und Schläuche, über die sie an verschiedene Geräte angeschlossen ist. Für einen derart stillen Ort wie eine Intensivstation sind die Maschinen überraschend laut. Zischend strömt der Sauerstoff durch einen durchsichtigen Schlauch, ein gleichmäßiges Piepsen zeigt den Rhythmus ihres Herzschlags an, und eine Manschette, in die pfeifend Luft gepumpt wird, zeichnet ihren Blutdruck auf. Mit einem Mal gibt es Alarm, und ich zucke zusammen. Als ich sehe, wie Graces Körper zuckt und sie nach

Luft ringt, reiße ich entsetzt die Augen auf und schreie: »Warum ist hier niemand, der sie überwacht?«

Ben sieht mich unglücklich an und stellt mit dumpfer Stimme fest: »Schon gut. Das Klingeln ist nur eine Warnung, weil der Sauerstoffgehalt in ihrem Blut gesunken ist.«

Schnell kommt eine Schwester an das Bett, dreht an einem Knopf neben dem Sauerstofftank, wartet ein paar Minuten ab, misst kurz Graces Puls und lässt uns dann wieder allein. Ich höre Flüstern hinter meinem Rücken und sehe, dass Serena vor der Tür mit River spricht.

Trotzdem lenke ich den Blick zurück auf Grace, und wieder fällt mir auf, wie bleich und leblos ihr Gesicht ist. Wie kann das sein? Sie ist meine Mutter seit dem Tag, an dem ich meine Mom verloren habe. Sie hat alle Höhen und Tiefen meiner Jugend und meines Erwachsenenlebens mit mir durchgemacht und stand mir immer mit Rat und Tat zur Seite, ganz egal, worum es ging. Meine Kehle ist wie zugeschnürt und plötzlich wird mir schwindlig. Ich kann hier nicht mehr bleiben. Halte es hier nicht mehr aus.

Ich stürze aus dem Raum und werfe mich an Rivers Brust.

Er führt mich zu einem Stuhl, und wortlos geht er vor mir in die Hocke und streicht mir mit den Fingerspitzen übers Gesicht. Dann legt er die Hand unter mein Kinn, zwingt mich sanft, ihn anzusehen, und flüstert: »Du hast keine andere Wahl. Du musst hier bei ihrem Sohn bleiben. Weil er dich jetzt braucht.«

Ich nicke stumm. Er macht eine kurze Pause, wie, um selber Kraft zu sammeln, und schlingt die Arme um mich. »Es tut mir furchtbar leid.«

Ich küsse ihn zärtlich auf den Mund. Mein Herz ist mit Liebe und Trauer zum Bersten angefüllt, und ich habe das Gefühl, es müsse bald platzen. Für andere Emotionen ist darin im Augenblick einfach kein Platz.

River hat recht. Ich bin stark. Ich kann für Grace, Serena und sogar für Ben da sein. Nach einem letzten tiefen Atemzug gehe ich wieder ins Krankenzimmer zurück. Serena wirkt, als wäre sie gelähmt vor Angst. Ich wende mich an Ben, der die Augen geschlossen hat. Doch als er sie wieder öffnet, ist ihm der Schmerz überdeutlich anzusehen.

Ich stelle mich neben seine Schwester, nehme ihre Hand und spüre, dass sie zittert. Mit heiserer Stimme fragt sie mich: »Bist du okay?«

Es hätte keinen Zweck, sie zu belügen. Deshalb sage ich: »Nein, ich bin nicht okay.«

Sie sieht mich an. »Ich weiß. Ich auch nicht.«

Ich umarme sie und flüstere: »Es tut mir so leid, dass ich dir das von Trent verschwiegen habe.«

Sie schüttelt den Kopf. »Nein, mir tut es leid. Ich hätte dich nicht so anschreien sollen. Ben hat mir alles erklärt.«

Ich lenke meinen Blick auf ihn, nehme die Traurigkeit in seinen blauen Augen wahr und sehe schnell wieder Serena an. »Oh Gott, wo ist Trent? Ist er etwa allein?«

»Wir haben ihn gestern Nachmittag in die Klinik gebracht. Sie hat uns begleitet«, erklärt Ben mir heiser und sieht seine Mutter an. »Danach haben wir sie heimgebracht. Ich habe sie noch bis ins Haus begleitet, weil sie Schwierigkeiten mit der Treppe hatte. Sie meinte, ihr wäre schwindlig, und dann hat sie plötzlich auch noch über Kopfschmerzen geklagt. Sie hatte sich schon den ganzen Tag nicht wohl gefühlt, deshalb habe ich gesagt, sie soll sich erst mal hinlegen. Und als ich sie nicht wecken konnte, haben wir den Krankenwagen gerufen und sie so schnell es ging hierhergebracht. Aber da war es schon zu spät.«

Als er diese Dinge sagt, strömen ihm Tränen übers Gesicht. Ich ertrage diesen Anblick nicht. Ich hasse ihn, aber sein Unglück bricht mir gleichzeitig das Herz. Wir drei sitzen eine Zeitlang schweigend an Graces Bett, doch dann gehe ich wieder in den Flur hinaus. River steht im Wartezimmer und starrt reglos in den Regen, der noch immer gegen die riesigen Fenster schlägt. Ich weiß nicht, wie lange wir inzwischen in der Klinik sind. Ich gehe zu ihm, lehne mich an seine Schulter, und er nimmt mich in den Arm und küsst mich auf den Kopf.

»Brauchst du irgendwas?«

»Nur dich.«

Dann setzen wir uns schweigend hin, doch nach einer Weile dreht er sich zu mir herum und flüstert mir ins Ohr: »Weißt du, du bist genau wie sie – eine bemerkenswerte Frau.«

Plötzlich ist mir klar, warum in Krankenhäusern immer nur geflüstert wird. Nicht, weil die Besucher das Schreckliche nicht wahrhaben wollen, sondern weil sie es den anderen durch Rücksichtnahme leichter machen möchten. Ich wende mich ihm zu und streiche ihm die Haare aus der Stirn. Dabei spüre ich, wie mir eine Träne über die Wange rinnt, aber er wischt sie sachte fort, und mit einem leisen »Danke« küsse ich ihn zärtlich auf den Mund und umarme ihn, so fest ich kann.

Dann blicke ich auf und stelle fest, dass Ben hereingekommen ist. Er sieht mich seltsam an, macht auf dem Absatz kehrt und kehrt an Graces Krankenbett zurück. Schließlich stehe auch ich selber wieder auf und nehme Rivers Hand. »Los, komm mit.«

»Ich glaube nicht, dass ich das tun sollte, aber ich bin hier, wenn du mich brauchst.«

Ich lächle ihn an und drücke seine Hand. »Ich weiß.«

Als ich wieder ins Zimmer komme, wischt sich Serena die Tränen von den Wangen und steht auf. »Ich werde erst mal Kaffee holen. Willst du was?«

Ben und ich verneinen, und als wir mit einem Mal allein sind, breitet sich eine ohrenbetäubende Stille zwischen uns aus. Er sitzt auf seinem Stuhl neben dem Bett von Grace und sagt: »Weißt du, es ist meine Schuld.«

Ich sehe ihn an, und erst steigt heißer Zorn, dann aber Mitgefühl in mir auf. Wortlos setze ich mich neben ihn und ergreife die kalte Hand von Grace. Ich sitze einfach da und habe keine Ahnung, ob meine Berührung tröstlich für sie ist, aber irgendwie kommt es mir richtig vor, dass sie Kontakt zu einem von uns hat, während sie dort liegt. Ben sagt ewig nichts, aber die Spannung zwischen uns spricht Bände.

»Hast du gehört, was ich gesagt habe?«, fragt er mich schließlich unglücklich.

Ich versuche, seinen Schmerz zu lindern. »Nein, es ist nicht deine Schuld. Schlaganfälle werden nicht durch andere Menschen ausgelöst.«

Er legt eine Hand auf ihren Arm und sieht mich an. »Vielleicht nicht. Aber trotzdem denke ich die ganze Zeit, wenn ich nicht zurückgekommen wäre, würde sie jetzt nicht hier liegen. Es ist alles ein Riesenschlamassel, und es tut mir alles furchtbar leid. Du weißt, ich hätte dir nie weh tun wollen. Ich habe dich immer geliebt, auch wenn ich häufig so gehandelt habe, dass du das bestimmt nicht glauben kannst.«

Ich kann einfach nicht fassen, dass er hier und jetzt von seinen eigenen Fehlern spricht. Er zögert nur einen Augenblick, schiebt sich dann ein wenig dichter neben mich und fährt mit dem Finger über mein inzwischen nacktes Handgelenk. Ich will ihm meinen Arm entziehen, aber irgendetwas stimmt nicht. Vielleicht liegt es an der Reue, an der Trauer und der Einsamkeit in seinem Blick, dass die Woge des Mitgefühls, die vorher schon in meinem Innern aufgestiegen ist, plötzlich über mir zusammenschlägt. Ich schließe die Augen und versuche unbewusst, die hässlichen Erinnerungen auszusperren, aber dann holt mich ein schriller Pfeifton in die Wirklichkeit zurück.

Das gleichmäßige Piepsen des Herzmonitors weicht einem gleichförmigen, langgezogenen Ton. Einem schrillen, durchdringenden Pfeifen, das mir in den Ohren weh tut, während eine Schar von Ärzten und Schwestern ins Zimmer stürmt. Ich nehme wie in Zeitlupe die allgemeine Hektik wahr, trete eilig einen Schritt zurück und verfolge das Ticken der Uhr, während das Ärzteteam verzweifelt um ihr Leben kämpft. Doch sie ist schon nicht mehr da, das ist mir klar. Die Schwestern wechseln sich während der Herzmassage ab, tauschen nervöse Blicke aus, und einer der Ärzte schnappt sich die bereitliegenden Paddles. »Jetzt«, brüllt er, und ich zucke im selben Augenblick zusammen wie Grace.

Doch mit einem Mal stellen sie alle Bemühungen um die Patientin ein und lassen sie in Frieden gehen. Aber das kann einfach nicht sein. Ich bin hier, und sie ist hier, und trotzdem wird es nie wieder wie früher werden. Immer noch starre ich sie mit großen Augen an. Ihr Mund ist leicht geöffnet, so als wollte sie mir etwas sagen, und ich warte auf die Frage »Dahlia, Schatz, wo ist dein Schirm?«. Die jedoch nicht kommt.

Serena, die gerade zurückgekommen ist, starrt verständnislos das Bett an, während Ben sich über seine Mutter wirft. Er schreit: »Nein, Mom, nein«, und als Serena zu ihm geht, ziehe ich mich vor dem immer noch gellenden Pfeifton in den Flur zurück. Denn er dient lediglich dem Zweck, uns etwas mitzuteilen, was wir bereits wissen – nämlich, dass die wunderbare Grace nicht mehr am Leben ist.

Serena zieht Ben an ihre Brust, und das Zimmer scheint sich zu verdüstern. Ich will nur noch raus hier, denn in meinem Innern ringen Trauer, Ärger, Unglauben und Schuldgefühle. All der Lärm, die Menschen, Stimmen und Bewegungen um mich herum verschwimmen, und ich bekomme nur noch mühsam Luft. Ein Schluchzen steigt aus meiner Kehle auf, und eilig drehe ich mich um und flüchte aus dem Raum. Ich renne den langen, blendend weißen Korridor hinauf, die Schiebetür öffnet sich automatisch, und ich flüchte hinaus in den Regen. Endlich kann ich wieder atmen, und die Regentropfen, die inzwischen immer dichter fallen, passen zu dem Tränenstrom, der mir über die Wangen rinnt.

Bisher musste ich stark sein und die Tränen unterdrücken, aber jetzt weine ich um Verluste, die man nie erleiden sollte, um zerbrochene Freundschaften, um begangene Fehler, um den Schmerz, den ich empfinde, und um Grace. Vor allem um Grace.

Ich versuche zu verstehen, weshalb einem der Tod zwar einen Menschen, nicht aber die Beziehung, die man zu ihm hatte, raubt.

Ich strecke die Arme seitwärts aus, hebe den Blick zum Himmel und schreie: »Das ist nicht fair. Hörst du mich? Das ist einfach nicht fair.« Meine Schreie gehen in leises Wimmern über, und mein Zorn verwandelt sich in Trauer, als mir klarwird, dass egal, wie wütend oder unglücklich ich bin, Grace nie mehr wiederkommen wird.

Während mir das Wasser aus dem Haar tropft, in meine Kleider dringt und mich bis auf die Haut durchnässt, überfällt mich eine abgrundtiefe Traurigkeit. Ich spüre, wie ein Stück meiner Seele zerbricht, und frage mich, wie viel von ihr noch übrig ist. Wie viel kann ein Mensch ertragen, bis ihm nichts mehr bleibt? Bis er weder etwas zu nehmen noch etwas zu geben hat?

»Dahl«, brüllt Ben verzweifelt.

»Dahlia«, ruft River völlig ruhig.

Ich drehe mich um und sehe, dass er in der Tür des Krankenhauses steht.

»River!« Unglücklich presse ich die Hand vor den Mund und schüttle den Kopf.

»Es tut mir leid«, ruft er mir zu, und ich renne zu ihm, weil ich unmöglich in eine andere Richtung rennen kann. Ich werfe mich ihm in die Arme, klammere mich an ihm fest und weiß, dass das, was noch von meiner Seele übrig ist, allein ihm gehört.

Kapitel 26

Everybody's Changing

Ich komme mir irgendwie verloren vor, seit Grace gestorben ist. Sie hat mir so viel beigebracht, war immer für mich da, und ich habe sie abgöttisch geliebt. Wieder drohe ich in Tränen auszubrechen, und allmählich fürchte ich, dass ich mich vielleicht nie wieder zusammenreißen kann. River liegt neben mir im Bett, massiert mir sanft den Rücken und will von mir wissen, was er für mich tun kann.

Ich will am liebsten nicht darüber nachdenken, dass sie gestorben ist, also schließe ich die Augen und döse wieder ein.

Als ich aufwache, bin ich allein. Es ist dunkel, und ich brauche einen Augenblick, um mich zu fassen und ins Bad zu gehen. Doch sobald ich mit den Füßen auf den kalten Fliesenboden trete, wünschte ich, die Kälte würde auch mein Inneres betäuben. Würde mir die Trauer nehmen und mir helfen, irgendwie die nächste Zeit zu überstehen und meiner zweiten Mutter Lebewohl zu sagen, wenn es so weit ist.

Ich lasse mich an der Wand zu Boden gleiten, vergrabe den Kopf zwischen den Händen und lasse meinen Tränen erneut freien Lauf. Während ich dasitze, überlege ich, wie viele Tränen ein Mensch wohl vergießen kann, bevor der Strom vollends versiegt. Plötzlich werde ich von hellem Licht geblendet und muss blinzeln, als River in der Tür erscheint.

»Dahlia, bist du okay?«

Ich nicke stumm.

»Was machst du da?«

Er zieht mich hoch und sieht mich ängstlich an. Ich weiß, er befürchtet, dass ich völlig zusammenbreche und dann nicht mehr auf die Beine komme. Doch als ich ihm in die Augen sehe, weiß ich, dass das nicht passieren wird. Weil ich mich wieder aufrappeln muss. Für ihn.

Inzwischen sitze ich auf seinem Schoß und streiche ihm die Haare aus den Augen. »Hey, ich bin okay.«

Er streichelt meine Wange. »Bist du sicher?«

Ich nicke erneut und stehe auf. Dann nehme ich seine Hand und führe ihn ins Schlafzimmer zurück. »Kann ich dir etwas zeigen?«, frage ich, öffne die Vorhänge und blicke in den sonnenhellen Tag hinaus. Endlich hat der Regen aufgehört.

Er setzt sich in den Sessel und sieht aus, als wüsste er nicht, was er sagen soll. Sein unsicherer Blick bringt mich zum Lächeln. »Es hat nichts mit Sex zu tun, falls du das denkst.«

Er ist regelrecht entsetzt. »Oh nein, das denke ich ganz sicher nicht.«

»Ich weiß. War nur ein Witz.« Ich will ihn beruhigen und ihn wissen lassen, dass ich bald wieder ganz die Alte sein werde, auch wenn ich jetzt todtraurig bin.

Ich öffne die alte Truhe meiner Mutter, deren weiße Lackschicht fast ganz abgeblättert ist, und plötzlich wird mir klar, dass ich zum letzten Mal hineingesehen habe, als ich alles dort verstauen musste, was den Einbruch halbwegs unbeschadet überstanden hat.

Trotzdem muss ich lächeln, als mein Blick auf meine Puppen, Jahrbücher, Diplome und verschiedene Souvenirs aus meiner Kindheit fällt. Während ich in der Truhe wühle, spüre ich, wie er mir die Arme um die Taille schlingt und mich eng an sich zieht. Ich umklammere seine Arme und schmiege mich an ihn, aber schließlich fahre ich mit dem Durchsuchen meiner Truhe fort.

Als ich das Foto finde, das ich River zeigen will, drücke ich es kurz an die Brust. Dann zeige ich lächelnd auf das kleine blonde Mädchen, das umgeben von lauter Erwachsenen auf dem Bild zu sehen ist. »Als ich zehn wurde und meine Eltern wissen wollten, was ich zum Geburtstag haben möchte, brauchte ich gar nicht zu überlegen. Ein Treffen mit Elton John, denn ich war damals ein Riesenfan von ihm. Meine Mutter wollte gerade sagen, dass das vielleicht etwas schwierig werden könnte, als mein Dad anfing zu strahlen. Er meinte, das wäre kein Problem. Und tatsächlich hat er dieses Treffen arrangiert.«

Ich sehe River an und erkläre ihm nacheinander die Leute auf dem Bild. »Das sind Grammy, meine Tante, Onkel Scott, Mom, Dad, Grace, und das da vorne ist Sir Elton John persönlich. Irgendwie hat es mein Dad sogar geschafft, ihn dazu zu bringen, dass er vor seinem Konzert eine kurze Privatvorstellung für mich gegeben hat. ›Believe‹ und ›Happy Birthday‹ – das war echt der Hit.«

River beugt sich vor und küsst mich auf die Wange. »Wow, was für ein Wahnsinns-Geschenk, vor allem für ein zehnjähriges Mädchen.«

Ich grinse, denn der Tag ist mir noch lebhaft in Erinnerung.

Er sieht mich an und fragt mich allen Ernstes: »Weshalb Elton John und nicht Hootie and the Blowfish oder irgendjemand anderes, für den ein zehnjähriges Mädchen hätte schwärmen können?«

»Wegen Grace. Weil Elton John ihr absoluter Lieblingssänger war. Nach der Schule war ich immer noch bei ihr, bis meine Eltern heimgekommen sind. Und wir haben so oft ›Crocodile Rock‹ und ›Bennie and the Jets‹ gesungen, dass Serena irgendwann gedroht hat, die CD in den Mülleimer zu werfen, während Ben sich laut schimpfend in seinem Zimmer eingeschlossen hat. Die beiden mochten Elton einfach nicht. Aber Grace und ich waren total verrückt nach ihm, und sie hat immer gesagt, dass das Treffen mit ihm ein echtes Highlight für sie war.« Ich bemerke, dass er dieses Mal bei der Erwähnung von Bens Namen nicht zusammenzuckt.

River nimmt das Bild und stellt es auf der Kommode neben

einer Aufnahme von mir und meinen Eltern auf. »Wir wäre es, wenn wir das Bild hier stehen lassen? Dann hätten wir jedes Mal, wenn wir es sehen, eine schöne Erinnerung an sie.«

Ich nicke und will die Truhe gerade schließen, als mein Blick auf den winzigen Schraubenzieher fällt, den Ben vor einer Ewigkeit darin versteckt hat, und urplötzlich weiß ich, was ich machen muss, um Grace auch weiter nah zu sein. Doch noch während ich den Schraubenzieher aus der Truhe nehme und den Deckel schließe, reißt die Haustürklingel mich aus meinen Überlegungen.

Ehe einer von uns öffnen kann, brüllt Xander schon: »Muse, Loverboy, wir kommen rein. Ich kann also nur hoffen, dass ihr angezogen seid.«

Ich blicke River an und sehe, dass er sich nicht sicher ist, was das Erscheinen seines Bruders zu bedeuten hat. Doch das Strahlen seiner Augen zeigt mir, dass er glücklich ist. Und auch mir wärmt es das Herz, dass Xander wieder so wie immer klingt. Ich strecke die Hand nach River aus, und als er sie ergreift, drücke ich seine Finger und ziehe ihn in den Flur. Seltsam, dass mal nicht er mich, sondern ich ihn beruhigen muss. Aber das gibt mir das Gefühl, wieder ein ganzer Mensch zu sein.

Die Haustür ist noch offen, doch bei einem Blick ins Wohnzimmer entdecke ich, dass neben Rivers Bruder seine Schwester steht. Sie hat eine Einkaufstüte in der Hand und sagt Garrett, wo er zwei mit Alufolie bedeckte Pfannen hinstellen soll. Nix schleppt eine Kühlbox rein, und Xander steht mit vor der Brust verschränkten Armen da und verfolgt reglos das Geschehen.

Wir stehen immer noch im Flur, und River räuspert sich. »Hey, was hat das zu bedeuten?«

Xander sieht ihn an. »Das fragst du am besten Bell. Sie hat darauf bestanden, dass wir euch was zu essen bringen.«

River sieht ihn entgeistert an. »Danke, das ist nett.«

»Kein Problem. Wir dachten einfach, es wäre nicht gut, wenn ihr allein seid.«

Ich wende mich an Bell, und als sie ein bisschen ängstlich mit den Schultern zuckt, gebe ich ihr durch ein warmes Lächeln zu verstehen, dass zwischen uns alles in Ordnung ist. Dann sehe ich Xander an. »Danke, Xander.«

»Gern geschehen, Muse.«

River nickt seinen Geschwistern zu. Alle sehen uns an, und einen Augenblick lang ist es vollkommen still, bis Garrett sagt. »Warum tut ihr alle so, als wäre jemand gestorben?«

Er erstarrt, als ihm Bell gegen das Schienbein tritt, und dreht sich eilig zu mir um. »Shit. Oh mein Gott, Dahlia. Es tut mir wirklich leid. Ich habe einfach nicht nachgedacht. Ich wollte nur die Stimmung etwas aufhellen.«

Nix schlägt ihm gegen den Hinterkopf. »Niemand sondert derart viel gequirlte Scheiße ab wie du. Zum Glück hört dir fast nie wer zu.«

Wir lachen schallend, um die allgemeine Anspannung zu lösen, und wieder bricht in unserem Wohnzimmer hektisches Treiben aus.

Während die anderen die mitgebrachte Mahlzeit zubereiten, lehne ich den Kopf an Rivers Schulter, und er küsst mich sanft aufs Haar und flüstert mir ins Ohr: »Ist das für dich okay?«

Ich nicke, lege eine Hand an sein Gesicht und blicke dorthin, wo Xander steht. »Los, sprich mit ihm.«

Er nickt ebenfalls, küsst mich eilig auf den Mund, und als er Richtung Küche geht, hat er denselben Gang, den ich schon tausendmal gesehen habe und von dem ich immer noch vollkommen hingerissen bin. Was habe ich doch für ein Glück, dass ich mit einem derart fürsorglichen, mitfühlenden, liebevollen Mann zusammen bin.

Vorsichtig tritt er auf Xander zu, und der klopft ihm auf die Schulter und bedeutet ihm mit einer Kopfbewegung, dass er mit auf die Terrasse kommen soll. Während sie nach draußen gehen, nickt mir Xander lächelnd zu.

»Hey, Dahlia, alles klar?«, fragt Nix, und ich muss blinzeln, als er plötzlich direkt vor mir steht.

Ich kämpfe mit den Tränen, denn ich hätte nicht erwartet,

dass mir einer dieser Jungs sein Beileid wegen Grace aussprechen würde. Und noch während ich nach einer Antwort suche, steht auch Garrett neben mir, legt mir den Arm um die Schulter und erklärt: »Mein Beileid, Dahlia.«

Ich atme tief durch, erwidere seine Umarmung und stoße ein raues »Danke« aus. Dann trete ich einen Schritt zurück und wende mich an Nix. »Es geht mir besser als erwartet.«

Was tatsächlich stimmt. Statt mich wie bereits so oft in meine eigene Welt zurückzuziehen – eine Welt, in der ich mich nicht konzentrieren kann, wenn jemand mit mir spricht, in der ich höchstens nicke, wenn ich irgendeine Antwort geben muss und in der ich wie erstarrt bin, wenn mich irgendwer umarmt –, bin ich in der Lage, ganz normal mit anderen zu kommunizieren. Weil ich inzwischen deutlich stärker bin.

»Hey, passt auf, dass ihr sie nicht erstickt. Lasst ihr etwas Raum, damit sie atmen kann.« Bell nimmt meine Hand und zieht mich auf die Couch. Doch als wir beide sitzen, bringt sie es nicht über sich, mir ins Gesicht zu sehen. Ich möchte als Erste etwas sagen, möchte ihr versichern, dass ich ihr nicht im Geringsten böse bin, doch sie kommt mir zuvor.

»Es tut mir furchtbar leid, dass das alles passiert ist. Ich weiß gar nicht, was ich sagen soll. Siehst du mich jetzt in einem anderen Licht?« Zögernd zieht sie ihren Fuß unter ihr Bein.

Ich nehme ihre Hand. »Bell, sieh mich an.« Sie guckt mich unglücklich aus ihren grünen Augen an, und ich schüttle den Kopf. »Natürlich nicht. Du hast keine Schuld an diesen Dingen. Und ich auch nicht. Also rede dir das bloß nicht ein. Ich weiß, dass die Situation ein bisschen peinlich ist, aber zwischen uns bleibt trotzdem alles, wie es war. Okay?«

Sie nickt und beißt sich auf die Lippe. »Ich hoffe nur, du weißt, dass ich keine Ahnung hatte, wer er war.«

»Lass uns nicht darüber sprechen. Bitte.«

»Oh, Dahlia, es tut mir wirklich leid«, erklärt sie noch einmal, bevor sie wie ihr Bruder plötzlich über etwas völlig anderes spricht. »Wie geht es dir?«

»Viel besser, als ich dachte. Vielleicht sollten wir erst einmal nachsehen, was in diesen Pfannen ist. Ich habe nämlich einen Bärenhunger.«

Sie lächelt mich an und schlingt mir die Arme um den Hals. »Ich liebe dich, Dahlia.«

»Ich liebe dich auch, Bell.«

Als wir in die Küche gehen, werfe ich einen Blick auf die Terrasse. Nix und Garrett sind inzwischen ebenfalls hinausgegangen, und jetzt sitzen alle um den Tisch herum und unterhalten sich in ruhigem Ton. Ich hoffe nur, sie schaffen es, Rivers Entschluss zu akzeptieren, weil sie ihm alle furchtbar wichtig sind. Es war für ihn nicht leicht, die Band im Stich zu lassen, doch inzwischen glaube ich, er hat für sich genau das Richtige getan. Er liebt es, Gitarre zu spielen und zu singen, doch berühmt werden wollte er nie. Das war nie sein eigener Traum, sondern immer nur der von seinem Dad. Er liebt die Musik, aber er kann nicht damit leben, wenn ihm jemand anderes sagt, wie er sie spielen soll.

Ich starre aus dem Fenster, und während er sich die Haare rauft, platzt es mit einem Mal aus mir heraus. »Glaubst du, dass alles aus einem bestimmten Grund passiert?«

Bell schnappt sich einen Stapel Teller und stellt sie auf dem Tresen ab. »Das will ich doch wohl hoffen. Oder zumindest würde ich es gerne glauben.«

Sie schiebt die Pfannen auf den Ofenrost, und ich stelle den Ofen an. Die nächsten Worte drohen mir im Hals steckenzubleiben, aber trotzdem spreche ich sie aus: »Weshalb hast du beschlossen, dieses Baby wegzugeben?«

Sie starrt mich eine Zeitlang an, bevor sie etwas sagt. »Nach allem, was passiert war, hatte ich das sichere Gefühl, dass es dem Baby bessergehen würde, wenn es zwei liebende Eltern hat.«

Abermals versinken wir in Schweigen, doch ich denke, ihr ist klar, dass wir beide akzeptieren, was geschehen ist. Wir werden beide damit klarkommen, auch wenn diese Situation natürlich seltsam ist. Denn keine von uns beiden würde jemals zulassen, dass unsere Freundschaft Schaden nimmt. Ich öffne die Kühlschranktür, schnappe mir zwei Flaschen Wasser und halte ihr eine hin.

Lachend hebt Bell sie an den Mund und trinkt einen vorsichtigen Schluck. »Und vor allem, Dahlia, lass uns bitte realistisch sein. Könntest du dir vorstellen, dass ich mit einem fünfjährigen Kind im Schlepptau durch die Gegend ziehe?«

»Vielleicht wärst du überrascht, wozu du alles in der Lage wärst.«

Sie stößt ein leises Schnauben aus. »Findest du es etwa nicht normal, dass eine Fünfundzwanzigjährige bei ihrer Mutter lebt?«

»Das kannst du jederzeit ändern, Bell. Aber aus meiner Sicht hast du dein Leben voll im Griff – du hast zwei anspruchsvolle Jobs, die du, nach allem, was ich höre, rundherum phantastisch machst.«

»Und ich ziehe tatsächlich um. Xander hat mir eine Wohnung in West Hollywood besorgt, nachdem ich ihm erzählt habe, dass ich von meinem Job bei Tate total begeistert bin. Außerdem sucht er bandmäßig einen Ersatz für mich, damit ich so schnell wie möglich Fulltime dort arbeiten kann.«

»Das finde ich super, Bell. Siehst du, du schafft alles, was du schaffen willst!«

Plötzlich geht die Haustür auf, und wie ein Wirbelwind taucht Aerie in der Küche auf. Sie wirft ihre Tasche auf den Tisch, stürzt auf mich zu und schlingt mir die Arme um den Hals. »Oh, Dahlia, es tut mir leid.«

Schließlich machen wir uns wieder voneinander los, und als sie mich traurig ansieht, stoße ich mit rauer Stimme aus: »Du weißt gar nicht, wie sehr ich dich vermisst habe.« Und dann ist es um mich geschehen.

Bell lässt uns allein und geht zu den anderen auf die Terrasse. Doch obwohl ich Aerie furchtbar viel erzählen muss, ist dies wohl kaum der rechte Augenblick. Sie legt mir den Arm um die Schulter, führt mich vor die Haustür, und wir nehmen auf den Stufen Platz und sprechen über Grace.

Fünfzehn Minuten später wird die Tür geöffnet. »Dahlia, es ist Serena. Sie sagt, dass sie dringend mit dir sprechen muss.« Bell hält mir mein Handy hin und raunt mir leise zu: »Ich stelle schon mal das Abendessen auf den Tisch.«

Ich sehe sie mit einem warmen Lächeln an.

Eine Million entsetzlicher Gedanken über Trent schwirren mir durch den Kopf, als ich das Handy ans Ohr presse und leise hallo sage.

»Dahlia, bitte komm her. Ich brauche deine Hilfe. Ich schaffe das ganz einfach nicht.«

»Beruhig dich erst einmal, Serena«, bitte ich. »Was schaffst du nicht?«

»Kleider für sie auszusuchen«, weint sie in den Hörer.

Ich muss schlucken. »Kleider?«

»Spätestens bis sechs müssen sie beim Bestatter sein. Könntest du vielleicht rüberkommen und mir helfen, etwas auszusuchen?«

Traurigerweise weiß ich ganz genau, wovon sie spricht. »Ich ziehe mich kurz um und bin so schnell wie möglich da.«

Mein Magen zieht sich zusammen, und ich sehe Aerie an. »Ich muss los. Serena braucht Hilfe bei den Vorbereitungen für die Beerdigung.«

Als ich zurück ins Haus will, öffnet River mir die Tür, nimmt mich in die Arme und fragt mit Flüsterstimme. »Was ist los?«

Ich bin mir nicht sicher, wie er es aufnehmen wird. Aber trotzdem muss ich los, und zwar allein. Doch noch ehe ich ihm sagen kann, worum es geht, bietet sich Aerie an: »Ich kann dich nach Laguna fahren.«

Ich nicke dankbar, und nachdem die beiden sich begrüßt haben, schiebt Aerie sich an ihm vorbei ins Haus.

»Soll ich dich fahren?«, fragt River und legt mir die Hände ans Gesicht.

Meine Entschlossenheit gerät ins Wanken, doch ich weiß,

dass er mich nicht begleiten darf, denn falls er mit Ben zusammentreffen würde, gäbe es wahrscheinlich wieder Zoff. Und das kann ich Serena jetzt nicht antun. »Ich glaube, ich sollte allein fahren. Bitte versteh das, ja?«

Er erstarrt, entspannt sich aber wieder, als ich den Kopf zur Seite drehe und seine Hand küsse, die an meiner Wange liegt. Dann presst er seine Stirn an meine und gibt mir dadurch wortlos zu verstehen, dass er meine Entscheidung akzeptiert.

Als wir ins Haus gehen, kommen die anderen ebenfalls gerade herein. Bell ist in der Küche und holt dort die Pfannen aus dem Ofen, Nix und Garrett rammen sich die Ellbogen in die Seiten, weil jeder der zwei den ersten Teller haben will, und Xander teilt unter der Anleitung von Aerie das übrige Essen aus. Dabei schnauzt er sie an, sie schnauzt genauso laut zurück, und ich habe den Eindruck, dass inzwischen alles wieder so wie immer ist.

Ich packe Rivers Hand. »Komm mit. Ich muss mich noch umziehen, bevor ich fahre.« Auf dem Flur frage ich ihn: »Kommst du hier allein klar?«

Er stößt ein leises Lachen aus. »Ja, ich komme hier alleine klar. Weil ich schließlich ein großer Junge bin.«

Er wirft sich aufs Bett und lehnt sich ans Kopfteil.

»Das habe ich nicht gemeint. Wie war dein Gespräch mit Xander?«

Lächelnd zieht er mich zu sich auf die Matratze. »Deutlich besser als das letzte. Denn wir haben nicht gestritten und uns auch nicht lautstark angeschrien. Es fing ein bisschen holprig an, aber dann hat mich Xander überrascht. Es war, als hätte es urplötzlich Klick bei ihm gemacht, denn mit einem Mal hat er verstanden, dass ich für das Leben aus dem Koffer einfach nicht geschaffen bin.«

Ich blicke in seine ruhigen grünen Augen und atme erleichtert auf, weil zwischen ihm und seinem Bruder offenbar alles wieder im Reinen ist. »Und was ist mit den anderen Jungs?«

Sein Lächeln wird noch breiter. »Wir haben geredet, und sie

sind nicht gerade glücklich, weil ich nicht mit auf Tournee gehen will, aber sie haben meine Entscheidung akzeptiert. Sie haben gesagt, dass unsere Freundschaft ihnen wichtiger ist als alles andere.«

Dankbar schließe ich die Augen. Ich bin überglücklich, weil sein Bruder ihn endlich versteht und er auch seine Freunde wiederhat.

»Ellie war nicht gerade glücklich, aber dann hat sie den neuen Leadsänger, den Jack ihr vorgeschlagen hat, anscheinend akzeptiert. Sie wird sich morgen mit ihm treffen.«

Ich setze mich auf und murmle spöttisch: »Ach.«

Jetzt setzt sich auch River auf, nimmt meine Hände und zieht mich zu sich auf den Schoß.

Ich sehe ihn forschend an, küsse ihn auf den Mund und stelle mit gleichmütigem Schulterzucken fest: »Tut mir leid, aber ich musste ihren Namen ein für alle Mal von deinen Lippen löschen.«

Kopfschüttelnd packt er mein T-Shirt, und wir küssen uns so innig, dass ich einen Augenblick lang beinahe vergesse, was alles geschehen ist. Schließlich legt er mir die Hände ums Gesicht, und in seinen Augen strahlt dasselbe reine Glück wie in mir selbst, wenn ich mit ihm zusammen bin. Ich weiß, das, was wir beide haben, wird auch zukünftig die schlimmsten Stürme überstehen.

*

Als die Ampel an der Kreuzung grün wird, rasen eine Reihe Fahrzeuge an uns vorbei, während direkt hinter uns irgendein Blödmann unablässig auf die Hupe drückt. Aerie hält das Lenkrad fest umklammert und starrt mich entgeistert an. »Dieser verf … te Hurensohn.«

Sie flucht so gut wie nie, und ich bin es gewohnt, dass sie, wenn es mal passiert, Abkürzungen benutzt.

Ich hatte ihr nichts erzählen wollen, aber als ich mich bei ihr bedankte, weil sie mich chauffiert, führte eins zum anderen.

»Dieser verf…te Hurensohn. Der kann sich auf was gefasst machen, wenn ich ihn sehe«, sagt sie noch einmal, während sie in Graces Straße einbiegt. Dann verstummt sie, aber ich kann deutlich sehen, wie sich in ihrem Gehirn die Rädchen drehen.

»Aerie, nicht jetzt, nicht heute. Bitte nicht«, sage ich, als sie den Wagen parkt.

Ich blicke mich um. Der Wagen von Ben ist nirgendwo zu sehen. Serena scheint allein zu sein, und ich weiß, dass sie mich braucht – aber sonst niemanden. »Glaubst du, ich kann dich anrufen, wenn ich hier fertig bin?«

Sie nickt und schlingt mir die Arme um den Hals, und als sie mich schließlich wieder loslässt, sagt sie: »Ruf bloß an, falls du was brauchst.«

»Auf jeden Fall. Und nochmals danke, dass du mich gefahren hast.« Dann öffne ich die Wagentür und gehe langsam Richtung Haus.

»Serena, ich bin da«, rufe ich, als ich Graces Wohnzimmer betrete. Und während ich mich in dem Raum umsehe, der noch immer ihre Gegenwart verströmt, überkommt mich ein Gefühl der Traurigkeit. Eilig gehe ich nach oben, klopfe an die Tür des Schlafzimmers und trete ein. Der gesamte Inhalt von Graces Kleiderschrank ist auf dem Bett verteilt, und Serena räumt sogar sämtliche Schuhe aus und wirft sie achtlos durch den Raum. »Serena«, rufe ich. Als sie mir keine Antwort gibt, strecke ich die Arme nach ihr aus und ziehe sie, um sie zu trösten, an mich. Ihr Unglück tut mir in der Seele weh. »Serena, sieh mich an. Ich weiß, wie schwer das ist. Aber ich bin hier. Lass mich dir helfen, ja?«

Sie dreht sich weinend zu mir um, und ich bin unendlich froh, dass ich hier bin und ihr Trost spenden und beistehen kann.

Gemeinsam sehen wir Graces Kleider durch, und plötzlich weiß ich, welches Kleid das Richtige für diesen Anlass ist – das marineblaue Etuikleid mit dem passenden Gürtel, das ihre Augen zum Leuchten brachte. Serena stimmt mir zu, dreht sich hektisch nach den letzten Schuhen, die noch im Schrank stehen, um und zeigt mir ein Paar blauer Pumps. »Ich weiß noch, wie wir die zusammen bei Avery's gekauft haben. Wir waren zum Mittagessen in L. A., und die Riemchensandalen, die sie anhatte, haben sie beinahe umgebracht. Deshalb sind wir nach dem Essen noch nach Beverly Hills.« Sie lächelt bei der Erinnerung und stellt dann plötzlich fest: »Wir brauchen auch noch Unterwäsche.«

»Richtig«, sage ich und kämpfe gegen die aufsteigenden Tränen an.

»Und was für Ohrringe soll sie tragen? Die goldenen oder die silbernen?«

Ich packe ihren Arm. »Hey, Serena. Mach mal langsam. Wir bekommen das schon hin. Ich hole ihren Schmuckkasten.«

In der großen Holzkiste entdecke ich meinen Verlobungsring von Ben. Er hängt noch immer an der Kette und liegt ganz allein in einem Fach. Ich nehme ihn kurz in die Hand, lege ihn aber sofort wieder zurück, als hätte ich mich daran verbrannt.

»Er hat es mir erzählt, Dahlia. Es tut mir furchtbar leid«, wispert Serena, während ich zwei kleine silberne Ohrreifen aus der Kiste nehme.

Ich hole tief Luft, gebe ihr aber keine Antwort, weil ich weiß, dass weder sie noch Ben die ganze Wahrheit kennt. Schließlich drehe ich mich zu ihr um und zeige ihr die Ohrringe. »Hier, ich denke, die wären gut.«

»Kommst du mit zu dem Beerdigungsinstitut? Ben ist wie vom Erdboden verschluckt. Er hätte schon heute Mittag hier sein sollen, und ich habe ihn inzwischen mehrmals angerufen und ihm Nachrichten auf seiner Mailbox hinterlassen, ohne dass er mich auch nur zurückgerufen hat.«

Wieder atme ich tief durch. »Natürlich. Wenn du willst, komme ich mit.«

Wir gehen nach unten, und als ich die Tür öffne, um vors Haus zu treten, sehe ich, dass Caleb in die Einfahrt biegt. Serena ruft von oben, dass sie gleich runterkommt, und ich stehe auf der Treppe, während Caleb das Fenster runterkurbelt und fragt: »Ist Ben hier, Dahlia?«

Ich schüttle den Kopf. »Ich habe ihn nicht gesehen. Serena und ich sind gerade auf dem Weg zum Beerdigungsinstitut, um ein paar Sachen abzugeben. Serena hat gesagt, Ben hätte schon heute Mittag hier sein sollen, aber er ist nicht aufgetaucht, und sie hat auch nichts von ihm gehört.«

»Danke.« Er runzelt die Stirn und fügt hinzu: »Dahlia, das alles tut mir furchtbar leid. Ich hätte nie gewollt, dass du unter der Sache leiden musst.«

»Es ist nicht deine Schuld, Caleb.«

Er seufzt. »Ich werde die Stadt verlassen, denn ich habe einen neuen Job. Ich habe vorhin auch schon bei River angerufen und gesagt, wer jetzt für die Alarmanlage eures Hauses zuständig ist.«

Ich nicke knapp. »Viel Glück, Caleb.«

Er nickt ebenfalls, und während er sein Fenster wieder schließt, gehe ich zu Serenas Wagen, rufe River an und bitte ihn, mich beim Bestatter abzuholen. Wahrscheinlich wird es spät, und ich möchte nicht, dass Aerie abends extra noch mal nach L.A. und dann wieder nach Hause fahren muss. Damit sie ebenfalls Bescheid weiß, rufe ich auch sie schnell an, und schließlich taucht Serena auf.

Schweigend fahren wir los, und als wir das Bestattungsinstitut erreichen, halte ich den Atem an. Trotzdem nehme ich sofort den besonderen Geruch des Ortes wahr.

Serena trägt in der einen Hand die Tüte mit Graces Sachen und hält mit der anderen meine Rechte umklammert, während wir am Ausstellungsraum vorbei den Flur hinuntergehen. An seinem Ende liegt ein offenes Büro, und ein älterer Mann kommt uns entgegen. Er stellt sich vor und weist höflich auf die Stühle, die vor seinem Schreibtisch stehen.

Während Serena, deren Stimme inzwischen ganz geschäftsmäßig und völlig nüchtern klingt, verschiedene Details mit ihm bespricht, entschuldige ich mich und gehe zur Toilette. Auf dem

Rückweg sehe ich mir die Särge in verschiedenen Farben und Größen aus der Nähe an. Schließlich stehe ich vor einem weißen Sarg, der mit einem herrlichen hellblauen Satinstoff ausgeschlagen ist. Die Farbe wäre haargenau das Richtige für Grace.

Meine Finger gleiten vorsichtig über den glatten Stoff, als plötzlich eine Hand auf meiner liegt. »Oh, Dahl, es tut mir wirklich leid. Ich will nur, dass du das weißt. Bitte verzeih mir. Ich brauche dich.«

Ich blicke auf. Er trägt noch dieselben Sachen wie gestern im Krankenhaus, ist unrasiert und wirkt, als hätte er die ganze Nacht kein Auge zugetan. Heißer Zorn steigt in mir auf, ich trete einen Schritt zurück und sage ruhig: »Bitte, Ben. Nicht jetzt. Dies ist wohl kaum der rechte Augenblick.«

Als er auf mich zutritt, wird mir übel. Weil mir eine Wolke süßlichen Parfüms entgegenschlägt. »Das weiß ich, Dahl. Aber ich bin so fürchterlich allein.«

Ich darf jetzt nicht schwach werden. Weil ich ihn nicht mehr stützen kann. Ich kann es einfach nicht. »Ich bin hier, weil Grace gewollt hätte, dass ich euch beistehe. Aber ich kann dir nicht verzeihen, und ich weiß nicht, ob ich dazu jemals in der Lage sein werde.«

Er blickt vor sich auf den Boden und zieht auf einmal ein kleines Buch aus der Tasche. Ich sehe das Zittern seiner Hand, als er es mir hinhält und mit leiser Stimme sagt: »Das hier habe ich für dich geschrieben, nachdem ich auf Tauchstation gegangen war. Schließlich dachte ich, ich würde dich nie wiedersehen, und habe deswegen auf diese Weise mit dir kommuniziert.« Ich bin überrascht, was er anscheinend spürt, denn er fügt noch hinzu: »Bitte nimm es. Ich möchte, dass du es kriegst. Du kannst damit machen, was du willst.« Ich nehme ihm das Büchlein ab, weil ich seinen Schmerz trotz allem, was geschehen ist, nicht noch vergrößern will.

Doch ich weigere mich, ihm die Chance zu geben, noch etwas zu sagen, und mache entschlossen auf dem Absatz kehrt. Mein Herzschlag setzt kurz aus, als River plötzlich in der Tür des Ausstellungsraums lehnt. Er funkelt seinen Widersacher zornig an, doch als er sich an mich wendet, wird seine Miene weich. Selbst in diesem Augenblick bemerke ich, wie ungeheuer attraktiv er ist. Sein schlanker Körper steckt in einem schwarzen T-Shirt und in tief sitzenden Jeans, und neben ungeheurer Kraft verströmt er eine natürliche Gelassenheit. Er reicht mir seine Hand, und ohne sich auch nur noch einmal nach Ben umzudrehen, fragt er: »Können wir gehen, schöne Frau?«

Ich nehme lächelnd seine Hand, und wir suchen nach Serena, um ihr noch auf Wiedersehen zu sagen, ehe wir nach Hause fahren.

Kapitel 27

All I Want

Bens Tagebuch

Auch nach einer Flasche Whiskey ist mein Leben immer noch ein einziges Chaos. Ich kann nicht mal sagen, wie ich es jemals wieder in Gang bekommen soll. Was ja wohl echt erbärmlich ist. Im einen Augenblick war Mom noch außer sich vor Sorge um ihr Enkelkind, und im nächsten war sie plötzlich nicht mehr da. Und die Schuld daran trage ganz allein ich. Ich frage mich die ganze Zeit, ob sie wohl noch am Leben wäre, wenn ich selbst nicht wieder auferstanden wäre. War der Stress, den meine Rückkehr ihr bereitet hat, vielleicht zu viel für sie? Ich kann einfach nicht glauben, dass sie nicht mehr lebt.

Und jetzt haut auch noch Caleb ab. Er hat einen Job beim FBI, ich habe also keine Menschenseele mehr. Außerdem ist meine Schwester stinksauer auf mich, und Dahl kommt nie wieder zu mir zurück. Ich habe sogar versucht, mit Kimberly zu sprechen, aber sie hat nur gesagt, ich sollte es noch mal versuchen, wenn ich nicht betrunken bin, und einfach aufgelegt. So anspruchsvoll war sie sonst nie.

Mein Leben ist eine Aneinanderreihung riesengroßer Fehler. Irgendwie habe ich eine dämliche Entscheidung nach der anderen gefällt. Ich kann nicht einmal mehr sagen, welchen Fehler ich zuerst gemacht habe oder welcher am schlimmsten war – meine Sucht, berühmt zu werden, und der Preis, den ich dafür bezahlen musste, oder dass ich noch einmal hierher zurückgekommen bin und dachte, ich könnte einfach dort mit meinem Leben weitermachen, wo ich vor drei Jahren unterbrochen wurde, oder dass ich einer Frau, die mich bedingungslos geliebt hat, untreu war und deshalb jetzt mit ansehen muss, dass sie einem anderen den Vorzug vor mir gibt.

Nachdem Mom gestorben war und ich mit ansehen musste, wie sie sich Trost suchend an diesen Kerl gewendet hat, musste ich erst mal weg, um alles zu vergessen. Also bin ich abgehauen. Ich weiß nur noch, dass ich so lange getrunken habe, bis ich das Gefühl hatte, als würde der Schmerz, den ich im Augenblick empfinde, jemand anderem gehören, und dann mit irgendeinem Mädel heimgegangen bin. Und genau wie früher hat der Sex geholfen zu vergessen. Wenigstens für einen Augenblick.

Ich war derart betrunken, dass ich irgendwann in ihrer Kiste eingeschlafen bin. Dabei bleibe ich sonst nie die ganze Nacht bei einer Tussi, die ich nur flachlegen will. Aber dieses Mal wurde ich erst vom Klingeln meines Handys wach. Ich war immer noch total benebelt, aber trotzdem habe ich die Mailbox abgehört. Und war schlagartig nüchtern. Meine Schwester hatte sechsmal bei mir angerufen. Schließlich hätte ich mit ihr zu dem Bestattungsinstitut fahren sollen. Ich hatte keine Ahnung, wie das Mädchen, das mich mitgenommen hatte, hieß, aber trotzdem habe ich zu ihr gesagt, dass sie mich umgehend zurück zu meinem Wagen fahren soll. Denn ich musste so schnell wie möglich heim. Mom würde wollen, dass ich stark bin. Und ich kann sie unmöglich noch mal enttäuschen – schließlich habe ich ihr schon genügend schlimme Dinge angetan.

Genau wie ich gedacht hatte, war Dahlia da. Ich habe mich noch mal bei ihr entschuldigt, obwohl ich inzwischen nicht mehr glaube, dass sie mir jemals verzeihen wird. Trotzdem habe ich ihr das Tagebuch gegeben, und ich hoffe, irgendwann wird sie es lesen und zumindest wissen, dass meine Gefühle für sie echt gewesen sind.

Kapitel 28
Tears in Heaven

Helles Sonnenlicht strömt durchs Fenster, und der Hollywood-Schriftzug ist deutlich zu sehen. Ich lege meine Perlenkette an. Als ich dabei in den Spiegel sehe, weiß ich ganz genau, wer mir daraus entgegenblickt ... ohne zweimal hinsehen zu müssen. Jemand, der sein Leben vollkommen unter Kontrolle hat. Eine Frau, die sich allzeit an starken Vorbildern orientieren konnte. Deren Zeit der Einsamkeit vorüber ist, seit sie die wahre Liebe gefunden hat. Ich straffe meine Schultern und ich weiß, ich werde diesen und den nächsten und auch alle Tage, die danach noch folgen werden, überstehen.

Ich wollte immer sein wie Grace – sie sah die ganze Welt durch eine rosarote Brille und hat sich nie unterkriegen lassen. Sie war stark und unabhängig, liebevoll und witzig, fürsorglich und mütterlich, und ich hatte großes Glück, dass sie ein Teil von meinem Leben war. Ich schulde ihr den Trost zu wissen, dass ich klarkomme – nein, nicht nur klarkomme, sondern mit meinem Leben glücklich und zufrieden bin. Ich habe im Lauf der Zeit gelernt, der Wahrheit ins Gesicht zu sehen, und deshalb werde ich nie wieder irgendwas bereuen.

Heute müssen wir ihr Lebewohl sagen. Aber auch wenn ihr Körper nicht mehr da ist, weiß ich, dass ihr Geist in mir weiterleben wird. Ich lege das Tagebuch von Ben in die Truhe meiner

Mutter und packe den Armreif, der mich stets daran erinnern sollte, niemals etwas zu bereuen, zusammen mit dem Schraubenzieher ein. Dann nehme ich meinen ganzen Mut zusammen und trete entschlossen in den Flur. River sitzt am Frühstückstresen, und als ich ihn sehe, muss ich einfach lächeln … denn er ist ein starker, zäher, seelenvoller, liebevoller Mann – und er gehört mir ganz allein.

Ich atme zitternd ein und streiche mir eine Haarsträhne hinters Ohr. Er steht auf, streckt seine Arme nach mir aus und sieht mich mit einem sanften Lächeln an, als ich auf ihn zutrete und ihn umarme. Einen Augenblick lang lehne ich den Kopf an seinen Hals und sauge seinen Duft ein. Er flüstert mir ins Ohr, dass ich stark bin und es schaffen werde, diesen Tag zu überstehen. Dann führt er mich zum Wagen, und wir fahren nach Laguna Beach zu der Kirche, in der ich erneut von einem Menschen, den ich liebe, Abschied nehmen muss.

Ich bewege mich mechanisch auf die Kirche zu. Ich habe dieses Ritual bereits so oft vollzogen, dass ich sogar weiß, wie viele Schritte es bis in den Vorraum sind. River drückt mir aufmunternd die Hand. Die Kirche ist voller Blumen und bis auf den letzten Platz besetzt. Auf dem Weg nach vorne kann ich sehen, dass Ben und Serena bereits eingetroffen sind. Sie sitzen in der ersten Reihe, und wir nehmen direkt hinter ihnen Platz. Ich beuge mich ein wenig vor, berühre Serena an der Schulter, und sie dreht sich zu mir um und wischt sich mit einem weißen Taschentuch, das Grace gehört hat, die Tränen aus dem Gesicht. Wenig später tauchen Xander, Nix, Garrett, Bell und Charlotte auf, setzen sich neben River, und als Aerie kommt, schiebt sie sich neben mich. Ich bin völlig überwältigt, denn wir haben alle unsere Probleme in den Griff bekommen, und alle Menschen, die ich liebe, sind an diesem Morgen hier. Als Letzter erscheint Caleb. Er setzt sich neben Ben, dreht sich zu uns um und nickt uns zur Begrüßung zu.

»Selig sind die Trauernden, denn sie sollen getröstet werden.« Mit diesem vertrauten Satz beginnt der Gottesdienst – der erste Teil der letzten Reise unserer geliebten Grace. Ben sieht sich nach mir um, und obwohl der Schmerz, den er mir zugefügt hat, lange noch nicht abgenommen hat, bin ich hin- und hergerissen zwischen meinem Mitleid für den Sohn, der um die Mutter trauert, meiner Dankbarkeit dem Jungen gegenüber, der mich einst über den Tod meiner Mom und meines Dad hinwegtröstete, und meiner Verachtung für den Mann, der mich betrogen hat. Denn trotz seiner Fehler war Ben früher immer für mich da gewesen.

Mein Blick wird weich, als ich ihn ansehe, und ich spüre deutlich, dass dieses Kapitel meines Lebens endlich abgeschlossen ist. Als er sich wieder nach vorne dreht, weiß ich, dass er sich jetzt vollkommen verloren fühlt, und ich wünschte, ich könnte ihm in seiner Trauer helfen, doch das kann ich nicht. Ben muss seinen Weg alleine weitergehen. Er hat ihn selbst gewählt, und ich bin ihm jahrelang darauf gefolgt, aber jetzt habe ich eine andere Richtung eingeschlagen und gehe meinen Weg mit einem anderen Mann. Mein Herz zieht sich zusammen, als ich daran denke, dass wir alle jahrelang eine Familie waren – Grace, Serena, Trent und ich. Grace ist nicht mehr da, Trent ist auf Entzug, und Ben – zu ihm gibt es nichts mehr zu sagen. Weil das Thema endgültig für mich erledigt ist.

»Während wir hier versammelt sind …« Der Gottesdienst wird fortgesetzt, und ich lausche konzentriert den Worten, die der Priester spricht. Ich habe sie schon oft gehört, aber ihre Schönheit rührt mich, und ich denke zurück an die Frau, die ich gekannt und abgöttisch geliebt habe. Als die Musik einsetzt, stehen wir alle auf, und als sie wieder aufhört, setzen wir uns alle wieder hin. Ich weiß, wie es jetzt weitergeht, und schließe die Augen.

Als der Priester mit der letzten Fürbitte beginnt, reiße ich die Augen wieder auf. Es geht zu schnell – ich bin noch nicht bereit. Ich drücke Rivers Hand so fest, dass ich das Weiß von meinen Knöcheln sehen kann. Er hebt meine Hand an seinen Mund, küsst sie und legt seine freie Hand auf meinen Handrücken. Die Musik setzt wieder ein, und wir stehen auf. Jetzt ist es an der Zeit, nach vorn zu gehen und uns von ihr zu verabschieden.

Ich balle die Fäuste, hole Luft und trete vor den weißen Sarg. Sie liegt dort engelsgleich in ihrem marineblauen Kleid, aber ihre Augen leuchten nicht mehr. Ihre einst rosige Haut ist unter einer weißen Puderschicht versteckt, und die zusammengepressten Lippen sind geschminkt. Dabei hat sie nie Lippenstift benutzt. Am liebsten hätte ich ihn abgewischt. Meine Tränen hinterlassen Flecken auf dem glänzenden Satin. Wie gerne würde ich sie küssen und noch einmal ihre Hand berühren, doch das kann ich einfach nicht. Ich bringe es nicht über mich, einen Menschen zu berühren, wenn er so daliegt. Weil er einem so nah erscheint, dass man sich wünscht, dass er die Augen öffnet und beruhigend lächelt, während man gleichzeitig weiß, dass das unmöglich ist.

Hinter mir höre ich leises Murmeln, als ich meine Tasche öffne, meinen Armreif direkt neben ihrem Diamantring auf die gefalteten Hände lege und den kleinen Schraubenzieher in den Falten des Satins verschwinden lasse, während ich mit leiser Stimme sage: »Bitte nimm das hier mit auf deine Reise. Ich möchte, dass du weißt, dass ich immer sagen werde, was zu sagen ist, und dass ich mein Leben leben werde, ohne jemals irgendetwas zu bereuen.« Ich wende mich zum Gehen, drehe mich aber ein letztes Mal zu meiner zweiten Mutter um. Dabei fällt mein Blick auf ihren Ring, den sie auch noch Jahre nach dem Tod ihres geliebten Ehemanns getragen hat, und ich denke, diese Art von Liebe habe ich jetzt auch.

Ich kehre zurück zu meiner Bank, und während ihr jetzt andere Menschen Lebewohl sagen, drücke ich Rivers Hand. Als ich seinem liebevollen Blick begegne, weiß ich, dass ich alles überstehen kann, solange er an meiner Seite ist. Die Musik fängt an, wir treten in den Mittelgang, und ich werfe einen letzten Blick auf den Altar, den ich schon so häufig angesehen habe. Wie jedes Mal leuchtet die Statue, die dort steht, im Licht, das durch die Buntglasfenster fällt, aber anders als die anderen Male brauche ich mir nicht zu wünschen, dass das Bild mir Frieden schenkt. Weil in meinem Innern bereits Friede herrscht.

Kapitel 29

Run

River
Drei Wochen später

Ich recke die Faust in die Luft, brülle über die Menge hinweg und sehe sie mit einem breiten Grinsen an. Mir war klar, dass sie das kann. Trotzdem bin ich wie gebannt von den Bewegungen, die sie dort oben auf der Bühne macht. Doch als sie mich zu sich heranwinkt, strecke ich abwehrend die Hände aus. Ich mache da bestimmt nicht mit. Aber sie ist gnadenlos, und da ich einfach nicht nein sagen kann, wenn Dahlia etwas will, gebe ich auch diesmal nach.

Es ist Karaoke-Nacht, und sie liest den Text von einem Bildschirm ab, aber für mich ist es ein Riesending. Mein Mädel steht dort oben auf der Bühne und lebt einen kleinen Teil von einem Kindheitstraum, der längst vergessen war.

Noch bevor ich bei ihr bin, ist Rihannas »Umbrella« vorbei. Gott sei Dank, denn wenn ich dazu hätte singen müssen, hätten mich die Jungs damit bestimmt mein Leben lang verarscht. Gerade als ich denke, dass ich noch einmal davongekommen bin, legt mein blöder Bruder Maroon 5s »Moves Like Jagger« auf. Das hätte ich mir denken sollen. Denn er ist und bleibt einfach ein Arsch.

Ich springe trotzdem auf die Bühne, und Garrett hält mir ein Mikro hin. Ich habe nichts dagegen, zusammen mit meinem Schatz im Rampenlicht zu stehen. Ganz im Gegenteil. Deshalb sollte ich vielleicht aufs Ganze gehen. Ich habe das Video zu dem Lied gesehen und weiß, dass ich mich mindestens so gut wie Mick bewegen kann. Die Musik setzt ein, ich fange an, mich zu verrenken, und zeige auf Dahlia.

Dann aber erstarre ich und hoffe nur, dass niemand meine Latte sieht, als sie mich zu sich heranwinkt, zwinkert und verführerisch die Hände über ihren Körper gleiten lässt. Verdammt, das war echt heiß. Also drehe auch ich selbst noch etwas weiter auf, ziehe mir das T-Shirt aus, werfe es ihr zu und fahre mit den Händen über die Vorderseite meiner Jeans. Sie mag den Leadsänger von Maroon 5. Ich weiß, dass sie ihn mag, deshalb spiele ich am besten seine Rolle, wenn ich diesen blöden Song schon singen muss.

Als das Lied vorbei ist, klatschen alle, und als wir einfach allein den Refrain noch einmal singen, flippt das Publikum vollkommen aus. Ich höre lautes Johlen, schnappe sie mir und lege einen Marlon Brando hin. Küsse sie vor aller Augen, damit keiner von den Kerlen sich falsche Hoffnungen macht. Sie reißt sich von mir los, wischt sich den Mund ab, verzieht angewidert das Gesicht und flüstert mir ins Ohr: »Ich habe einen Verlobten, Adam, und der wird über Ihr Verhalten ganz bestimmt nicht glücklich sein.«

Ich weiß, dass sie das Gegenteil von angewidert ist, und hoffe, dass sie sich vielleicht noch mal von mir ins Billardzimmer locken lässt, bevor ich sehe, dass der Raum wieder geöffnet ist. Verdammt.

Nachdem wir uns verbeugt haben und Dahlia mir mein T-Shirt wieder zugeworfen hat, gibt sie mir einen leidenschaftlichen Kuss. Als wir uns zum Gehen wenden und die Leute lachen, bleibt sie stehen und verbeugt sich noch ein letztes Mal. Die Leute mögen sie. Nein, *lieben* sie. Und das Gefühl kenne ich gut.

Ich springe vor ihr von der Bühne, strecke die Arme aus, und sie wirft sich mir bei ihrem Sprung absichtlich an die Brust. Natürlich würde ich am liebsten sofort mit ihr heimfahren, nur dass wir zum ersten Mal alle zusammen ausgehen, seit ich kein Bandmitglied mehr bin. Selbst der neue Leadsänger der Wilde Ones ist dabei. Zane Perry, den mein Stiefvater den anderen vorgeschlagen hat. Ich weiß nicht, ob ich mit dem Namen wirklich glücklich bin, aber da die Alben, die sein Vater rausbringt, ausnahmslos Musikgeschichte schreiben, denke ich, dass er vielleicht genau der richtige Ersatzmann für mich ist. Ich bin ihm ein paarmal begegnet, und er scheint ein ziemlich cooler Typ zu sein, der super zu den anderen beiden passt. Und jetzt müssen wir eben noch ein bisschen bleiben, weil er mir noch ein paar Fragen stellen will.

Nach der Eröffnung durch das Karaoke kommt die Band. Ich habe noch nicht gehört, wie sie zusammen spielen, und man könnte meinen, dass es seltsam für mich wird, die Wilde Ones ohne mich jammen zu sehen, aber das wird es nicht. Weil ich mit meinem momentanen Leben rundherum zufrieden bin. Ich tue genau das, was ich immer tun wollte. Arbeite an ein paar eigenen Singles, aus denen vielleicht einmal ein Album werden soll, und – was noch viel besser ist – Dahlia und ich haben beschlossen, eine eigene kleine Produktionsfirma, mit Namen Amazing Grace zu gründen, die kleine Independent-Bands rausbringen will.

Xander hat mir erzählt, dass bisher alle mit dem neuen Leadsänger zufrieden sind und sich der Tourneestart kaum verzögern wird. Außerdem hat er erzählt, dass Zane sich ziemlich oft mit Ellie trifft. Dahlia wird sich freuen, das zu hören, obwohl sie sich auch vorher keine Sorgen hätte machen müssen. Denn weder die schicke Ellie noch irgendeine andere Tussi hat mich in den letzten Wochen, Monaten und Jahren auch nur ansatzweise interessiert. Seit dem Tag, an dem ich Dahlia wiedergefunden habe, habe ich kein anderes Mädchen auch nur angesehen.

Sie schiebt ihre Hände tief in die Gesäßtaschen meiner Jeans, und während sie mich an sich zieht, schlinge ich ihr die Arme um die Taille, atme ihren Duft und flüstere: »Du weißt, dass du mich umbringst, oder?«

Ich kann spüren, dass sie lächelt, und als sie anfängt, an meinem Hals zu knabbern, halte ich es kaum mehr aus. Wir sind seit fast drei Stunden hier, und sie quält mich schon die ganze Zeit auf diese Art. Denn als sie mir vorgeschlagen hat zu schauen, wer von uns am längsten durchhält, habe ich blöderweise ja gesagt. Auf dem Weg hierher haben wir uns über unsere letzte Party hier bei Smitten's und unser Erlebnis im geschlossenen Billardzimmer unterhalten, und da kam ihr die Idee zu diesem dummen Spiel.

Sie hat mir eine Wette vorgeschlagen. Wenn ich einen ganzen Abend durchhalte, ohne zu versuchen, sie alleine zu erwischen, gibt sie zu, dass sie die heiße Nummer in dem Billardzimmer vorgeschlagen hat. Und dann hat sie noch zwei zusätzliche doofe Regeln aufgestellt. Ich darf weder das Wort Sex benutzen noch erklären, dass ich sie will.

»Ich nehme die Wette an, und wenn ich verliere, hole ich uns eine Woche lang morgens den Kaffee ans Bett«, habe ich zugestimmt.

Darauf hat sie nur gelacht. »Du hast nicht die geringste Chance gegen mich.«

»Die Wette gilt.«

Der Gedanke, sie irgendwohin zu lotsen, wo wir zwei allein sind, treibt mich in den Wahnsinn. Ich nehme ihre Hand und wende mich zum Gehen. »Kommen Sie, schöne Frau.«

Sie sieht mich mit einem verruchten Lächeln an, und ich führe sie in den hinteren Teil der Bar. Auf halbem Weg jedoch tippt mir meine verfluchte Schwester auf die Schulter. »Hey, da seid ihr ja.«

»Hi, Bell. Was gibt's?«

Dahlia legt ihr Kinn auf meine Schulter und schlingt mir die Arme um den Bauch. »Hi, Bell.«

»Oh, Dahlia, ich brauche deinen Rat. Können wir kurz reden?«

»Sicher.« Dahlia tritt an mir vorbei und baut sich neben meiner Schwester auf.

Bell nickt mit dem Kopf in Richtung eines der Sofas. »Möglichst, wo uns niemand hört.«

Ich bedenke sie mit einem amüsierten Blick. »Ist das ein Wink mit dem Zaunpfahl? Soll ich abhauen?«

Dahlia unterdrückt ein Lachen. »Warum holst du uns nicht was zu trinken?«

Während Bell schon auf das Sofa losmarschiert, reibt Dahlia ihre Nasenspitze an meiner und tut, als wolle sie mich küssen, beißt mich dann aber nur in die Unterlippe und flüstert mir zu: »Ich glaube, ich habe gewonnen.«

Sie sieht mich aus ihren wunderschönen Augen an und setzt ein breites Grinsen auf. Ich enttäusche sie nur ungern, aber trotzdem muss ich sagen: »Hmm … ich glaube nicht. Denn bisher habe ich nichts gesagt, was ich nicht sagen darf, und soweit ich sehe, hast du auch noch alle Kleider an.«

»In Ordnung, Loverboy, du hast es nicht anders gewollt. Ich weiß, wohin du mit mir wolltest, aber da du nichts gesagt hast, lasse ich dir diesen Ausrutscher noch einmal durchgehen. Wie wäre es, wenn du uns ein paar Shots holst?«, fragt sie mich, macht auf dem Absatz kehrt und geht zu Bell.

Ich muss einfach lachen, weil ich weiß, dass sie sich einbildet, dass ich mich endgültig nicht mehr beherrschen kann, wenn ich noch etwas trinke. Was echt witzig ist, weil ich bisher noch keinen Schluck getrunken habe, was ihr offenbar noch nicht mal aufgefallen ist. Aber ich will dieses Spiel gewinnen, will nachher nicht auf ein Taxi warten müssen, sondern selbst noch fahren können, und vor allem will ich, dass sie sich nach Kräften amüsiert. Denn morgen ist der Todestag ihrer Eltern, und ich habe mir zur Aufgabe gemacht, dafür zu sorgen, dass sie einen möglichst schönen Abend hat.

Ich gehe Richtung Theke, als ich höre, wie die Band den Soundcheck macht. In Ordnung, vielleicht wird es doch ein bisschen seltsam, sie zu hören. Ich bleibe stehen und sehe zur Bühne, auf der Garrett bereits mit gezückten Sticks hinter dem Schlagzeug sitzt. Nix steht in der Ecke und streckt den Mittelfinger hoch. Ich weiß nicht, wen er damit meint, und kann nur raten, dass es Xander ist, weil Nix mit seiner Bassgitarre statt mit der Fender Stratocaster auf die Bühne geht. Ich weiß, ich habe recht, als an seiner Stelle Zane mit dem zwölfsaitigen Instrument erscheint. Verdammt, Nix wird das Leben hassen, wenn er das bei jedem Auftritt macht.

Als Zane sich die Gitarre umhängt und das Mikro nimmt, fangen ein paar Mädchen an zu kreischen. »Hallo, allerseits. Freut mich, euch kennenzulernen!«, sagt er, und die Mädels flippen vollends aus. Er tritt an den Rand der Bühne, gibt ihnen die Hand, und ich muss einfach grinsen, denn ihre Bewunderung gefällt ihm anscheinend echt gut.

»Ich bin mir nicht sicher, ob ihr es schon alle wisst, aber ich habe das Glück – oder vielleicht das Pech –, dass man mir den Job von River Wilde gegeben hat. Auch wenn er natürlich unersetzlich ist.« Es schockt mich etwas, dass er mich erwähnt.

»Hey, bist du okay?« Ich spüre, dass Dahlia mir die Arme um die Taille schlingt und ihr Kinn auf die vertraute Art auf meine Schulter legt.

Ich nicke, als die Menge grölt und Zane wieder mitten auf die Bühne geht. »Wir covern erst mal ein paar Songs, falls das für euch okay ist«, sagt er zum Publikum. Als die Leute jubeln, lächelt er, winkt hinter sich, und Nix fängt an zu spielen. Ich erkenne den Song sofort und weiß, warum er mit der Fender auf der Bühne steht. »Ich habe diesen Song gewählt, weil es mir am Ende der Tournee bestimmt so gehen wird.« Bon Jovis »Wanted Dead or Alive« dröhnt aus den Lautsprechern, und als die Jungs zusammen spielen, bin ich echt beeindruckt von der Leistung, die er bringt.

Alle, selbst mein Mädchen, singen mit, und als das Lied vorbei ist, stürzen alle auf die Bühne und recken die Hände in die Luft. Der Typ ist echt der Hit. Ich sehe mich nach Xander um, kann ihn aber nirgendwo entdecken, und aufmunternd nimmt mich Dahlia noch ein wenig fester in den Arm. Zane schirmt die Augen mit der Hand gegen die Lichter ab, sieht sich suchend in der Kneipe um, und Nix und Garrett stimmen einen anderen Song an, den ich gut kenne. Plötzlich fällt Zanes Blick auf mich, und er streckt den Arm in meine Richtung aus. »Da ist er ja! Hey, Mann, der Song hier ist für dich. Und wir wollen dich hier oben sehen.« Aus dem Nichts taucht plötzlich Xander vor mir auf, und Dahlia lässt mich los. Ich hebe abwehrend die Hände hoch, aber Dahlia flüstert mir ins Ohr. »Ein letztes Mal, Baby – tu es ein letztes Mal für sie und auch für mich.« *Verdammt.*

Ich drehe mich zu ihr um, und ihre Augen leuchten so, dass ich unmöglich nicht noch einmal singen kann. Sie gibt mir einen Kuss, und Xander schiebt mich auf die Bühne zu.

»Los, Loverboy«, sagt er zu mir und zwinkert Dahlia zu. »Super, Muse, das hast du echt sauber hingekriegt«

»Du wusstest Bescheid?« Sie zuckt mit den Achseln, legt sich kurz die Hand aufs Herz und wirft mir eine Kusshand zu. Gott, ich liebe sie.

Auf dem Weg zur Bühne klopfen mir die Leute auf die Schulter, und als ich schließlich bei meinen Freunden stehe, drückt mir Bell die Gitarre in die Hand. Stella, die schlichte akustische Gitarre, die mein Vater mir geschenkt hat und die wie die Tochter seines Lieblingssängers heißt.

Ich sehe meine Schwester an, und schulterzuckend räumt sie ein: »Vielleicht habe ich sie stibitzt, als ich heute Morgen kurz bei euch vorbeigekommen bin.«

Ich lächle sie an. »Danke, Bell.«

Zane kommt auf mich zu, nimmt die Gitarre von der Schulter und drückt mir das Mikro in die Hand. Dann stellt er sich hinter das Keybord, Nix spielt ein paar Töne, und aus dem Nichts bin ich noch einmal dran.

»Hallo, allerseits! Freut mich, dass ich noch einmal für euch singen kann.« Ich hänge das Mikro wieder in den Ständer und spiele die ersten acht Takte in D. Dabei sehe ich mich in der Menge nach meinem Mädel um und grinse, als ich sie entdecke. »Eins, zwei, eins, zwei, drei, vier«, spreche ich ins Mikro und stimme »Come Together« an.

Noch vor Ende der ersten Strophe fällt Zane ein, und während des Refrains bemerke ich, wie sich Dahlia Richtung Bühne schiebt. Mein Blick wandert über ihren Körper, und als wir uns in die Augen sehen, sieht sie mich mit breitem Lächeln an. Das Einzige, was mich noch interessiert, ist, dass ich allein für sie hier oben auf der Bühne stehe. Selbst wenn bei John Lennons Meisterstück irgendwas danebengeht. Sie fährt sich mit den Fingern durchs Haar, als ich die zweite Strophe singe, und bei jedem »Shoop« wünsche ich mir, ich würde sie im Arm halten. Irgendwann beginnt sie mitzusingen, und ich sehe deutlich, wie ihr das Wort »ich« über die Lippen kommt.

Als ich das Gitarrensolo spiele, macht sie die Augen zu, als sauge sie jede Note in sich auf. Und das tue ich auch. Als ich die Augen wieder öffne, sieht Dahlia mich reglos an. Ich kann ihre Liebe deutlich spüren, und als ich die nächste Strophe singe, fährt sie langsam und verführerisch mit der Zunge über ihre Unterlippe, und ich muss mir selber auf die Lippe beißen, denn sonst wäre es um mich geschehen.

Als die zweite Songhälfte beginnt, blicke ich dorthin, wo Xander steht. Zum Zeichen, dass er meinen Ausstieg aus der Band endgültig akzeptiert, nickt er mir lächelnd zu. Ich drehe mich um und sehe Nix und Garrett an. Die beiden lächeln ebenfalls, und ich weiß, dass zwischen uns alles wieder in Ordnung ist. Ich schnappe mir das Mikro und laufe damit zu Zane. »Hier, Mann, du bist wieder dran.«

Den Rest des Songs jamme ich auf der Gitarre mit, und das Publikum feuert uns an. Als wir fertig sind, hänge ich mir mein Instrument über die Schulter, und ich weiß, dass dies das letzte Mal war, dass ich mit den Jungs auf einer Bühne stand. Wir haben praktisch unser Leben lang gemeinsam geprobt, sind von einer Garage in die nächste und am Schluss auf diese Bühne umgezogen, und ich weiß, dass unsere Verbindung auch bestehen bleibt, wenn ich kein Teil der Band mehr bin. Sie umrunden mich, und plötzlich liegen wir uns alle in den Armen, und selbst Xander klettert auf die Bühne und fällt mir mit einem breiten

Grinsen um den Hals. Als wir uns wieder voneinander lösen, hält Zane ein Tablett mit Shots für uns bereit, und ich gestatte mir ein Glas. Garrett spricht einen Toast, und wir kippen die Schnäpse schnell herunter, denn wir haben alle einen Kloß im Hals. Dann kommen auch Bell und Ena, Xanders neue Assistentin, auf die Bühne. Als Xander sie entdeckt, fängt er tatsächlich an zu lächeln, denn anscheinend macht sie ihre Sache wirklich gut.

Als ich von der Bühne springe, kommt sofort mein Mädel auf mich zugelaufen, schlingt mir grinsend die Arme um den Hals, und ich wirble sie gut gelaunt im Kreis. Als ich sie wieder auf die Füße stelle, presst sie mir die Lippen auf den Mund und fährt mir mit den Fingern durchs Haar. Am liebsten würde ich mit den Händen jeden Zentimeter ihres Leibs erforschen, aber schon macht sie sich wieder von mir los, legt mir beide Hände ans Gesicht und sieht mich forschend an.

»Es geht mir gut, Dahlia. Es geht mir wirklich gut«, versichere ich ihr. Denn mir ist klar, sie befürchtet, dass es mir jetzt doch ein bisschen leidtut, dass ich ausgestiegen bin.

Sie beugt sich zu mir und wispert mir ins Ohr: »River Wilde, ich hätte gern, dass du mich jetzt nach Hause bringst. Denn ich bin einfach total verrückt nach dir.«

Ich weiß, ich strahle wie ein Honigkuchenpferd. »Mit Vergnügen. Denn ich bin ebenfalls verrückt nach dir.« Ich versuche wirklich, nicht zu feixen, aber die Versuchung ist einfach zu groß. Ich lehne mich zurück, fahre mit der Zunge die Konturen ihrer Lippen nach und küsse sie dann sanft aufs Ohr. »Sieht aus, als hätte ich gewonnen. Das heißt, du bringst mir eine Woche lang morgens den Kaffee ans Bett.«

Als ich lache, lacht sie ebenfalls und sagt: »Bilde dir bloß nicht ein, ich hätte nicht bemerkt, dass du extra den ganzen Abend Mineralwasser getrunken hast.«

Ich schüttle den Kopf. Weil sie mich einfach zu gut kennt.

Händchenhaltend sagen wir den anderen gute Nacht. Dann lege ich ihr den Arm um die Schulter, und sie schiebt die Hand in die Gesäßtasche meiner Jeans. Als wir zusammen durch die Tür gehen, bin ich mir tausendprozentig sicher, dass meine Entscheidung richtig war.

Wir gehen auf meinen Wagen zu, und sie erklärt: »Mr Lennon, mein Verlobter wäre sicherlich nicht damit einverstanden, dass ich mit Ihnen nach Hause fahre.«

Ich beugte mich zu ihr vor und flüstere in meinem besten britischen Akzent: »Ich werde ihm einfach Prügel androhen, wenn er sich beschwert.« Worauf sie vor lauter Lachen einen Schluckauf kriegt.

Auf der Fahrt nach Hause grölen wir diverse Beatles-Songs, denn wir sind beide Riesenfans der Band, und als wir endlich heimkommen, bin ich echt stolz auf mich. Denn ich habe es geschafft, mich zu beherrschen und zu warten, bis wir zwei wieder zu Hause sind. Doch bevor wir in die Kiste springen, habe ich noch etwas anderes geplant.

Als sie schnurstracks Richtung Schlafzimmer marschiert, erkläre ich, ich würde sofort nachkommen, worauf sie mich ansieht, als hätte ich plötzlich drei Köpfe oder so.

»Was?«

Sie mustert mich aus zusammengekniffenen Augen, marschiert dann aber einfach weiter und ruft mir über die Schulter hinweg zu: »Ich weiß, dass du etwas im Schilde führst.«

Wieder schüttle ich den Kopf. Weil sie mich wirklich gut kennt. Ich führe tatsächlich was im Schilde, auch wenn es keine allzu große Sache ist. Morgen wird ein harter Tag für sie, deshalb will ich sie mit meiner Liebe überschütten und sie wissen lassen, dass sie mir alles bedeutet. Wir haben schwere Zeiten hinter uns. Lange war ich mir nicht sicher, ob sie sich auch dann für mich entschieden hätte, wenn es Ben noch gäbe, und der Zweifel hat an mir genagt. Als Ben dann plötzlich wieder auf der Bildfläche erschien, hat der Zweifel nicht mehr nur an mir genagt, sondern mich praktisch aufgefressen. Und die Schuldgefühle wegen all der Dinge, die ich wusste, ihr aber nicht sagen konnte, haben mich fast wahnsinnig gemacht. Jedes Mal, wenn sie sich mit dem Kerl getroffen hat, hat mich das innerlich zerrissen. Denn ich wollte, dass sie sich für mich entscheidet, aber nicht wegen der Dinge, die der Typ verbrochen hat. Doch als ich, nachdem ich abends abgehauen war, am nächsten Morgen wiederkam und ihre Nachricht las, wurde mir klar, dass sie für immer mir gehören wird.

Und auch für sie waren die letzten Wochen hart, wenn auch aus einem anderen Grund. Sie hat schon wieder jemanden verloren, und ihr Schmerz erschüttert mich tief. Ich will ihn vertreiben, will, dass für sie alles gut wird, doch ich weiß, ich kann nichts anderes tun, als für sie da zu sein. Also bin ich für sie da. Und sorge dafür, dass sie – vor allem mit dem Aufbau unseres Unternehmens – möglichst rund um die Uhr beschäftigt ist. Wir haben die Dinge zum Laufen gebracht, und ich hoffe, noch vor Ende dieses Jahres bringen wir unser erstes Album raus. Wobei uns natürlich mein Stiefvater, der sich in dieser Branche auskennt wie kein anderer, ungemein geholfen hat. Dahlia und ich haben ihn in der letzten Zeit fast jeden Tag besucht, damit er uns Ratschläge erteilt und uns bei der Entwicklung unserer Strategien behilflich ist.

Es ist geradezu erstaunlich, wie gut sich Dahlia und meine Mutter verstehen, und obwohl ich weiß, dass sie niemanden sucht, der Grace für sie ersetzt, denke ich, die Freundschaft zwischen ihr und Mom ist ihr ein ebensolcher Trost wie mir. Sie scheint einfach eine Mutterfigur zu brauchen, was ich gut verstehen kann.

Immer, wenn ich an die beiden Frauen denke, die für mich die Welt bedeuten, fällt mir auf, wie ähnlich sich die beiden sind. Nicht nur wegen der Tragödien, die sie schon ertragen mussten, sondern weil sie beide zu bedingungsloser Liebe fähig sind.

Lächelnd öffne ich die Kühlschranktür und schnappe mir die Schampusflasche und die große Schale Erdbeeren, die ich dort hineingeschmuggelt habe, kurz bevor wir vorhin aufgebrochen sind. Dann nehme ich zwei Gläser aus dem Schrank und bugsiere alles Richtung Schlafzimmer. Hinter der halboffenen Tür erklingt Musik, und als ich über die Schwelle trete, reiße ich verblüfft die Augen auf. Sie trägt ein vorne weit offenes Spitzenhemd und sieht aus wie ein Engel. »Gott, du bist wunderschön«, erkläre ich. Egal, ob angezogen oder nackt, sie ist das Verführerischste, was ich je gesehen habe, und ich würde am liebsten alle meine Pläne kurzerhand über den Haufen werfen und sofort zur Sache kommen.

Sie legt den Kopf zur Seite und sieht mich mit einem Grinsen an, das mir den Atem raubt. »Nun komm schon her, damit ich dich endlich vernaschen kann.«

Ich grinse ebenfalls, weil sie mich darum ganz bestimmt nicht zweimal bitten muss. Eilig stelle ich mein Zeug auf der Kommode ab und trete auf sie zu. Ich nehme sie zärtlich in die Arme, fahre mit den Händen die Konturen ihres wunderbaren Körpers nach und stelle fest: »Du bist die schönste Kreatur, die mir jemals begegnet ist.«

»Kreatur?«

Ich nicke.

»Das klingt nicht wirklich schön.«

»Ist es aber«, flüstere ich an ihrem Mund. Ich kann ihr gar nicht sagen, was ich sehe, wenn sie vor mir steht. Ich betrachte sie wahrscheinlich hundertmal am Tag, und jedes Mal entdecke ich etwas, was sie noch schöner macht. Aber nicht nur ihre äußere Erscheinung zieht mich so in ihren Bann. Es ist mir vollkommen egal, ob sie in einem Ballkleid oder einer Jogginghose vor mir steht, weil ihre Schönheit alles an dieser Frau umfasst – den ganzen Menschen, der sie ist. Ich will den Rest meines Lebens damit zubringen, sie anzusehen, sie an meine Brust zu ziehen und sie zu lieben. Und genau das werde ich auch tun. Das weiß ich ganz genau.

Ich lege die Hände um das Stückchen Stoff, das Dahlia trägt, und knabbere an ihrer Lippe. Sie fängt an zu lächeln, und als sie versucht, mich auf den Mund zu küssen, wird dadurch das erwartungsvolle Pochen in meinem Körper noch verstärkt. Dann streift sie mir das T-Shirt über den Kopf, und ich ziehe sie eng an meine nackte Haut. Weil ich einfach nicht genug von ihr bekommen kann. Ich will sie auf jede erdenkliche Art. Wahrscheinlich ist ihr gar nicht klar, wie sehr ich sie begehre. Oder besser gesagt, wie sehr ich sie brauche, weil sie mir genauso wichtig ist wie die Luft zum Atmen.

Schließlich fragt sie mich kokett: »Vielleicht könntest du einer jungen Frau etwas zu trinken anbieten, bevor du sie verführst.«

»Aber natürlich«, gehe ich genauso scherzhaft auf die Frage ein. »Wo bleibt nur mein galantes Benehmen?«

Ich trete vor die Kommode, blicke über die Schulter und genieße, dass sie mich beobachtet. Ich öffne die Flasche, und eine Champagnerfontäne schießt in den Raum. Als ob ich die Flasche geschüttelt hätte oder so. Achselzuckend lasse ich den teuren Trank auf meinen nackten Oberkörper tropfen, und als ich bemerke, dass Dahlia sich den Mund zuhält, um nicht loszuprusten, breche ich selbst in lautes Lachen aus.

Ich fülle das erste Glas, und als ich das Blitzen ihrer Augen sehe, überkommt mich siedend heißes Verlangen. Der Champagner schäumt über, denn ich konzentriere mich nicht auf das Glas, sondern auf sie. »Wie ich schon gesagt habe – zum Barmann bin ich einfach nicht geboren.« Wir beide lachen, und ich wische den verschütteten Champagner mit meinem T-Shirt auf. Dann gebe ich eine Erdbeere in jedes Glas, und als sie sich die Lippen leckt, kann ich mich kaum noch zurückhalten. Trotzdem stecke ich noch eine Erdbeere an jeden Glasrand, weil sie immer gern zwei Erdbeeren zum Champagner hat. Sie sieht mich mit einem breiten Grinsen an und meint: »Adam oder John, wie auch immer du heißt, ich habe dich schließlich nicht mit heimgenommen, weil du ein so guter Barmann bist.«

Ich nehme die beiden Gläser in die Hand und trete wieder auf sie zu. Ich dachte, ich hätte ein Talent zum Rollenspiel, aber da habe ich mich offenbar getäuscht. Weil ich aus dem Mund von meinem Mädchen keinen anderen als meinen Namen hören will. Ich trete so dicht vor sie, wie ich kann, ohne die Getränke zu verschütten, schiebe ihr mein Knie zwischen die Beine und reiche ihr ein Glas. Sie ringt nach Luft, und alles, was ich weiß, ist, dass immer noch viel zu viel Stoff zwischen uns beiden ist. Ich streiche mit dem Daumen über ihre Wange, küsse sie und frage: »Habe ich dir heute schon gesagt, wie sehr ich dich liebe?«

»Ja, das hast du«, murmelt sie. »Aber hör bitte niemals damit auf. Weil ich es nämlich immer wieder hören will.«

Wir sind uns so nah, dass sie das wilde Pochen meines Herzens und ich ihren schnellen Atem hören kann. Sie mustert mich intensiv, und ich werde vor Verlangen fast verrückt. Dann nimmt sie die Erdbeere von meinem Glas, taucht sie in den Champagner, bietet sie mir an, und ich beiße hinein, während sie gleichzeitig in ihre Beere beißt. Das heißt, sie leckt sie erst mit der Zunge ab und beißt dann auf eine Art hinein, wie sie auch schon in mich hineingebissen hat. Danach stellt sie die beiden Gläser auf den Nachttisch, und als sie sich wieder zu mir umdreht, blicke ich sie reglos an. Mit jedem Schritt, den sie in meine Richtung macht, beschleunigt sich mein Puls noch weiter. So, wie sie die Hüften schwingt, hat sie den verführerischsten Gang der Welt. Und als sie an ihrer Unterlippe nagt, verspüre ich etwas wie Eifersucht, weil ich selber daran nagen will.

Ich versuche, sie zu packen, aber sie drückt mich aufs Bett, zieht mir wortlos erst die Stiefel und dann auch noch die Hose aus, und ich setze mich auf und strecke die Arme nach ihr aus. Doch sie drückt mich zurück auf die Matratze, denn anscheinend bildet sie sich ein, sie hätte mich im Augenblick total im Griff.

Sie nimmt einen Schluck aus ihrem Glas, und als sie mich küsst, schmecke ich den Champagner auf ihren Lippen. Bevor ich mich versehe, fährt sie mir mit ihrer kalten Zunge sanft über den Bauch und ich halte den Atem an. Als sie unter ihren langen Wimpern hervor zu mir aufsieht, ziehen sich meine Muskeln zusammen.

»Ich.« Es folgt ein Kuss auf meinen Bauch, und ich kann spüren, dass sie lächelt, während sie mit den Händen über meinen Körper streicht. Sie weiß genau, wie sehr ich sie begehre, doch wahrscheinlich will sie mich so lange auf die Folter spannen, bis ich vom Verlangen völlig überwältigt werde.

»Liebe.« Sie fährt mir mit der Zunge über die Brust, bis ich das Gefühl habe zu explodieren.

»Dich.« Sie knabbert sanft an meinem Kinn.

»Mehr.« Sie küsst mich auf den Mund, und ich erschaudere.

Das sagen wir die ganze Zeit zueinander, doch es geht nicht darum, wessen Liebe größer ist, sondern einfach darum, dass wir uns mehr lieben, als man je mit Worten sagen kann. Woran nichts und niemand jemals etwas ändern wird.

Ihr Kuss schmeckt nach Erdbeere und Dahlia, und mir ist klar, ich kriege einfach nie genug von ihr.

Sie richtet sich auf, und ich halte sie fest, sehe sie an und weiß, dass noch das ganze Leben vor uns liegt. Sie ist alles, was ich jemals wollte, und noch viel, viel mehr. Noch immer macht mir der Gedanke, dass ich sie beinah verloren hätte, eine Heidenangst. Wir haben beide in den letzten Wochen jede Menge über unsere Beziehung und uns selbst gelernt. Wie zum Beispiel, dass man einen Menschen, den man liebt, nicht wirklich beschützt, wenn man ihm irgendwas verschweigt, weil man ihn schützen will. Durch mein Schweigen habe ich dafür gesorgt, dass sie an mir gezweifelt hat, dass sie nicht mehr sicher wusste, ob sie mir vertrauen kann. Das werde ich nie wieder tun. Weil mir diese bemerkenswerte Frau ihr Leben anvertrauen kann. Denn sie ist für mich gemacht. Und in diesem Augenblick will ich nichts mehr, als ihr zu zeigen, welcher Art meine Gefühle für sie sind. Indem ich dafür sorge, dass ihr Leib mit meinem Leib und ihr Innerstes mit meinem Innersten verschmilzt.

Mit diesem Gedanken lege ich mich auf sie, presse meine Stirn an ihre und atme keuchend ein. Dann atme ich wieder aus und gleite mit den Lippen über ihre Brust. Ich kann deutlich spüren, dass die Verbindung zwischen uns mit jeder zärtlichen Berührung und mit jedem warmen Atemstoß noch stärker wird.

Ich küsse sie auf den Hals, arbeite mich zu ihrem Mund herauf, und begierig lädt sie meine Zunge in sich ein. Ich ringe um Beherrschung, um die Sache möglichst langsam anzugehen. Denn das ist mir heute Nacht noch wichtiger als sonst.

Sie vergräbt die Fäuste tief in meinem Haar, als brauche sie etwas zum Festhalten und suche gleichzeitig nach einem Weg, mich noch dichter an sich heranzuziehen und mit mir zu verschmelzen. Vorsichtig gleite ich mit den Fingerspitzen über den Saum ihres Seidenslips, halte dann aber in der Bewegung inne und liebkose sanft die Stellen, die sie liebt. Als sie stöhnt, erkenne ich, dass sie genauso sehnsüchtig darauf wartet, mit mir zu schlafen wie ich mit ihr. Ich könnte schwören, dass sie leise wimmert, als ich meine Hand zurückziehe und mich Richtung Nachttisch recke, um eine der Erdbeeren in den Champagner einzutauchen. Und als ich mich wieder zu ihr umdrehe, atmet sie hörbar ein und aus, sieht mich aber zugleich mit einem breiten Lächeln an.

Ich streiche mit der Erdbeere vom Rand ihres Slips über ihren Bauch, ihre makellosen Brüste bis hinauf zu ihrem Mund, sie nimmt sie sachte zwischen die Zähne, und wir beißen beide gleichzeitig ein Stückchen davon ab. Dann küsse ich sie, lecke den Saft von ihren Lippen und ziehe mit der Zungenspitze die Spur des Champagners, die ich über ihren Leib gezogen habe, nach.

Dann ziehe ich ihr das Spitzenhemd aus. Ihre Nippel sind so hart und so verführerisch, dass ich sie einfach mit dem Mund umfassen muss. Dabei zeigt mir ihr schneller Atem, dass ich weitermachen soll. Also setzen meine Lippen die Reise dorthin fort, wo sie mich haben will.

An ihrem Nabel halte ich kurz inne, lecke ihn durch Kreisen meiner Zunge aus und spüre, wie ihr Körper unter der Berührung vibriert. Ihre Augen sind geschlossen und die Lippen leicht geöffnet, als sie abermals die Finger tief in meinem Haar vergräbt, und als ich meine Zunge in den Saum ihres Slips schiebe, windet sie sich wie ein Aal. Also ziehe ich den Spitzenstoff ein Stück herunter, bis meine Zunge ihr verborgenes weiches Fleisch erreicht.

Ich blicke auf und sehe das glühende Verlangen und die grenzenlose Liebe in ihrem Gesicht. Plötzlich muss ich jeden Zentimeter ihres Leibs gleichzeitig haben. Immer noch will ich es langsam angehen und mich beherrschen, aber wenn sie mich so ansieht, ist das alles andere als leicht. Mit einem breiten Grinsen rutsche ich vom Bett, steige aus meinen Boxershorts, ziehe sie in die Mitte der Matratze, knie mich vor sie, reiße ihr den Slip herunter und werfe ihn achtlos auf den Boden, weil auch ein langsames Vorspiel irgendwann einmal ein Ende hat.

Ich presse meine Handflächen auf ihre weichen Rundungen, liebkose ihren nackten Körper und kann mein Verlangen fast nicht mehr beherrschen. Deshalb bahne ich mir küssend einen Weg über die Innenseite ihres Schenkels bis zu ihrem feuchten Innersten, blase vorsichtig auf ihre Klit, und noch während sie erschaudert, schiebe ich entschlossen ihre Schenkel auseinander, presse meinen Mund auf ihr Geschlecht und schiebe meine Zunge tief in sie hinein. Sie schmeckt einfach himmlisch, im Vergleich zu dieser Frau sind die Erdbeeren und der Champagner gar nichts. Sie ist einfach wunderbar. Ich lecke und ich sauge und passe mein Tempo an den Rhythmus ihrer Reaktion auf meine Liebkosungen an. Keuchend packt sie dicke Strähnen meines Haars, und es berauscht mich, wie ihr Körper auf meinen Geschmack, meine Berührungen und jede noch so winzige Bewegung reagiert.

»Bitte hör nicht auf«, fleht sie.

»Ich höre ganz bestimmt nicht auf. Ich werde so lange weitermachen, bis du völlig außer Atem bist und an nichts anderes mehr denken kannst als nur an mich«, kläre ich sie knurrend auf.

Total angeturnt, weil sie bestimmt gleich kommt, packe ich ihre Schenkel, ziehe sie so dicht es geht an mich heran und gleite ein letztes Mal mit meiner Zunge durch die feuchte Öffnung bis zu ihrer Klit. Stöhnend reckt sie sich mir entgegen, und als sie die Finger in das Laken krallt und ihre Beine anfangen zu zittern, sauge ich gierig weiter, höre ihren schnellen Atem und bemerke, dass sie ihre Augen schließt, den Kopf nach hinten wirft und den Mund leicht öffnet, kurz bevor sich ihre Schenkel wie zwei Stahlseile um meinen Oberkörper legen und die Woge der Erfüllung über ihr zusammenschlägt. Sie kommt heftig, und ich liebe es, wie sie immer wieder meinen Namen schreit.

Als ich sehe, wie sie kommt, ist es endgültig um mich geschehen. Meiner Meinung nach habe ich meine Sache ziemlich gut gemacht. Jetzt muss ich in sie eindringen und ihre Wärme spüren, während sie mich fest umklammert hält. Als ihr Körper sich beruhigt, krabble ich über sie und blicke in ihr leicht gerötetes, aber dadurch nicht weniger perfektes, liebliches Gesicht. Ihr Blick ist leicht verhangen. Trotzdem sieht sie mich mit einem breiten Lächeln an.

»Das war einfach unglaublich«, flüstert sie, wobei sie immer noch um Atem ringt. »Aber jetzt will ich dich in mir spüren, wenn du mit mir zusammen kommst.«

»Ich glaube, das ist machbar, schöne Frau.« Weil ich selbst schließlich nichts anderes will. Ich bin steinhart und halte es wahrscheinlich nicht mehr lange aus. Trotzdem gleite ich erst vorsichtig mit einem Finger in ihre Spalte. Sie ist klitschnass, und als sie leise stöhnt, weiß ich, auch sie ist mehr als nur bereit. Spielerisch ertaste ich ihr Innerstes, doch dann ziehe ich meinen Finger vorsichtig zurück und schiebe mich so tief es geht in sie hinein. Das fühlt sich so unglaublich an, dass ein dumpfes Stöhnen über meine Lippen dringt. Ich flüstere dicht an ihrem Ohr: »Du fühlst dich einfach phantastisch an«, dann schiebe ich mich noch etwas tiefer, und die heiße Lust, die ich empfinde, wird selbst durch die winzigste Bewegung noch verstärkt.

Sie schlingt mir die Arme um den Rücken, und ich küsse sie. Jetzt kann ich sie schmecken, und ich weiß, sie schmeckt sich auch – eine Mischung, die mich tatsächlich noch heißer macht. Wir bewegen uns im selben Takt, und die Intensität meiner Gefühle nimmt mit jedem Stoß noch zu. Ich wünschte mir, diese

Empfindung würde nie wieder vergehen. Wünschte mir, ich könnte immer in ihr bleiben – weil es keinen Ort auf Erden gibt, an dem ich lieber bin.

Ich löse mich von ihrem Mund, nage sanft an ihrem Kiefer und presse die Lippen fest auf ihren Hals. Immer wieder dringe ich so tief wie möglich in sie ein, gebe ihr alles, was ich geben kann, und sie nimmt es willig an. Ich versuche, mich noch etwas zu beherrschen, weil dieses Gefühl nicht enden soll. Aber als sie den Kopf aufs Kissen fallen lässt und sich mir entgegenreckt, erkläre ich ihr mit rauer Stimme: »Ich will, dass du mit mir gemeinsam kommst.«

Ihre Muskeln ziehen sich zusammen, und ruckartig spannt sie die Innenseiten ihrer Schenkel an. »Ich bin immer bei dir.«

Das ist alles, was ich hören muss. Ich vergrabe mein Gesicht an ihrem Hals, stoße noch ein paarmal zu, und gerade, als ich anfange zu explodieren, erschaudert sie auf eine Weise, die mir deutlich macht, dass das, was sie in diesem Augenblick erlebt, genauso intensiv ist wie meine eigenen Gefühle.

»Ich liebe dich, Dahlia!«, stoße ich keuchend aus, als wir gemeinsam kommen. Was die denkbar innigste Verbindung ist, die es zwischen zwei Menschen geben kann. Jetzt sind wir – körperlich und seelisch – wirklich eins, und ich weiß mit Bestimmtheit, dass sie nicht nur in diesem Augenblick, sondern für ewig mir gehören wird.

Kapitel 30

I Belong to You

River
31. Oktober

Das Tageslicht dämmert durchs Fenster. Gestern Abend haben wir die Vorhänge absichtlich nicht zugezogen. Wir wollten in die Dunkelheit hinaussehen, die Aussicht genießen und uns an dem Wissen freuen, dass wir in Zukunft immer füreinander da sein werden, ganz egal, was auch geschieht. Ich weiß, der 31. Oktober ist für sie der schlimmste Tag des Jahres, und ich möchte alles, was in meiner Macht steht, tun, damit sie trotzdem lächeln kann.

Während ich darauf warte, dass sie wach wird, sehe ich ihr beim Schlafen zu. Ich liege auf dem Rücken, und sie hat den Kopf an meine Brust geschmiegt. Ihre goldenen Haarsträhnen habe ich weit genug aus ihrem lieblichen Gesicht gestrichen, dass ich es betrachten kann. Gleichzeitig liebkosen meine Hände ihre weiche Haut, denn wenn sie unbekleidet neben mir im Bett liegt, zieht ihr Körper meine Hände einfach magisch an.

Sie macht die Augen einen Spaltbreit auf, küsst mich auf die Brust, lässt die Fingerspitzen über meinen Bauch gleiten und zieht dabei die Konturen jedes Muskels nach. Dadurch wird die Hitze, die auch so immer zwischen uns lodert, natürlich sofort wieder angefacht.

»Guten Morgen.« Ich küsse sie auf den Kopf und sauge den süßen Duft ihres Haars in mich auf.

»Guten Morgen.« Als sie zärtlich an mir knabbert, ist es endgültig um mich geschehen.

Ich drehe sie auf den Rücken, schiebe mich über sie und stütze mich mit den Ellbogen auf dem Kissen ab. Dann sucht mein Mund einen Weg an ihrem Hals hinab, und sie fängt an zu kichern. »Hey, das kitzelt.«

»Umso besser. Schließlich fahre ich total ab auf Kitzeln und Kichern.« Ich knabbere weiter vorsichtig an ihrer Haut.

Sie zieht meinen Kopf vor ihr Gesicht, und als unsere Lippen sich begegnen, würde ich sie am liebsten mit Haut und Haaren verschlingen. Als ich mit der Zunge über ihre Zähne streiche, bricht das unverschämte Mädchen in leises Lachen aus. Ich ignoriere es und sauge an ihrer Unterlippe, weil ich weiß, wie sehr ihr das gefällt. Sie fängt an zu grinsen, unterdrückt aber das Kichern, das dazugehört. Ich lasse mich neben sie fallen, lege den Kopf auf meinen Ellbogen und die Hand unter ihr Kinn und frage sie: »Was machst du da?«

Sie klimpert mit den Wimpern und fragt mit ihrem süßen aufgesetzten Südstaatenakzent zurück: »Wie, was machst du da?«

Grinsend sage ich: »Ich bemühe mich, dich zu verführen, was du ziemlich amüsant zu finden scheinst.«

Sie zieht einen Schmollmund und sieht vor sich auf das Bett.

»Was ist los, Baby?« Ein bisschen verunsichert nehme ich ihre Hand.

Sie verzieht den Mund zu einem Lächeln, und sie ist so wunderschön, dass es mir wieder mal den Atem raubt. »Nichts ist los. Ich frage mich nur, wie lange du wohl brauchst.«

»Wenn du mich endlich anfangen lassen würdest, würdest du es schon sehen.« Dann aber ziehe ich fragend eine Braue hoch. »Das heißt, wie lange soll ich wofür brauchen?«

Jetzt fängt sie hysterisch an zu lachen, und mir kommen ernste Zweifel, ob vielleicht mit meiner Männlichkeit etwas nicht stimmt. Sie legt den Kopf zurück aufs Kissen und sieht mich mit einem spitzbübischen Grinsen an. »Bis du mir zu unserem Jubiläum gratulierst, du Dummerchen. Was denkst denn du?«

Ich sehe sie mit einem breiten Lächeln an. »Wahrscheinlich meinst du mit Jubiläum, dass du mich heute vor sechs Jahren in einer Kneipe angebaggert hast. Und sieh nur, was aus mir geworden ist.« Ich streiche mit den Fingern über ihren nackten Arm.

»Nun, ich denke, dass es etwas anders war ... heute vor sechs Jahren hast du mich angemacht, und jetzt hält Jack the Ripper mich im Arm.«

Grinsend denke ich an den Abend zurück, als wir uns zum ersten Mal in der Campus-Bar begegnet sind, und sage mir, dieses eine Mal gebe ich vielleicht besser nach. »Okay, da hast du recht.«

Sie hält meine Hände fest, schiebt sich näher an mich heran, küsst mich und erklärt: »Ich liebe dich und nehme an, ich habe mich bereits in dich verliebt, als ich dir zum ersten Mal begegnet bin. Und fünf Jahre später, als ich dich in diesem Konferenzraum sah, wusste ich ganz sicher, dass es Liebe war. Und als du gesagt hast, dass du mich nicht einfach küsst, sondern an meinen Lippen flüsterst, war es endgültig um mich geschehen.«

»Das habe ich gesagt? Das war echt geschickt von mir.«

Sie nickt grinsend, doch als sie mich wieder ansieht, wird sie plötzlich ernst. Sie räuspert sich und sagt: »Du weißt, dass der 31. Oktober für mich immer der traurigste Tag des Jahres war, und ich habe mich gefragt, ob du mir wohl dabei helfen würdest, das zu ändern.«

Das ist eine Vorlage, die ich normalerweise nutzen würde, aber da ich weiß, dass sie es ernst meint, tue ich das jetzt natürlich nicht. Stattdessen hebe ich nur ihre Hände an die Lippen, küsse sie und sehe sie mit einem liebevollen Lächeln an. »Du weißt, ich würde alles für dich tun, Dahlia. Du musst mir einfach sagen, was ich machen soll.«

Sie sieht mich endlos an, bevor sie fragt: »Würdest du mich heute heiraten? Denn dadurch würde ein Tag, der bisher immer furchtbar traurig für mich war, zum glücklichsten Tag, den ich mir vorstellen kann.«

Als müsste sie mich darum extra bitten. Ich bin so gerührt, dass ich mich erst mal fassen muss, bevor ich sagen kann: »Dahlia, wenn du mich darum gebeten hättest, hätte ich dich auch schon an dem Abend in der Campus-Bar geheiratet. Denn du bist die Einzige, die ich jemals wirklich geliebt habe, und auch die Einzige, die ich je wirklich lieben werde. Ich brauche dich wie die Luft zum Atmen. Deshalb werde ich dich natürlich heute heiraten.«

Es gibt nichts, was ich lieber täte. Und auch wenn ich für gewöhnlich nicht der Typ für Tränen bin, werden meine Augen feucht, als ich sie jetzt lächeln sehe. Denn ich wollte sie heute glücklich machen, und wenn ich dafür nicht mehr tun muss, als sie zu heiraten, werde ich das selbstverständlich tun.

Sie schließt kurz die Augen, öffnet sie wieder und meint: »Also, auf nach Vegas.«

Mit wild klopfendem Herzen lasse ich mich auf den Rücken fallen und ziehe sie über mich. »Nein, von Vegas habe ich genug. Wir werden in der Nähe heiraten. Und keine Angst, ich werde mich um alles kümmern.«

Sie legt mir die Hände auf die Brust, richtet sich auf und knabbert nachdenklich an ihrer Unterlippe.

»Was?«

Sie zieht eine Braue hoch und stößt ein ungläubiges Kichern aus. »Du willst dich um alles kümmern?«

Ich stütze mich auf den Ellbogen ab und runzle die Stirn. »Das habe ich doch gesagt.«

»Na dann, okay.« Sie sieht mich grinsend an, und es ist endgültig entschieden. Heute endlich wird sie meine Frau, und die Planung unserer Feier liegt allein bei mir.

Ich lege mich auf sie, beuge mich zu ihr herab und koste ihre Haut. Als sie sich mir entgegenreckt, stoße ich ein dumpfes Stöhnen aus. Sie fühlt sich einfach phantastisch an, und wenn ich sie nicht sofort bekomme, werde ich verrückt. Ich lege die

Lippen an ihr Ohr und flüstere ihr zu: »Wenn du willst, kannst du gleich sehen, wie lange ich brauche.«

Sie vergräbt die Hände auf die Art in meinem Haar, die mich immer völlig entwaffnet, sucht mit den Lippen meinen Mund und flüstert leise: »Ja, ich will.«

*

Etwas später gehe ich nach unten und beginne mit der Planung unseres Hochzeitstags. Dieses Mal wird nichts dazwischenkommen. Heute wird sie meine Frau. Vielleicht wird es nicht rundum eine traditionelle Hochzeit werden, doch die wichtigsten Bestandteile dürfen nicht fehlen – eine feierliche Eheschließung und eine phänomenale Hochzeitsnacht. Mit diesem Gedanken rufe ich schnell meine Schwester an und setze sie ins Bild. Sie sagt, sie würde sofort rüberkommen, doch ich weiß, wenn ich etwas Bestimmtes will, muss ich das mehrmals wiederholen, deshalb sage ich erneut: »Merk dir einfach diese beiden Worte: Sonnenuntergang und schlicht.« Trotzdem ist mir klar, dass sie mir gar nicht zuhört, denn bevor der Satz beendet ist, legt sie bereits den Hörer auf.

Ich bin überrascht, als sie erscheint und schon eine Location für uns hat. Und dass ihre Ideen für die Feier phantastisch sind.

Mit einer Ausnahme. Als sie wieder gehen will, flehe ich sie an, mich nicht zu zwingen, einen Smoking anzuziehen, aber sie verdreht nur die Augen und befiehlt mir: »Sei um zwölf bei Grandpas Laden. Xander trifft dich dort.«

Als sie geht, ruft sie mir noch über die Schulter hinweg zu: »Und vergiss nicht, Dahlia zu sagen, dass sie mich um eins bei Avery's treffen soll!« Ich war seit Grandpas Tod nicht mehr in seinem Laden. Ungefähr ein Jahr bevor er starb, hatte er wissen wollen, ob einer von uns dreien ihn übernehmen will, aber wir waren damals noch zu jung, und die Verantwortung erschien uns viel zu groß. Weshalb das Geschäft inzwischen jemand anderem gehört.

Froh, weil Bell die Organisation der Feier übernommen hat, suche ich mein Mädel, um ihr zu versichern, dass alles unter Kontrolle ist und sie sich keine Sorgen machen muss. Sie telefoniert gerade mit Aerie, und als sie auflegt, erzähle ich ihr nur ein paar unwichtige Details. Weil ich sie mit der Location überraschen will. Als sie mich skeptisch ansieht, tue ich beleidigt und schicke sie los, um die Dinge zu tun, die eine Frau vor ihrer Hochzeit tun muss. Denn schließlich habe auch ich selbst noch alle Hände voll zu tun. Als Erstes muss ich meine Rede schreiben, dann muss ich mir überlegen, welches der perfekte Song für unseren Hochzeitswalzer ist, und dann muss ich mir darüber klarwerden, wie ich unsere erste Nacht als Ehepaar zu etwas ganz Besonderem machen kann.

*

Meine Lackschuhe stehen im Schrank, aber als ich sie sehe, wird mir klar, dass ich sie ganz unmöglich anziehen kann. Denn auch wenn mir Bell dafür wahrscheinlich an die Gurgel gehen wird, sind diese Hochglanztreter einfach nichts für mich. Dahlia ist noch unterwegs, und ich sehe noch einmal nach, ob ich auch nichts vergessen habe. Dann steige ich gut gelaunt unter die Dusche und singe fröhlich: »You Make Loving Fun«, denn aus irgendeinem Grund denke ich bei der Erinnerung an letzte Nacht an diesen Song. Denn Dahlia ist ein rundum toller Mensch, und was ich mit am tollsten an ihr finde, ist, dass wir uns wahnsinnig gut miteinander amüsieren können, ganz egal, was wir auch tun.

Auch als ich mich rasiere, trällere ich fröhlich vor mich hin, und als ich aufsehe, entdecke ich im Spiegel, dass sie lächelnd an der Badezimmertür steht. Ich könnte vor lauter Freude jubeln, weil sie so sorglos und so glücklich wirkt. Ich gehe ihr entgegen, weil ich es mal wieder nicht erwarten kann, sie in den Arm zu nehmen und zu spüren, wie sie sich an mich schmiegt. Sie schlingt mir die Arme um den Hals, ich lege ihr die Hände um die Taille, und als sie mit den Fingern meine nassen Haare kämmt, stöhne ich leise auf und lasse die Hände auf ihren Po gleiten. Sie legt mir den Kopf auf die Brust, und ich ziehe sie so eng wie möglich an mich, unterdrücke aber das Verlangen, sie mit Haut und Haaren zu verschlingen. Denn wir haben heute schließlich noch etwas vor.

Sogar unsere Körper passen rundherum perfekt zusammen. Weil es unser Schicksal ist, dass wir einander gefunden haben.

Plötzlich knabbert sie an meinem Hals, und ich bin mir nicht mehr sicher, ob ich sie tatsächlich warten lassen kann. Dabei hatte ich beschlossen, erst in unserer Hochzeitsnacht zum nächsten Mal mit ihr ins Bett zu gehen. Ich habe ein Zimmer im Beverly Wilshire reserviert, und Bell wird dafür sorgen, dass es uns dort an nichts fehlt. Sie hat gesagt, sie würde Blumen, Champagner, meine Stella und »noch ein paar andere Sachen« hinbringen. Obwohl ich bei den »paar anderen Sachen« die Augen verdrehen musste, habe ich mich brav bei ihr dafür bedankt.

Jetzt berühren Dahlias weiche Lippen meine Schulter, und ich atme ihren Duft so tief wie möglich ein. Als sie mir mit den Fingern über die nackte Brust in Richtung meines Handtuchs gleitet, das ich mir um die Hüften geschlungen habe, nehme ich sie noch ein wenig fester in den Arm, und als sie an dem Knoten zieht, das Handtuch auf den Boden fallen lässt und leise schnurrt: »Warum hast du mit dem Duschen nicht auf mich gewartet?«, wird mir siedend heiß.

Um das Feuer, das in mir lodert, ein wenig einzudämmen, lehne ich mich vorsichtig ein Stück zurück. »Weil ich wusste, was passieren würde, wenn du mit unter die Dusche kommst.«

Sie drückt mich sanft gegen den Waschtisch, und es fühlt sich einfach herrlich an, als sie die Finger um mich legt. Natürlich war ich auch schon vorher hart. Und zwar seit dem Moment, als sie durch die Tür trat.

»Und was wäre daran schlimm gewesen?«, fragt sie mit verführerischer Stimme, während sie mich gleichzeitig massiert.

Ich unterdrücke das Verlangen, ihr die Kleider herunterzureißen, und erkläre zähneknirschend: »Weil ich dachte, dass wir damit warten sollten, bis wir verheiratet sind.«

Ein dunkles Lachen dringt aus ihrer Kehle, während sie mir mit dem Daumen kreisend über meine Eichel streicht, und ich spüre, wie mein Schwanz in ihrer Hand noch mehr anschwillt. Weshalb es kein Zurück mehr für mich gibt.

»Okay, das ist echt süß, und ich bin ein echter Fan von Traditionen, aber diese Tradition gilt doch wohl nur, wenn es zwischen den betreffenden Personen nicht auch vorher schon zum Sex gekommen ist.«

Ich umklammere mit der einen Hand den Waschtisch, mit der anderen sie, und als sie mich weiterstreichelt, werfe ich den Kopf zurück. »Dabei geht es nicht um Tradition. Das ist eine meiner Regeln«, stoße ich mit rauer Stimme aus.

Wieder fängt sie an zu lachen. »Meinetwegen. Ich verstehe zwar nicht, was das soll, aber da ich deine Regeln liebe, werde ich mich daran halten.« Doch noch während sie dies sagt, streicht sie mit der Handfläche über die Spitze meines Schwanzes, weil sie weiß, dass ich dann nicht mehr an mich halten kann. »Dann darf ich das hier also nicht?«

»Nein, ich meine doch«, erkläre ich gepresst.

Als sie sich auf die Knie fallen lässt und mich mit ihrem Mund umschließt, halte ich es nicht mehr aus. Ich mache die Augen zu und lasse einfach los. Bevor ich mich versehe, recke ich mich ihr entgegen und vergrabe meine Hände tief in ihrem Haar.

*

Ich nehme sämtliche Beschwerden, die ich jemals hatte, nachdem Bell die Planung irgendwelcher Partys übernommen hatte, offiziell zurück. Weil sie sich heute selber übertroffen hat. Mit dem unschlagbaren Argument, »Mein Großvater hat immer viel für dieses Haus getan«, hat sie den idealen Ort für unsere Feier mit Beschlag belegt, mit Hilfe irgendeines Exfreunds hat sie eine Limousine für das Brautpaar aufgetan, und sie hat sogar Garrett auf die Schnelle ordinieren lassen, damit er uns trauen kann.

Als ich aus dem Fenster blicke, sehe ich, dass eine dunkle Wolkenwand im Anzug ist, und hoffe nur, es regnet nicht. Dahlia und ich fahren zusammen, aber sie sitzt mit verbundenen Augen neben mir, weil ich sie vor der Trauung noch mit einer anderen Sache überraschen will. Ich musste sie erst überreden, bis sie mit der Augenbinde einverstanden war, und natürlich konnte sie sich eine vorlaute Bemerkung darüber, dass sie nicht wüsste, ob ich nicht vielleicht pervers bin, nicht verkneifen. Und tatsächlich gäbe es wahrscheinlich jede Menge Dinge, die ich mit ihr anstellen könnte, während sie nichts sehen kann, doch es wäre einfach nicht der rechte Ort und nicht der rechte Augenblick für Spielchen dieser Art.

Obwohl sie mich mit meinem Traditionsbewusstsein aufgezogen hat, hat auch sie selbst darauf bestanden, eine Tradition zu achten. Nämlich die, dass ich ihr Hochzeitskleid erst bei der Trauung sehen darf. Deshalb trägt sie jetzt das Kleid, das Aerie ihr gekauft hatte, als wir nach Vegas hatten fliegen wollen, und zieht sich erst am Ort der Feier um. Doch obwohl ich weiß, dass sie noch nicht ihr Hochzeitskleid anhat, kann ich den Blick nicht von ihr lösen, denn sie sieht einfach bezaubernd aus.

Ich bemerke irgendetwas an ihrem Bein, aber als ich danach greifen will, streckt sie trotz der Augenbinde wieselflink den Arm aus und zieht meine Hand zurück. »Oh nein. Das wirst du erst zu sehen bekommen, wenn wir verheiratet sind.«

»Also bitte, Dahlia, ich kann es jetzt schon sehen. Weil meine Augen schließlich nicht verbunden sind.«

»Oh, das stimmt. Aber auch wenn du es vielleicht schon sehen kannst, wirst du es nicht berühren.«

Verstohlen schiebe ich die Finger abermals an ihrem Bein herauf, und sie schlägt mir auf die Hand. »Nein, jetzt nicht. Denk an deine Regel. Schließlich will ich dich nicht in Versuchung führen.«

»Verstehe, schöne Frau«, erkläre ich, beuge mich aber trotzdem zu ihr vor und küsse sie. Denn ich bin einfach überglücklich, weil sie mir gehört. Ihre Lippen, ihre Beine, ihr gesamter Körper, ihr Humor und alles andere an ihr gehören ganz allein mir. »Dein Wunsch ist mir Befehl.«

Alle anderen sind schon vorgefahren, aber trotzdem legen wir noch einen Stopp auf dem Weg zu unserer Trauung ein. Als die Limousine hält, nehme ich ihre Hand, helfe ihr beim Aussteigen, und als sie mit mir auf die Plattform tritt, kann ich die Magie des Ortes bereits überdeutlich spüren. Ich verstehe, weswegen sie als Kind dieses Geschenk bekommen hat, war mir aber trotzdem nicht ganz sicher, ob ich diesen Ort mit ihr besuchen sollte oder nicht. Denn schließlich will ich keine traurigen Erinnerungen in ihr wecken, gleichzeitig sollen ihre Eltern Teil dieses besonderen Tages sein.

Ich lege ihre Hände um eine der Stangen, nicke dem Betreiber zu, und als das Karussell sich in Bewegung setzt, nehme ich ihr die Augenbinde ab. Ihr Gesicht ist völlig unergründlich, deshalb frage ich besorgt: »Bist du okay?«

Sie hebt den Kopf und blickt mich an. »Ich bin mehr als nur okay.«

Was ihr jetzt auch deutlich anzusehen ist. Sie lässt den Blick über die zauberhafte Phantasiewelt gleiten, die seit ihrer Kindheit unverändert ist, und als das Karussell sich unter hellen Orgelklängen in Bewegung setzt, bewegen sich die Holzpferde einladend auf und ab.

»Darf ich?«, frage ich sie leise, lege ihr die Hände um die Taille und setze sie im Damensitz auf einem farbenfrohen Sattel ab.

Sie fährt mir mit den Fingerspitzen über die Wange und bedeutet mir, dass ich mich zu ihr setzen soll. Eilig schwinge ich mich hinter sie, strecke die Arme links und rechts von ihrem Körper aus und halte mich an ihren Händen, die die Stange fest umklammert halten, fest. In den Spiegelplatten kann ich unsere lächelnden Gesichter und zugleich das zwölfjährige Mädchen sehen, dessen sehnlichster Geburtstagswunsch einst ein Karussell war. Ein ums andere Mal drehen wir uns im Kreis, und hin und wieder küsse ich sie auf den Hals, schmiege mein Gesicht an ihre Wange, oder sie lehnt sich zurück und legt ihren Kopf auf meiner Schulter ab.

Irgendwann bleiben die Pferde stehen, und die Musik verklingt. Doch der Zauber unseres Zusammenlebens wird niemals vergehen.

Ich springe vom Holzpferd und sehe, dass sie die Augen fest geschlossen hat. Doch als sie sie wieder öffnet, sieht sie mich mit einem noch breiteren Lächeln an und sagt leise »Danke!«. Dann schlingt sie mir die Arme um den Hals, lehnt sich an mich und küsst mich zärtlich auf den Mund.

Ich möchte ihr noch ein Geschenk machen, bevor wir gehen. Deshalb ziehe ich einen schwarzen Samtbeutel aus der Jacke und fordere Dahlia auf: »Gib mir dein Handgelenk.«

Als sie folgsam den Arm ausstreckt, nehme ich das Dutzend Gold- und Silberarmreifen und schiebe sie ihr vorsichtig über die Hand.

Sie sieht mich fragend an.

»Diese Armreifen hatte Janis Joplin in Woodstock an. Mein Großvater war ihr Drummer, und sie hat mit angehört, als er jemandem erzählt hat, seine Frau wäre stinksauer, weil er nicht rechtzeitig zu ihrem Hochzeitstag nach Hause kommt. Noch am selben Abend hat sie meinem Großvater diesen Beutel mit den Armreifen gegeben und gesagt, sie wären mit Liebe in aller Welt gemacht worden, und wenn er sie meiner Großmutter schenken würde, würde sie ihm ganz bestimmt verzeihen.«

Dahlia sieht mich fragend an. »Und, hat sie ihm verziehen?«

Ich lache fröhlich auf. »Natürlich.«

Sie blickt auf die Reifen, die laut klirren, als sie mir erneut die Arme um den Nacken schlingt. »Gott, ich liebe dich. Vielen, vielen Dank. Sie sind einfach wunderschön.«

Glücklich halte ich sie im Arm. »Nein, du bist wunderschön. Und, bist du bereit, den großen Schritt zu gehen?«

»Ich bin mehr als nur bereit!«, erklärt sie, schiebt die Hand in meine Jackentasche und schnappt sich die Augenbinde.

»Hey.«

»Selber hey. Weil schließlich nachher ich dran bin«, klärt sie mich augenzwinkernd auf.

Lachend nehme ich sie wieder in die Arme, küsse sie, und dann kehren wir Hand in Hand dorthin zurück, wo unsere Limousine steht.

Schließlich halten wir vor dem Observatorium am Griffith Park, und mir wird klar, dass Bell genau die richtige Location für das Fest gefunden hat. Dahlia presst sich beide Hände vor den Mund und sieht mich strahlend an. »Perfekt.«

Direkt vor der Tür steht Xanders neuer Porsche. Bisher hat er immer ein Problem damit gehabt, wenn ich mir eins von seinen Autos leihen wollte, aber als ich ihn vorhin gefragt habe, ob ich am Ende dieses Abends meine Braut in seinem prachtvollen Geschoss nach Hause fahren dürfte, hat der Kerl zu meiner Überraschung wirklich ja gesagt. Ich hätte nicht gedacht, dass er derart romantisch ist.

Aerie und Serena kommen auf uns zugestürzt und reißen mir mein Mädchen aus dem Arm. Als sie sich noch einmal umdreht, um mir eine Kusshand zuzuwerfen, schwingen ihre Perlen fröhlich hin und her, und ich kann einfach nicht glauben, dass wir diesen Schritt tatsächlich gehen, dass es tatsächlich passiert. Dahlia wird endlich meine Frau – Mr und Mrs River Wilde. Ich finde, das klingt wirklich gut. Ich habe das Gefühl, als hätten wir bereits seit einer Ewigkeit auf diesen Tag gewartet, und ich will, dass er genauso rundherum perfekt und prachtvoll wird, wie es mein Mädchen bereits ist.

Plötzlich stößt mich Xander an und reißt mich aus meiner Trance. »Bell hat schon die totale Panik, weil ihr so spät dran seid, Loverboy. Also steh nicht länger dämlich rum, sondern setz endlich deinen Arsch in Bewegung.«

Ich schüttle den Kopf, denn ich bin froh, dass zwischen ihm und mir wieder alles so ist wie immer.

Als ich nach oben komme, reiße ich die Augen auf, weil Bell die Räumlichkeiten vollkommen verändert hat. Die Aussichtsplattform, auf der ich schon tausendmal gewesen bin, ist mit einem Mal der schönste Ort der Welt. In den offenen Fensterbögen blinken weiße Lichter, überall sind Wildblumen verteilt, und ein weißer Läufer führt direkt bis zum mittleren Bogen, von wo aus der Hollywood-Schriftzug, den Dahlia so liebt, hervorragend zu sehen ist. Außerdem sind alle, die wir lieben, hier versammelt – meine Mutter, Jack, Serena, Aerie, Garrett, Nix, Xander, Bell und sogar Zane.

Als Garrett ans Ende des weißen Läufers tritt, muss ich ein Grinsen unterdrücken, denn er sieht tatsächlich aus wie ein echter Geistlicher. Er wirft einen Blick auf seine Uhr, räuspert sich und schlägt das Buch auf, das er in den Händen hält. Als ich sehe, dass es *Krieg und Frieden* ist, breche ich in leises Lachen aus. Aber im Grunde bin ich echt gerührt, weil er sich solche Mühe gibt.

Pünktlich zu Beginn des Sonnenuntergangs, während das Licht des Hollywood-Schriftzugs den Himmel erhellt, spielt Zane den Hochzeitsmarsch. Das Keyboard steht zusammen mit den anderen Instrumenten draußen auf der Plattform, weil die Wilde Ones nachher spielen sollen.

Xander klopft mir auf die Schulter und bedeutet mir, dass ich mich neben Garrett stellen soll. Während ich dies tue, nehmen alle andern Platz. Als das Lied vorüber ist, kommt Dahlia um die Ecke, und Aerie sucht sich eilig einen freien Stuhl. Meine immer wunderschöne Dahlia ist in diesem Augenblick so schön wie nie. Sie trägt ein langes Kleid mit einem runden Ausschnitt und Spaghettiträgern und sieht einfach höllisch sexy aus. Sie hat die Haare offen, doch der überlange Pony ist zu einem dünnen Zopf geflochten und hinter dem einen Ohr festgemacht, damit man ihre Augen sehen kann. Ich blicke in ihr süßes Gesicht, und mein Herz setzt einen Schlag aus. Ich bin völlig überwältigt von der Mischung aus Verwunderung und Liebe, die in ihren braunen Augen aufleuchtet, und dem glückstrahlenden Lächeln, das auf ihren Lippen liegt. Die eine Träne, die bereits die ganze Zeit in meinem Augenwinkel auf der Lauer lag, bricht sich endgültig Bahn. Weil ich weiß, dass es mir tatsächlich gelungen ist, dafür zu sorgen, dass der bisher unglücklichste Tag des Jahres künftig ein Tag des Glücks für sie ist.

Sie wartet darauf, dass sie mir beim Einsetzen des nächsten Lieds entgegenkommen kann, und sie ist gerührt, als Ryan Ogden »I Can't Wait« anstimmt. Jack ist ein Freund des Leadsängers von Runner Runner, und der Song passt haargenau auf meinen Schatz. Er hat nur seine Gitarre in der Hand, und als er anfängt zu singen, kommt sie langsam mit der Handvoll Wildblumen, die ich aus ihrem Blumengarten für sie mitgenommen habe, auf mich zu. Mit einem Mal steigt ein Gefühl von Traurigkeit in meinem Innern auf. Während eines flüchtigen Moments, während ich sehe, wie sie ganz allein auf mich zugelaufen kommt, wünschte ich, ihr Vater wäre hier, um sie den Gang hinabzuführen, und auch mein Vater könnte sehen, wie glücklich ich geworden bin. Dann aber verdränge ich diese Gedanken, gehe ihr entgegen und hole sie auf halbem Weg zu Garrett ab.

Ich flüstere leise: »Hi.«

Und sie flüstert genauso leise »Hi« zurück.

Ich kann mich nicht an ihr sattsehen. Denn sie ist einfach wunderschön in ihrem langen weißen Seidenkleid. Es schmiegt sich perfekt an ihren Körper an, wodurch ihre rundherum phantastische Figur besonders vorteilhaft zur Geltung kommt, und automatisch denke ich – mein Schatz sieht aus wie Grace Kelly. Doch was meine Seele brennen lässt, ist der liebevolle Blick, mit dem sie mich bedenkt.

Auch sie lässt den Blick kurz an mir hinunter- und dann hinaufwandern, schaut mich aus warm glänzenden Augen an und stellt mit einem kurzen Zwinkern fest: »Du siehst phantastisch aus, und deine Schuhe sind einfach todschick.«

Dann räuspert sich Garrett erneut, und wir fangen beide an zu lachen. Doch noch während ich ihr sagen möchte, dass ich sie unendlich liebe, legt sie mir den Zeigefinger an die Lippen und sagt leise »Pst«.

Ich küsse ihre Fingerspitze, und dann gehen wir Hand in Hand den Rest des Gangs hinab.

Die Zeremonie ist kurz. Während des Gelübdes sprechen wir neben dem vorgegebenen Text noch ein paar eigene Worte, und als Garrett uns erklärt, es sei an der Zeit, die Ringe auszutauschen, habe ich zu Dahlias Überraschung wirklich Eheringe für uns da.

»Wo hast du die denn her?«, fragt sie mich flüsternd, während gleichzeitig ein Ausdruck reinen Glücks über ihre makellosen Züge huscht.

Ich flüstere zurück, ich hätte sie schon seit dem Tag, an dem wir eigentlich nach Vegas fliegen wollten. Tränen strömen ihr über die Wangen, und als ich ihr zeige, dass in ihrem Ring noch etwas steht, presst sie vor lauter Freude die Hand vor den Mund. Glücklich, weil die Tränen, die sie jetzt vergießt, ein Zeichen des Glücks und nicht der Trauer sind, küsse ich sie fort. Mir ist bewusst, mein Leben ist erst wirklich vollständig, seit ich mit ihr zusammen bin.

Als ich Dahlia in die Augen sehe, sagen sie mir alles, was ich wissen muss. Lächelnd schiebe ich den Ring auf ihren Finger, und die Worte »Ich liebe dich mehr« berühren ab jetzt für immer ihre Haut.

Schließlich weicht die allseitige Rührung fröhlichem Gelächter, als Garrett mit Grabesstimme sagt: »Wenn jemand im Raum Einwände gegen diese Hochzeit hat, möge er jetzt sprechen oder für immer schweigen.« Er sieht sich fragend um, schüttelt den Kopf und murmelt etwas, das ich nicht verstehen kann. Dann atmet er tief durch, weil jetzt der große Augenblick gekommen ist.

Während Dahlia und ich uns in die Augen sehen, sagen wir nacheinander laut: »Ich will.«

Als Garrett uns zu Mann und Frau erklärt, gehört sie endlich wirklich mir. Ich wische ihr die Tränen fort und lege ihr, als alle anderen klatschen, sanft die Hände ans Gesicht. Dann streiche ich mit den Fingerspitzen über ihren weichen Mund und präge mir für alle Zeiten ein, wie wunderschön sie heute ist. Obwohl das gar nicht nötig ist, denn ihre Schönheit hat sich mir schon vor langer Zeit tief in die Seele eingegraben.

Während also die Sonne untergeht, küsse ich sie zum ersten Mal als meine Ehefrau. Meine ganze Liebe lege ich in diesen Kuss, der uns für alle Zeiten aneinanderbindet und deswegen wichtiger ist als andere Küsse. Ich streiche sanft mit den Lippen über ihren Mund, rieche den Duft der Wildblumen, der uns umgibt, und ziehe sie eng an mich. Auch sie schlingt mir die Arme um den Hals und küsst mich genauso intensiv zurück. Dann räuspert Garrett sich zum dritten Mal, wir machen uns völlig außer Atem wieder voneinander los, und ich lehne meine Stirn an ihre.

»Wir haben es geschafft«, flüstere ich.

»Wir haben es geschafft!«, stimmt sie mir lächelnd zu, und als sie plötzlich leise kichert, hebe ich sie hoch und schwenke sie im Kreis. Denn, Gott, ich liebe dieses fröhliche Geräusch.

In der nächsten Stunde lassen wir uns an verschiedenen Stellen des wunderbaren Anwesens fotografieren, und als wir wieder bei den anderen erscheinen, sind noch andere Gäste aufgetaucht, und Nix und Garrett lassen die Champagnerkorken knallen. Gläser werden gefüllt, herumgereicht, und Xander schlägt mit einem Löffel an sein Glas und spricht den ersten Toast auf mich und meine Liebste aus.

Lächelnd prostet er uns zu und sagt: »Wenn zwei Menschen auf der Welt es verdient haben, glücklich zu sein, dann seid ihr das. Ich kann nur hoffen, dass ich eines Tages einen kleinen Teil der Liebe finden werde, wie sie euch zuteilgeworden ist. Auf meinen Bruder, den ich grenzenlos dafür bewundere, dass er stets versucht, das zu erreichen, was er wirklich will, und den ich wirklich liebe, auch wenn ich ihm das vielleicht nicht immer zeigen kann. Und auf meine neue Schwägerin, die noch vor nicht allzu langer Zeit zu mir gesagt hat, sie würde die Hoffnung nicht aufgeben, dass ich ihr irgendwann gestehe, dass sie mir sympathisch ist. Nun, das ist sie schon seit langer Zeit. Das heißt, sie ist mir mehr als nur sympathisch, denn ich liebe sie inzwischen ebenfalls. Und weil ich ihr das noch nie gesagt habe, sage ich es eben jetzt. Danke, dass du meinen Bruder derart glücklich machst, Muse. Ich liebe dich.«

Wir stoßen alle miteinander an, und ich nicke Xander dankbar zu. Er hat eine Bekannte mitgebracht. Ihr Name ist Amy, und die beiden gehen schon seit Jahren immer wieder mal zusammen aus, obwohl er sie bestimmt nicht liebt. Ich hoffe, irgendwann hat er das Glück und trifft ein Mädchen so wie meins – denn auch er hat eine solche Liebe schon einmal erlebt und sie ein zweites Mal verdient.

Dann blicke ich den Rest meiner Familie an. Sie alle haben feuchte Augen, und als Bell mit Mom zu uns herüberkommt, gebe ich Xander ein Zeichen, dass auch er sich kurz zu uns gesellen soll. Jack kommt direkt hinter ihm, und als wir alle anstoßen, sagt Mom: »Auf unsere Familie … von der ich hoffe, dass sie allzeit wächst und sich verändert, aber nie zerbricht.«

»Jetzt bin ich dran.« Bell erhebt ihr Glas. »Auf River und Dahlia, die ich beide liebe. Danke, dass ihr mich innerhalb von weniger als vierundzwanzig Stunden eure Traumhochzeit habt organisieren lassen. Nein, ich meine das wirklich, vielen Dank – denn das hat mir einen Fulltime-Job bei Tate Wyatt … meinen neuen Freund und eine eigene Assistentin eingebracht.« Bei diesen Worten zeigt sie auf das Mädchen, das den Obern sagt, wo die Tabletts mit all den feinen Häppchen hingetragen werden sollen. Wir stoßen miteinander an und gratulieren ihr lachend zu der neuen Arbeit und dem neuen Freund. Dann setzt die Musik ein, und der Augenblick mit der Familie ist vorbei. Trotzdem bin ich super dankbar, weil ich diese Menschen habe und weil Dahlia ihnen von Beginn an hochwillkommen war. Ich beobachte, wie Xander sich wieder zu Amy stellt, und denke, dass es seltsam ist, dass er mich zu bewundern scheint. Weil schließlich immer er der Starke war, der von Beginn an nie den Weg gegangen ist, den unser Vater für ihn vorgesehen hatte, sondern immer seinen eigenen Weg.

Dann schaue ich mich weiter um, sehe, dass Zane bei Aerie steht, und verfolge, wie er, als sie etwas zu ihm sagt, die Hochzeitstorte hochhebt und ein Stückchen weiter wieder abstellt. Aber auch mit dieser Stelle ist sie offensichtlich nicht zufrieden, denn sie schüttelt streng den Kopf und zeigt auf einen anderen Tisch. Obwohl der gute Zane die Nase offenbar allmählich voll hat, hebt er sie noch einmal hoch und stellt sie wieder dorthin, wo sie ganz zu Anfang stand – auch wenn ich keine Ahnung habe, was das soll. Und auch die Torte selbst bringt mich zum Lachen, weil in ihrer Mitte eine riesengroße violette Blume prangt. Dank meiner Schwester, die noch immer felsenfest darauf besteht, dass Dahlien immer lila sind.

Als die Party irgendwann in vollem Schwung ist, schaffe ich es endlich, Dahlia einmal allein zu erwischen. Eilig lege ich den Arm um ihre Schulter und führe sie durchs Treppenhaus hinunter vor das Haus. Die meisten Menschen kommen ins Observatorium, um die Sterne und Planeten zu betrachten, und weil man von hier aus einen wunderbaren Blick auf den Hollywood-Schriftzug hat. Ich hingegen habe heute Abend nur Augen für meine Ehefrau, die meine Seelenverwandte ist.

Am Fuß der Treppe öffne ich die Tür und führe sie zu dem großen weißen Brunnen, der vor dem Gebäude steht. Ich sehe erst Dahlia in die Augen, dann auf den Brunnen und ziehe daraufhin zwei Münzen aus der Tasche hervor.

Eine davon strecke ich meiner Gattin hin und will grinsend von ihr wissen, ob sie sich an diese ganz spezielle Regel noch erinnern kann. Worauf sie mit ihrem süßen Südstaatenakzent erklärt: »Guter Mann, ich glaube schon, aber vielleicht rufen Sie sie mir am besten trotzdem noch mal in Erinnerung.«

»Mit Vergnügen. Zuerst drehen wir uns beide um, und dann werfen wir auf Drei die Münzen über die Schultern hinweg in den Brunnen und wünschen uns etwas dabei.«

Sie zieht mich an sich und stellt allen Ernstes fest: »Du siehst einfach total niedlich aus, wenn du mir was erklärst. Deshalb habe ich noch mal gefragt.«

Ich schüttle den Kopf. »Ich empfinde es nicht unbedingt als schmeichelhaft, wenn du behauptest, dass ich niedlich bin.«

Sie zieht mich noch enger an sich und streicht mir sanft mit der Zunge über den Mund. »Niedlich macht mich an.«

»Dann ist es ja gut.« Ich stöhne, und im selben Augenblick öffnet der Himmel seine Schleusen, und es fängt an zu regnen.

»Komm, lass uns die Münzen werfen, bevor der Regen noch stärker wird.«

Eilig drehen wir uns um, ich halte die Finger in die Luft, zähle »Eins, zwei, drei«, und als ich »Jetzt« rufe, werfen wir unsere Münzen über die Schultern in den Brunnen, und ich packe ihre Hand.

»Los, am besten rennen wir so schnell wie möglich wieder rein.«

Aber Dahlia lässt mich los, beugt sich vornüber und zieht ihre Schuhe aus.

»Was machst du da? Du wirst klitschnass.«

»Ich ziehe meine Schuhe aus.«

»Das sehe ich. Warum?« Aber ich weiß es schon. Und, Gott verdammt, ich liebe diese Frau.

»Weil ich durch die Pfützen springen will, du Dummerchen«, sagen wir beide wie aus einem Mund. Denn ich kann mich noch deutlich an den Tag erinnern, an dem sie mich schon einmal mit ihrer kindlichen Ausgelassenheit verblüfft hat.

Während sie von einer Pfütze in die nächste springt, schließt sie die Augen, streckt die Arme seitwärts aus, lässt den Kopf nach hinten fallen und dreht sich im Kreis. Als ich höre, dass die Band das Lied anstimmt, das ich für unseren Tanz geordert habe, ziehe ich sie eng an meine Brust, lege ihr die Hände ans Gesicht und küsse sie leidenschaftlich auf den Mund. Sie wirft mir die Arme um den Hals, und ich spüre, wie ich mich verliere in ihrer Berührung, ihrer Seele und der grenzenlosen Liebe, die sie gibt. Aber es ist die Art von Verlorenheit, bei der man nicht gefunden werden will.

Sie nickt mir lächelnd zu, und ich weiß, dass ich ihr immer einen Grund zum Lächeln geben will. Denn das hat sie verdient. Als »Waiting for a Girl Like You« erklingt, schmiegen wir uns selig aneinander, wiegen uns langsam hin und her, und ich singe für Dahlia den Text, der das, was ich für sie empfinde, ganz genau beschreibt.

Als der Song vorbei ist, flüstere ich ihr ins Ohr: »Ich habe mir vor langer Zeit gewünscht, dich zu bekommen, und jetzt bist du meine Frau. Du siehst also … Wünsche werden wahr, wenn man sie jemandem erzählt.«

Wir stehen im strömenden Regen, und als unsere Lippen sich begegnen, küsse ich sie mit der Leidenschaft, die ich in meinem ganzen Leben nur für sie empfunden habe und die mich, obwohl sie mich vollkommen überwältigt, gleichzeitig total belebt. Dann sehe ich sie fragend an. »Was hast du dir eben gewünscht?«

Sie vergräbt die Hände tief in meinem nassen Haar. »Nur, dass du immer bei mir bleibst. Denn ich wünsche mir nur dich, sonst nichts. Seit ich dir zum ersten Mal begegnet bin, hat sich mein Leben vollkommen verändert … denn du rufst Gefühle in mir wach, die ich gar nicht in Worte fassen kann. Du bringst mich dazu, auf eine ganz bestimmte Art zu lächeln … denn du machst mein Leben heller, und du sorgst dafür, dass meine Liebe zu dir jetzt schon endlos ist und trotzdem jeden Tag noch größer wird. River Wilde, ich werde dich immer lieben, und vor allem immer mehr. Du hast mein Leben in ein Märchen verwandelt, und ich werde wunschlos glücklich sein, solange du an meiner Seite bist.«

Ihre Worte brennen sich in meine Seele ein, und erschaudernd vor Glück, weil sie mich so sehr liebt, erwidere ich ihr: »Dann wirst du bis an dein Lebensende wunschlos glücklich bleiben. Dahlia Wilde, ich liebe dich. Denn du bist rundum perfekt und hast mein stinknormales Leben zu etwas Besonderem gemacht.«

Danksagungen

»Wo Worte fehlen, muss Musik sprechen«
– Hans Christian Andersen –

Ich danke den Künstlern, Künstlerinnen, Musikern und Musikerinnen, die mich bei jedem einzelnen Kapitel inspiriert haben. Musik ist eine eigene Welt. Eine Sprache, die wir alle verstehen. Und obwohl ich hoffe, dass die Worte, die ich in diesem Buch verwendet habe, bereits für sich selbst genügen, hoffe ich, dass die Musik sie doch vielleicht noch schöner macht. Musik spricht mich an, erzählt mir eine Geschichte, und beim Hören von Songs höre ich mir deren Geschichte an … und hoffe, dass es mir gelungen ist, auch eine Geschichte zu erzählen, die gleichermaßen durch Worte und Musik zum Leben erweckt wird.

Dieser Teil ist der bei weitem schwierigste des ganzen Buchs, weil es unglaublich wichtig ist, all denen zu danken, die nicht nur mich, sondern auch diese Serie, unermüdlich unterstützt haben.

Zuallererst danke ich Kimberly Brower von Book Reader Chronicles. Sie war nicht nur die Beta-Leserin dieses Buchs, sondern hat noch sehr viel mehr getan. Ihre Bereitschaft, mich zu motivieren und jede schwierige Szene eingehend mit mir zu besprechen, hat in hohem Maß zur Fertigstellung dieses Buches beigetragen. Vielen, vielen Dank. Auch dafür, dass Du eine Freundin fürs Leben geworden bist.

Außerdem möchte ich meinen anderen Beta-Leserinnen danken:

Christine Bezdenejnih Estevez von Shh Mom's Reading, dafür, dass sie sich die Zeit genommen hat, das Buch mehrmals zu lesen, und dass sie mir zahlreiche Verbesserungsvorschläge unterbreitet hat.

Mein Dank geht auch an Becky Nicklus von Reality Bites! Let's Get Lost! dafür, dass sie mir geschrieben hat: »Ich denke ständig an den Spruch ›Erst nach der Heirat fängt die Ehe an‹. Weil das irgendwie auch fürs Verlieben gilt, denn das ist schließlich der leichte Teil. Erst danach beginnen die Beziehung und die ganze Arbeit, die damit zusammenhängt. Und genau darum geht es für mich in diesem Buch. Ich weiß nicht, ob das irgendeinen Sinn ergibt, aber in meinem Kopf hat es sich genauso abgespielt. Alles Liebe.« Becky, es ergibt sogar den allergrößten Sinn! Herzlichen Dank.

Donna Soluri von Scandalicious hat mir nach dem Beta-Lesen die folgende Nachricht geschickt: »Die Story von River und Dahlia ist eine wunderbare Geschichte über die Irrungen und Wirrungen, die harte Arbeit und den sinnlichen Aspekt der Liebe. Ich war hin und weg. Danke, dass Du sie mit mir geteilt hast.« Ich danke Dir, Donna. Dein Beitrag ist für mich von unschätzbarem Wert.

Mary Tarter von Mary Elizabeth's Crazy Book Obsessions für die überwältigende Unterstützung, die Du mir von Anfang an gegeben hast. Danke für all Deine Hilfe und für Deine Freundschaft – die mir beide ungeheuer wichtig sind.

Außerdem möchte ich meinen Probeleserinnen danken, Jennie Wurtz, Kristina Amit, Liis McKinney, America Matthew, Trisha Rai, Jody O. Fraleigh, Laura Hansen, Nikki Groom, Deb Tierney und Ellie Lovenbooks.

Dank an Aestas, dafür, dass Du das Buch Korrektur gelesen und mich auf die Dinge hingewiesen hast, die ich nicht ganz klar gesehen habe. Ich weiß Dein Feedback wirklich zu schätzen und hoffe, dass mir einige Verbesserungen gelungen sind.

Nochmals Dank an Aerie, die mir endlos bei der PR für den ersten und auch diesen Band geholfen hat.

Ich danke B&X für Eure Bereitschaft, nochmals auf dem Cover meines Buches zu erscheinen. Denn Ihr seid ein tolles Paar, und ich bin unglaublich froh, dass ich Euch kennengelernt habe.

Amy Tannenbaum von der Jane Rotrosen Agency, die genug an dieses Buch geglaubt hat, um mich unter Vertrag zu nehmen, und danach viel Zeit darauf verwendet hat, mir während des Verfassens zur Seite zu stehen. Du bist einfach ein unglaublicher Mensch, und ich bin unendlich dankbar dafür, dass Du meine Agentin bist.

Penguin. Als ich die Reise begonnen habe, hätte ich niemals gedacht, dass wirklich irgendjemand dieses Buch würde verlegen wollen. Deshalb vielen Dank an Karry Donovan und das Team bei NAL, dafür, dass sie sich meiner so begeistert angenommen und bei der Herausgabe des zweiten Bandes meiner Trilogie geholfen haben.

All den Bloggerinnen, die inzwischen meine Freundinnen geworden sind – Ihr seid alle wunderbar, und ich kann gar nicht in Worte fassen, wie dankbar ich für den Kontakt mit jeder von Euch bin!

Nicht zuletzt gelten mein Dank und meine Liebe meiner Familie – dem Mann, der mich vor zwanzig Jahren geheiratet hat und der, obwohl er jeden Tag zur Arbeit musste, gleichzeitig die Mutterrolle für die Kinder gespielt hat, die ihrerseits zahlreiche Haushaltspflichten übernommen haben, für die vorher jahrelang ich zuständig gewesen war – Wäschewaschen, Putzen, Einkaufen –, und die trotzdem immer wissen wollten, wie es mit dem Schreiben läuft, und sogar vor ihren Freunden damit angegeben haben, dass ihre Mom Schriftstellerin geworden ist.

Ohne die Hilfe all dieser Menschen und die Unterstützung meiner Leserinnen, die mich seit Herausgabe des ersten Bandes täglich kontaktieren, hätte ich den zweiten Band nicht schreiben können – deswegen Euch allen ein herzliches Dankeschön.